Rebecca Maly
Die Krankenschwester von St. Pauli – Jahre des Aufbruchs

M ✓ f

PIPER

Zu diesem Buch

Svantje Falkenberg pendelt als erfolgreiche Krankenschwester zwischen Beruf und Familie. Als der Erste Weltkrieg ausbricht, herrscht allgemeine Begeisterung in der Bevölkerung. Unzählige Freiwillige melden sich, Volk und Kaiser glauben an einen raschen Sieg. Die Krankenhäuser stellen sich auf die ersten Verwundeten von der Front ein, und bald schon bringen Lazarettzüge unzählige Schwerverletzte nach Hamburg. Svantje ist Tag und Nacht im Einsatz. Doch die Menschen hungern, es kommt zu starken Unruhen, und auch Svantje und ihre Familie geraten schon bald in Lebensgefahr …

Rebecca Maly studierte Altskandinavistik und Runenkunde und war mehrere Jahre in Amerika und Deutschland als Drehbuchautorin beim Film tätig. Sie veröffentlichte eine Vielzahl an Romanen und wurde 2017 für »Die Schwestern vom Eisfluss« mit dem Delia-Preis ausgezeichnet. In der St. Pauli-Reihe erzählt sie die Geschichte der Krankenschwester Svantje Claasen.

Rebecca Maly

Die Krankenschwester von St. Pauli

Jahre des Aufbruchs

Roman

PIPER

Mehr über unsere Autoren und Bücher:
www.piper.de

Wenn Ihnen dieser Roman gefallen hat, schreiben Sie uns unter Nennung des Titels »Die Krankenschwester von St. Pauli – Jahre des Aufbruchs« an *empfehlungen@piper.de,* und wir empfehlen Ihnen gerne vergleichbare Bücher.

Von Rebecca Maly liegen im Piper Verlag vor:
Die St. Pauli-Reihe:
Band 1: Die Krankenschwester von St. Pauli – Tage des Schicksals
Band 2: Die Krankenschwester von St. Pauli – Wandel der Zeiten
Band 3: Die Krankenschwester von St. Pauli – Jahre des Aufbruchs

FSC www.fsc.org
MIX
Papier aus verantwortungsvollen Quellen
FSC® C083411

Originalausgabe
ISBN 978-3-492-31563-0
August 2020

Redaktion: Sarah Heidelberger
Umschlaggestaltung und -abbildung: Johannes Wiebel | punchdesign unter Verwendung von Motiven von shutterstock.com, akg-images und Richard Jenkins Photography
Satz: Fotosatz Amann, Memmingen
Gesetzt aus der Aldus Nova
Druck und Bindung: CPI books GmbH, Leck
Printed in the EU

1

Hamburg, Eppendorfer Klinikum
8. August 1914

Svantje war fassungslos.

»Ich bleibe keinen Tag länger im Krankenhaus!«, wiederholte Friedrich energisch und klemmte sich die Krücken in die Armbeugen. Er ging so schnell voraus, dass Svantje ihn nicht mehr vor einem Sturz hätte bewahren können, falls er seine Kraft überschätzte.

Friedrich bleckte die Zähne. Es musste entsetzlich wehtun, doch er unterdrückte jeden Schmerzenslaut. Sie konnte es kaum mit ansehen.

»Du hast drei gebrochene Rippen, du kannst nicht mit Krücken gehen«, protestierte sie, wohl wissend, dass sie ihrem Mann kaum etwas austreiben konnte, wenn er es sich erst einmal in den Kopf gesetzt hatte.

Friedrich schwankte, dann tat er einen Schritt und noch einen. Schweißperlen bildeten sich auf seiner Stirn, er war blass, die grünen Augen glänzten fiebrig. »Es geht«, keuchte er.

Svantje trug seine Tasche und öffnete die Tür.

»Ich kann Vater nicht mit alldem alleinlassen«, verkündete er entschlossen. »Lager und Büros sind völlig verwüstet.«

»Das spielt keine Rolle, Friedrich! Dein Vater hätte beinahe seinen Sohn verloren! Du wärst fast gestorben. Was diese Gauner angerichtet haben, lässt sich wieder reparieren.«

»Womit er zweifellos bereits angefangen hat.« Er blieb stehen, schwer auf die Krücken gestützt. Svantje stellte die Tasche ab, sah ihrem Mann tief in die Augen und legte eine Hand an seine Wange. »Ich weiß, wie schwer es dir fällt, zum Nichtstun verurteilt zu sein. Aber wir haben Krieg, der Handel ruht. Du hast Zeit, gesund zu werden.«

Friedrich drückte ihre Hand. »Ja, du hast vermutlich recht. Und wenn es stimmt, was die Militärs behaupten, ist der Krieg schon in einigen Wochen vorüber. Gehen wir also nach Hause. Denn wenn du mich auch überzeugt hast, nicht in die Firma zu fahren, so bleibe ich trotzdem nicht im Krankenhaus!«

Seit seiner Einlieferung waren nur sieben Tage ins Land gegangen, doch für Svantje fühlten sie sich an wie eine kleine Ewigkeit. Neben der Angst um ihren Mann und der Sorge um ihre beiden gemeinsamen Kinder war sie regelmäßig zu ihrem Dienst als Krankenschwester im Eppendorfer Klinikum erschienen. Sie klammerte sich an Beruf und Familie gleichermaßen, denn die Welt um sie herum schien den Verstand verloren zu haben.

Krieg. Er war nun allgegenwärtig.

Während sie in einer Mietsdroschke heimfuhren, sahen sie Soldaten auf den Straßen. Junge Männer standen in langen Schlangen an, um sich freiwillig an die Front zu melden. Sie redeten sich die Köpfe heiß, die Begeisterung war ihnen anzusehen.

Am Tag nach dem Überfall auf Friedrichs Lager hatte

Deutschland auch Belgien, von dem es zuvor immer hieß, es sei unbeteiligt, ein Ultimatum gestellt. Das Land hielt weder zur *Triple Entente* Russland, England und Frankreich noch zum Dreierbund aus Deutschem Reich, Österreich-Ungarn und Italien. Luxemburg wurde besetzt, sodass sich Deutschland fast auf ganzer Länge Frankreich gegenübersah. Am 3. August bombardierten die Franzosen Nürnberg, und am 4. marschierten deutsche Soldaten in Belgien ein.

Fast jeden Tag folgte nun eine neue Kriegserklärung. Erst erklärte Großbritannien dem Kaiserreich den Krieg, dann Österreich-Ungarn Russland.

»Heute hat Großbritannien Österreich-Ungarn den Krieg erklärt«, sagte Svantje mit einem lähmenden Gefühl in der Brust.

»Das hatte ja so kommen müssen.« Friedrich nahm ihre Hand und hielt sie fest. Drückte sie.

»Ich kann nicht mehr schlafen, nicht mehr klar denken, Liebster. Deutschland ist von Feinden umzingelt, und wir sind mittendrin. Was soll nur werden?«

»Es geht immer irgendwie weiter«, sagte er, stoisch wie ein Fels in der Brandung. Nicht zuletzt dafür liebte sie ihn. Er gab ihr Halt, wenn sie glaubte, von den Wogen davongerissen zu werden. »Wir haben doch bislang alles durchgestanden, gemeinsam.«

»Aber das waren friedliche Zeiten, nun versinkt alles in Wahnsinn.« Svantje blickte ihn lange an. »Dennoch … du ahnst gar nicht, wie viel mir deine Worte bedeuten.«

Die Kutsche hielt vor ihrem Haus. Die weiße, trutzige Fassade der kleinen Villa kam ihr wie eine Burg vor, und genau das brauchte sie jetzt. Eine Festung, die ihre kleine Familie beschützte. An einem Fenster erkannte sie zwei vertraute Gesichter. »Schau, du wirst schon sehnlichst erwartet.«

Friedrich sagte nichts, sondern winkte seinen Kindern, bevor er ausstieg. Als er den ersten humpelnden Schritt tat, nachdem er den Kutscher entlohnt hatte, flog die Tür auf, und Clemens stürmte heraus. Mit seinen fünfzehn Jahren war er ein ungestümes Abbild seines Vaters. Der Junge besaß nicht nur dessen edel geschnittenes Gesicht, sondern auch das dunkle Haar und die grünen Augen.

Auf Friedrichs Miene breitete sich väterlicher Stolz aus und überdeckte einen Moment lang die tiefen Furchen, die der Schmerz gegraben hatte. Die Blässe blieb.

»Vorsicht, Clemens, dein Vater hat Schmerzen.«

Der Junge hielt inne und sah fragend zum Vater, der ihn nur noch um einen halben Kopf überragte. Es musste merkwürdig für ihn sein, den Beschützer der Familie plötzlich schwach zu sehen. Clemens nahm Svantje den Koffer ab. »Den kann ich tragen«, sagte er und trug das Gepäckstück mühelos die Stufen hinauf.

In der offenen Tür stand Karoline. Wie schnell sie doch groß werden, dachte Svantje. Ihre Tochter war mit ihren neunzehn Jahren ein richtiges junges Fräulein. Das blonde, dichte Haar fiel ihr bis zur Hüfte und sah aus wie frisch gekämmt. Das war es sicherlich auch. Svantje war überzeugt, dass ihre Tochter die letzte Stunde mit Putz verbracht hatte.

Eitelkeit hieß Svantje nicht gut. In Karolines Alter hatte sie keine Zeit dafür gehabt, längst waren die Tage mit Arbeit angefüllt gewesen. Da die Mutter oft bis zur Abenddämmerung schuftete, wurde von der ältesten Tochter erwartet, dass sie sich neben der Anstellung im Krankenhaus um die kleinen Geschwister kümmerte, den Haushalt besorgte und Essen kochte.

Karoline kannte derlei Sorgen nicht. Im Haus der Falkenbergs gab es zwei Angestellte, die alles erledigten. Sie hatte noch nie gearbeitet, sondern die vergangenen Jahre eine Schule für höhere Töchter besucht. Nun bekam sie privaten Unterricht. Karoline wirkte noch ein wenig unentschlossen, wie ihre Zukunft aussehen sollte. Einerseits war sie eine intelligente junge Frau, die jegliches Wissen in sich aufsog wie ein Schwamm, doch darin lag auch das Problem. Es gab so viele Möglichkeiten. Ihre Freundinnen von der Schule wünschten fast alle, den klassischen Weg zu gehen, träumten von Ehe und Familie. Von ihnen hatte Karoline auch ihre Begeisterung für Kleidung und Putz, denn viele der Mädchen kannten nur dieses Thema.

Dennoch erkannte sich Svantje in der Willenskraft und dem Wissensdurst ihrer Tochter selbst wieder, und sie hoffte, dass Karoline eines Tages einen Weg einschlagen würde, der ihr ein selbstbestimmtes und sinnvolles Leben ermöglichte.

Svantjes eigenes Leben hatte bereits im Alter von zwölf Jahren völlig anders ausgesehen. Damals war sie mit der Mutter und dem sechs Monate alten Bruder Piet nach Hamburg gekommen. Der Vater verdiente als Hilfsarbeiter in einer Werft kaum genug, um seine Familie durchzubringen, und so war Svantje mit einem Handkarren losgezogen, um Wasser zu verkaufen, das sie aus einem Brunnen schöpfte. Erst als die Mutter ebenfalls eine Arbeit fand, war genug Geld vorhanden gewesen, damit Svantje wieder zur Schule gehen konnte.

Sie war froh, dass ihren Kindern dieser Erfahrung erspart blieb, andererseits verstanden die beiden nicht, wie privilegiert sie tatsächlich waren.

Karoline zupfte am Rüschensaum ihres Ärmels. Das veilchenfarbene Kleid war ihr ganzer Stolz. Zögernd umarmte sie den Vater und hielt ihm die Tür auf.

»Mein wunderschönes Mädchen«, sagte der und strich ihr über die Wange. Svantje wurde das Herz leicht. Da war er, der vollkommene Moment, während die Welt drumherum im Chaos des Krieges versank.

Eine Stunde später saßen sie gemeinsam an der Kaffeetafel. Friedrich blätterte mit fiebrigem Blick durch die aktuelle Zeitung. Zwischen ihm und Svantje lag die gefaltete Ausgabe vom 5. August. Clemens reckte sich, um den riesig gedruckten Titel auf den *Hamburger Nachrichten* zu entziffern. »Was steht da, Mama?«

»Lies doch selbst«, erwiderte sie und reichte ihm das drei Tage alte Blatt.

»*Welten…brand*«, murmelte er. »Und was bedeutet das?«

»Na, dass die Welt brennt, du Hanswurstgesicht.«

»Karoline! Ich möchte nicht, dass du so mit deinem Bruder sprichst«, tadelte Svantje. Das Wort aus dem Mund ihres Sohnes zu hören hatte sie innerlich zusammenfahren lassen. *Weltenbrand.* Sie ahnte, dass es nicht nur ein reißerischer Aufmacher war, sondern eine Ankündigung dessen, was sie alle erwartete.

»Aber die Welt brennt doch gar nicht, und unsere Soldaten werden diese Franzosen im Handumdrehen besiegen«, protestierte Clemens, drückte den Finger auf die Seite und las weiter: »Hier steht: ›Kurz nach 7 Uhr erschien der englische Botschafter Goschen auf dem Auswärtigen Amt, um den Krieg zu erklären und seine Pässe zu fordern.‹ Das verstehe ich nicht. Wofür braucht er denn den Pass, um Krieg zu führen?«

Friedrich musterte seinen Sohn mit schwerem Blick. »Zum Ausreisen, Junge. Ein Botschafter ist dazu da, den Frieden zwischen den Ländern zu bewahren. Doch im Krieg wird er nicht mehr gebraucht. Also will er jetzt seinen Pass, um nach Hause zurückkehren zu können.«

»Ach so.« Clemens runzelte die Stirn und grinste schief. »Dann hätte er wohl besser nicht den Krieg erklärt, wenn er länger bleiben wollte.«

Friedrich musste trotz des ernsten Themas schmunzeln, ging aber auf den Scherz seines Sohnes nicht ein. »Ich denke nicht, dass Herr Goschen eine Wahl gehabt hat.«

Sein Blick traf Svantjes, und sie gaben einander still ein Versprechen: dass sie alles dafür tun würden, um ihre kleine Familie zu beschützen.

***

Es würde ein heißer Tag werden, aber noch stieg stickige Feuchte aus den Fleeten und wehte vom Hafen durch enge Straßenzeilen. Nachtwächter löschten die Gaslaternen, und das Grau der Nacht machte dem gelblichen Schimmer des heraufziehenden Morgens Platz.

Raik hatte sein Haus früh verlassen. Seine Frau lag sicher noch in den Federn, und sein Ziehsohn Jonte redete vielleicht im Traum. Das tat er oft, besonders seitdem er seine Lehrstelle bei einem Möbeltischler begonnen hatte. Früher hatte Raik manchmal Stunden damit verbracht, an

Jontes Bett zu sitzen und zuzuschauen. Er war richtig vernarrt in den Jungen, der mit seinen beinahe sechzehn Jahren nun langsam zum Mann heranreifte. Wie so oft hatte Raik auch heute die Zeit gefunden, ihn einige Augenblicke im Schlaf zu beobachten und ihm das dunkle Haar aus der verschwitzten Stirn zu streichen.

Das Familienleben war auch nach zwölf Jahren ein hohes Gut für ihn. Zwar mangelte es ihm nicht an leiblichen Kindern, doch er hatte noch nie mit ihnen zusammengelebt und tat es auch jetzt nicht.

Seit vielen Jahren führte er eine leidenschaftliche Affäre mit Hilde Degen, geborene Harkenfeld, die im Augenblick sein viertes Kind in sich trug. An dieser Liaison hatte auch seine Ehe mit der Witwe Johanna Stade nichts ändern können. Obgleich er Johanna verehrte, blieb die Anziehungskraft, die Hilde auf ihn ausübte, ungebrochen.

Doch seine erste, aber unerwiderte Liebe war Svantje gewesen. Keine hatte jemals an sie heranreichen können, nicht einmal seine Ehefrau.

Er lebte also weder mit seinen leiblichen Kindern zusammen noch mit der Frau, die einst den größten Platz in seinem Herzen besetzte. Und doch hatte er sich bis vor wenigen Tagen einen glücklichen Mann genannt.

Nun lag der Krieg wie ein Schatten über allem, auch wenn Hamburg selbst noch unberührt war. Raik zog die Schultern hoch, schob die Hände in die Hosentaschen und lief schneller. Längst waren die Zeiten vorbei, als er jeden Morgen und Abend auf eine Fähre angewiesen gewesen war, die ihn auf die andere Hafenseite zur Werft in Steinwerder brachte. Der Tunnel unter der Elbe war 1911 eröffnet worden.

Raik erreichte die Landungsbrücken. Morgensonne schimmerte rötlich auf dem Kuppelbau, unter dessen Dach es in die Tiefe ging. Schon bald würden sich die Arbeiter hier dicht an dicht drängen, doch er war so früh unterwegs, dass er nur fünf andere vor sich hatte. Leichtfüßig trabte er die Treppe hinunter und strich beiläufig über die Zierkacheln an den Wänden. Der Aufzug, mit dem Automobile, Fuhrwerke und Handkarren in die Tiefe transportiert wurden, ratterte und quietschte. Die Fahrzeuge hatten ihn vom ersten Tage an fasziniert, doch in den langen Tunnelröhren war vor allem ihr Gestank gegenwärtig. Raik hätte den Mief liebend gerne gegen Pferdeschweiß und Mist getauscht, das roch zwar auch nicht gut, aber es zog einem nicht die Lungen zusammen.

Die hellen Kacheln des Tunnels hatten unter der Decke Ruß angesetzt, der immer seltener entfernt wurde. Der einstige architektonische Stolz der Stadt wurde mit den Jahren zu etwas Gewöhnlichem.

In regelmäßigen Abständen waren in Kopfhöhe große Zierkeramiken angebracht, viele zeigten Fische und erinnerten den Vorbeilaufenden daran, dass sich über ihm gewaltige Wassermassen befanden. Riesige Frachtkähne, Schaufelraddampfer, Jollen, schwerfällige Barken und elegante Segler zogen über ihnen dahin. Der Elbtunnel war eine Meisterleistung der Ingenieurskunst und flößte Raik großen Respekt ein. Für ihn war der Bau eines der Wunderwerke Hamburgs.

Schnellen Schrittes überholte er einige andere Arbeiter und eine ältere Frau mit einer schwer beladenen Kiepe auf dem Rücken. »*Moin,* Frau Wede«, grüßte er und tippte sich an die Kappe. Sie winkte ihm, und schon war er vorbei. Die

Witwe Wede kannte er bereits seit Jahren. Niemand machte bessere Pasteten und Teigtaschen. Sie bereitete sie in der Nacht vor und verkaufte sie dann am Morgen vor den Werken an die Arbeiter. Zwar war nur wenig Fleisch in der Füllung, aber sie waren gut und würzig und machten satt.

Auf der anderen Seite erklomm er zügig die Stufen, nahm immer zwei auf einmal. An der Oberfläche empfing ihn grelle Morgensonne. In der Luft hing der scharfe Geruch von erhitztem Stahl. Hämmer dröhnten. Gewaltige, dampfgetriebene Sägen sorgten für ein monotones, gleichbleibendes Hintergrundgeräusch.

Zwei große Werke und einige kleine lagen zwischen der Harkenfeld-Werft und dem Ausgang des Elbtunnels.

Vor dem Werkstor warteten bereits drei hoch beladene Pferdewagen. Sie lieferten, was bei Harkenfeld nicht selbst hergestellt wurde. Tonnenweise Niete und Bolzen, gegossene Metallteile und Planken.

Raik drückte sich an ihnen vorbei und wandte sich nach rechts. Vorbei an der gewaltigen Halle 1, vorbei an Schiffsskeletten aus Stahl. Sein Reich befand sich in Halle 2, nur ein Sechstel so groß wie die benachbarte. Das Tor stand bereits auf. Holzduft umfing ihn wie eine freundliche Umarmung.

»Ah«, seufzte er und ließ seinen Ranzen von der Schulter gleiten. Der enthielt neben seinem besten Kleinwerkzeug frisches Brot, ein Stück Käse, Speck und zwei Äpfel. Genug, um auch den anstrengendsten Tag zu überstehen.

Raik war einer von drei Meistern, die in Halle 2 Dienst taten. Sie fertigten Kapitänsbrücken, Taljen und Blöcke, überarbeiteten Masten und Bäume, stellten Einzelteile her und statteten Kojen mit hochwertigen Möbeln und Maßanfertigungen aus. Raik liebte diese Arbeit, denn jedes Schiff war ein klein wenig anders. Die Holzarbeiten mussten stets angepasst und individualisiert werden. Seitdem er seinen Meistertitel besaß, konnte er die eintönigeren Aufgaben an Gesellen und Helfer abgeben.

An diesem Morgen war es in der Halle überraschend still. Dabei fingen viele Kollegen früh an, da sich der Bau in der Sommersonne schnell aufheizte.

Raik winkte einen Jungen zu sich, den er vor einigen Monaten von der Straße aufgelesen und als Helfer eingestellt hatte. Die Entscheidung hatte er nicht bereut. Dafür, dass er ein Dach über dem Kopf bekommen hatte, ackerte der zehnjährige Klaas von früh bis spät und versuchte zu helfen, wo er konnte. Raik steckte ihm ein Stück Rührkuchen zu, das vom Vortag übrig war. »Da *hest* du.«

»*Dank ok, Meester*«, nuschelte er und biss gierig hinein. Der Junge hatte Augen wie der Julihimmel, Sommersprossen und blonde, dichte Locken, die seinen Kopf aussehen ließen, als wüchsen dort Hobelspäne.

Raik sah zu, wie Klaas Bissen um Bissen herunterschlang und dabei kaum eine Pause machte. Es war, als würde er in einen Spiegel sehen, der ihn viele Jahre zurücktrug. Auch er hatte auf der Straße gelebt, bis ihm das Schicksal in Svantjes Vater einen guten Samariter gesandt hatte. Dem Alten verdankte er alles. Seinetwegen war er kein Gauner geworden, sondern ging ehrlicher Arbeit nach.

»Wo sind alle?«

»Oh.« Klaas fuchtelte mit einer Hand.

»Schluck erst mal, *Jung*«, sagte Raik schmunzelnd.

Der wischte sich mit dem dreckigen Ärmelsaum über den Mund. »*Weten Se nich Bescheed?* Olav *geiht nu* Russen erschießen und Derk *ok.*«

»Die haben sich freiwillig gemeldet? *Twee* Gesellen? Und sind zu feige, mir das ins Gesicht zu sagen?«

»*Hebben se* wirklich nix *vertellt?*« Der Junge runzelte die Stirn und aß das letzte Stückchen Kuchen, dann leckte er sich die Finger. »Vielleicht hatten se Schiss, *Meester.* Die *weten* ja, wie Se zum Krieg stehen. Jeder *weet* hier, dass se mit den Sozialisten bei den Franzosen waren.«

»Um mit unseren Brüdern eine friedliche Lösung zu suchen.«

»Dass *Se de Franzlüü* Brüder nennen, sollten Se aber *keenen* hören lassen.«

Raik tat so, als wolle er Klaas eine Kopfnuss verpassen. Der duckte sich und lachte. Er hatte den ehemaligen Straßenjungen noch nie lachen gehört, und so bekam diese Situation trotz ihrer Schwere etwas Heiteres.

Gemeinsam mit anderen Gewerkschaftlern und Vertretern der Sozialistischen Partei war Raik knapp fünf Wochen zuvor nach Paris gereist, um eine friedliche Lösung für den schwärenden Konflikt zwischen den Ländern zu suchen, eine, die von der linken Arbeiterschaft getragen wurde. Doch es war alles umsonst gewesen, die nationalistischen Kräfte hatten gesiegt.

Tage nach dem Attentat von Sarajevo waren die Menschen in allen Großstädten des Kaiserreichs auf die Straße gegangen, um für den Frieden zu demonstrieren. Hunderttausende. Auch Svantje und ihr Friedrich waren dort gewesen. Das war nach Raiks Rückkehr aus Paris. Sie hatten sich nur kurz gesehen, dann trennten sich die Gruppen von

Bürgern und Arbeitern wieder. Das war auch gut so gewesen, denn Raik und seine Jungs waren nach Auflösung der Kundgebung noch mit den Nationalisten aneinandergeraten. Als Feiglinge und Vaterlandsverräter waren sie beschimpft worden, hatten es erst eine Weile erduldet und den Bürschchen dann bewiesen, dass die linke Arbeiterschaft ordentlich austeilen konnte.

Was hätte er nur dafür gegeben, wenn die Staatsoberen ihre Großmachtsfantasien statt mit Haubitzen mit Fäusten ausgetragen hätten.

»Un wat nu, Meester?«

Raik zog sich die Kappe vom Kopf und schlug sie gegen den Oberschenkel. »Jetzt schauen wir, wie wir *de Arbeid* auch ohne diese beiden *Dööskoppen* gestemmt bekommen.«

Belgien, Provinz Limburg
Anfang August 1914

Der Krieg mit Belgien war von der Obrigkeit als eine Nebensache abgetan worden. Nicht mehr als ein Scharmützel, ein Fliegenschiss verglichen mit der erwarteten Konfrontation mit Frankreich. Sie sollten durchmarschieren, kaum auf Widerstand stoßen, die Grenze überwinden und rasch Geländegewinne machen, bevor sie auf die massiv befestigten Städte trafen. Frankreich sollte bezwungen werden, bevor der Krieg mit Russland erst richtig begonnen hatte, damit das Kaiserreich sich nicht in einem Zweifrontenkrieg aufrieb. Wäre es nach dem Schlieffen-Plan gegangen, hätten sie jetzt bereits vor Paris gestanden. Aber dort waren sie nicht. Tatsächlich waren sie noch nicht einmal in Frankreich.

Ohne sein Pferd anzuhalten, nahm Richard eine Röhre aus seiner Satteltasche, zog eine Karte aus gewachstem Papier heraus und rollte sie auf dem Mähnenkamm seines Wallachs auseinander. Sie befanden sich auf einer schnurgeraden Straße irgendwo im kaum besiedelten Nirgendwo Belgiens. Eichen säumten in regelmäßigen Abschnitten beide Straßenseiten. Die Felder waren abgeerntet, das Gras sommertrocken, gelb und kurz, die Begleitgräben sauber und ausgeräumt. In der Luft schwirrten Fliegen, träge taumelten Schmetterlinge umher, Bremsen plagten Männer und Pferde.

Hier konnte vermutlich nicht einmal eine Maus einen Hinterhalt legen.

Sie waren bislang kaum auf Widerstand gestoßen, so weit hatte sich der Plan Schlieffens immerhin als richtig erwiesen.

Richards Dragoner bildeten gemeinsam mit Pionieren die Vorhut. Ständig sandte er Kundschafter aus, und stets kehrten sie ohne beunruhigende Meldungen zurück. Noch. Richard fühlte sich, als bohrten sich Blicke wie Nadelstiche in seinen Rücken. Sein Wallach blieb ruhig, alle anderen Pferde ebenfalls. Das hieß, bis auf die ständig schlagenden Schweife und zitternden Flanken, mit denen sie versuchten, die Stechinsekten abzuwehren. Die Dragoner, anfangs schweigsam, plauderten nun, als befänden sie sich auf einem Ausritt.

»Das ist kein Sonntagsausflug, Männer«, mahnte Richard, rollte seine Karte zusammen und trabte an, bevor er sie ganz im Futteral verstaut hatte.

Die neue, feldgraue Uniform kratzte, wo sich Schweiß im Kragen festgesetzt hatte. Im leichten Sitz rieb er sich den Nacken. Das Pferd passierte Feldgeschütze, die flammend in der Sommersonne glänzten, da sie brandneu waren. *Zu glänzend, zu neu,* dachte Richard. Am Abend würde er Weisung geben, sie zu tarnen. Spätestens wenn sie nicht mehr gut sichtbar über offene Felder zogen, konnten sie es sich nicht mehr leisten, Spiegelsignale an den Feind zu senden.

Von dem sogenannten Feind hatte er bislang allerdings kaum etwas gesehen. Belgien war neutral gewesen, bis das Deutsche Kaiserreich den Krieg erklärt hatte. Der Durchmarsch war eine Notwendigkeit, um Frankreich so hart wie möglich zu treffen. Die Zivilbevölkerung floh, und soweit es die Meldungen zeigten, gab es auch seitens der Armee keinen nennenswerten Widerstand.

Während viele seiner Dragoner sich bereits in Frankreich sahen, erwartete Richard bald eine Änderung. Solange es von Belgien keine Kapitulation gab, würden sie kämpfen. Und sie mussten es bald tun. Richard ging davon aus, dass sich die belgische Armee nicht kampflos zurückziehen würde, sondern für eine große Gegenoffensive sammelte.

Vier Kundschafter kehrten in einem gemütlichen Galopp zurück. Die Pferde sollten geschont werden, solange es möglich war. Richard machte sich keine Illusionen. In einer offenen Feldschlacht wären sie Kanonenfutter.

Die Männer salutierten. Ihr Bericht war kurz. In zwei Kilometern würden sie auf ein Dorf treffen. Es gab mehrere Bauernhöfe, von Mensch und Vieh keine Spur. Dort würden sie Quartier nehmen und die Pioniere die Überquerung eines kleinen Flüsschens für den Hauptteil der Armee vorbereiten.

Es dämmerte, als sie den Ort erreichten. Richard ritt mit seinen Dragonern an den zugewiesenen Platz, teilte Aufgaben ein und kümmerte sich dann selbst um sein Pferd, auch wenn er es nicht musste. Die Soldaten bauten Zelte auf, viele beschlossen, in der lauen Augustnacht darauf zu verzichten und unter dem spätsommerlichen Sternenhimmel zu schlafen.

Schließlich betrat Richard das verlassene Wohnhaus, das ihm und vier anderen Männern des Stabs als Quartier zugeteilt worden war. Um neun war Lagebesprechung, bis dahin hatte er Zeit.

Zögernd nur betrat er das fremde Heim, das die Eigentümer in aller Hast verlassen hatten. Die gute Stube sah nicht anders aus als eine deutsche. Es roch nach Herdfeuer, angebratenen Zwiebeln und Speck. Die Menschen hatten ihr Heim so verlassen, wie sie es wiederfinden wollten. Richard betrachtete Fotografien auf einem Kaminsims. Ein junges Paar, das scheu in die Kamera lächelte. Daneben dasselbe Paar, die Gesichter ernster, vom Leben gezeichnet, aber glücklich. Die Frau hielt einen Säugling auf dem Arm, vor ihnen aufgereiht standen drei Kinder, die Tochter mit einem Puppenwagen, der ältere Sohn mit einem Welpen an der Leine.

Draußen begannen jämmerliche Schreie. Richard zuckte zusammen, seine Schultern verkrampften, die Hand ging zur Waffe. Dann erinnerte er sich wieder, dass die Pioniere Schweine gefunden hatten, die von den Bauern in einem nahen Erlenbruch versteckt worden waren.

Sie würden gut essen heute Abend.

Die Schreie ebbten einer nach dem anderen ab. Wenn nur ein paar Schweine fehlten, nachdem die Armee durchgezogen war, konnten sich die Bauern glücklich schätzen. Noch war der Krieg jung und die Soldaten nicht verroht.

Richard sah sich in dem Haus um, während an den Fenstern Schwalben vorbeizischten wie kleine rauchfarbene Geschosse. Er entdeckte das Elternschlafzimmer, jenes, in dem alle Kinder die Nächte verbrachten, und schließlich ein sehr kleines, dem der Geruch des Alters anhaftete. Er lud sein Gepäck ab und riss das Fensterchen auf. Hier würde er schlafen. Er kannte den Stab nicht und erlaubte sich den Luxus, ein Zimmer zu wählen, das er nicht teilen musste. Er setzte sich auf das schmale Bett. Gestärkte Spitzenwäsche, ein Nähkorb daneben. Vermutlich hatte hier die Großmutter ihren Platz gehabt.

Den Blick aus dem Fenster gerichtet, nahm Richard sein Schreibzeug hervor und dachte an seine Heimatstadt Hamburg.

Er zögerte, dann schrieb er:

Verehrter Freund Arnd,

Arnd war ein falscher Name, doch er wagte nicht, den richtigen zu verwenden. Wassili und er hatten sich schon Monate zuvor auf diese kleine Finte geeinigt.

Von draußen hörte er seine Männer scherzen und tief lachen, ein wenig unsicher vielleicht, nervös. Darüber trug der Sommerwind den Duft von Erde, Heu und, heimlich darunter verborgen, Schweineblut herein. Der metallische Atem des Krieges schickte einen Vorboten.

Nun finden wir uns auf den unterschiedlichen Seiten eines Spiegels. Ich fürchte, es wird für eine lange Zeit so bleiben, und wünsche Dir alles Gute. Der Besuch bei Deinen Verwandten kam genau zum rechten Zeitpunkt, meine ich. Hoffentlich nutzt Du die Gelegenheit, länger zu bleiben und alte Bande zu vertiefen.
Das Schicksal findet mich im Norden von Belgien, in einem winzigen Örtchen, dessen Name Dir nicht geläufig sein wird. Noch fliehen Volk und Armee vor uns, doch ich fürchte und ersehne zugleich den Tag, an dem wir auf den Feind treffen. Schon jetzt zermürbt es mich. Die Ungewissheit ist schlafraubend, die Männer sind gereizt, und mit jedem Kilometer werden sie unaufmerksamer, da hilft all mein Mahnen nichts …

Ein Geräusch, so leise, dass er es kaum hörte und es mehr wie ein Zupfen in seinem Bauch zu spüren war, ließ ihn innehalten. War das ein Schuss? Ein ferner Kanonenschlag? Richards Hals war plötzlich ganz trocken. Er stand auf, trat ans Fenster und sah nur Feld um Feld. Er schluckte. Dachte an Wassili, den Russen, einen Mann, dem wider allen Anstands sein Herz gehörte.

Ein weiteres Hindernis war zwischen ihnen erwachsen. Zusätzlich zur Heimlichkeit, zusätzlich zur Widernatur ihrer Empfindungen. Nun waren sie auch noch Feinde, denn Deutschland und Russland waren im Krieg. Was konnte noch hinzukommen? Falls das Schicksal noch eine weitere Feindseligkeit ersinnen könnte, sie würden sie zu spüren bekommen, das war gewiss.

Richard faltete den angefangenen Brief zusammen, packte sein Schreibutensil und verstaute es. Noch einmal sah er aus dem Fenster und spähte nach Feindesbewegungen, doch das Land war wie ausgestorben. Still, zu still, selbst die Schwalben schwiegen.

Der Angriff kam am frühen Morgen. Schüsse aus dem Hinterhalt. Wachposten fielen, bevor überhaupt klar war, woher die Waffen abgefeuert wurden.

Richard, bereits dabei, sein Pferd zu satteln, zurrte hastig die Gurte fest und ritt mit zwanzig Dragonern los. Als er sich dem Flüsschen näherte, an das der Bauernhof angrenzte, war alles in wildem Aufruhr. Sechs tote Pioniere lagen im Gras, zwei weitere bluteten, saßen aber aufrecht. Einer war schlohweiß, stotterte und wies mit ausgestrecktem Arm auf die andere Uferseite. Dort flüchteten vier Männer zu Fuß. Zwei Pioniere waren ihnen auf den Fersen. Auf dem frisch gepflügten Feld erschwerten die Erdschollen den Lauf.

Ehe Richard den Befehl geben konnte, preschten seine Männer bereits durch die Furt, das Ufer hinauf und im vollen Galopp hinter den Flüchtigen her. Säbel blitzten in der aufgehenden Sonne. Blutrot.

Eine Falle, schoss es Richard durch den Kopf. Er sah seine Männer schon in Sperrfeuer geraten. Sie waren vor belgischen Heckenschützen und französischen Sondereinheiten gewarnt worden. Doch es geschah nichts. Die Reiter überholten die Pioniere, wurden von ihnen angefeuert und verkürzten die Distanz zu den Flüchtenden blitzschnell.

Als Richards Wallach die Uferböschung hinaufsprang, fächerten die Reiter auf und griffen an. Es war ein wildes Hacken und Stechen. Kein einziger Schuss fiel.

Als Richard den Schauplatz erreichten, machten seine

Männer Platz. Ihre Wangen waren gerötet, in den Augen blitzte eine Mordlust, die er so noch nie an ihnen bemerkt hatte. Zwischen den Hufen beinahe panischer Pferde lagen die verrenkten Körper von vier Belgiern. Der Kleidung nach zu urteilen Zivilisten.

Richard sprang aus dem Sattel. »Gelände sichern«, rief er, nicht erwähnend, dass die Männer seine Order nicht abgewartet hatten. Er drehte einen der Toten um und schrak zurück. Vierzehn, fünfzehn Jahre vielleicht. Sommersprossen, kindliche Züge, ein dünnes Bärtchen aus einzelnen Haaren, halber Flaum noch. Zu seinen Füßen lag ein Junge, der niemals erwachsen werden würde. In seiner Schulter klaffte ein blutiger Spalt, im Arm ein weiterer.

Auch die anderen Kämpfer nur Kinder. Das waren keine *Franc-tireurs,* Mitglieder des französischen Freikorps oder belgische Partisanen, vor denen sie gewarnt worden waren.

»Als hätten sie heimlich die Gewehre ihrer Väter genommen«, sagte ein Dragoner erschüttert. Er hielt seinen Säbel noch in der Hand. Von der Klinge tropfte Blut auf die taufeuchte Erde.

Vielleicht war genau das geschehen. Jugendlicher Leichtsinn, der nicht einsehen wollte, dass die Erwachsenen die Höfe dem Feind kampflos überließen. Richard fühlte betäubende Kälte in sich einkehren. Er begrüßte sie, denn sie würde ihm helfen zu ertragen, was in den nächsten Wochen und Monaten auf sie zukam.

»Es waren vielleicht nur Jungen, aber diesen Jungen ist es gelungen, sechs unserer Männer zu erschießen. Hiermit!« Er riss eine alte, rostige Flinte aus toten Fingern. »Hiermit!«, wiederholte er zornig und hielt die Waffe so nah, dass die Soldaten zurückwichen.

»Verstanden, Herr Rittmeister.«

»Was?«

»Die Männer waren nachlässig.«

»Es war ein verdammtes, blutiges Lehrstück für uns. Sehen wir zu, dass wir kein weiteres erleben müssen.«

2

Hamburg
15. August 1914

Eine Woche lang war Svantje daheimgeblieben, um bei Friedrich zu sein und ihn zu umsorgen. Zwar war er nicht derart eingeschränkt, dass ihm nicht auch die Hausangestellten hätten helfen können, doch Svantje fühlte sich einfach wohler damit, an seiner Seite zu sein. Sie hätte ihn beinahe verloren. Jede Nacht träumte sie davon, wie sie ihn gefunden hatte, halb totgequetscht unter dicken Balken. Erst in jenem Moment war ihr wirklich klar geworden, wie sehr sie Friedrich liebte und dass sie ihn brauchte wie die Luft zum Atmen. Sie wollte bei ihm sein, den Kopf auf seine Brust legen und sein kostbares Herz ganz vertraut schlagen hören, seiner Stimme lauschen, ihn berühren. Sich immer wieder versichern, dass er noch da war.

Es war nun zwei Wochen her, dass Unbekannte, getrieben von übereifriger nationaler Gesinnung, Friedrichs Lagerhaus und Büro verwüstet hatten.

Während sein Vater eine erfolgreiche Reederei betrieb, hatte sich der Junior auf den Handel mit Luxusgütern spezialisiert, die er ohne Zwischenhändler aus Russland einführte. Als sich die politische Lage in den vergangenen Monaten zuspitzte, hatte er versucht, neue Vertriebspartner zu finden, doch seine Bemühungen kamen zu spät. Die Vermummten hatten Büroräume verwüstet und versucht, Papiere in Brand zu stecken und die Lagerbestände zu vernichten, indem sie Kisten und Bündel in das Fleet warfen, das hinter dem Gebäude verlief. Friedrich überraschte sie bei ihrem Tun und hätte darüber beinahe sein Leben verloren.

Begraben unter schweren Holzregalen fand Svantje ihn schließlich und befreite ihn. Es war ein Wunder, dass er noch lebte. Wäre das Regal nur etwas anders gestürzt, hätte es seinen Schädel zertrümmert.

Es würde Monate dauern, bis er wieder ohne Krücken und Stock gehen konnte. Auch wenn Svantje es ihm niemals sagte, sondern nur dachte, wenn sie ihn ansah, ihm tief in die Augen blickte: Der Krieg würde ihn ihr nun nicht mehr nehmen können. Friedrich war kampfuntauglich, er würde keine Waffe in die Hand nehmen, niemanden töten müssen.

Noch fraß die Mobilmachung nur die jungen Männer von der Straße, doch der Krieg war gierig und würde seine Arme bald auch nach älteren strecken.

Friedrich würde er nicht bekommen.

Gemeinsam waren sie in das Büro der Falkenbergs gefahren. Svantje hatte geholfen, halb verbrannte Akten durchzusehen und Ordnung im Chaos zu schaffen, während Vater und Sohn über ihre Zukunft berieten.

Für eine Weile würde es keinen Osthandel mehr geben, Friedrichs Geschäftszweig stand still, wie gelähmt. Auch der Fernhandel litt. Sein Plan, russische Güter über neutrale Länder einzuführen, war dahin. Belgien war nun ebenfalls Kriegsschauplatz, und über Norwegen zu importieren wurde seit dem Kriegseintritt Großbritanniens schwierig. Die britische Seeblockade ließ allenfalls noch kleine Fischerboote und Frachtschiffe passieren.

Bald würden die Menschen keine Seiden und Pelze mehr brauchen, sondern Dinge des täglichen Bedarfs. Die Wirtschaft Europas, bis vor wenigen Wochen eng verflochten, traf nun überall auf Grenzen und Blockaden.

Vater und Sohn diskutierten nächtelang, doch einfache Lösungen präsentierten sich nicht. Sie mussten für eine Weile mit dem auskommen, was das Lager hergab. Die Preise stiegen schon jetzt, und da es sich bei den Beständen ausschließlich um Luxusgüter handelte, sah auch Svantje kein Problem darin, den Kunden mehr Geld für ihre Käufe abzunehmen.

Als sie nun nach einer Woche zu Hause wieder zur Klinik ging, kam ihr die Stadt verändert vor. Die Euphorie des schnellen Sieges war gekommen wie ein Sturm und genauso schnell vergangen. Auf den Litfaßsäulen drängten sich neue Plakate in den Vordergrund. Neben Werbung und Konzertankündigungen hingen Propagandadrucke, die junge Männer aufriefen, sich freiwillig zu melden, um an der Front Heldentaten zu vollbringen.

Svantje las sie mit einem Widerwillen, der an Übelkeit grenzte. Das flaue Gefühl verschwand erst, als sie das Klinikum betrat und der vertraute Geruch von Reinlichkeit in ihre Nase drang. Seife, Lauge und Essig.

Sie zog sich um und ging in das Büro von Doktor Schawacht, ihrem Vorgesetzten und Förderer. Sie hatten schon vor über zwanzig Jahren während der Choleraepidemie zusammengearbeitet, und Svantje konnte sich nicht vorstellen, wie es sein würde, wenn er irgendwann die Klinik verließ und sie nicht mehr jederzeit auf seinen klugen Rat vertrauen konnte.

Mittlerweile sah man ihm das Alter an. Sein üppiger Vollbart war nun schlohweiß, die Brillengläser über die Jahre immer dicker geworden. Komplexe Operationen überließ er nun Jüngeren, weil er seiner Sehkraft und manchmal auch seinen Händen nicht mehr vertraute. Andere Männer wären zu stolz gewesen, es einzugestehen, doch das war nie seine Sorge gewesen. Für ihn stand das Wohl seiner Patienten immer an erster Stelle.

»Frau Falkenberg, ein Licht geht auf, wenn Sie hereinkommen«, sagte er charmant und erhob sich langsam.

»Die Freude ist ganz meinerseits, Doktor. Macht der Rücken wieder Probleme?«

»Wenn nur das Alter nicht wäre.« Er lachte, und um seine Augen sprossen tausend Fältchen. »Geht es Ihrem Mann besser?«

»Den Umständen entsprechend. Es sind keine Komplikationen zu erwarten.«

»Gut, gut. Sie haben gefehlt, es gibt einige Entwicklungen, die ich mit Ihnen besprechen möchte, setzen Sie sich.«

»Mit Verlaub, erst kümmere ich mich um Sie.«

»Ich hätte nicht darum gebeten.«

Svantje blickte zur Tür, sie war geschlossen, weder Stimmen noch Schritte waren zu hören. Wenn sie es vermeiden konnte, wollte sie nicht in einer vermeintlich verfänglichen Situation gesehen werden.

Sie trat um den großen Schreibtisch herum, umarmte den Doktor, verschränkte dann ihre Hände über seiner Wirbelsäule und drückte mit kurzen, kräftigen Impulsen zwei Wirbel zurück. Ein praktischer Handgriff, den sie vor einigen Wochen von einer anderen Schwester gelernt hatte. Im Rücken des Doktors knackte es vernehmlich. Er stöhnte auf und musste sich dann einen Moment lang an ihr und seinem Schreibtisch abstützen. »Sie sind ein Engel.«

»Ich habe Ihnen wehgetan.«

»Nur kurz.« Er ließ die Schultern kreisen, drehte vorsichtig den Oberkörper und setzte sich dann. »Das macht mir für die nächsten zwei Tage das Leben leichter.«

»Und damit ist nicht nur mir gedient.« Svantje lächelte und bot ihm an, den Handgriff jederzeit zu wiederholen, wenn es nötig war.

»Wir haben drängendere Probleme, Frau Falkenberg. Die britische Seeblockade.« Er beugte sich vor, musterte sie unter buschigen Brauen und sprach leise weiter. »Meine Annahme war falsch. Die Arzneimittel werden nicht knapp, weil sie an der Front benötigt werden – es gibt sie einfach nicht mehr. Viele unserer Tabletten und Ampullen kommen von der Firma Borroughs Wellcome & Company. Davon wird nichts mehr eingeführt. Nichts! Die Behörden rationieren die Vorräte streng, wir bekommen derzeit keine Antwort auf unsere Anfragen.«

Svantje überschlug im Kopf, wie viel sie gemeinsam mit den Doktoren Schawacht und Grahmer beiseitegeschafft hatte. Aus einer Befürchtung des erfahrenen Arztes heraus hatten sie schon vor Monaten begonnen zu hamstern und einen geheimen Vorrat angelegt. Wenn die Anzahl der Patienten nicht sprunghaft stieg, würden sie fast ein Jahr damit auskommen, und so lange sollte der Krieg angeblich gar nicht dauern. »Gottlob haben Sie zu handeln gewusst.«

Er tat ihre Worte mit einer raschen Handbewegung ab. »Ich habe mit unserem hauseigenen Apotheker gesprochen. Es fehlt dennoch an allem. Sie importieren keine Chinarinde mehr, Opium, Rhabarber, Aloe – nichts.«

»Eventuell hat mein Schwiegervater in seinem Lager noch etwas, er betreibt einen Import mit allerlei Exotika.«

»Und er würde an das Klinikum verkaufen?«

»Wenn ich ihn darum bitte.«

»Aber das löst unser Problem auf Dauer nicht. Es müssen Alternativen her, Frau Falkenberg. Die Apotheker müssen sich auf heimische Heilpflanzen und ihre Handwerkskunst rückbesinnen. Reinsubstanzen und synthetische Mittel haben für viele Jahre die Natur ersetzt. Ich weiß, dass Sie dazu für Ihr Buch geforscht haben.«

»Geforscht nicht, ich habe nur nach einfachen Mitteln gesucht, für die arme Bevölkerung. Tees und Extrakte, mit denen sie ihre Leiden lindern können, ohne Geld aufzuwenden.«

»Und genau das brauchen wir. Ich stelle Sie unserem Apotheker Herrn Helmstedt vor. Er sagt selbst, dass er sich in den vergangenen Jahren viel zu sehr auf vorgefertigte Präparate verlassen hat. Geben Sie ihm eine Liste mit Büchern, die haben Sie ja sicherlich, und dann können Sie sich Ihrer eigentlichen Aufgabe widmen.«

»Ich? Aber warum ich? Wird er denn mit einer Frau zusammenarbeiten wollen?«

Doktor Schawacht lachte zum ersten Mal an diesem Tag. »Seine rechte Hand *ist* seine Frau, und die Tochter kommt ihr nach. Gottlob ist er ein fortschrittlicher Geist. Von Ihnen wünsche ich mir, alle Abteilungen zu besuchen und sich genaue Listen geben zu lassen, was in nächster Zeit benötigt wird und was sich einsparen und ersetzen lässt. Dann arbeiten wir gemeinsam mit dem Apotheker einen

Plan aus, welche Mittel in welcher Reihenfolge herzustellen sind.«

Svantje schwieg. Sie verkniff sich die Frage, warum diese Aufgabe ihr zufallen sollte, denn sie kannte die Antwort. Sie wusste genau, was in ihrem geheimen Versteck gelagert war, und konnte entsprechend genau koordinieren, was Priorität hatte. Sie fühlte sich von dem Vertrauen geehrt, doch dann dachte sie mit neuer Bestürzung an die nächsten Monate. Doktor Schawacht verteilte seine eigenen Aufgaben nach und nach an Grahmer und sie. Er hielt also trotz des Krieges an seinem bereits länger gefassten Plan fest. »Sie wollen wirklich in den Ruhestand.«

»Ich bin fast siebzig, Frau Falkenberg. Irgendwann ist es genug, sosehr ich meinen Beruf liebe. Ich bin müde.«

»Das verstehe ich, auch wenn ich es nicht hören möchte.«

»Ich habe auch später noch jederzeit ein offenes Ohr für Sie, und in Doktor Grahmer habe ich einen engagierten und fähigen Nachfolger.«

»Das stimmt«, sagte sie leise. Dennoch bedauerte sie die Entwicklung. Schon als Schwesternschülerin hatte sie bewundernd zu Doktor Schawacht aufgesehen. Er hatte sie stets unterstützt und gefördert. Sie zweifelte nicht daran, dass es noch schwerer gewesen wäre, ihren medizinischen Ratgeber zu veröffentlichen, hätte er kein gutes Wort eingelegt und sogar das Vorwort geschrieben.

Nun sollte es also ausgerechnet in der größten aller Krisen ohne ihn gehen. Sie nahm sich fest vor, ihn nicht zu enttäuschen und sich seines Vertrauens würdig zu erweisen. Gemeinsam mit Doktor Grahmer würden sie es schaffen.

***

»Ein Geschenk von einem Geschäftskunden«, sagte Walter gut gelaunt und stellte einen großen Karton vor den Kindern ab. Erst dann begrüßte er Hilde mit einem Kuss auf die Wange.

»Was ist das?«, fragte sie.

»Wirst du sehen. Sie packen sicher sofort aus.« Er legte ihr den Arm um die Mitte. Ihr jüngerer Sohn Johann stieß einen begeisterten Schrei aus und reckte ein kleines Artilleriegeschütz in die Höhe, zwei Blechpferdchen schaukelten in den Geschirren.

Hilde schluckte. *Ich werde nichts sagen, ich werde nichts sagen, ich werde nichts sagen,* wiederholte sie still und rang sich ein Lächeln ab, um ihren Jungen nicht zu enttäuschen.

Durch ihre Familie verlief ein tiefer Graben. Walter befürwortete den Krieg, verdiente die Werft der Harkenfelds, die er de facto zur Hälfte leitete, doch sehr gut daran.

Hilde hingegen war jegliche Gewalt zuwider. Davon hatte es in ihrem Elternhaus schon genug gegeben. Zwar hatte ihr Vater sie nur selten geschlagen, doch die Familie kompromisslos beherrscht und seine Tochter benutzt wie eine Figur im Schachspiel.

Auch Jahre nachdem er unter der Erde lag, reichte sein Schatten noch weit. All seine Kinder waren typische Harkenfelds, ihr älterer Bruder Richard konnte ebenso stur und herrisch sein, wenn er ein Ziel verfolgte, wie auch Hilde und ihr jüngerer Bruder Florian, der die Werft nun mit Walter als Berater leitete. Der Jüngste kam am meisten nach dem Vater, und Hilde hoffte insgeheim, er würde sich noch ändern.

»Du kennst meine Meinung«, sagte sie leise. Während Walter mit einem kindlichen Ausdruck im Gesicht zusah, wie sein jüngerer Sohn sich von dem einundzwanzigjährigen Bruder Heinrich dabei helfen ließ, Schachtel um Schachtel auszupacken und die kleine Armee zu einer Schlachtformation zusammenzusetzen.

»Es gibt sogar Flugzeuge«, rief Johann aus. Er war eigentlich zu alt für dieses Spielzeug, aber die perfekten Miniaturen schlugen ihn in den Bann. Er reckte Hilde den Doppeldecker entgegen und hielt in der anderen Hand ein Panzerschiff, wie es in der Werft gebaut wurde. Jetzt verstand sie, warum Walter dieses umfangreiche Geschenk bekommen hatte.

Sie seufzte, strich sich über den Bauch. »Ich setze mich ins Wohnzimmer, Kinder, ich habe müde Beine.«

»Danke«, flüsterte Walter ihr zu, und sie wusste genau, worauf er sich bezog. Sie hatte Johann die Überraschung nicht kaputt gemacht, indem sie gegen das martialische Spielzeug wetterte oder es ihm gar verbot.

Mit schweren Schritten schlurfte sie durch den Flur. Jeder Junge wünschte sich derzeit solches Spielzeug. Der Krieg war längst in den Kinderzimmern angekommen. Es war normal. Wie sollte sie rechtfertigen, es ihm wegzunehmen? Außerdem war er ein Junge, und die spielten nun einmal mit Soldaten und Kriegern. Sie musste an ihren Bruder Richard denken, wie er als Kind Überfälle auf ihre kostbare Puppenstube gemacht hatte, auf seinem Steckenpferd sitzend und einen Ritter in der Hand.

Wenn ihre Eltern nicht hinsahen, und das hatten sie selten getan, war auch Hilde einer von den wilden Rittern gewesen. Mit Holzpferd und kleinem Schwerter hatte sie sich an Richards Seite gestellt und wilde Kriegsschreie ausgestoßen, bis die Kinderfrau aufgeregt angerannt kam.

Sie schmunzelte, während sie sich in ihren Sessel fallen ließ.

Doch das Lächeln verging ihr, als sie wieder an Richard dachte, wie er heute war. Sie sah ihn nun ohnehin sehr selten, und jetzt hatte ihn der Krieg verschluckt. Sie wusste nicht viel. Sein Regiment war mitten in der Nacht per Zug an die Grenze gebracht worden. Nun kämpfte er irgendwo in Belgien oder auch schon in Frankreich. Sie zweifelte nicht daran, dass er ein guter Soldat war und ein hervorragender Stratege, doch eine Gewehrkugel konnten diese Eigenschaften nicht aufhalten.

War das Nächste, was sie von ihm hören würde, womöglich eine Todesnachricht?

Eppendorfer Klinikum
18. August 1914

In einigen Tagen würden die ersten Kriegsversehrten von der Front zurückkehren. Niemand wusste, wie viele sie schicken würden und wie schwer sie verwundet waren. An den Frontabschnitten gab es sogenannte Verbandsplätze, an denen die Männer erstversorgt wurden. Im sicheren Hinterland wurden außerdem angeblich mehr und mehr Lazarette eingerichtet.

»Schicken sie uns die Soldaten direkt von der Front oder aus den Lazaretten, Frau Falkenberg?«, wollte eine Schwesternschülerin wissen, die gemeinsam mit Svantje Betten in einen freigeräumten Nebentrakt schob. Der kleine Saal war bislang als Lagerort für altes Gerät und Mobiliar genutzt worden, nun richteten sie ihn als ersten Krankensaal für Kriegsversehrte ein. Es ging zu wie in einem Bienenstock. Mittlerweile war alles herausgeschafft worden, und zwei Mädchen wischten den Boden auf Hochglanz.

Während sie die ersten Betten hereinschoben, spannten andere Seile, um anschließend mit Tüchern einen Behandlungsbereich abzutrennen.

»Die Medikamentenschränke dorthin!«, rief Svantje, ließ das Krankenbett stehen und eilte zum Hausmeister und seinem Helfer, die gerade einen großen, abschließbaren Metallschrank hereinschleppten. Svantje hatte das Gefühl, überall zugleich sein zu müssen, dabei hing es nicht allein an ihr, die Vorbereitungen zu treffen. Doktor Grahmer war genau in diesem Moment dabei, in zwei Nebenräumen Behandlungszimmer einzurichten, und Doktor Schawacht hatte es übernommen, Medikamente für diesen Bereich einzuteilen und die fehlenden aus ihrem Geheimvorrat zu ergänzen.

»Oberschwester?«

Sie fuhr herum. Die nächsten Betten kamen. Sechzig Stück insgesamt. »Dorthin. Beginnen Sie hinten links, und so eng wie möglich stellen. Drei zu jeder Seite, der Mittelgang bleibt frei.«

Der Hausmeistergehilfe tippte sich an die Stirn, und los ging die Prozession von Betten, Paravents und kleinen Tischen. Es war heiß an diesem Augusttag, und die schwüle Luft, die durch die offen stehenden Fensterflügel hereinströmte, brachte kaum Linderung. Svantje wischte sich die Stirn ab, dann zupfte sie ein zusammengefaltetes Zettelchen aus der Schürze. Die Liste darauf war schier unendlich.

»Katharina!« Sie winkte die Schwesternschülerin zu sich. Das Mädchen von knapp fünfzehn Jahren war im ersten Lehrjahr. Sie war zart wie eine Elfe und wirkte, als würde ein laues Lüftchen sie bereits davontragen können. Die äußere Erscheinung passte kaum zu dem energischen, zupackenden Geist, der sie in Zukunft zu einer hervorragenden Krankenschwester machen würde. »Was soll ich tun, Frau Falkenberg?«

»Wir gehen in die Wäschekammer. Bring einen Wagen mit, vielleicht schaffen wir es in ein paar Gängen. Schau hier, das fehlt noch.« Sie zeigte ihr die Liste. Mit gerunzelter Stirn überflog Katharina die Aufstellung der benötigten Laken, Handtücher, sterilen Binden und vielem mehr. »Das ist eine Menge.«

»Und dabei wird es nicht bleiben. Ab jetzt werden sie jede Woche Verwundete von der Front schicken.«

Es war Nachmittag geworden, als Svantje mit einem Stapel Bücher unter dem Arm die Kellerflure des Klinikums betrat. Trotz der angenehmen Kühle brach ihr der Schweiß aus. Svantje verharrte einen Moment und lehnte sich an die Wand. Einen Augenblick nur verschnaufen und die Gedanken sammeln. Ihr verspätetes Mittagessen hatte sie so überhastet heruntergeschlungen, dass es sich anfühlte, als habe sich der letzte Bissen in ihrem Hals verkeilt.

Minuten später klopfte sie an eine Tür.

»Herein«, klang eine angenehme Tenorstimme. Sie hörte Gläser klirren. Doktor Helmstedt stand an einem langen, gekachelten Tisch, auf dem komplizierte Glasapparaturen aufgebaut waren. Mehrere bläuliche Flammen erhitzten Flüssigkeiten. Der Apotheker war ein schlanker

Mann in der Mitte seiner Jahre. Von seinem dünnen Haupthaar lenkte ein gepflegter, dunkler Backenbart ab. Um seinen schmalen Mund waren tiefe Falten eingegraben, als würde er ihn beständig vor Konzentration anspannen.

»Herr Helmstedt, entschuldigen Sie meine Verspätung.«

»Das macht doch nichts. Schwester Falkenberg, nehme ich an? Sie haben dort oben sicher alle Hände voll zu tun.«

Er streifte dunkelbraune, feste Handschuhe ab und nahm den Bücherstapel entgegen. Durch eine schmale Brille überflog er die Buchrücken. »Die kann ich wirklich gut gebrauchen.«

»Das freut mich.« Svantje betrachtete neugierig die Apparaturen. »Einige habe ich mehrfach gelesen.«

Der Apotheker gab ihr die Hand. »Ich freue mich, Sie hierzuhaben, Doktor Schawacht war des Lobes voll. Er sagte, Sie seien in unser kleines Komplott eingeweiht und würden mir auch hin und wieder assistieren?«

»Gern, sooft es meine Zeit zulässt. Die Herstellung von Arzneimitteln interessiert mich wirklich sehr. Besonders jene, die einfach zu machen und für die Ärmsten der Bevölkerung besonders wichtig sind.«

»Dann sind Sie hier genau an der richtigen Adresse. Meine Tochter ist mir sonst eine unerlässliche Hilfe. Sie werden Sie noch kennenlernen. Eine patente junge Frau, wie Sie. Ich habe sie losgeschickt, um Salbenfett zu bestellen. Bis dahin würde ich mich über Ihre Hilfe freuen.«

Mit leiser Aufregung schlüpfte Svantje in einen hingehaltenen Kittel, während der Apotheker sie in eine rege Fachplauderei verwickelte.

Doktor Schawacht hatte recht gehabt. Doktor Helmstedt war ein Kollege nach ihrem Geschmack. Noch nie hatte ein Vorgesetzter sie mit einer solchen Selbstverständlichkeit auf Augenhöhe behandelt. Es würde eine Freude sein, mit ihm zusammenzuarbeiten und von ihm zu lernen.

Löwen, Belgien
20. August 1914

Der Krieg war nach nur drei Wochen zur Gewohnheit geworden, und das erschreckte Richard mehr als die wenigen Auseinandersetzungen, an denen seine Dragoner bislang teilgehabt hatten. Sie verdienten allenfalls die Bezeichnung Scharmützel. Die belgische Armee zog ab, bevor sie echten Feindkontakt hatten. Einmal waren sie in einem Waldstück auf eine Nachhut getroffen. Es kam zu einem kurzen Feuergefecht, in dem die Dragoner ein Pferd verloren und ein Mann kampfuntauglich geschossen wurde. Die Belgier verloren zwei Männer, zwei weitere wurden gefangen genommen. Eine Brücke brannte vor ihren Augen nieder, außerdem mehrere noch nicht abgeerntete Getreidefelder.

Nun rückten sie in der Stadt Löwen ein. Die belgische Armee hatte sich am Vortag zurückgezogen. Die *Garde Civique* war angeblich aufgelöst worden, die Waffen hatte die Armee nach Antwerpen mitgenommen.

Es war der 20. August, als Richard die Stadt mit seinen Dragonern und weiteren Verbünden erreichte. Löwen war ein hübscher kleiner Ort mit liebevoll gepflegten Wohnhäusern, gekehrten Gehwegen und kleinen Geschäften. Doch über allem lag der Atem der Furcht.

Die Bürger, die sich geweigert hatten, ihre Heimat zu verlassen, verbargen sich. Sie lugten hinter zugezogenen Gardinen hervor oder drückten sich in schmalen Gassen herum. Überall an Häuserwänden und Alleebäumen waren Bekanntmachungen angeschlagen. Darauf stand in drei Sprachen, dass jeder Bürger, der trotz Verbot eine Waffe trug, sofort erschossen würde.

Richard versuchte, seinen Gedanken keine Gelegenheit zu geben, unbequeme Pfade zu beschreiten. Er wollte nicht darüber nachdenken, was diesen unbescholtenen Leuten widerfuhr, wollte sich nicht vorstellen, wie sein Leben aussähe, wenn der Krieg nicht nach Löwen, sondern nach Hamburg gekommen wäre, und tat es doch die ganze Zeit.

Er wandte sich im Sattel um und sah zurück. Seine Dragoner ritten in Reihe zu vieren. Ob die Offiziere im Stab genauso dachten wie er? Oder die einfachen Soldaten? Er versuchte, in den Gesichtern zu lesen. Einige plauderten, lachten gar, doch die meisten schienen eine Maske der Gleichgültigkeit zu tragen, hinter der sie ihre kostbaren Gefühle verwahrten.

Sie nahmen auf einem großen Feld vor der Stadt Quartier. Pferde und Männer waren gut versorgt, Plünderungen unter Strafe verboten.

Täglich strömten nun Tausende weitere Soldaten in die Stadt, während sich der Großteil der ersten Armee, wie im Schlieffen-Plan vorgesehen, eilig weiter gen Westen bewegte. Jeden Morgen und jeden Abend ritt Richard mit anderen Offizieren in die Stadt, um Befehle einzuholen und die neuesten Kriegsentwicklungen zu erfahren.

Auf dem Rückweg am Morgen des 25. lenkte Richard sein Pferd durch den Ort, in dem mittlerweile fünfzehntausend deutsche Soldaten Quartier genommen hatten. Eine nervöse Unruhe lag über den Straßen und Gassen. Müßiggang tat den Soldaten nicht gut, die sich die Zeit mit Würfeln und Kartenspiel vertrieben. Jeder erwartete, dass es bald weiterging.

Richard hatte die anderen zum Feldlager zurückkehren lassen, während er die Zeit nutzen wollte, um sich ein wenig umzusehen. Nun saß er im Sattel und blickte zum beeindruckenden Turm der Kirche Sint-Pieter hinauf. Der gotische Prachtbau strahlte in der Spätsommersonne fast weiß, als könne ihm der Krieg nichts anhaben, als berühre ihn das Treiben auf den Plätzen und Straßen nicht. Richard hielt vor dem westlichen Portal. Es war mächtig wie eine Festung, doch durch die filigranen Steinbögen zugleich leicht und erhaben.

Er machte sein Pferd an einem Geländer fest, bat einen Soldaten achtzugeben und trat durch die schwere Tür ein. Im Inneren sah er zum ersten Mal mehrere Dutzend Bürger Löwens auf einmal. Sie saßen auf den Bänken und beteten still. Richards Gegenwart wurde sofort bemerkt. Feindselige Blicke trafen ihn, und er wurde sich seiner Uniform nur allzu bewusst. Richard versuchte, die Ablehnung nicht an sich heranzulassen, und ging am Seitenschiff entlang, betrachtete die bunten, meterhohen Glasfenster. Das Hauptschiff ragte so weit hinauf, dass er sich klein und unbedeutend fühlte. Blicke vertrieben ihn aus der Nähe des Altars.

Schließlich entzündete er vier Kerzen. Eine für seinen verstorbenen Vater, mit dem er sich nie versöhnt hatte, eine für seine Schwester Hilde, eine für die Soldaten, denen er in nächster Zeit auf dem Feld gegenüberstehen musste, und eine für Wassili.

Er wartete auf ein Zeichen, irgendetwas, das ihm bewies, vor Gott zu sündigen, doch es geschah nichts. Er warf Münzen in den Opferstock, sog ein wenig von dem kühlen Weihrauchduft ein und wandte sich dann zum Gehen.

Draußen empfing ihn gleißendes Licht. Mit zusammengekniffenen Augen lief er die Treppenstufen hinunter und zu seinem Wallach, der das Metallgitter ableckte, an dem er angebunden war, als plötzlich Schüsse erklangen. Das Pferd sprang erschrocken zur Seite, Richard zuckte zusammen, und in die Soldaten auf dem Platz kam Bewegung. Sie machten sich gegenseitig auf den Schuss aufmerksam, doch noch blieb alles ruhig. Vielleicht hatte jemand übermütig seine Waffe abgefeuert, oder es war ein Signal gewesen.

Richard nahm die Zügel kurz und schwang sich in den Sattel. Dann lauschte er wie die anderen. Hoffentlich würde alles ruhig bleiben. Hier waren zu viele Soldaten, zu viele Zivilisten. Wenn sich nur einer falsch verhielt, drohte eine Katastrophe.

Sein Wunsch wurde nicht erhört, denn nun erhob sich ein lang gezogener Schrei. Jemand litt, vielleicht einen Häuserblock entfernt, Qualen. Richard hoffte noch immer auf einen Unfall, vielleicht beim Reinigen einer Waffe.

Wieder Schüsse, eine Salve diesmal.

Womöglich eine standrechtliche Erschießung? Nein. Die Schüsse gingen weiter, nun unregelmäßig. Befehle wurden gebrüllt. Die Soldaten auf dem Platz eilten an die Waffen, Spielkarten landeten achtlos auf dem Boden.

Richard gab seinem Pferd die Sporen. Er musste zu seiner Einheit! »Aus dem Weg!«, schrie er, als das Gedränge immer dichter wurde, und zwang sein Pferd vorwärts. Es stieß gegen Soldaten, riss den Kopf hoch, zwängte sich in Lücken, wo eigentlich keine waren.

Sein Herz pochte schmerzhaft, die graue Felduniform klebte an seiner Haut, als er endlich die Straße vor sich sah. Er hätte mit den anderen Offizieren zurückreiten sollten.

Er galoppierte an, hetzte den Wallach über rutschiges Kopfsteinpflaster. Bald hatte er das Zentrum hinter sich. Immer wieder verstopften Soldatenlager kleinere Plätze. Niemand schien genau zu wissen, was vor sich ging.

Dann kamen ihm plötzlich Infanteristen entgegen, die verwundete Kameraden trugen. Sie bluteten stark, einer sah aus, als sei er bereits tot.

Der vorderste Mann signalisierte Richard mit erhobener Hand, durchzuparieren. »Herr Rittmeister, da ist kein Durchkommen.«

Richard lenkte sein tänzelndes Pferd neben ihn. »Was ist geschehen?«

»Heckenschützen, überall. Wir haben fast zwanzig Mann verloren. Angeblich rücken die Belgier aus Antwerpen vor, und zur gleichen Zeit greift die Bürgerwehr hier aus dem Hinterhalt an.«

Von wegen die haben all ihre Waffen abgegeben, fluchte Richard in Gedanken. Seine Ahnung war richtig gewesen. Er hasste es, in diesem Punkt recht zu behalten. »Wo komme ich raus?«

Der Mann wies auf eine Gasse. »Da ist es bislang ruhig, aber wer weiß, wie lange es so bleibt?«

»Danke, Soldat.«

Richard erreichte die Gasse. Sie glich einem Hohlweg, auf beiden Seiten zweistöckige Wohnhäuser. Richard beschattete die Augen und versuchte zu erkennen, ob eines der Fenster offen stand. Lauerte hier ein weiterer Heckenschütze? Zivilisten waren auf der Gasse keine zu sehen. Aber welcher Einwohner von Löwen wäre denn auch so leichtsinnig, sich in einer besetzten Stadt hinauszuwagen, wenn soeben Schüsse gefallen waren?

Mittlerweile knallte es in erschreckender Regelmäßigkeit. Der Himmel war voller Tauben und Spatzen, die panische Kreise zogen. Von irgendwo trieb beißender Rauchgeruch heran. Die Lage eskalierte immer weiter, und er war noch immer hier und nicht bei seinen Männern.

Richard drückte seinem Pferd die Fersen in die Flanken. Der Wallach sprengte erschrocken los, hinein in die schmale Gasse. Bewegungen hinter den Fenstern. Dicht duckte er sich über den Pferdehals. Etwas huschte ganz knapp an seinem Gesicht vorbei, der Wallach zuckte, strauchelte, keuchte und lief dann mit angelegten Ohren weiter. Um eine Kurve noch, die Hufe rutschten über Pflaster, dann war er hinaus und im Freien.

Erst jetzt richtete Richard sich wieder auf und bemerkte das Blut warm und glitschig über seine Rechte laufen. Japsend rang er nach Atem, seine Lunge schmerzte.

Richard sah über die Schulter, doch da fielen schon die nächsten Schüsse.

Hamburg
25. August 1914

Der Krieg war erst wenige Wochen alt, und schon kamen die ersten Soldaten heim. Svantje saß gemeinsam mit zwei Doktoren, einer Schwester und mehreren Helferinnen auf der Ladefläche eines kleinen Lkw. Zu ihren Füßen das Nötigste, mit dem sie die Männer versorgen wollten.

Svantje stierte in Gedanken versunken vor sich hin. Die Straßen, durch die sie fuhren, sahen aus wie eh und je, solange man nicht genauer hinsah. Denn dann bemerkte man die Propaganda, die von jeder Litfaßsäule schrie. Die Häuser waren mit Flaggen geschmückt, mal riesig, mal eine Kette kleiner Wimpel. Jeder wollte den anderen übertreffen, als hinge es von der Flaggengröße ab, wie patriotisch jemand war.

Der Wagen tuckerte an einer Gruppe Studenten vorbei, die kämpferische Lieder sangen. Ihre jungen, fast kindlichen Gesichter waren gerötet von Eifer und Begeisterung.

Die ehrenamtlichen Helferinnen winkten ihnen gut gelaunt zu, bekamen Kusshände zugeworfen. Sie waren erst seit wenigen Tagen im Krankenhaus. Drei Freundinnen, die angefeuert von nationaler Begeisterung ihren Teil im Krieg leisten wollten, weil sie ihren Brüdern und Liebsten nicht an die Front folgen konnten. Zumindest noch nicht.

Von der Front kamen längst nicht nur gute Nachrichten. Während die deutschen Armeen wie geplant über Belgien nach Nordfrankreich zogen, machten die Franzosen weiter südlich Geländegewinne und erbeuteten das 1871 verlorene Elsass-Lothringen zurück. Zudem kam die russische

Mobilmachung weit schneller voran als angenommen. Zwar stand in den einheimischen Zeitungen nichts davon, doch durch Friedrichs Verbindungen wusste Svantje, was im Ausland berichtet wurde. Von Gräueltaten deutscher Soldaten war da die Rede, von Vergewaltigungen, massenhaft erschossenen Zivilisten, Plünderungen und Brandstiftung.

Die Berichte lösten bei den Briten einen Aufruhr aus. Tausende verpflichteten sich, um gegen die barbarischen Deutschen zu kämpfen. War all das nur Propaganda, um die Bevölkerung auf einen langen Krieg einzustimmen, oder enthielten die Berichte doch auch Wahrheit?

Svantje wusste es nicht. Sie konnte sich nicht vorstellen, dass die eigenen Soldaten binnen Wochen derart verrohten, aber andererseits überstieg es grundsätzlich ihre Vorstellungskraft, dass *irgendjemand* solche Verbrechen verüben konnte, ganz gleich welcher Nationalität oder Rasse. Dass es hin und wieder Verbrecher in einer Bevölkerung gab, das war klar, aber Hunderte Männer? Gar Tausende?

Sie erreichten den Bahnhof und fuhren direkt an das abgelegene Gleis, auf dem sonst nur Güterwaggons ankamen. Svantje fand es merkwürdig, dass die Verwundeten nicht bis an den Hauptbahnhof transportiert wurden. Wollte die Obrigkeit nicht, dass die Bevölkerung die Auswirkungen des Krieges mit eigenen Augen sah? Oder wollten sie den Verwundeten ihre Würde lassen?

Svantje teilte die Helferinnen ein. Gemeinsam brachten sie die Tragen ans Gleis. Es dauerte nicht lang, bis der Zug einfuhr. Es war einer der Truppentransporter, die sonst neue Männer an die Front brachten. Einst mit frischem

Laub und Blumen geschmückt, war das Dekor mittlerweile welk und die Fähnchen ein wenig zerschlissen.

Bremsen schrillten, Dampf vernebelte einen Moment lang Bahnsteig und Gleise, dann hielt der Zug an. In den Fenstern erblickte Svantje blasse, müde Gesichter.

Zuerst stiegen jene aus, die noch selbstständig gehen konnten, die Arme in Schlingen oder mit Kopfverbänden verarztet. Einige waren äußerlich auch unversehrt, dafür zitterten sie oder blickten wild umher, als erkannten sie ihre Umgebung nicht mehr.

»Frau Falkenberg, hier!«, rief Doktor Grahmer plötzlich und winkte sie zu sich. Dann zeigte er auf einen Viehwaggon, der als letzter angekoppelt war. Ein Schaffner schob soeben die breite Tür auf. Dort lagen Schwerverletzte dicht an dicht auf dem Boden. Einer hob einen Armstumpf vors Gesicht, um sich vor der plötzlichen Helligkeit zu schützen. Ein anderer blickte mit starren Augen zu ihr, blinzelte nicht. Sein Leiden war zu Ende. Ob seine Kameraden wussten, dass sie neben einer Leiche lagen?

Es stank nach Blut und Ausscheidungen.

Die jungen Helferinnen waren nun auch heran. Eine stolperte zurück, als habe sie ein Schlag getroffen, ihre Begleiterin drückte im Reflex die Hand vor den Mund.

Grahmer blieb ruhig, wandte sich einem Bahnhofsmitarbeiter zu. »Die Fahrzeuge müssen näher heran. Und besorgen Sie uns Träger und auch mehr Fahrzeuge, Leiterwagen, ganz gleich. Wir nehmen, was Sie auftreiben können.«

Svantje wandte sich unterdessen an die andere Schwester und die Mädchen. »Ich möchte, dass ihr Ruhe bewahrt. Redet mit den Soldaten, und findet die Schwere ihrer Verwundung heraus. Und wenn sie es nicht von selbst gemerkt haben, sagt ihnen, um Himmels willen, nicht, dass andere die Fahrt nicht überstanden haben. Nun los.«

Unterdessen waren alle Tore des Viehwaggons geöffnet worden. Wenigstens strömten nun Licht und Luft hinein. Svantje stellte mit Erleichterung fest, dass der Waggon zuvor gereinigt worden war. Auf dem Boden war eine dicke, saubere Schicht goldgelben Strohs verteilt.

Sie nahm sich ihren ersten Patienten vor. »Guten Morgen, ich bin Oberschwester Falkenberg. Sie sind in Hamburg, wir kümmern uns jetzt um Sie.«

»*Moin,* Schwester«, sagte der Mann leise und rau. Er lächelte müde. Seine Augen wirkten uralt in einem weichen Jungengesicht, in dem nur das Leid, nicht aber die Zeit Spuren hinterlassen hatte. Svantje strich ihm das verschwitzte Haar aus der Stirn. Die Haut fühlte sich kalt an. »Mir kann niemand mehr helfen«, sagte er leise und lächelte wieder. »Geben Sie mir einfach etwas gegen die Schmerzen, und kümmern Sie sich um meinen Bruder Rüdiger. Er hat immer auf mich aufgepasst, Schwester.«

Sein Arm klappte zur Seite, und er zeigte auf einen jungen Mann von verblüffender Ähnlichkeit, um den sich eine der Helferinnen bemühte.

»Er wird schon versorgt. Wie heißen Sie, und wann sind Sie geboren?«

»Joachim Frister, 7. April 1895.«

Svantje notierte den Namen in einem kleinen Notizbuch, außerdem *sehr schwach, kein Fieber* sowie seinen Blutdruck, der so niedrig war, dass er eigentlich nicht bei Bewusstsein hätte sein dürfen.

Vorsichtig löste sie seine verkrampfte Hand aus der Decke und hob den grauen Stoff an. Sein Bauch war stramm verbunden, der Verband verklebt mit altem und frischem Blut. Sie zuckte innerlich zusammen.

»Ein Bauchschuss? Wie lange ist das her?«

»Zwei Tage, vielleicht drei? Es verschwimmt alles ineinander. Der Schmerz …« Er blinzelte, schloss für einen langen Moment die Augen.

Svantje schluckte. So jung und schon so viel Leid. Sie zweifelte, dass Joachim Frister noch gerettet werden konnte, aber den Weitertransport ins Klinikum wollte sie ihm auf jeden Fall erleichtern. Sie nahm eine der Ampullen aus ihrer Tasche, brach die gläserne Spitze ab und zog das Betäubungsmittel auf. Svantje brachte es nicht übers Herz, ausgerechnet bei ihrem ersten Patienten von der Front darüber nachzudenken, ob sie das Medikament nicht für einen anderen aufsparen sollte. Sie injizierte das Mittel, dann wandte sie sich dem nächsten Mann zu. Er war nicht ansprechbar, fieberte, und ihm fehlte der linke Arm ab dem Ellenbogen. Danach untersuchte sie einen Soldaten, der ein schweres Kopftrauma hatte. Er hörte und sah nur noch auf einer Seite, Splitter hatten die Haut auf der anderen in Fetzen gerissen.

Endlich kamen mehr Transportfahrzeuge und Helfer für die Tragen. Während Doktor Oselis, mit dem Svantje bislang noch nie zusammengearbeitet hatte, die Verladung ihrer Patienten überwachte, waren sie und Doktor Grahmer zur Seite getreten, um ihre Listen zu vergleichen.

Die Bilanz war erschütternd. Dreiundvierzig Männer waren nach Hamburg gebracht worden, vier mittlerweile verstorben und fünf oder sechs derart schwer verwundet, dass einige, wenn nicht alle den nächsten Tag nicht mehr erleben würden.

»Ich hatte erwartet, dass sie uns transportfähige Verwundete schicken und wir nur nachsorgen müssen. Und nun das?«, sagte Grahmer im Flüsterton. »Wie muss es erst in den Lazaretten an der Front aussehen, wenn sie uns die schicken.« Er wies mit dem bärtigen Kinn in Richtung Waggon.

Svantje mochte seinen Gedanken nicht folgen, tat es aber trotzdem und erschauerte. »Vielleicht war keine Zeit oder nicht die Gelegenheit, eine Auswahl zu treffen. Oder die Patienten wurden von einem Militär ausgesucht, der die Lage nicht einschätzen konnte.«

»Ihr Wort in Gottes Ohr. Denn wenn der nächste Transport auch so ausfällt … wir haben kaum genug Platz …«

Svantje legte ihre Hand auf seinen Arm und wünschte für einen Augenblick, es stünde Doktor Schawacht an ihrer Seite. »Wir haben die Choleraepidemie überstanden, Hamburg hat auf die harte Art gelernt, mit Tausenden Kranken klarzukommen. Im schlimmsten Fall müssen wir wieder Baracken einrichten.«

Grahmer lächelte. »Ich hatte wieder vergessen, dass Sie sich schon damals mit Wissen und Besonnenheit hervorgetan haben.«

»Ach, weder noch. Aber es war eine gute Schule.«

»Und Krankenschwestern wie Sie brauchen wir jetzt.«

3

Als Svantje das Klinikum in der Abenddämmerung verließ, fühlten sich ihre Beine an, als laufe sie gegen einen Widerstand an, der sie zu ihren Patienten zurückzog. Sie brachte es kaum über sich zu gehen.

Doch in den langen Jahren, die sie nun Krankenschwester war, hatte sie gelernt, auch auf sich selbst zu achten, zumindest ein wenig. Denn sie brauchte den Schlaf und die Ruhe, um am nächsten Tag wieder vollen Einsatz zeigen und ihren Dienst tun zu können.

Dennoch wäre sie heute länger geblieben, wäre da nicht Friedrich gewesen, der versprochen hatte, sie abzuholen.

Er stand mit der Kutsche unter einer Straßenlaterne. Sie entdeckte ihn schon von Weitem, wie er auf dem Kutschbock saß und im künstlichen Licht die Zeitung las. Das geschiente Bein hatte er gerade ausgestreckt. Die Stute schlief mit gesenktem Kopf und hängenden Ohren und zuckte zusammen, als sie Svantjes Schritte hörte.

Friedrich sah auf. »Da bist du ja endlich«, sagte er erleichtert und faltete seine Zeitung zusammen. »Entschuldige, wenn ich nicht absteige.«

Svantje lächelte zum ersten Mal an diesem Tag. Der

bloße Anblick von Friedrich ließ ihr Herz ein wenig leichter werden. Sie kletterte auf den Kutschbock und gab ihrem Mann einen Kuss auf die Schläfe, doch das reichte ihm nicht. Er legte die Hände an ihre Wangen, sah ihr tief in die Augen und drückte ihr dann einen Kuss auf den Mund. Der vertraute Geruch seiner Haut war wie eine schützende Decke, die weichen Lippen ein Versprechen, immer zu ihr zu halten.

»So ist es besser«, sagte er schließlich. Svantje rückte nahe an ihn und lehnte den Kopf an seine Schulter, während er die Zügel aufnahm und leise schnalzte. Die Stute zog an, und im gemütlichen Schritttempo ging es heimwärts.

»Wie geht es dir?«, fragte Svantje, während sie ihren Arm unter Friedrichs Jacke schob. Der Sommer ging seinem Ende zu, und die Nächte wurden wieder kühler. Seine Wärme war wie ein Schatz.

»Das Bein tut weh, und dazu fängt es an zu jucken.«

»Ein gutes Zeichen, der Knochen heilt.«

»Ich weiß, aber manchmal wird es so schlimm, dass ich am liebsten den Gips zerschlagen und kratzen und kratzen würde. Zudem melden sich die Rippen in den unpassendsten Momenten.«

»Du hast wieder gehoben«, tadelte sie.

»Ich muss Vater doch helfen, das Lager zum Laufen zu bekommen.«

»Dafür habt ihr Arbeiter. Dein Vater ist auch nicht mehr der Jüngste.«

Friedrich schnaubte abfällig. »Wir *hatten* Arbeiter und hätten sie noch, wenn sie nicht so versessen darauf wären, sich für Volk und Kaiser umbringen zu lassen. Bis auf den alten Heiner sind alle fort. Wir müssen uns nach neuen umsehen.«

Svantje biss sich auf die Lippe, überlegte. »Wie wäre es, wenn Clemens euch nach der Schule zur Hand geht? Er könnte sich etwas dazuverdienen. Jeder Nachmittag, den er nicht mit seinen Freunden verbringt, ist ein Gewinn. Sie reden doch von nichts anderem als dem Krieg und deutschen Heldentaten.«

Friedrich brummte zustimmend. »Heute hat er mir noch gesagt, dass er Angst hat, der Krieg wäre vorbei, bevor er alt genug ist, sich freiwillig zu melden.«

Svantje fühlte sich, als ziehe sich eine eisige Schlinge um sie zusammen. »Du hast die Zeitung gelesen, gibt es Neuigkeiten?«

Er seufzte, zuckte mit den Schultern. »Die Franzosen haben das Elsass zurück, die Belgier bringen mehr Widerstand als erwartet auf und damit den Vormarsch der ersten Armee zum Stocken. Es gibt unzählige Tote, Zehntausende, hunderttausend womöglich. Es gibt keine klaren Angaben, und ich bin mir sicher, dass dem Kaiser auch nicht daran gelegen ist, negative Schlagzeilen zu machen.«

Svantje musste wieder an den Transport denken. »Wir haben heute die ersten Verwundeten von der Front bekommen.« Ihre Stimme erstickte an plötzlich aufwallenden Tränen. Friedrich legte er ihr den Arm um die Schulter. »Na, na, meine Tapfere.«

»Die ganze Zeit habe ich mich zusammengerissen«, schluchzte sie, »ich weiß nicht, warum, warum ich jetzt …«

»Schh…« Er drückte sie fest an sich und lenkte die Kutsche in einen Park, wo er anhielt. Über den Baumkronen ging die Sonne unter, zerfloss blutrot wie ein grauenhaftes Omen.

Svantje weinte, als würde es sie zerreißen. Jedes Atemholen tat weh, ließ die Brust brennen, und doch bekam sie nicht genug Luft.

Friedrich hielt sie einfach nur fest. Sie wusste, dass seine Rippen furchtbar schmerzen mussten, und doch brauchte sie diese Umarmung so sehr, dass sie sich nicht herauswinden konnte. Wenn er sie jetzt nicht hielt, würde sie am nächsten Tag nicht aufstehen und zum Dienst gehen können. Sie fühlte sich spröde, als müsste sie in tausend Teile zerbersten.

»Es war so furchtbar, Friedrich. Sie waren alle so jung. Wie Kinder, deren Kriegsspiel grauenhafter ernst geworden war. Sie lagen zum Teil noch auf den Tragen, auf denen man sie vom Feld geschleppt hatte. Wir mussten sie davon losschneiden, Friedrich, weil alles mit Ausscheidungen und Blut verklebt war, so viel Blut.«

Er strich ihr übers Haar, sagte nichts, ließ sie einfach weiterreden. Nach und nach fiel ihr die Last von der Seele, während sie von Bauchschüssen und Granatsplittern erzählte, von Bajonettstichen und Amputationen, die so hastig vorgenommen worden waren, dass die Männer nun in einer weiteren Operation das gesamte Körperglied verlieren würden und in der Hälfte der Fälle wahrscheinlich auch das Leben. »Diese Feldärzte sind Metzger, ich verstehe das nicht.« Sie hatte sich wieder gefangen und richtete sich auf.

»Urteile nicht so schnell, mein Liebes, du weißt nicht, unter welchen Umständen sie arbeiten mussten. Und beten wir darum, dass du es niemals herausfinden musst.«

Löwen
25. August 1914

Zweiunddreißig deutsche Soldaten waren aus dem Hinterhalt erschossen worden. Und wenn man den Schauergeschichten der Männer Glauben schenkte, waren es noch viel mehr.

Am Vortag war Richard nur knapp dem Feuer entkommen. Er war unverletzt, doch sein Pferd hatte einen Streifschuss abbekommen und musste für einige Tage geschont werden.

Mittlerweile hatte das Chaos Ordnung Platz gemacht.

Die bereits siebzig Kilometer weiter gen Westen gezogene Hauptmasse der ersten Armee war nach dem Angriff der Belgier aus Antwerpen in Teilen umgekehrt, um ihnen zu begegnen.

In Löwen wurde Haus für Haus, Straße für Straße durchkämmt und von Heckenschützen gesäubert. Das Gerede von *Franc-tireurs,* die sich in großen Gruppen verschanzt hatten, versetzte die Soldaten in Angst und Schrecken.

Richard war mit einer kleinen Einheit Dragoner ausgesandt worden, um einen Quadranten Löwens zu säubern. Die Pferde hatten sie zurückgelassen.

Im Morgengrauen zogen sie in die Stadt. Brandrauch und Nebel der kühler werdenden Nächte mischten sich zu einer dichten Trübe, in die die Männer eintauchten. Jeder Schatten ließ sie Gespenster sehen. Nie hatte Richard im Laufe seiner militärischen Laufbahn ein derartiges Szenario erprobt. Er fühlte sich ungeeignet und schlecht vorbereitet. Der Blick in die Gesichter seiner Männer zeigte, dass auch sie unsicher waren, ängstlich gar. So, wie sie ihre Gewehre und Pistolen umklammerten, brauchten sie ihn jetzt. Er musste Stärke ausstrahlen, damit auch sie stark sein konnten. Richard versuchte, sich zusammenzureißen. Energisch ging er voraus, hieß die anderen die direkte Umgebung sichern und schlug mit der Faust gegen die erste Haustür.

Niemand rührte sich. Er donnerte noch einmal seine Faust gegen das Holz, dann trat er zur Seite. Zwei Soldaten warfen sich mit den Schultern dagegen und wurden von der Wucht des Aufpralls ins Haus getragen.

Im Inneren war es stockfinster. Die Vorhänge zugezogen. Die Zeit schien sich zu dehnen, doch es geschah … nichts.

Richards Hand um den Pistolengriff wurde immer schwitziger, doch er widerstand dem Drang, sie trocken zu wischen. Angst ließ sich nicht fortwischen. Er drängte sich mit den anderen Männern ins Haus, schickte vier mit einer Handbewegung ins obere Stockwerk, vier weitere in den Keller. Er selbst zog als Erstes die Vorhänge zur Seite. Endlich Licht.

Er stand in einer kleinen, gemütlichen Stube, in der Küche nebenan dampfte eine Kanne mit Kaffee. Der Porzellanfilter lag umgestürzt daneben. »Sie müssen noch hier sein!«, rief er.

»Hier, Herr Rittmeister!« Die Stimme schallte aus dem Keller. Er eilte die Stufen hinab. Dort, zwischen Kartoffelsäcken, kauerten zwei Kinder, davor stand eine junge Frau und presste ein Bündel an sich. Im Licht einer Laterne wirkte ihre Haut totenblass. Zwei Soldaten standen vor ihr. Einer hielt stur seine Pistole auf sie gerichtet, der andere hob eine Laterne über den Kopf, sein Blick war fragend, er fühlte sich offenbar nicht weniger unwohl als Richard.

»Die Waffe runter, Soldat.«

Die Hand des Mannes zittere. »Ich weiß nicht, was sie da vor sich hält, vielleicht ein Messer, vielleicht …«

»Ein kleines Kind.« Richard legte ihm eine Hand auf die Schulter. Die Muskeln des Mannes fühlten sich an wie versteinert.

Die Frau wimmerte, die Kinder, die sie mit ihrem Körper verdeckte, weinten stumm. Dann regte sich das Bündel in ihren Armen plötzlich. Der Soldat schrie auf, im selben Moment löste sich ein Schuss und bohrte sich hinter der Frau in die Wand.

Aus dem Bündel schoss etwas Rotes. Ein langhaariger Kater suchte durch ein Kellerfenster schleunigst das Weite.

Der Soldat sank gegen die Wand, murmelte: »Eine Katze. Ich hätte sie beinahe wegen einer verdammten Katze erschossen. Warum hat sie denn nichts gesagt?«

»Weil sie kein Deutsch versteht«, erwiderte Richard. Seine eigenen Knie fühlten sich weich an. Rasch durchsuchten sie den Keller, fanden keine weiteren Personen und ließen die Frau mit ihren Kindern zurück.

Haus für Haus rückten sie vor. Mittlerweile waren die Bürger gewarnt. Ein alter Mann öffnete ihnen die Tür, andere Familien versammelten sich in der Stube, die Hände bereits erhoben. Zitternd, weinend, manche auf Knien. Wenige suchten ihr Heil in der Flucht.

Es fraß an Richard. Dies waren ganz normale Menschen. Belgien hatte sich stets neutral verhalten, und nun kamen sie, überfielen dieses Land und verbreiteten Terror unter den Zivilisten. Aber er war auch nicht bereit, sich von französischen Freischärlern und der Bürgerwehr Löwens über den Haufen schießen zu lassen.

Er merkte, wie er trotz der Anspannung nachlässig wurde. Beinahe hätten sie das alte, rostige Gewehr übersehen, das in einer ärmlichen Wohnung zwischen Jacken an der Garderobe hing. Sie stellten das Väterchen zur Rede, das mit gestammelten Worten und Handzeichen erklärte, die Waffe diene zur Kaninchenjagd. Die Anspannung entlud sich in Gelächter. Die jungen Soldaten zeigten sich gegenseitig Hasenohren und machten anzügliche Witze, schließlich zerbrachen sie das Gewehr und zogen weiter.

Als sie auf die Straße traten, wurden auf der anderen Seite eines kleinen Platzes fünf Zivilisten aus einem Haus getrieben. Allesamt Männer, der jüngste noch ein Knabe, der älteste stützte sich auf einen Gehstock.

»Jo, Herr Rittmeister, sieht aus, als wären unsere Kameraden von der Infanterie fündig geworden.« Die Dragoner blieben stehen und sahen neugierig herüber, während die fremden Soldaten ihre Gefangenen niederknien ließen.

Wie gelähmt starrte auch Richard hinüber, als die Soldaten sich aufstellten, die Gewehre anlegten und die vermeintlichen Freischärler erschossen. Niemand schrie, niemand bettelte um Gnade, selbst der Junge starb stumm. Die Kugeln fetzten blutige Fontänen aus ihren Köpfen. Die leblosen Körper kippten um und blieben in grotesken Verrenkungen liegen, der alte Mann zuckte noch.

Richard sah sich nach seinen Männern um, die den Blick mit bleichen Gesichtern erwiderten. Einer, ein blonder Kerl, schmal und hochgeschossen mit einem rundlichen Gesicht, das nicht so recht zu seiner Statur passte, wandte sich ab, ließ sein Gewehr fallen und übergab sich. Zwei weitere waren ebenfalls grünlich im Gesicht.

Richard fühlte sich, als sei mit den Gefangenen auch ein Stückchen von ihm gestorben. Etwas Kostbares, das er nie bewusst wahrgenommen hatte und dessen Verlust ihn nun schmerzte, als habe man ein Loch in seine Seele gerissen.

»Aber sie hatten sich doch ergeben?«, stotterte einer seiner Männer. »Machen wir keine Gefangenen?« Er sah Richard an, in den Augen ein Ausdruck von Hilflosigkeit und Verzweiflung.

»*Wir* machen Gefangene«, sagte er und straffte die Schultern. Er sah einen Dragoner nach dem anderen an. »*Wir* erschießen keine Unbewaffneten, nicht unter meinem Kommando!«

Die Männer atmeten auf.

Gegenüber lagen die Toten nun still. Von den anderen Soldaten war nichts mehr zu sehen, aber aus dem Wohnhaus stiegen dünne Rauchfahnen. Die Gardinen brannten. Sie hatten es angezündet. Richard widerstand dem Drang, seinen Männern zu befehlen, das Feuer zu löschen oder zumindest Alarm zu schlagen. Flammen malten gespenstische Schemen auf die Fenster, als gingen drinnen die Geister der Toten umher.

»Los, weiter, es sind nur noch vier Gebäude«, sagte er und ging voran. Mit jedem weiteren Haus, das sie leer vorfanden, mehrten sich die Chancen, auf französische Freischärler zu treffen, die die Stadt womöglich infiltriert hatten. Sie konnten nirgendwohin, sich nur von Haus zu Haus zurückziehen, bis es nicht mehr weiterging.

Am Abend bekamen sie schließlich Feindkontakt. Aus Dachluken war das Feuer auf sie eröffnet worden. Zwei von

Richards Männern wurden verletzt, die anderen stürmten das Gebäude. Im Dachgeschoss feuerten sie auf alles, was sich bewegte, und die beiden Partisanen starben hinter Vorhängen trocknender Bettlaken im Kugelhagel. Triumph stand den Dragonern ins Gesicht geschrieben. Das hier war ein Kampf, wie sie ihn sich vorgestellt hatten. Wofür sie singend an die Front gezogen waren.

Stolz blickten sie auf die Leichen hinab, die nun keine deutschen Soldaten mehr hinterrücks erschießen würden.

Sie wickelten die Toten in Laken, die sich langsam mit Blut vollsogen, und trugen sie als Zeichen für andere Einwohner Löwens, die Gegenwehr einzustellen, vor die Tür.

Mittlerweile hing dichter Rauch über der Stadt. Überall gab es Brandherde, und die Feuer breiteten sich aus. Ganze Straßenzüge lagen in Ruinen. Richard hatte seinen Männern untersagt, an dem Irrsinn teilzunehmen, doch seine Einheit war eine der wenigen, die noch den Anstand wahrten.

Züge brachten beständig mehr Soldaten nach Löwen, von wo sie weiter gen Frankreich zogen. Am Morgen waren nahe dem Bahnhof Hunderte Gefangene zusammengetrieben worden. Männer vor allem, aber auch einige Frauen und Kinder. Man hatte sie in stinkende Viehwaggons verladen, die sie in deutsche Gefangenenlager bringen sollten.

In der Nacht brannte die Bibliothek der Löwener Universität. Die Flammen schlugen so hoch, dass es aussah, als leckten sie nach den Sternen. *Weltenbrand*, das hatte in der Zeitung gestanden, und ja, ein *Weltenbrand* war es, den die erste Armee hier entfachte.

Richard hatte seinen Männern untersagt, nachts in die

Stadt zu ziehen, wollte keine Plünderer und Vergewaltiger in seiner Einheit. Teils murrend, teils erleichtert hatten sie sich gefügt und blickten nun mit ihm fassungslos auf das Inferno, das sich vor ihnen ausbreitete.

Die Glocken von Sint-Pieter läuteten schrill. Das Rauschen der Flammen war ohrenbetäubend laut, dazwischen Töne wie ferner Donner, wenn Steinwände und Dachstühle einstürzten. Immer mehr Häuser brannten, Hunderte, vielleicht Tausende.

Vier Kerzen hatte er am kleinen Seitenaltar der Kirche entzündet. Es hätten viel mehr sein sollen. Viel, viel mehr.

Schier endlos war die Schlange der Menschen, die vier Tage später Löwen verließen. Sie trugen Bündel, zogen Karren hinter sich her, hielten Kinder auf den Armen. Alle Automobile, Pferde, Rinder und einige Esel waren konfisziert worden. Diese Leute besaßen nur noch das, was sie tragen konnten.

Richard und seine Dragoner ritten durch die Straßen und trieben die Einwohner vor sich her wie Vieh. In den vergangenen Tagen hatte sich die Lage immer mehr zugespitzt. Viele Soldaten sannen auf Rache, fast zweihundert waren verwundet, einige davon durch Schüsse unvorsichtiger Kameraden, wenn im Häusergewirr und bei Nacht Freund und Feind kaum noch zu unterscheiden waren. Gerüchte von *Franc-tireurs*, die sich angeblich noch zu Hunderten in der Stadt versteckten, machten die Runde. Es waren Gespenster einer Vergangenheit, in der die Freischützen den Deutschen im Deutsch-Französischen Krieg von 1870 bis 1871 schwer zu schaffen gemacht hatten.

Richard wollte nicht so recht daran glauben. Er fühlte

sich, als sei er gefangen in einem Albtraum. Er war zwar Rittmeister, mit dem Kommando über seine Männer aber dennoch machtlos. Auch er musste Befehle befolgen, sie überzeugend weitergeben, sodass seine Männer nicht den Mut verloren. Aber es wurde mit jeder Gräueltat, die er mit ansehen musste, schwerer, und er fürchtete sich vor dem Tag, an dem er eine Order erhielt, die sich gegen Anstand und Moral stellte. Er wusste, er würde sie trotzdem befolgen müssen.

In den vergangenen Tagen waren alle, die mit ihm hergekommen waren, zu anderen Menschen geworden. Die Kriegseuphorie war mit jedem Toten weiter geschwunden. Auf dem Bahnhofsvorplatz waren Massengräber ausgehoben worden, einige für die gefallenen deutschen Soldaten, andere für die Belgier. Sauber getrennt ruhten sie nun in kalter Erde.

Wie überall in den eroberten Gebieten waren Zivilisten festgesetzt worden. Geiseln, mit denen die Partisanen zum Aufgeben gezwungen werden sollten. Richard hatte von Erschießungen gehört. Für jeden getöteten deutschen Soldaten starben zwei Belgier.

Daher empfand er es beinahe als Erleichterung, dass nun alle Einwohner Löwen verlassen mussten. Zweihundert tote Zivilisten waren mehr als genug.

Sie ritten durch die Straßen, scheuchten die Menschen vor sich her, ohne ihnen in die Gesichter zu sehen. Der dichte Rauch trieb Siegern und Verlierern die Tränen in die Augen. Die Pferde tänzelten, schwitzen ihre Furcht vor den überall kohlenden Feuern in weißen Schaumflocken hinaus, die sich schnell aschgrau verfärbten.

Sint-Pieter war ausgebrannt, der Dachstuhl verkohlt,

vereinzelte Balken ragten noch wie die geschwärzten Rippen eines Skeletts empor. Die Seitenschiffe mit ihren uralten Altären und Kunstwerken vernichtet, die Glocken herabgestürzt. Auf dem Vorplatz lagen die Leichen von Zivilisten, Männer, eine Frau und ein Kind, allesamt erschossen. Sie sahen grau aus, wie alles andere auch.

Die Blätter der Alleebäume, die Gassen, Dächer und Balkone, die ganze Stadt hatte mit dem Leben auch die Farbe verloren.

Es dauerte bis zum späten Nachmittag, erst dann war Löwen menschenleer. Wer sich jetzt noch hier aufhielt, musste ein Kämpfer der Bürgerwehr sein oder ein *Franc-tireur.*

In der Nacht wurde erneut Feuer gelegt. Löwen würde als Exempel für die Belgier dienen: Wer sich widersetzte, wurde bis auf die Grundfeste vernichtet.

Richard fand keinen Schlaf, und es fühlte sich an, als würde er das nie wieder.

18. Oktober 1914 – sechs Wochen später

Dieses Jahr fiel Svantjes Geburtstag auf einen Sonntag. Sie wurde zweiundvierzig Jahre alt. Zuerst hatte sie nicht feiern wollen, doch ihre Familie kam so selten zusammen, dass sie diesen Anlass nutzen wollte, um endlich wieder einmal alle an einem Tisch zu versammeln. Und wer wusste schon, ob sie in den kommenden Jahren noch Gelegenheit dazu finden würden. Was wäre, wenn sich das Blatt auf den Schlachtfeldern wendete und britische Zeppeline demnächst über Hamburg ihre Bombenfracht abwarfen?

Seitdem die ersten verwundeten Soldaten eingetroffen waren, hatte sie in Albträumen oft ihre eigene Familie auf den blutverklebten Bahren vor sich gesehen, mit abgerissenen Gliedern und weit geöffneten Augen. Sie waren allesamt tot und längst steif, doch im Traum hatte sie es nicht verstanden und verzweifelt versucht, sie zu retten.

Svantje schüttelte den Gedanken ab. Wenigstens heute wollte sie versuchen, den Krieg nicht an sich heranzulassen. Karoline half ihr dabei, den Tisch zu decken. Die letzten Rosen aus dem Garten füllten mehrere Vasen und schwängerten die Luft mit süßen Düften.

In der Stadt wurden die Lebensmittel knapper und teurer, doch noch war alles zu bekommen. So hatte sie Apfelkuchen mit Walnüssen gebacken und eine Sahnetorte mit eingemachten Kirschen. Karoline steuerte einen einfachen Schokoladenkuchen bei, der in anderen Familien wohl Begeisterungsstürme ausgelöst hätte. Bei Falkenbergs, die mit Kakao, Zimt und Kaffee handelten, gehörte er zu jedem Fest dazu.

Friedrich näherte sich, das Tock-tock-tock seines Gehstocks war unverwechselbar. Seit seiner Verletzung waren nun zweieinhalb Monate vergangen. Das Bein war gut verheilt, blieb aber ein wenig steif, und Svantje zweifelte, dass es jemals wieder werden würde wie früher. Friedrich schien nicht mit seinem Schicksal zu hadern, sondern es anzunehmen. Schließlich hatte er damals, als sie ihn eingequetscht unter den Lagerregalen fand, bereits mit seinem Leben abgeschlossen.

Nun besaß er zwei Gehstöcke aus schwarzem Holz mit eleganten Elfenbeingriffen, die er wechselnd nutzte.

»Deine Eltern sind da«, sagte er, als er ins Esszimmer

trat. Etwas leiser fügte er hinzu: »Denkst du, ich sollte deinen Vater heute fragen, ob er seine Anstellung in der Werft aufgeben und stattdessen bei uns arbeiten möchte?«

Sie hatten darüber gesprochen. Ihr Vater war mittlerweile Mitte sechzig, dachte aber noch nicht ans Aufhören. Doch die Arbeit auf der Werft war anstrengend und brachte ihn oft an seine Grenzen, auch wenn er es sich nicht eingestehen wollte. Nun, da sich die jüngeren Mitarbeiter der Falkenbergs allesamt freiwillig gemeldet hatten oder eingezogen worden waren, suchten sie händeringend nach neuen Leuten.

»Mach es, und wenn er stur ist, dann wende dich an deine Schwiegermutter, die wird ihm seinen falschen Stolz schon austreiben. Und … Friedrich?«

»Hmm?«

»Danke.« Sie drückte seine Hand, dann gingen sie gemeinsam zur Tür, um ihre Gäste zu begrüßen.

Trotz allem wurde es ein schöner Tag. Svantje wurde ein Ständchen gesungen, und ihr Bruder Piet und der Vater ließen es sich nicht nehmen, sie auf ihrem Stuhl hochleben zu lassen, wenn auch nur dreimal statt der zweiundvierzig. Doch das reichte Svantje, der schon beim ersten Mal mulmig geworden war, zur Genüge. Friedrich brachte ihr schließlich noch einen Brief von ihrem Verleger, der ihr zum Ehrentag gratulierte und außerdem die sechste Auflage ihres medizinischen Ratgebers bekannt gab. Offenbar brauchten die Menschen ihn in diesen Zeiten mehr denn je.

Einen zweiten Brief öffnete er noch am Kaffeetisch und starrte so lange auf das auseinandergefaltete Papier, dass

Svantje es schon mit der Angst bekam. »Friedrich? Friedrich, was ist denn?«

Er reagierte erst, als sie ihn am Arm berührte. »Wassili kommt aus Russland zurück. Wenn er an der Grenze keine Probleme bekommt, ist er in wenigen Tagen da.«

Svantje mochte ihren Ohren nicht trauen. »Ist das nicht viel zu gefährlich? Ich dachte, wir sehen ihn frühestens nach Kriegsende wieder.«

Friedrich seufzte. »Ich auch. Hoffen wir, dass alles gut geht. Ich habe seine freundliche Art und nicht zuletzt seine Fähigkeiten in den letzten Wochen schmerzlich vermisst.«

Noch am Abend saßen sie zusammen und redeten über alte Zeiten, die mit Abstand betrachtet so viel besser und friedlicher gewesen waren, wenn auch entbehrungsreich.

Svantje musterte ihre kleine Schwester Marie, die mittlerweile eine junge Frau von vierundzwanzig Jahren und der Mutter wie aus dem Gesicht geschnitten war. Sie hatte zwei Kinder, ebenso wie Piet, der die Tochter seines Lehrmeisters geheiratet hatte und nun mit diesem gemeinsam eine kleine Druckerei leitete. Seine Frau Mina, kurz für Wilhelmina, war eine begabte Künstlerin und entwarf und malte Werbeplakate. Die beiden Töchter Kristina und Doris schienen ihr Talent geerbt zu haben. Seitdem sie mit dem Kaffeetrinken fertig waren, saßen die Sechs- und die Achtjährige am Tisch und zeichneten.

Piet wirkte unruhig, seine Frau ungewöhnlich still, und Svantje ahnte, dass ihrem Bruder etwas auf der Seele lastete. Sie tranken noch gemeinsam im Salon Likör und Branntwein, während die Kinder im Wohnzimmer blieben.

Da endlich räusperte sich Piet. »Meine Lieben, ich habe euch etwas zu sagen. Dies ist ein Abschied.«

Svantje schluckte hart. Sie ahnte, was nun kommen würde, und doch hätte sie sich am liebsten die Ohren zugehalten wie ein trotziges Kind. Alle Anwesenden hielten den Blick aufmerksam auf ihn gerichtet. »Das Vaterland ruft mich, und ich werde folgen.«

»Nein«, keuchte Svantje.

Piet legte ihr einen Arm um die Schulter und küsste sie auf die Stirn. »Ich habe keine Wahl, Schwesterchen. Mein Beruf ist nicht kriegswichtig, und ich bin ein gesunder Mann. Unsere Familie ist eine der wenigen, aus denen noch keiner an der Front ist.«

»Aber …« Bilder von Verwundeten, von Verstümmelten und Toten reihten sich in Svantjes Kopf. *Wie kannst du nur!*, wollte sie sagen, obschon sie wusste, dass er sich nicht freiwillig gemeldet hatte. Ihm blieb, wie er sagte, keine Wahl. Also sagte sie nur leise: »Pass auf dich auf, kleiner Bruder.«

»Weißt du schon, wo sie dich hinschicken?«, fragte der Vater gefasst. Er selbst hatte als junger Mann im Deutsch-Französischen Krieg gefochten. Von allen Anwesenden wusste er wohl am ehesten, was seinem Sohn bevorstand.

»Nach Osten, gegen die Russen sollen wir ziehen. In zwei Tagen habe ich mich morgens am Bahnhof einzufinden. Dann geht es für eine Woche zur Auffrischung, danach an die Front.«

Seine Frau Mina stand die ganze Zeit über aschfahl neben ihm. In ihren Wangen arbeitete es, und sie krampfte die Hände zusammen. Svantje trat an ihre Seite. »Wenn etwas ist, kannst du jederzeit mit den Kindern zu uns kommen.«

»Danke, Svantje. Am liebsten würde ich meinem Piet

hinterherreisen. Eine Freundin von mir macht es so. Aber sie hat auch keine Kinder. Nun arbeitet sie als Helferin in einem Lazarett vor Ort. Sie schreibt mir hin und wieder. Angeblich hat sie ihren Liebsten nicht ein einziges Mal gesehen.«

Zwei Tage später verabschiedeten sie Piet am Bahnhof. Svantje sah seinem Zug lange nach, im Herzen eine schreckliche Ahnung.

Der kleine Bruder, den sie ihr Leben lang zu beschützen geschworen hatte … nun war er fort.

4

Belgien, nahe der französischen Grenze
22. Oktober 1914

Sie waren vor dem Morgengrauen aufgebrochen. Der Großteil der ersten Armee war wie ein Heuschreckenschwarm vorausgezogen, weshalb sich die nachrückenden Dragoner in Sicherheit gewogen hatten. Richard hatte mehrere Kundschaftergruppen ausgesandt, die alle von leeren Wäldern berichteten. Erst im Nachhinein begriffen sie, dass sie an perfekt getarnten Maschinengewehrstellungen vorbeigeritten waren, die sich wie eine Kette aneinanderreihten und den im Tal gelegenen Fahrweg überwachten. Tief eingegraben in den Waldboden und mit Herbstlaub und kahlen Zweigen getarnt, waren die Verstecke für die unerfahrenen Kundschafter nicht zu erkennen gewesen.

Die Franzosen hatten gewartet, bis sich der Hauptpulk der Reiterei mitsamt Feldgeschützen zwischen ihnen befand.

Bis zum letzten Moment war der Stab ahnungslos gewesen.

Von einem Augenblick auf den anderen brach die Hölle los. Reiter und Pferde starben im Kugelhagel. Chaos brach unter den Dragonern aus. Die Maschinengewehrschützen nahmen die Zugtiere der mitgeführten Feldgeschütze unter Feuer. Es dauerte nur Augenblicke, dann lagen sie um sich schlagend im Geschirr und verendeten.

»Rückzug, sammeln!«, schrie ein anderer Offizier. Richard riss sein Pferd herum. In einem Pulk hetzten sie die Straße zurück, die sie gekommen waren. Außer Reichweite der Franzosen zügelten sie ihre Pferde. Richard stellte sich in die Bügel, zählte. Ein Drittel der Dragoner fehlte, und sie hatten alle sechs Feldgeschütze zurücklassen müssen. Ein Desaster.

Schnell wurden Befehle gegeben. Auf unzureichenden Karten verschafften sie sich einen Überblick über die Topografie, dann erhielt Richard seine Befehle. Mit einer siebzig Mann starken Truppe sollte er die MG-Stellung von hinten angreifen und wenn möglich unschädlich machen.

Zehn Reiter führten Handgranaten mit. Richard war einer von ihnen. Er war ein guter Werfer und hatte darauf bestanden, an der Aktion teilzunehmen, auch wenn die ausgewählten Reiter den Stellungen bei dem Angriff besonders nahe kommen würden.

Zwei weitere Dragonergruppen würden dasselbe von der anderen Seite versuchen.

Richard fühlte sich fiebrig, als sei jede Faser seines Körpers überreizt. Zu Beginn des Krieges hatte er den gegnerischen Truppen neutral gegenübergestanden, doch jetzt hasste er die Franzosen, besonders jene feigen Hunde, die sich hinter ihren MGs verschanzt hatten.

Schnell hatten sie den Wald erreicht, in dem die feindliche Linie lag. Mit einem Fernglas suchte er den Boden ab. Das frisch gefallene Herbstlaub machte es schwer, etwas zu erkennen, und die noch immer fallenden Blätter täuschten Bewegungen vor, wo keine waren.

Da, Strukturen und Linien, unpassend für einen Buchenwald. Zu kantig waren sie, zu regelmäßig. Metall blitzte auf, nur einen Augenblick lang, doch er hatte ihn gesehen, den Gewehrlauf. Soweit er erkennen konnte, gab es nur zwei oder drei Öffnungen in der Stellung, die allesamt auf den Weg zeigten.

Richard konnte genau erkennen, wo sie in die Falle gelaufen waren. Der Boden war übersät mit Körpern. Auch aus dieser Entfernung konnte er das Blut sehen, das auf dem Boden Lachen bildete. Ein Zugpferd zuckte noch immer hin und wieder mit den Beinen, hob kurz den Kopf und ließ ihn dann langsam sinken. Richard nahm sich Zeit und betrachtete den Ort des Massakers genau. Dort waren noch drei Männer am Leben. Sie kauerten hinter einem Geschütz, und wie es schien, richteten sie es ganz langsam auf eine der MG-Stellungen aus. Diese mutigen Teufelskerle würden den Weg für den Angriff bereiten, den Richards Truppe gleich wagen würde.

Er setzte seine Dragoner in Kenntnis, was dort unten geschah und dass sich ihre Chancen plötzlich verbessert hatten. Er teilte sie weiter auf. Zwei Gruppen sollten sich nun im weiten Bogen um die Stellungen herumbewegen und sich bereithalten.

Sobald die Feldgeschütze feuerten, wären die Franzosen abgelenkt. Der Lärm würde die angreifenden Dragoner decken. Vermutlich blieben ihnen nur ein bis zwei Minuten, bis die Männer an den Geschützen ihren Mut mit dem Leben bezahlten. Doch das würde reichen. Es musste.

Richard führte seine Männer aufmerksam, aber zügig durch den Wald auf Position. Kaum hatten sie sich formiert, da begann das Feldgeschütz auf dem Weg auch schon zu feuern. Die MGs erwiderten aus vollem Rohr. Es waren fünf Stellungen insgesamt. Die Pferde scheuten, zu frisch war die Erinnerung an erlebtes Grauen. Richard biss die Zähne zusammen, gab seinem Wallach die Sporen, und das Tier preschte mit einem erschrockenen Keuchen vorwärts.

Die Handgranate hatte Richard schon zuvor bereit gemacht, sie steckte in seinem Stiefel. Jetzt musste er nur noch nahe genug herankommen. Seine Männer waren fast gleichauf. Sie würden eine Salve von hinten auf die MG-Stellung feuern. Mit Glück war sie nur mit einer dünnen Erdschicht überdeckt, die von den Kugeln durchdrungen werden konnte.

Nur noch fünfzehn Meter. Er konnte die Maschinengewehre bereits riechen. Heißes Metall, Pulverdampf. Von der Straße kam kein Beschuss mehr. Jubelrufe, französische Glückwünsche.

Richard feuerte. Dutzende Dragoner schossen ebenfalls. Erdbrocken wurden emporgeschleudert, und ein Gegner begann jämmerlich zu schreien. Dann war Richard heran, ein Blick über die Schulter, der Pulk der Reiter würde genau in die Explosion reiten. Er zerrte an den Zügeln, zwang sein Pferd zum Halt, wartete Augenblicke. Zwischen Zweigen und Laub entdeckte er zwei junge Gesichter.

Richard riss die Granate aus seinem Stiefel. Im gleichen Moment griffen die Franzosen an, mit aufgepflanzten Bajonetten rannten sie auf ihn zu, schrien etwas. Vielleicht eine Warnung an ihre Kameraden. Zu spät. Richards Pferd drehte sich im Kreis, während er die Kappe abschraubte und warf.

Die Angreifer erreichten ihn im selben Moment. Einer

rammte dem Wallach die Klinge in die Schulter, sein Kamerad stach nach Richard. Der versuchte, das Bajonett von seinem Bauch wegzulenken. Es bohrte sich stattdessen tief in seinen Arm. Dann kam die Explosion, unerträglich laut. Die Franzosen wurden gegen ihn geworfen, Erdbrocken und Körperteile prasselten in einer Qualmwolke nieder. Der Wallach wurde von der Wucht zu Boden gerissen.

Stille.

Tränende Augen, Dreck und Schmerz, aber kein Geräusch, bis auf seinen lauten, lauten Herzschlag. Richard klammerte sich mit der Linken in die Mähne, versuchte zu verstehen, was er sah, dann sprang sein Pferd plötzlich auf und galoppierte blindlings davon. Richard hatte beide Steigbügel verloren, doch es gelang ihm, sich irgendwie oben zu halten und mit den Knien festzuklammern.

Auf beiden Seiten huschten Baumstämme vorbei. Das Tier hetzte in seiner Panik durchs Dickicht und sprang über Äste und Steinbrocken. Nur vage sah Richard die französischen Infanteristen, die ihm in lockerer Linie entgegenzogen.

Er sah, wie sie ihre Gewehre hoben, auf ihn anlegten. Hörte die Schüsse nicht, war noch immer taub von der Explosion. Der Wallach zuckte, Blut sprühte aus den Nüstern, dann drehte sich die Welt plötzlich. Richard wurde aus dem Sattel geschleudert und blieb in einem Gewirr aus Ästen liegen.

Schlammverkrustete Stiefel, die vorbeimarschierten, dann war da nur noch der Schmerz in seiner Brust und das Gefühl von schmierigem, warmem Blut, das den Waldboden unter ihm tränkte.

Hamburg
Fünf Tage später

»Mama?«

Hilde hatte am Gartenfenster des Studierzimmers gesessen, ihren Frühstückskaffee getrunken und gelesen, als ihr Sohn Heinrich an den Türrahmen klopfte, um sich bemerkbar zu machen. Er war ein groß gewachsener junger Mann von einundzwanzig Jahren mit dunklem Haar und grauen Augen. Von Hilde hatte er die kantigen Gesichtszüge der Harkenfelds geerbt. Seit Kurzem ließ er sich einen Schnurr- und Kinnbart wachsen, was ihm gut stand, ihr aber gänzlich klarmachte, dass ihr Ältester ihrer Obhut entwachsen war. Eigentlich studierte er an der Technischen Universität Berlin-Charlottenburg Chemie, doch durch den Kriegsbeginn hatte das neue Semester noch nicht begonnen. Es stand im Raum, die Hochschulen zu schließen, um sämtliche Studenten an die Front zu schicken. Eine Entscheidung, deren Ausgang Hilde mit bangem Herzen erwartete. Heinrich hatte sich zum Glück nicht von der nationalen Euphorie anstecken lassen. Er würde den Stift erst dann gegen ein Gewehr eintauschen, wenn Kaiser und Vaterland ihn dazu aufforderten.

»Was denn, Heinrich?«

»Da ist ein Herr an der Tür, er will mit dir sprechen.«

»Mit mir?« Hilde erhob sich mit einem mulmigen Gefühl. »Was ist das für ein Mann?«

Heinrich antwortete nicht, blieb aber an ihrer Seite. Das war noch merkwürdiger, passte nicht zu ihm. Halb verdeckte er ihren Blick auf die Tür, dann zog er sie auf, und Hilde vergaß einen Moment lang zu atmen. Der Mann trug eine Uniform, in der Hand hielt er einen Brief. Hilde schätzte ihn auf fünfzig Jahre, sein rundliches Gesicht wirkte trotz der Fülle kränklich. »Frau Degen? Hilde Degen?«

»Die bin ich«, bestätigte sie dünn. Bleiern senkte sich eine schreckliche Vorahnung auf sie. Heinrich nahm stützend ihren Arm.

»Rittmeister Richard Harkenfeld hat Sie als Kontaktperson angegeben. Es tut mir leid.« Der Mann überreichte ihr einen Brief, salutierte und machte auf dem Absatz kehrt.

»Das kann nicht … nicht Richard.« Ihre Knie wurden weich, der Brief rutschte ihr aus den Fingern.

»Du musst dich setzen.«

»Ich muss gar nichts!«, fuhr sie ihren Sohn an, doch schon im nächsten Moment tat es ihr leid. »Entschuldige, Heinrich.«

Er führte sie zu einem Sessel, dann kehrte er zur Haustür zurück, schloss sie und brachte den Brief mit sich.

»Ich will das nicht lesen.«

»Davon wird es nicht ungeschehen.« Heinrich öffnete das Kuvert, und als sie nicht reagierte, nahm er die Nachricht heraus. »Hier steht, er sei in Frankreich verschollen. Männer hätten gesehen, wie er verwundet wurde. Das Pferd hat ihn mitgeschleppt. Die Leiche wurde nicht gefunden, aber er ist vermutlich gefallen. Er hat sich in der Schlacht besonders hervorgetan und soll posthum geehrt werden.«

Hilde schloss die Augen. Sie brannten, aber es wollten keine Tränen herauskommen. Richard als Held gestorben. Sie sollte stolz auf ihren Bruder sein, aber es fühlte sich nur an, als sei ein Teil von ihr mit ihm gegangen.

Heinrich nahm ihre Hand. »Mama, sag doch was.«

Sie schüttelte den Kopf, dann atmete sie ein, und es klang wie ein Schrei. Alles tat weh. »Oh, Richard.«

Jetzt lag er allein irgendwo in Feindesland und hatte nicht einmal ein Grab. Warum war die Welt nur so grausam zu ihm? Diese Strafe hatte er nicht verdient. Er war immer allein gewesen. Allein im Streit mit Vater, allein, nachdem der ihn davongejagt hatte, und nun auch im Tode allein. Er hatte nicht einmal eine eigene Familie, die um ihn trauerte, nur sie, Mutter und Florian.

Dann wurde Hilde mit einem Schlag klar, dass das nicht stimmte. Sosehr sie sich auch dagegen sträubte, änderte es nichts an der Tatsache, dass es noch jemanden gab, der sich um ihren Bruder sorgte. Jemanden, der ohne sie vielleicht lang nicht erfahren würde, was geschehen war. Wassili Alfjorow.

Svantje hatte ihr erzählt, dass der Russe eine Woche zuvor überraschend wieder in Hamburg aufgetaucht war.

»Heinrich, sei so gut und gib dem Fahrer Bescheid, dass ich noch einmal fortmuss.«

Er sah sie ungläubig an. »Jetzt?«

»Ja, jetzt.«

»Aber …« Er rang die Hände, sah auf den Brief. »Wenn du wünschst, fahre ich dich. Ich kann dich doch jetzt nicht alleinlassen.«

Hilde umarmte ihn. »Danke«, sagte sie leise. »Du bist ein guter Sohn.«

***

Es fühlte sich ein wenig merkwürdig an, wieder an seinem gewohnten Platz im Büro von Falkenberg Reederei &

Import zu sitzen. Wassili legte neue Farbbänder in seine Schreibmaschinen ein. Er besaß zwei amerikanische Underwoods, eine für die übliche Korrespondenz und eine mit kyrillischer Schrift. Er ging seine Unterlagen durch, machte alles bereit, dann nahm er die Post aus dem Briefkasten und sortierte sie vor.

Er war bereits am Samstag aus Moskau angereist, doch dies war sein erster Tag im Büro. Die Zeit dazwischen hatte er mit Irina verbracht. Das Wiedersehen war herzlich ausgefallen, er hatte seine Frau sehr vermisst, war im Nachhinein aber froh, dass sie darauf bestanden hatte, ihn nicht zu begleiten. Es war ein gefährlicher Drahtseilakt zwischen russischen Behörden und nur halb legalen Geschäften gewesen.

Aber nun war er wieder zurück. Er war früh gekommen, eine Gewohnheit, die er bereits seit zwanzig Jahren pflegte. Innerhalb dieser Wände lag sein heimliches Reich. Er genoss die Stille des frühen Morgens. Aus einer Stunde allein waren zwei geworden. Offenbar begannen die Falkenbergs in der Krise später mit dem Tagewerk. Was sollten sie auch hier, wenn der Großteil der Märkte zusammengebrochen war?

Er machte einen Rundgang durch das Lager, überschlug, was noch vorhanden war, und ging im Kopf durch, mit welchen Waren zu welchen Preisen in Zukunft noch Geld zu machen war.

Im selben Moment, da er ins Büro zurückkam, trat Friedrich ein. Bislang hatte Wassili ihm nur eine Nachricht zukommen lassen, dass er zurückgekehrt war.

»Du tollkühner Kerl!«, rief Friedrich aus und hinkte auf ihn zu, einen edlen Gehstock zu Hilfe nehmend. In seinem

Haar fand sich mehr Grau, doch die Freude in seinem Gesicht rührte Wassilis Herz. Durch Briefe hatte er von dem Überfall auf die Firma erfahren und wie nahe Friedrich dem Tod gewesen war.

»Tollkühn? Wohl eher verzweifelt.« Er lachte. »Wäre ich länger in Russland geblieben, hätten sie mich am Ende noch eingezogen.« Sie schüttelten einander die Hände und umarmten sich kurz.

»Ich hätte niemals geglaubt, dass du zurückkommst. Dass sie dich überhaupt ins Land lassen! Als dein Brief kam, war ich sprachlos. Aber lass uns bei einem Kaffee darüber reden.«

»Ist längst aufgebrüht. Ich bringe alles.«

Einige Momente später saßen sie gemeinsam in Friedrichs Büro, ganz wie früher. »Ich fürchte um deine Sicherheit, mein Freund«, sagte Friedrich ernst und schlürfte an seinem noch viel zu heißen Getränk.

»Um die ist es überall schlecht bestellt.« Wassili hatte seit Monaten das Gefühl, stets einen stechenden Blick im Rücken zu spüren, wann auch immer er unachtsam wurde. Damit verknüpft waren die Erinnerungen an Gefängnis und Folter.

»In Russland haben sie mich lange befragt, als ich vom Schiff stieg. Sie trauen einem Mann, der zwanzig Jahre von der Heimat fort war und ausgerechnet zu Kriegsbeginn heimkehrt, nicht. Zum Glück waren sie auch davon überzeugt, dass kein Spion so dumm wäre, derart plump vorzugehen. Ich konnte also alle Händler besuchen, wenngleich vieles von dem, was wir vorhatten, durch die Sperrung der Häfen und die britische Seeblockade obsolet geworden ist. Meinen Eltern geht es gut, meine Schwestern hüten ein halbes Dutzend Kinder und ein paar Enkel.« Er lächelte bei der Erinnerung an die lärmende Schar, die jedes Familientreffen begleitet hatte. »Ich bin froh, wieder hier zu sein, und ich hoffe, dass meine Stelle noch frei ist.«

»Was für eine Frage! Ohne dich läuft hier alles nur noch im Schneckentempo.«

»Ich fürchte, es liegt am Krieg, daran kann auch ich nichts ändern. Aber ich habe schon einige neue Ideen. Zeit nachzudenken hatte ich genug.«

»Svantje meint, wir sollten unsere Importe auf Arzneimittel und deren Ausgangsprodukte erweitern. Mit Chinarinde und Aloe könnten wir reich werden.«

Wassili rieb sich das Kinn. Was für eine Idee. Im Kopf ging er Importeure durch, vor seinem geistigen Auge erschien eine Karte nach der anderen, Handelswege, Kontaktpersonen.

»Gib mir zwei Tage, dann bekommst du eine Aufstellung.«

Friedrich grinste. »Nichts davon ist legal zu beschaffen.«

»Ich weiß«, erwiderte Wassili nur und spürte, wie kribbelige Aufregung seine Lebensgeister weckte. »Die Zeiten haben sich, wie du sagtest, geändert. Das macht vieles schwerer, aber auch einiges einfacher. Ich bin sicher, dass der Schwarzmarkt blüht, so sehr, dass sie unmöglich alles kontrollieren können.«

»Wir dürfen uns nur nicht erwischen lassen.«

»Niemals.« Wassili grinste.

***

»Es wird vielleicht etwas dauern«, sagte Hilde, als Heinrich das Automobil vor dem Geschäftsgebäude der Falkenbergs parkte. »Danach fahren wir noch zu Mutter und Florian.«

Er stieg aus und öffnete ihr die Tür. »Ich gehe mir ein wenig die Beine vertreten, wenn das recht ist«, sagte Heinrich. Kurz darauf verschwand er schnellen Schrittes in Richtung Hafen.

Hilde sah ihm nach. Ihr Sohn lief mit hochgezogenen Schultern und gesenktem Kopf. In der Luft hing Nieselregen. Seit der schrecklichen Nachricht hatte Heinrich seine Trauer nicht gezeigt, dabei hing er seit Kindertagen sehr an seinem Onkel Richard.

Als die Erinnerung an glücklichere Tage sie einzuholen drohte, krampfte sich in Hilde alles zusammen. Richard hatte Heinrich das Reiten beigebracht, ihn mit auf die erste Jagd genommen, ihn sogar das Fechten mit dem Offizierssäbel gelehrt. In vielen Dingen hatte er die Stelle eines Vaters übernommen, weil Walters Stärken eher in Wirtschaft und Politik lagen, die einen Jungen von damals dreizehn Jahren wenig interessierten.

Und Richard war Hilde dankbar gewesen, weil sie ihm ihren Sprössling anvertraute, obwohl sie von seiner Neigung wusste. Wie absurd war mit dem Abstand der Jahre betrachtet ihre anfängliche Befürchtung, ihr Bruder könne Interesse an Knaben zeigen. Ihre Verdächtigung musste ihn tief geschmerzt haben, doch er hatte ihr verziehen.

Nun lag sein Körper irgendwo in einem Wald in Frankreich, und seine Seele war an einem besseren Ort.

Hoffentlich.

Hilde sah wieder den Moment vor sich, als sie Richards und Wassilis Geheimnis erfuhr. Ihre Umarmung und der

Kuss in einem vermeintlich unbeobachteten Moment. Sie erinnerte sich genau an ihr Entsetzen und den Ekel. Mit den Jahren hatte sie gegen ihren inneren Widerstand erkannt, was die beiden Männer einander bedeuteten. Es in Blicken und Gesten gesehen, in der Art, wie ihr Bruder über Wassili sprach. Strafte ihn Gott nun für seine Sünden, oder war er gütiger als die Menschen? Sah Richard von dort oben nun auf sie herab? Hilde wandte den Blick in den grauen Himmel. Feine Regentropfen legten sich auf ihre Haut, bis es sich anfühlte wie Tränen. Wassili musste erfahren, was mit Richard geschehen war. »Ich weiß, wie wichtig er dir war«, flüsterte sie mit enger Kehle, dann betrat sie den Firmensitz.

»Guten Morgen?«, sagte sie leise, doch zu ihrer großen Erleichterung war der Vorraum leer, nicht einmal die Sekretärin war an ihrem Platz.

Auf der Fahrt hatte Hilde sich bereits zurechtgelegt, was sie Friedrich erzählen würde, sollte er ihr im Büro über den Weg laufen. Schließlich konnte sie ihm schlecht sagen, weshalb sie wirklich gekommen war. Doch wie es aussah, würde sie nicht in die Verlegenheit kommen.

Unbemerkt klopfte sie an Wassili Alfjorows Bürotür.

»Herein?«

Hilde trat zögernd ein. Wassili stand soeben auf und wandte sich zu ihr um. Er war ein gut aussehender Mann, etwas schmaler geworden seit ihrem letzten Treffen. Er überragte sie um Haupteslänge. Den Kopf ein wenig schief gelegt, hielt er inne und musterte sie aus klugen Augen. Er schien etwas zu ahnen. An seinem Hals schwollen die Adern, während er zugleich blass wurde.

»Nein«, sagte er leise und wich vor ihr zurück, als sei sie

eine Bedrohung. »Nein.« Abwehrend hob er die Hände, während Hilde ihm den Brief hinhielt. Sie konnte es nicht aussprechen.

Wassili nahm den Umschlag schließlich entgegen und setzte sich auf die Fensterbank. Er wandte sich kurz zu ihr um, im Blick Anklage, als sei sie schuld daran, wenn seine Welt zerbrach. Quälend langsam faltete er das Papier auseinander, las und wandte sich dann von ihr ab. Er sah aus dem Fenster, wo zunehmender Wind Regentropfen über das Fleet peitschte und an den Fahnen riss.

Hilde trat neben ihn, zögerte kurz, dann legte sie eine Hand auf seine verkrampfte Schulter. Er bebte, sie hörte ihn angestrengt atmen. In der Spiegelung im Fensterglas sah sie Tränen über seine Wangen rinnen.

»Er hat uns verlassen«, sagte Hilde leise. »Und wir können ihn noch nicht einmal begraben.«

»Er ist nicht tot.« Wassilis Stimme war leise wie ein Windhauch. »Er ist *verschollen*, nicht tot.«

»Klammern Sie sich nicht an solche Worte, Herr Alfjorow. Er wurde verwundet, sein ... sein Körper nur nicht gefunden, ich ...« Plötzlich waren die Tränen da, und dann liefen sie und liefen, und Hilde konnte die Flut nicht mehr aufhalten. Wassili erhob sich und schloss sie in die Arme. Ganz fest hielt er sie, und sie hörte nur an seinem Atem, dass auch er weinte.

»Er lebt, hören Sie? Ich hätte es gespürt, wenn er gestorben wäre, ganz sicher.« Er sagte es mit einer solchen Überzeugung, dass sie ihm am liebsten geglaubt hätte. Wassili führte sie zu einem kleinen Sofa, wo sie sich setzten. Er reichte ihr ein gestärktes Taschentuch, und sie tupfte sich, die Fassung zurückgewinnend, die Wangen trocken.

»Und Sie glauben wirklich, dass er noch lebt?«

»Ganz sicher.«

»Ich weiß nicht, was ich denken soll, ich habe seit Kriegsbeginn nichts mehr von ihm gehört.«

»Kein Brief, nichts?«

»Nein.« Hilde faltete die Hände im Schoß.

»Vielleicht sind sie verloren gegangen, Frau Degen.« Er hielt inne, suchte nach Worten. »Frau Degen? Wenn es Ihnen hilft …« Wassili griff in seine Jackentasche, nahm ein kleines, mit einem schlichten Paketband zusammengeschnürtes Bündel Briefe hinaus. Er zog das Band auf, zögerte kurz, dann wählte er einen aus und reichte ihn ihr. Hilde erkannte die Schrift sofort. »Von ihm? Alle von ihm?«

Wassili nickte konzentriert, die Augen noch immer gerötet. Vorsichtig faltete Hilde den Brief auseinander. Richard berichtete von seiner ersten Kampferfahrung, von seinen Zweifeln an den eigenen Führungsqualitäten, von kleinen Triumphen und seinem Grauen darüber, was deutsche Truppen in der Stadt Löwen angerichtet hatten. Dazwischen eingeflochten, doch für Unbekannte nicht herauszulesen, seine Gefühle für Wassili, dem er einen Tarnnamen gegeben hatte.

Diese Seite ihres Bruders kannte sie so nicht. Hätte er diese Liebe doch nur einem Fräulein entgegenbringen können! Stattdessen saß ein Mann neben ihr und blickte mit einer geradezu unheimlichen Sehnsucht auf das Geschriebene.

Hilde stand ruckartig auf. »Vielen Dank, ich … ich muss jetzt gehen.«

»Ich verstehe.« Wassili erhob sich und nahm ihre Hand.

Hilde widerstand dem Drang, sie ihm zu entreißen. »Ich muss wirklich gehen. Meine Mutter weiß es noch nicht, ebenso wenig mein anderer Bruder, ich …«

»Ich möchte Ihnen danken.« Wassili Alfjorow suchte ihren Blick. »Danke, dass Sie an mich gedacht haben. Das bedeutet mir sehr viel.«

»Ich weiß«, sagte sie leise und hatte das Gefühl, flüstern zu müssen.

»Gehen Sie, aber sollte Friedrich nicht auch davon erfahren?«

»Ich werde ihm einen Brief schicken. Er darf nur nicht erfahren, dass ich zuerst mit Ihnen darüber gesprochen habe, das würde Fragen aufwerfen, auf die wir keine Antworten haben.« Hilde verließ das Büro hastig, als sei sie auf der Flucht. Wassilis Blick würde sie so schnell nicht vergessen. Ob Richard wirklich noch lebte? Und was sollte sie Mutter und Florian sagen? War es besser, ihnen Hoffnung zu machen oder sich auf das Schlimmste vorzubereiten?

Zwei Tage später

Der Abend zuvor war lang geworden. Friedrich war früher aus dem Büro zurückgekehrt, hatte sich nicht mehr konzentrieren können, nachdem er durch Hildes Brief vom Verschwinden und dem vermutlichen Tod seines besten Freundes erfahren hatte. Seit Kindertagen waren sie einander aufs Engste verbunden gewesen.

Svantje und Friedrich hatten bis Mitternacht geredet und gemeinsame Erinnerungen heraufbeschworen, gute wie schlechte. Doch vor allem waren es kleine Anekdoten und Geschichten aus Kindertagen, die dafür sorgten, dass Friedrich gefasst blieb. »Ich weiß nicht, was Hilde nun vorhat. Gut möglich, dass Richard noch lebt, vielleicht in Gefangenschaft geraten ist. Auf jeden Fall sollte deine Freundin damit warten, ihn vorschnell aufzugeben.«

»Sie kann ihn ohnehin erst nach einem Jahr für tot erklären lassen«, sagte Svantje, sie hatte die Information im Klinikum aufgeschnappt. »Ich weiß nicht, was ich denken soll. Ich wünschte so sehr, dass er wirklich nur verschollen ist. Aber wenn die Kameraden gesehen haben, wie er verwundet wurde, dann war es eine schwere Verletzung. Dabei sterben die Soldaten, die uns direkt vom Feld geschickt werden und dort eine Weile auf Hilfe warten mussten, oft schon an den leichten.«

Schließlich waren sie schlafen gegangen, weil keiner mehr etwas zu sagen wusste. Svantje hatte sich eng an Friedrich geschmiegt, in seiner Wärme gebadet, sich von seinen starken Armen halten lassen. Während er sofort einschlief und wie so oft seit seinem Unglück einen Albtraum bekam, ertappte sie sich erneut bei einem wiederkehrenden Gedanken. Sie war froh, dass der Krieg ihr nicht ihren Mann nehmen würde. Zwar litt Friedrich Schmerzen in Bein und Hüfte, aber er war kampfuntauglich. Das Vaterland konnte ihn ihr nicht wegnehmen, ihn nicht von den Kiefern der Kriegsmaschinerie zermalmen lassen. Er würde an ihrer Seite bleiben.

Sie lag noch wach, bis Friedrichs Albtraum vorüber war, und drückte dabei seine Hand, dann schlief auch sie ein.

Der Morgen begann früh, wie immer, wenn sie Dienst hatte, während Friedrich noch liegen blieb. Umso überraschter war Svantje darüber, ihre Tochter Karoline am Frühstückstisch zu sehen. Sie trug ein ungewöhnlich schlichtes Reformkleid in dunklem Blau mit schmalem, weißem Kragen und hatte sich das Haar zu einem einfachen Zopf gebunden, den sie aufgesteckt hatte. Svantje fühlte sich an ihr eigenes Spiegelbild mit neunzehn erinnert.

»Guten Morgen, Lieblingstochter. Welchem Umstand verdanke ich denn, dass du mir schon so früh Gesellschaft leistest?«

Karoline lächelte, senkte kurz den Blick. »Ertappt.«

Svantje goss für beide Kaffee ein und setzte sich. »Nun, dann heraus damit. Hast du dich verliebt?«

»Nein!«, platzte Karoline heraus. »Nein, ich bin nur ins Grübeln gekommen. Man hört so viel von den ganzen Toten und Verletzten und wie verändert die Männer von der Front zurückkehren. Ich würde gern etwas tun, ihnen irgendwie helfen. Schon seit Tagen treibt es mich um. Immer wenn ich mit meinen Freundinnen spazieren gehe oder im Café sitze …«, sie hob die schmalen Hände, drehte einen Ring am Finger. Karoline wirkte orientierungslos, als sei sie mit wachsender Unruhe auf der Suche nach dem richtigen Pfad. »Die jungen Männer zeigen uns neuerdings immer stolz ihre Bescheinigungen, auf denen steht, dass sie sich freiwillig gemeldet haben. Sie stehen an den Rekrutierungsstellen und prahlen um die Wette, welche Heldentaten sie vollbringen werden. Sie sprühen vor Eifer, ihre Augen leuchten richtig. Studenten und Lehrlinge, sie lassen alles hinter sich.«

»Aber hast du auch gesehen, wie sie zurückkehren?«

Karoline seufzte. »Ja, einige wenige Male. Sie sind nicht mehr wiederzuerkennen, und das nicht, weil sie verwundet sind. Ihre Gesichter, der wunde Blick … das wird doch nie wieder heil. Sie waren nur wenige Wochen an der Front, aber sie sehen aus, als habe es sie viele Jahre gekostet. Wenn ich diese Männer sehe, habe ich das Gefühl, etwas tun zu müssen.«

»Du wolltest keine Krankenschwester werden, das weiß ich, aber im Klinikum sind derzeit einige Freiwillige, die uns unterstützen. Es gibt viele Möglichkeiten.«

»Was zum Beispiel?«

»Ganz einfache Dinge. Den Männern etwas zu trinken geben, ihnen vorlesen. Einfach da sein und dir ihre Geschichten anhören. Aber sei gewarnt, du würdest Schreckliches zu hören bekommen.«

Karoline nickte und schwieg dann lange. »Genau das hatte ich überlegt«, gestand sie schließlich. »Aber ich war mir nicht sicher, ob du es mir zutraust.«

Svantje lächelte. Was für eine wunderbare junge Frau ihre Tochter geworden war. »Ich traue dir alles zu, Karoline. Die Frage ist, ob du es dir selbst zutraust und zumuten willst.«

»Ich möchte es jedenfalls versuchen.«

»Dann kannst du mich gern begleiten. Denk nur immer daran, dass du mir nichts beweisen musst. Du bist eine *Freiwillige* und kannst jederzeit gehen, wenn es dir zu viel wird.«

»Das werde ich nicht vergessen, Mama.«

»Frühstücke ordentlich, nachher wirst du vielleicht keine Zeit für mehr haben.«

Es fühlte sich merkwürdig an, die eigene Mutter zur Arbeit zu begleiten. Natürlich war Karoline schon oft im Büro des Vaters gewesen, doch das Klinikum hatte sie bislang nur betreten, um Patienten zu besuchen. Zuletzt eine Freundin, die ihr erstes Kind bekommen hatte.

Mutter redete zu Hause nicht viel von der Arbeit, von Kollegen vielleicht, aber nicht darüber, wie genau ihr Alltag aussah.

Karoline hatte bislang nicht den Wunsch verspürt, in ihre beruflichen Fußstapfen zu treten. Wie ihre Freundinnen besuchte sie, seitdem sie das Pensionat für höhere Töchter abgeschlossen hatte, eine Reihe von Privatlehrern, die sie und acht andere Schülerinnen in Literatur, Kunst, Musik und Naturwissenschaften unterrichteten. Das war in der Schule für höhere Töchter zuvor zu kurz gekommen, da man sie dort nur auf den Heiratsmarkt vorbereitete.

Trotz der neuen, interessanten Fächer fehlte ihr etwas. Darin kam sie wohl doch nach der Mutter. Karoline konnte sich nicht vorstellen, einfach den ersten Mann zu heiraten, der ihr Schmetterlinge in den Bauch zauberte, um dann für immer an Haus und Haushalt gefesselt zu sein. Vielleicht sollte sie Lehrerin werden. Das war ein beliebter Beruf bei Frauen. Sie käme aus dem Haus und könnte ihren eigenen Wissensdurst stillen.

Die Idee, im Krankenhaus zu helfen, stammte eigentlich von ihrer Freundin Herta. Ursprünglich wollten sie gemeinsam gehen, am besten in eine andere Einrichtung und nicht ausgerechnet in das Klinikum, in dem ihre Mutter arbeitete. Sie hatten es sich so schön ausgemalt, doch Hertas Eltern erlaubten es ihr nicht. Nun stand Karoline allein da. Zunächst hatte sie überlegt, den Plan aufzugeben, doch das passte einfach nicht zu ihr.

Auf der Fahrt ins Klinikum erzählte sie der Mutter davon. Die schüttelte entrüstet den Kopf. »Ich glaube das nicht! Manchmal denke ich, sie halten ihre Töchter für Porzellanfigürchen, die beim kleinsten Stoß zerbrechen. Lass dir so etwas niemals einreden, Karoline. Frauen können stark sein, wir können viel mehr erreichen, als man uns zutraut. Du musst nur mutig sein und einen Dickkopf beweisen.«

Karoline lächelte. »Ja, Mama.«

»Dein Vater und ich unterstützen dich, wir Falkenbergs halten zusammen, das weißt du. Wenn du studieren willst, dann versuchen wir, dir das zu ermöglichen, und wenn du dein Glück in Heirat und Mutterschaft siehst, so ist auch das eine gute Wahl.«

Sie erreichten das Klinikum eine Viertelstunde vor Dienstbeginn, und Karoline war überrascht, mit welchem Respekt ihre Mutter behandelt wurde.

Schnell wurde ihr die Abteilung mit den Kriegsversehrten gezeigt. Es waren mehrere Säle, in denen ein Bett neben dem anderen stand. Nur zur Behandlung konnten einzelne Bereiche mit fahrbaren Paravents abgeteilt werden. Die Betten standen uniform in Reihen. Weiße Bettwäsche, ein winziges Tischchen daneben und an den Fußenden Tafeln mit Namen und Gebrechen der Patienten. Einige der Männer trugen noch ihre feldgraue Uniform, die meisten aber waren in Zivil oder Krankenhemden gekleidet.

Im Saal war es überraschend still. Karoline hatte erwartet, dass so viele junge Männer mehr Lärm machen würden. Einige unterhielten sich leise murmelnd, doch die meisten stierten vor sich hin, als würde vor ihrem inneren Auge die Vergangenheit lebendig.

Die Mutter brachte sie zu einem kleinen Zimmerchen, in dem eine ältere Frau mit ergrauendem, ehemals dunkelbraunem Haar über einem Plan saß. Ihr Gesicht war hager mit spitzem Kinn und großen, dunklen Augen. Sie trug eine Brille, die sie sich nun auf die Nasenspitze schob, um die Neuankömmlinge über die Gläser hinweg zu mustern. »Nora, ich bringe dir meine Tochter Karoline mit, sie würde gern helfen.«

Die Schwester erhob sich mit einem Lächeln und streckte ihr die Hand hin. »Jede Falkenberg ist hier mehr als willkommen.«

»Karoline, das hier ist Schwester Nora Gersch, sie betreut die Ehrenamtlichen. Sie wird dir auch sagen können, wo du mich findest, wenn du mich suchst.« Und mit diesen Worten drehte sich die Mutter um und ging.

Karoline trat unsicher von einem Bein auf das andere, während sie von der älteren Krankenschwester gemustert wurde. »Hat sie dich überredet, Mädchen?«

»Nein, es war meine Idee, meine und die einer Freundin. Wir wollten gern helfen, aber wussten nicht, wie. Es liegt mir nicht, Feldpost an völlig Fremde zu schreiben, um sie aufzumuntern.«

»Hier wirst du vielen Fremden die Hände halten und sie aufmuntern müssen«, sagte Schwester Gersch nüchtern.

»Ja, ich weiß.«

Schwester Gerschs Miene hellte sich auf. »Na, na, kein Muffensausen bekommen. Wird schon alles. Das sind nette *Jungse,* denen Schlimmes passiert ist. Wenn sie dein hübsches Gesicht sehen statt meine Runzeln, werden sie schon von allein munter. Jetzt suchen wir dir erst einmal was zum Anziehen.«

»In Ordnung, Frau Gersch.«

»Schwester Nora.«

5

Zehn Tage später

Sie hatten ihm den linken Arm ganz fest an die Brust gebunden, damit er ihn nicht bewegte. Die Wunde pochte und stach, doch den schlimmsten Schmerz hatte ihm das Morphium genommen.

Richard saß am Fensterplatz im Zug, der sich schnaufend ostwärts schob, und stierte hinaus. Draußen zog eine harmlos aussehende herbstliche Landschaft vorüber. Goldgelbe Birken, Hecken mit leuchtend roten Beeren, die kahle braune Äcker säumten. Hier und da hing noch etwas Nachtfrost im Gras und ließ die Halme silbrig schimmern.

Belgien. Es hätte ebenso gut Frankreich oder Deutschland sein können.

Am Himmel türmten sich dicke, regenschwere Wolken, hoch wie Festungen und grau wie verbrannte Dörfer. Das gleichförmige Land bot so wenig Abwechslung, dass Richards Blick zu seinen Mitreisenden wanderte. Er sah in Gesichter, die über Nacht um Jahre gealtert waren. Schmal waren sie, allesamt hohläugig mit aufgerissenen Lippen. Einer saß nach vorn gesunken und umklammerte dabei eine Fotografie, als sei sie das Letzte, was ihn an sein Leben band.

Weiter hinten im Waggon wurde Karten gespielt, und jemand blies eine leise Melodie auf einer Mundharmonika.

Richard rollte eine alte Zeitung auseinander, die bereits im Zug gelegen hatte, doch seine Hand zitterte so sehr, dass die Buchstaben zu einer grauen Masse verschwammen. Er drückte die Zeitung zusammen und ließ sie mit einem Fluch zu Boden fallen. Er wollte schreien, so lange und so laut seinen Gefühlen Luft machen, bis ihm die Stimme versagte. Doch wie die meisten Kameraden war er still geworden, fast so still wie die Freunde und Brüder, die sie im Feld zurückgelassen hatten.

Richard betastete seinen ruhiggestellten Arm mit der Linken. Es tat weh. Er zuckte zurück, dann drückte er zu, bis es unerträglich wurde, atmete scharf ein und lehnte sich in seinem Sitz zurück. Nur die Lebenden spürten Schmerz. Er lebte. Er lebte, wenn auch nur um Haaresbreite.

Seine Augen brannten vor Müdigkeit. Er schlief kaum, denn im Schlaf war er den Erinnerungen schutzlos ausgeliefert.

Die Schlacht war erst zwölf Tage her. Von seinen Dragonern waren so viele gefallen, dass er sich nicht alle Namen hatte merken können.

Und nun kehrte er mit einigen von ihnen zurück. Viele Tausend waren bereits in den ersten Monaten gefallen, das Ende des Krieges schien in weite Ferne gerückt. Der Schlieffen-Plan war schon Mitte September gescheitert. Bis dahin waren die fünf deutschen Armeen zügig nach Frankreich vorgerückt. Es endete, als sich ihnen an der Marne, östlich von Paris, überraschend eine britisch-französische Offensive entgegenwarf. Der Vormarsch wurde in der Schlacht an der Marne nicht nur gestoppt, sondern mündete in einen taktischen Rückzug bis zum Flüsschen Aisne.

Vorbei war es mit von Moltkes Plan, Frankreich mit der ganzen Macht des Heeres zu überrollen. Es zeichnete sich ein Stellungskrieg ab, der beide Seiten ausbluten würde.

Dorthin würden sie ihn zurückschicken, mit einem neuen Kommando, weil von seinen eigenen Männern kaum noch welche übrig waren.

Doch für die nächsten zwei Monate würde Richard frei sein.

Er drückte noch einmal auf die Wunde, als sich Hamburg bereits am Horizont abzeichnete. Rot und beißend war der Schmerz. Ja, er lebte. Kurz erlag er einem Anfall seelischer Schwäche. Er wollte nicht mehr zurück, nicht noch mehr Männer töten müssen, kein Blut riechen, keine Schreie mehr hören, keine Albträume mehr. Mit einer Verletzung, die schwer genug war, müsste er nicht zurück. Niemand würde erfahren, wenn er seine Wunde nun verschlimmerte, bevor sie ein Hamburger Arzt gesehen hatte.

Aber nein. Das wäre feige gewesen. Feige mochte er sein, aber nicht ehrlos. Und ehrlos wäre es, seine Kameraden, die mit ihm gekämpft hatten und mit ihm verwundet worden waren, im Stich zu lassen. Wenn sie kämpften, dann würde auch er es können. Irgendwie …

***

Wieder einmal stand Svantje mit anderen Krankenschwestern und einem Arzt am Bahnhof, um den nächsten Krankentransport in Empfang zu nehmen. Es war traurige Routine geworden. Sie hatten vier Pritschenwagen bereitstehen, und die Aufgaben waren längst verteilt.

Auf Formblättern würden sie alle eintreffenden Soldaten vermerken, die auf eine stationäre Behandlung oder eine Nachsorge im Krankenhaus angewiesen waren. Der Zug fuhr aus Westen ein, ließ die Gleise schrillen und singen und trieb eine Dampfwolke vor sich her.

Dieses Mal war Doktor Grahmer mitgekommen. Mit einem Klemmbrett unter dem Arm trat er zu ihr. »Mal sehen, was sie uns heute bringen.«

»Wir sind besser vorbereitet«, erwiderte Svantje aufmunternd und blickte hinter sich. Ein halbes Dutzend Tragen, dazu Hilfsarbeiter vom Bahnhof, vier Schwestern, die Pritschenwagen.

»Vorgestern dachte ich, ich sehe nicht recht. Ein junges Mädchen, Ihnen wie aus dem Gesicht geschnitten. Sie saß am Bett eines schwer verletzten Soldaten, er diktierte ihr einen Brief.«

Svantje wusste sofort, wen er meinte. »Meine Tochter Karoline.« Warm flammte der mütterliche Stolz in ihrer Brust auf. »Die anderen Schwestern sagten, sie mache sich gut. Ich versuche, mich nicht einzumischen. Eigentlich wollte sie gemeinsam mit einer Freundin in ein anderes Krankenhaus, nun ist sie bei uns, weil die Freundin nicht durfte. Aber sie soll nicht das Gefühl haben, unter meiner ständigen Beobachtung zu stehen.«

»Richtig so, lassen Sie Ihre Tochter ihren eigenen Weg finden. Dennoch sehe ich in ihr großes Potenzial, sollte sie in Ihre Fußstapfen treten.«

»Ich würde es mir wünschen.«

Ein ohrenbetäubendes Pfeifen beendete ihr Gespräch.

Der Zug kam stampfend und keuchend zum Stehen. Dieses Mal waren nur zwei Viehwaggons angehängt. Einer zwischen mehreren Passagierwagen, der andere ganz hinten. Der hintere transportierte die Gefallenen, die erst ausgeladen würden, wenn Reisende und Verwundete den Bahnsteig verlassen hätten.

Svantje würde dieses Mal die Verwundeten aus dem Reisewagen in Empfang nehmen, während Grahmer die schweren Fälle übernahm. Zuerst strömten einige äußerlich gesunde Männer heraus. Vielleicht waren sie auf Heimaturlaub, vielleicht waren ihre Wunden anderer Natur.

Svantje nahm ihre Kladde zur Hand. »Name und Art der Verletzung bitte, alles Weitere im Krankenhaus«, spulte sie routiniert ab. Ein junger Mann von vielleicht gerade einmal achtzehn Jahren stand vor ihr. »Jens Kolbe, Granatsplitter im Oberkörper, ich höre auch schlecht.«

»Warten Sie bitte dort drüben.«

»Bechtold, Gabriel, Schusswunde im rechten Oberschenkel.«

Svantje notierte einen nach dem anderen. Die jungen Männer standen Schlange, und sie sah nicht einmal mehr auf, sondern konzentrierte sich auf die Liste. Fritz Gerling, Adolf Stumm, Rainer Gütter … ein Blinder, einer mit Kopftrauma, Schusswunden …

»Harkenfeld, Richard. Stichwunde im rechten Arm, und mein Bein sieht aus, als sei darauf ein Gaul verreckt, was der Wahrheit tatsächlich auch sehr nahekommt.«

Svantje hatte den Namen halb geschrieben, als ihr plötzlich klar wurde, wen sie vor sich hatte. Ihr Kopf ruckte hoch, und sie sah die vertrauten himmelblauen Augen vor sich. Richard lächelte, doch das konnte nicht überspielen, wie sehr der Krieg ihn gezeichnet hatte. Schmal war er geworden, und der Schmerz hatte Furchen in sein Gesicht gegraben.

»Du … du lebst?«

»Ich bin mir nicht ganz sicher«, sagte er bitter und musterte sie mit gerunzelter Stirn, als irritiere ihn ihre Reaktion. »Ich habe doch geschrieben. Ist der Brief nicht angekommen?«

Svantje war so überwältigt von seinem plötzlichen Auftauchen, dass sie Richard in die Arme schloss. Er erwiderte die Geste mit seiner freien Hand.

»Nein, ich weiß nichts von einem Brief. Er muss verloren gegangen sein. Hilde hat so um dich geweint«, stammelte sie. Noch den Abend zuvor hatte sie sich mit ihrer Freundin getroffen und sie getröstet.

»Die haben mich für tot erklärt?«

»Für verschollen, doch es stand auch dabei, du seist aller Wahrscheinlichkeit nach tot, es sei gesehen worden, wie du schwer verletzt wurdest, während du eine Heldentat vollbrachtest.«

»Verstehe. Verschollen war ich, fünf Tage lang, und tot beinahe. Arme Hilde. Dann wird meine Rückkehr ein Schock sein.«

»Aber ein glücklicher. Sie werden sich so freuen!«

Er löste sich aus ihrer Umarmung und sah sich um. Offenbar war er der letzte Verwundete, der auf eigenen Beinen den Zug verlassen hatte. Svantje erwiderte den fragenden und leicht empörten Blick einer Krankenschwester. Einen Mann in der Öffentlichkeit zu umarmen, mit dem sie nicht verheiratet war, schickte sich nicht, und selbst von Eheleuten wurde erwartet, sich besser im Griff zu haben.

»Es tut mir leid, ich wollte … ich war nur so überwältigt.«

»Mach dir um meinen Ruf keine Sorgen, Svantje.« Nun war sein Lächeln echt.

»Mache ich nicht«, sagte sie leise, weil ihr plötzlich etwas eingefallen war. Sie legte ihm eine Hand auf die Schulter und stellte sich auf die Zehenspitzen, um ihm etwas zuzuraunen. »Wassili ist aus Russland zurück. Wohlbehalten.«

Sie spürte, wie Richard kurz erbebte und dann erleichtert ausatmete. »Es geht ihm gut?«

»Ja, und er hat fest daran geglaubt, dass du noch lebst.«

»Natürlich hat er das«, sagte Richard und humpelte davon, um sich zu den anderen wartenden Soldaten zu gesellen.

Svantje trat mit ihrer Liste zu Doktor Grahmer und zwei Schwestern, darunter jene, die sie so missbilligend beobachtet hatte. »Glückliches Wiedersehen?«

Am liebsten hätte Svantje etwas Bissiges erwidert, doch sie bremste sich. Gerüchte kamen viel zu schnell in Umlauf, und selbst wenn nichts an der Sache dran war, sollte Friedrich nicht irgendwann zu hören bekommen, dass seine Frau Fremden in die Arme fiel. »Der beste Freund meines Mannes und Bruder einer guten Freundin. Er war für verschollen und vermutlich tot erklärt worden. Und dann steht er plötzlich hier.«

»Ein gut aussehender Mann«, konstatierte die Krankenschwester.

Nun konnte Svantje sich doch nicht mehr bremsen. »Machen Sie sich keine Hoffnungen, an Richard Harkenfeld hat sich noch jedes heiratswillige Fräulein die Zähne ausgebissen.«

»Harkenfeld? Harkenfeld wie die Werft?«

»Nun los, trödeln wir nicht herum, bringen wir diese armen Kerle ins Klinikum. Rittmeister Harkenfeld fährt mit uns.«

»Ihr habt gehört, was die Oberschwester gesagt hat.« Grahmer grinste, während Svantje ihm ihre Liste überreichte. »Sie haben den Mann vielleicht vor Nachstellungen auf der Fahrt bewahrt, aber im Klinikum werden sie ihn umschwärmen wie die Motten das Licht.« Grahmer war Richard bereits zuvor einmal begegnet, als sie sich gemeinsam um Wassilis Freilassung aus dem Gefängnis bemüht hatten.

»Ein Glück, dass Sie Herrn Harkenfeld nach der Untersuchung entlassen werden«, sagte Svantje. Sie war sich sicher, dass es so kommen würde. Er lebte und war verhältnismäßig leicht verletzt. Welch ein Glück für seine Lieben.

Karren ratterten heran. Sie hatten begonnen, die Leichen aus dem letzten Waggon auszuladen. Höchste Zeit aufzubrechen.

***

Jonathans Augen hatten die Farbe von Sommerhonig. Sein schwarzbraunes Haar fühlte sich weicher an, als es aussah. Wenn er lachte, und das tat er in den vergangenen zwei Tagen immer häufiger, blitzte eine Zahnlücke auf, die ihn noch charmanter machte. Dabei war er ein schüchterner Mann, zumindest wenn Karoline bei ihm war.

Auch an diesem Morgen konnte sie es kaum erwarten, mit den unangenehmeren Arbeiten im Krankensaal fertig zu werden. Karoline half nun seit drei Wochen im Klinikum und hatte sich schnell an die Routine gewöhnt. Sie war nicht die einzige Helferin, die sich völlig ahnungslos freiwillig gemeldet hatte. Mittlerweile wusste sie, was anfiel. Bewaffnet mit Handschuhen und Kittelschürze leerte sie Abfallbehälter, und wenn es sein musste, auch Nachttöpfe. Für die Ärzte und Krankenschwestern legte sie Verbände und Salben bereit. Sie kochte Tee und Kaffee für die Männer und teilte das Frühstück aus. Erst dann erlaubte sie es sich, Jonathan zu besuchen.

Als sie nun zu ihm trat, lächelte er wie so oft. Das Essen stand noch unangerührt neben ihm auf dem Tisch.

»Was muss ich da sehen, hast du denn keinen Hunger? Wie willst du da genesen?« Sie setzte sich auf die Bettkante. »Vielleicht möchte ich gar nicht genesen, wenn es bedeutet, nicht mehr jeden Tag meinen Engel zu sehen.«

Karoline fühlte, wie ihr das Blut in die Wangen schoss. Da sie nicht wusste, was sie erwidern sollte, und vermutlich ohnehin keinen Ton herausbekommen hätte, begann sie, die beiden Graubrotscheiben mit Butter zu bestreichen. »Es gibt Kochwurst und Erdbeermarmelade.«

»Hoffentlich nicht vermengt«, erwiderte er nüchtern.

Karoline kicherte, dabei war es eigentlich gar nicht so lustig. »Ich helfe dir auf.«

Ganz dicht lehnte sie sich an ihn, bis sein weiches, dunkles Haar ihr Gesicht streifte, legte einen Arm um seine Schultern und stopfte zwei Kissen in seinem Rücken fest. Sie ertappte sich dabei, jede Gelegenheit zu nutzen, ihm nahe zu sein. Auch nun hätte sie am liebsten ihre Wange an seinen Hals gelegt, wie zufällig seine Haut gestreift. Doch das wagte sie nicht. Schon jetzt meinte sie, aller

Augen auf sich zu spüren. Den Helferinnen war es verboten, allzu engen Körperkontakt zu den Patienten zu pflegen.

Als sie sich aufrichtete, klopfte ihr Herz wie verrückt. Weit und breit war keine Schwester zu sehen, nur der Soldat im Nachbarbett starrte sie unentwegt an. In seinem Blick lag Sehnsucht.

»Danke«, sagte Jonathan, als sie sich wieder neben ihn setzte. »Es ist ein zweifelhaftes Vergnügen, so hilflos zu sein. Dabei möchte ich lieber wie ein aufgeplusterter Gockel vor dir herstolzieren.«

»Ich mag keine Gockel«, flüsterte sie mit gesenktem Blick. Einen Moment lang schwiegen sie beide, überrascht von der eigenen Direktheit. Jonathan griff nach dem geschmierten Brot mit Kochwurst und aß es vorsichtig, als würde ihm das Essen selbst Mühe bereiten. Karoline wusste nur, dass sich über seine Brust zwei klaffende Schnittwunden zogen, von denen eine die Leibeshöhle geöffnet hatte. Gesehen hatte sie die Wunden noch nicht, und Jonathan schwieg sich darüber aus, wie es passiert war. Karoline wollte ihn nicht drängen. Schließlich hätte er dadurch beinahe sein Leben verloren.

Sie wünschte, sie könnte ihn mit nach draußen in den Garten nehmen, wie sie es mit anderen Patienten machte. Es war zwar November, doch heute war es trocken, windig und mit über zehn Grad ausgesprochen warm und sonnig.

Jonathan kaute langsam, sein Blick wirkte seltsam starr, als sehe er vor seinem inneren Auge etwas völlig anderes als den hell erleuchteten, übervollen Krankensaal.

»Woran denkst du?«, fragte Karoline leise und nahm aus einem Impuls heraus seine Hand.

»An den französischen Dreckskerl von einem Offizier, der meinem besten Freund aus nächster Nähe ins Gesicht geschossen hat und für mich nicht einmal mehr eine Kugel übrig hatte. Da hat er mit seinem Säbel auf mich eingehackt.«

Karoline schluckte. Wie sollte sie angesichts solchen Grauens trösten, Mut zusprechen? Sie dachte an Mutters Worte, dass es gut war, wenn sie erzählten, da es der erste Schritt zur Besserung sei. Ihre Seele würde dann leichter.

Karolines Aufgabe sei es, zuzuhören. Wie ein Schwamm solle sie all diese bitteren, furchtbaren Geschichten aufnehmen und forttragen.

Also hörte Karoline zu, während Jonathan von Kampflinien berichtete, die sich immer weiter festfraßen. Erzählte, dass sein Freund und er sich geschworen hatten, immer aufeinander achtzugeben, auch in den Schützengräben, auch als sie vom Nachschub abgeschnitten wurden und ihnen die Munition ausging. Dann kam der Sturm der gegnerischen Infanterie. Wie eine Welle brandete sie über die Stellung und wich genauso schnell wieder zurück, als schließlich deutscher Entsatz einrückte. Doch für Jonathan und seinen Freund Karl war es da schon zu spät.

»Wir haben uns freiwillig gemeldet, Karoline«, schloss er seinen Bericht. Zornig wischte er eine einzelne Träne von seiner Wange.

»Gibt es etwas, was ich für dich tun kann? Ganz gleich, was es ist.«

»Ich würde mich gern rasieren und mir die Haare waschen.«

Karoline musste vor Erleichterung lachen. Es war so ein einfacher Wunsch. »Und wenn ich dafür Himmel und

Hölle in Bewegung setzen muss.« Sie beugte sich vor und gab ihm einen flüchtigen Kuss auf die stoppelige Wange, dann eilte sie davon, um sich auf die Suche nach Schüssel und Rasiermesser zu machen.

Seltsam, wie nah Glück und Unglück, Leben und Tod beieinanderliegen, dachte sie. Denn sie fühlte sich trotz Jonathans entsetzlichen Berichts glücklich, während das Grauen zugleich seine Fänge nach ihr ausgestreckt hatte. Vermutlich würde sie von der Erzählung des jungen Soldaten träumen.

In ihrer Version der Geschichte würde es ihren Bruder Clemens treffen oder Onkel Piet, von dem sie viel zu lange nicht mehr gehört hatten.

Dann erinnerte sie sich wieder an das Gefühl von stacheligen Barthaaren auf ihrem Mund und wie Jonathans Augen gestrahlt hatten, während ihr Herz hämmerte, als habe sie eine Marschkapelle in der Brust.

Mit einem einzigen Kuss war es ihr gelungen, den Schrecken des Krieges aus seinem Blick zu vertreiben, und sei es nur für einen Moment. Und sie wusste, dass sie es wieder und wieder tun wollte.

Vor Jonathan hatte noch kein Mann solche Gefühle in ihr ausgelöst. Natürlich hatte sie wie ihre Freundinnen für den ein oder anderen jungen Burschen geschwärmt und bei Tanztreffen Schmetterlinge im Bauch gehabt. Doch die Gefühle waren stets flatterhaft und unstet gewesen und schnell wieder vergessen. Bei Jonathan war es anders, das spürte sie seit ihrer ersten Begegnung. Ernster, tiefer, dabei kannten sie sich erst wenige Tage, und das Schreckgespenst des Krieges war bei ihren Unterhaltungen ihr ständiger Begleiter.

Vielleicht war es auch das. Sie sehnten sich beide nach Glück und Normalität, nach Sicherheit.

Wenn sie bei Jonathan war, verstrich die Zeit wie im Flug.

Karoline fand eine Schüssel, Seife und nach einigem Suchen auch ein Rasiermesser sowie ein Handtuch.

Sie würde Jonathans Haar waschen, ihn ungeniert berühren dürfen. Karoline lief immer schneller, stellte sich vor, wie sie mit den Fingern durch seine dunklen Strähnen strich.

Das dampfende, warme Wasser schwappte gefährlich in der Schüssel. Sie musste über ihr eigenes Verhalten lächeln, blieb stehen und sammelte sich.

Ausgerechnet jetzt kam Schwester Nora den Mittelgang hinunter. »Geht es Ihnen gut, Karoline?«

»Ja, ja, alles bestens«, stotterte sie und eilte davon.

***

»Jonathan wie?«, fragte Friedrich und runzelte die Stirn.

»Bäumer«, antwortete Svantje. »Schau nicht so grimmig. Es ist ja nichts geschehen. Aber meine Kollegin sagte, dass sie einen Narren aneinander gefressen haben.«

»Nichts geschehen, so, so«, brummte Friedrich und zog Svantje enger in seine Arme. Sie lagen bereits im Bett und ließen gemeinsam den Tag Revue passieren. Vielleicht war es nicht der beste Ort, um die Gefühle der gemeinsamen Tochter zu erörtern.

»Bei uns war auch nichts passiert, aber ich wusste schon vom ersten Moment an, dass ich entweder dich zur Frau wollte oder keine.«

»Du bist ja auch du.« Svantje ließ ihre Hand über seine Brust wandern, spielte mit den wenigen Haaren. »Und wenn schon, die Bäumers besitzen ein kleines, aber erstklassiges Hotel, und er ist der einzige Sohn.«

»Das hast du herausgefunden? Obwohl *nichts* gewesen ist? Svantje, Svantje.« Er drückte ihr einen Kuss aufs Haar. »Vielleicht werde ich diesen Jonathan Bäumer schneller kennenlernen müssen, als mir lieb ist.«

»Ich fürchte, du könntest vielleicht recht haben. Soll ich unserem Karolinchen auf den Zahn fühlen?«

»Nein, bring sie nicht auf falsche Gedanken. Solange er ans Bett gefesselt ist, gibt es nichts, worum wir uns Sorgen machen müssten. Schlafen wir, und denken nicht mehr daran.«

»Gute Nacht, mein grimmiger Ehemann.«

»Gute Nacht, mein neugieriges Weib.«

***

Als er plötzlich vor ihrer Tür stand, hatte Hilde ihn angesehen, als sei er ein Geist. Sie war beinahe ohnmächtig geworden. Wäre Richard nicht sofort zur Stelle gewesen, um sie zu stützen, hätte sie den Boden unter den Füßen verloren. »Du … du lebst«, stotterte sie weinend, dann war sie ihm um den Hals gefallen und hatte ihn nicht mehr loslassen wollen. Von Mutter kam eine ähnliche Reaktion, nur Florian zeigte sich kaum bewegt. Für den jüngeren Bruder war Richard ein Konkurrent, der es trotz aller anderslautender Beteuerungen auf die Führung in der Firma abgesehen hatte. Richard hätte ihn gern vom Gegenteil überzeugt, doch er wusste nicht, wie. Auch dieses Mal hatte er versucht, Florian den Wind aus den Segeln zu nehmen, indem er mehrfach erwähnte, schon bald an die Front zurückgerufen zu werden.

Das Wiedersehen mit der Familie war nun drei Tage her, und endlich war es so weit: Er würde Wassili wiedersehen.

Richard ging zu Fuß, da er weder reiten noch ein Automobil steuern konnte. Doch es war ihm ganz recht so. Er wollte den Weg zum Treffen zelebrieren, weil er es sich in der Ferne so oft ausgemalt hatte. Die Sehnsucht nach der Heimat und einem Treffen mit dem Menschen, der ihm außerhalb der Familie am meisten bedeutete, war in all dem Wahnsinn sein Ruhepol und Rettungsanker gewesen.

Er würde fast vierzig Minuten zu dem Gasthof brauchen, in dem er sich für einige Tage eingemietet hatte. Angeblich, um Hilde und Walter nicht zur Last zu fallen, tatsächlich aber, weil er sich dort ungestört mit Wassili treffen konnte.

Hamburg hatte sich verändert. Auffällig viele Frauen prägten das Stadtbild. Am Hafen lenkten sie die Pferdekarren, verluden gemeinsam mit Alten und Kindern Säcke und Kisten auf flache Kähne.

Statt des Milchmanns lieferte seine Gattin die Kannen aus, Postbotinnen fuhren mit dem Rad von Haus zu Haus, und auf dem Markt schwang die Frau des Metzgers das Beil.

Kinder spielten auf Innenhöfen Krieg. Zu sehen, wie sie mit Stöcken Salven abfeuerten und sich gegenseitig zu Boden stießen, ließ Richard innerlich zusammenfahren.

Würden sie in einigen Jahren anstelle ihrer Väter im Schlamm der Schlachtfelder liegen?

Dann waren da noch die Männer, die wiedergekommen waren. Einige saßen vor einem kleinen Lazarett, das vom

Roten Kreuz eingerichtet worden war. Manchen fehlten Gliedmaßen, andere zuckten unkontrolliert oder hielten den Kopf schief, weil eine nahe Detonation ihnen das Trommelfell zerrissen hatte.

Richard trug Zivil, doch mit seinem Arm in der Schlinge und dem hinkenden Gang wusste trotzdem jeder, dass er einer von ihnen war.

Das Hotel lag in einer ruhigen Seitenstraße, in der es hauptsächlich Wohnhäuser, aber auch ein Restaurant und eine Apotheke gab. Richard trat ein und ließ sich den Schlüssel aushändigen. »Mein Gepäck wird mir nachgesandt«, erklärte er und überreichte dem Portier etwas Geld. »Ich erwarte einen Geschäftskunden, Herrn Alfjorow. Wären Sie so freundlich, uns einen guten Rotwein, Wasser und einen kleinen Imbiss zu bringen?«

»Sehr gern, der Herr. Soll ich das Essen bringen, sobald Ihr Gast kommt, oder möchten Sie vorher alles bereithaben?«

»Vorher, wenn möglich. Sobald Herr Alfjorow da ist, möchte ich nicht mehr gestört werden.«

»Selbstverständlich, Herr Harkenfeld.«

Richard zog umständlich die Taschenuhr hervor, eine Bewegung, die er mit links nicht gewohnt war, und ließ sie aufschnappen. »Ist das Restaurant auf der anderen Straßenseite zu empfehlen?«

»Bislang habe ich nur Gutes gehört.«

»Dann reservieren Sie uns bitte einen Tisch für zwei in … sagen wir … drei Stunden?«

»Sehr gern, Herr Harkenfeld.« Der Portier deutete einen Bückling an und steckte das Trinkgeld mit großer Selbstverständlichkeit ein.

Richard schloss auf und wurde nicht enttäuscht. Es gab zwei Räume. Ein Schlafzimmer, dazu noch einen kleinen Salon. Routiniert begann er, sein kleines Theaterstück vorzubereiten. Er hatte zwei schmale, ledergebundene Mappen dabei, die er nun auf den Tisch legte, als wäre eine für Wassili und eine für ihn. Daneben platzierte er Füller und Notizblock aus dem Hotelbestand. Als der Portier mit den Erfrischungen eintrat, war alles so weit. »Dorthin bitte«, sagte er und ließ den Servierwagen abstellen. »Wir bedienen uns selbst, danke.«

Der Portier verbeugte sich knapp, dann stand Wassili plötzlich im Flur.

Richard verschlug es einen Moment lang den Atem. Monatelang hatten sie einander nicht mehr gesehen. Wie seit über zwanzig Jahren erlag er Wassilis Zauber, sog seinen Anblick in sich auf, als sei er die Luft, die er zum Atmen brauchte.

»Richard Harkenfeld«, brach Wassili den Bann und breitete die Arme aus. Auch er war über die Jahre ein guter Schauspieler geworden. »Vielen Dank, dass du mich so kurzfristig empfängst.«

»Das ist doch selbstverständlich. Leider kann ich dir nur die linke Hand reichen, Freund.«

»Aber das macht doch nichts, was wäre das Vaterland ohne Männer wie dich.«

Der Portier verließ den Raum ohne ein weiteres Wort und schloss die Tür. Wassili nahm Richards freie Hand, und sie sahen einander eine ganze Weile einfach nur an. Machten sich wieder mit dem Gesicht des anderen vertraut. Wassilis Augen besaßen noch immer dieses leuchtende Blau, das sich kaum mit Worten beschreiben ließ. Er trug das Haar etwas länger, aber sorgsam gescheitelt und frisiert. Neu war der dünne Bart. »Ich hatte solche Angst um dich«, sagte er leise.

»Aber *du* hast gewusst, dass ich lebe.«

»Gespürt habe ich es … oder ich war zu stur, um dich loszulassen.«

Richard überbrückte die Distanz, bis sie so nahe standen, dass sich ihr Atem mischte. »Um mich loszulassen«, flüsterte er, »musst du mich erst einmal festhalten.«

Sie liebten sich langsam und so leise, dass mit Sicherheit niemand Verdacht schöpfte. Dann erzählte Wassili von seiner Russlandreise. Richard stellte eine Frage nach der anderen, um es hinauszuzögern, von den eigenen Erlebnissen berichten zu müssen.

Schließlich rückte die Zeit näher, da sie essen gehen würden. Wassili schlüpfte in seine Kleidung, doch Richard hatte Schwierigkeiten. Sein Verband war lose, und es wollte ihm nicht gelingen, ihn wieder zu befestigen.

»Ich helfe dir, setz dich.« Wassili begann, den Verband vorsichtig abzuwickeln, während Richard auf der Bettkante saß. »Nun? Willst du mir nicht endlich sagen, wie das passiert ist?«

»Das sollte ich wohl. Du hast mir schließlich auch stets alles erzählt. Selbst das, was dir im Gefängnis widerfahren ist.«

»Die Last trägt sich leichter zu zweit«, erwiderte Wassili leise und legte vorsichtig die Stichverletzung frei. Dann sog er erschrocken den Atem ein. Es war ein langer Schnitt, an dessen Ende ein Loch klaffte.

Richards Bericht begann zögerlich und wurde dann

immer flüssiger. Er erzählte von dem verzweifelten Angriff auf die MG-Stellung, davon, wie er die Handgranate warf und zugleich von einem Fußsoldaten mit dem Bajonett attackiert wurde. »Sie haben auch das Pferd erwischt. Es ist durchgegangen, ich konnte mich mit Mühe halten, und dann trug mich der Gaul mitten in eine Linie französischer Infanteristen. Sie haben sofort geschossen. Ich erinnere mich nur noch an den Sturz und das viele Blut, dachte, ich würde sterben. Mir tat alles weh, ich konnte nichts mehr hören. Doch es war nicht mein Blut, sondern das des Pferds. Es lag auf meinem Bein.«

Wassilis und Richards Blick glitten gleichzeitig zu seinem linken Oberschenkel, auf dem sich blaue und grünliche Hämatome ausbreiteten. »Drei Tage lang lag das verdammte Vieh auf meinem Bein. Nachts kamen Füchse, morgens mit dem Licht Eichelhäher, die den Kadaver fraßen. Dann kehrten die Franzosen zurück.«

»Du hast drei Tage lang mit der Verletzung eingeklemmt unter einem toten Pferd im Wald gelegen? Ohne Essen, Wasser … Hilfe?« Wassili sah ihn ungläubig an.

»Ich hatte etwas Wasser, aber ja, drei Tage dauerte es, bis die französischen Soldaten kamen. Ich dachte, es sei aus. Einer hat gemerkt, dass ich lebe. Ich habe ihn mit meinem Messer attackiert. Er hat so geschrien. Aber die Kugel, die er mir in den Kopf jagen wollte, ging daneben. Die anderen haben nicht mehr überprüft, ob ich noch lebte. Mein Gesicht war voll mit dem Blut des Jungen, sodass sie wohl glaubten, es sei meines, und sie hatten es eilig, ihren verletzten Kameraden davonzuschaffen. Ich habe ihn noch brüllen gehört, als sie eine halbe Meile weit weg waren. Dann hieß es wieder warten. Ich war zu stur zum Sterben, zu stur, um aufzugeben. Pferdefleisch werde ich wohl nie wieder essen können.« Er grinste bitter. »Am fünften Tag fanden mich dann die eigenen Kameraden.« Ein Zittern durchlief ihn, doch er hatte sich schnell wieder im Griff. »Nun weißt du es.«

Wassili war blass geworden und drehte die aufgewickelte Verbandsrolle in den Händen. »Fünf Tage. Ich hätte dich wirklich beinahe verloren.«

»Von nun an kein Wort mehr darüber. Lass es mich vergessen, Wassili. Vergessen wir gemeinsam.«

Sein Gegenüber lächelte bemüht, das allein vermochte das Dunkel ein klein wenig zu vertreiben. »Heute Abend wollen wir glücklich sein.«

Er verband Richard den Arm, und kurz darauf liefen sie wie zwei gut gelaunte Geschäftspartner die Stufen hinunter. Wassili trug nun eine der auffälligen Mappen unter dem Arm.

»Bevor ich an die Front zurückmuss, sollten wir noch die Details ausarbeiten«, sagte Richard, als sie am Portier vorbeigingen.

»Ich komme gern in den nächsten Tagen noch einmal vorbei, wenn es recht ist.«

»Gern schon morgen oder übermorgen«, erwiderte Richard, dann schlenderten sie gemeinsam zu dem Restaurant hinüber.

6

1. Dezember 1914

Karolines Freiwilligendienst war für den heutigen Tag zu Ende. Sie hängte ihren Kittel auf und gab das Häubchen in die Kochwäsche. Vor dem Spiegel auf der Frauentoilette richtete sie ihr Haar. Den einfachen Dutt, den sie für die Arbeit getragen hatte, steckte sie neu, den Pony teilte sie mittig, sodass er die Stirn gleichmäßig rahmte. Zuletzt ergänzte sie beides mit einem dunkelgrünen, dezent bestickten Tuch, das zu ihrem schlichten Kostüm passte.

Sie lächelte probeweise und strich dann noch einen Hauch Rot auf ihre Lippen. Sie würde Jonathan in der Öffentlichkeit nicht küssen dürfen, also musste sie sich auch nicht darum sorgen, dass etwas abfärbte. Sie legte kleine dezente Ohrringe an, dann nahm sie Schal und Mantel über den Arm.

Auf dem Weg zu ihm passierte sie Reih um Reih Krankenbetten. Der Krieg machte vor dem Winter nicht halt und versorgte sie mit einem steten Strom neuer Patienten. Von der Ostfront kamen nun vermehrt Männer mit Erfrierungen.

Doch das Bild hatte sich auch auf andere Weise geändert. Wo sie hinsah, entdeckte sie glatt rasierte Gesichter. Bärte passten nicht zu Gasmasken, sodass giftige Dämpfe hindurchdrangen, wenn der Schutz nicht glatt genug anlag.

Jonathan saß in einem schlichten Anzug und Schuhen aufrecht auf seinem Bett. Er blickte auf eine Armbanduhr und sah dann auf, als spürte er Karolines Nähe.

Er lächelte, und sofort änderte sich etwas in ihr. Wenn er sie so ansah, meinte sie zu schweben. Mit fliegenden Schritten war sie bei ihm.

»Endlich«, sagte er und nahm ihre Hand in seine.

Einen Moment lang sahen sie sich einfach nur an. »Wollen wir?«, fragte Karoline.

»Selbstverständlich, mit dir gehe ich überallhin«, sagte er leise und erhob sich vorsichtig. Noch immer schmerzte ihn jede übereilte Bewegung, und er war sehr schwach. Doch an diesem Tag würden sie zum ersten Mal gemeinsam spazieren gehen, komme, was wolle.

Karoline half ihm in den Mantel, weil er die Arme noch nicht weit genug heben konnte, ohne die Narben zu sehr zu belasten. Jonathan ließ es geschehen und machte dabei ein zerknirschtes Gesicht, als sie eilends in ihren eigenen Wintermantel schlüpfte. »Gehen wir«, sagte Karoline, bevor ihrem Begleiter die Situation noch unangenehmer werden konnte. Langsam gingen sie durch die Flure, und Karoline hoffte, weder ihrer Mutter noch der strengen Schwester Nora zu begegnen, die sie schon mehrfach getadelt hatte. Es war längst kein Geheimnis mehr, dass der stille Jonathan ihr Herz erobert hatte.

Mit der Schulter schob sie die Tür in den Garten auf, bevor er auch nur daran denken konnte, sie ihr aufzuhalten.

»Es tut mir leid, Karoline.«

»Mach dir nichts daraus. Du wirst mir noch genug Türen

aufhalten und mir in den Mantel helfen dürfen, wenn du wieder gesund bist.«

»Versprochen?«, fragte er hoffnungsvoll. Einfach so hatte sie es gesagt. Dass sie ihn wiedersehen wollte, wieder und wieder und wieder.

»Versprochen, aus ganzem Herzen.« Vorsichtig legte sie ihre Hand auf seinen Arm, während sie ihn von der Seite beobachtete. Winzige Grübchen malten sich in seine Wangen, während er versuchte, ein glückliches Grinsen zu unterdrücken.

23. Dezember 1914

»*Jo, Buttje!*«, rief Raik gut gelaunt. Klaas kam, den Besen wie ein Gewehr über der schmalen Schulter tragend, auf ihn zumarschiert.

»Jawoll, *Meester* Alberts?«

»Kannst noch dahinten kehren, dann packst du deine *Plünnen* zusammen.«

Die Augen des Jungen weiteten sich erschrocken. »Aber …«

»Über *Wiehnachten* kannst du nicht im Werk *blieven.*«

Klaas ließ den Besen zu Boden sinken, sein Blick ging zum Tor, wo eine wahre Sintflut von Regen herunterging, und stellte sich wohl vor, wie es sein würde, wieder auf der Straße zu schlafen. Raik wusste, dass er seinen Scherz vielleicht ein wenig zu weit trieb.

»Bitte, *Meester.*«

»Nee, *keene* Widerworte mehr. Du packst jetzt.«

Kurz darauf erschien Klaas mit seinem kleinen Bündel

über der Schulter. Er trug einen alten, viel zu großen Wollmantel, den ihm einer der Gesellen geschenkt hatte. In seinen blauen Augen glitzerten Tränen. Erst jetzt sah er auf. Auch Raik hatte seinen Ranzen geschultert, bereit zum Aufbruch.

»Wo soll ich *nu* denn *hen, Meester* Alberts?«

»Ich bring dich in ein Armenhaus. Oder willst du lieber bei meiner Familie *Wiehnachten* feiern? Mit *Kookjes* und Gänsebraten und all diesem unsinnigen *Tüdelkraam?*«

Klaas stand wie vom Donner gerührt und starrte ihn an. Raik legte ihm einen Arm um die schmalen Schultern. »Na los, *Jung,* sonst *overlegg* ich es mir vielleicht noch anders.«

Sie tauchten in den strömenden Regen, der die Flächen zwischen den Werkshallen in Morast verwandelte. Morgen war Weihnachten, und zum allerersten Mal in der Geschichte der Harkenfeld-Werft würde für fünf Tage die Arbeit stillstehen. Das geschah keineswegs aus reiner Gutmütigkeit. Viele Arbeiter wurden gezwungen, auf ihren Lohn zu verzichten, obwohl ein Drittel der Angestellten fehlte. Der Krieg sorgte dafür, dass die Aufträge zurückgingen. Die britische Seeblockade war solide wie eine Mauer. Die ehrgeizigen Rüstungspläne, die Flottengesetze, waren nicht genug gewesen. Es würde keine großen Seeschlachten geben, wenn die Schiffe kaum die Häfen verlassen konnten. Nun wurde vermehrt nach Unterseebooten gefragt, doch die Aufträge hatten sich längst andere geschnappt.

Auch die zivile Schifffahrt konnte so bald keine neuen Aufträge generieren. Harkenfeld operierte mit weniger Personal, das in den nächsten Monaten, vielleicht Jahren weiter schrumpfen würde. Die noch offenen Aufträge würden sie strecken, sodass es etwas länger Arbeit gab.

Daran hatte Raik gemeinsam mit dem Betriebsrat, Walter Degen und dem Hitzkopf Florian Harkenfeld gearbeitet. Der unbezahlte Weihnachtsurlaub war ein Eingeständnis der gewählten Arbeitervertreter, das sie sogar selbst vorgeschlagen hatten. Wer von den wehrfähigen Männern wusste schon, ob dies nicht vielleicht das letzte Fest war, das sie gemeinsam mit ihrer Familie verbringen würden?

Klaas trabte geduckt neben ihm her. Der Regen klebte ihm die wilden, blonden Locken an den Kopf. Raik beschloss, ihm eine Mütze zu kaufen, zusätzlich zu den Geschenken, die Johanna und er für ihn bereits besorgt hatten.

Als sie schließlich den Tunnel erreichten, waren sie bereits völlig durchnässt und Klaas Lippen bläulich angelaufen, doch er grinste von einem Ohr zum anderen.

»*To,* beeilen wir uns, dann wird dir warm«, sagte Raik. Der Junge sollte nicht ausgerechnet an seinem ersten schönen Weihnachten mit Rotznase dasitzen müssen. Sie überholten fast alle anderen Fußgänger. Raik machte große Schritte, der Junge trabte neben ihm her.

Der Tunnel war wie stets getränkt vom Rauch der Automobile, die knatternd und hupend an ihnen vorbeizogen. Auf der anderen Seite angelangt, nahmen sie immer zwei Stufen auf einmal. Wieder im Freien, fühlte sich Raik angenehm erhitzt, und auch Klaas hatte rote Wangen. »Wenn du so weitergrinst, *Jung, kriggst* du noch 'nen *Kramp*«, neckte er ihn.

»Ja, *Meester*«, antwortete Klaas folgsam und strich in einer albernen Geste mit den Fingern seine Mundwinkel herunter. »*Beter?*«

»*Jo, beter.*«

An den Landungsbrücken hatte das Rote Kreuz eine Suppenküche aufgebaut und verteilte aus zwei großen Kesseln Erbsensuppe und Graubrot. Trotz des Dauerregens warteten fast einhundert Menschen auf die Armenspeisung. Es war erschreckend. Der knappe Sold der Soldaten reichte nicht aus, um die zurückgebliebenen Familien zu ernähren. Raik sah eine junge Frau, die sich einen Kochtopf füllen ließ, um ihn zu Hause auf den Tisch zu bringen. Die Scham stand ihr ins Gesicht geschrieben.

Raik wandte den Blick ab und eilte mit Klaas an der Schlange wartender Menschen vorbei. Wie viele von ihnen wohl noch Wochen zuvor über die Mobilmachung und den versprochenen triumphalen Sieg gejubelt hatten?

Es dauerte noch fast zwanzig Minuten, bis sie das Heim der Alberts erreichten. Es war ein schmales, dreigeschossiges Wohnhaus, das aussah, als habe es jemand mit aller Kraft zwischen zwei ältere Gebäude gequetscht. Raik hatte es an zahllosen Abenden nach seiner Schicht wieder in Schuss gebracht. Nun war es ein richtiges Schmuckstück, wenn man von den langen, schmalen Zimmern und den vielen Treppen einmal absah.

Jonte stand im ersten Stock am Fenster und winkte seinem Stiefvater und Klaas zu. »Mama, sie sind da!«, hörte Raik ihn rufen, dann polterte er die Treppe hinunter.

Es war Johanna, die schließlich öffnete. In ihrem schlichten marineblauen Reformkleid, das auch ohne Korsett ihre Rundungen angenehm betonte, war sie wunderschön, dachte Raik. Ihr Haar fiel als langer Zopf den Rücken hinab. Sie trug die feine Silberkette mit dem Blütenanhänger, den er ihr zum zehnten Hochzeitstag geschenkt hatte. In ihren Augen blitzte das Glück, als habe er ihr mit Klaas ein weiteres Geschenk mitgebracht. Raik begrüßte sie mit einem Kuss auf die Wange.

»Ihr seid euch ja bereits begegnet«, sagte Raik, fasste den Jungen an den Schultern und schob ihn vor sich her in den Flur. Öllampen warfen ihr warmes Licht auf frisch gebohnerte Holzdielen und einen alten, bemalten Bauernschrank, den Johanna mit in die Ehe gebracht hatte.

Nun gesellte sich auch Jonte zu ihnen. Bislang hatte er nur von Klaas gehört, und es war ursprünglich sein Vorschlag gewesen, den Waisen über die Festtage einzuladen.

»*Moin,* ich bin Jonte«, sagte er und streckte Klaas die Hand hin.

Der Neuankömmling musterte den größeren Jungen unsicher. Es war ihm im Gesicht abzulesen, dass er daran zweifelte, dass Jonte seine Anwesenheit guthieß. Doch der räumte schnell alle Zweifel aus. »Komm, du schläfst bei mir, ich hab auch noch ein paar alte Sachen, die dir passen, du bist ja pitschnass.«

Klaas sah sich fragend nach Raik um.

»Mantel und Schuhe lässt du hier.« Er nahm die durchnässten Sachen entgegen und sah zusammen mit Johanna den Jungen nach, wie sie die Stufen hinaufeilten.

Ihre Blicke trafen sich, und in diesem Moment spürte Raik wieder, dass er genau die richtige Frau an seiner Seite hatte. »Jonte hat schon die ganze Zeit gefragt, wann ihr denn endlich kommt«, sagte Johanna.

»Den *Lütten* werden wir so schnell nicht mehr los.«

»Wäre das denn so schlimm?«, fragte sie vorsichtig.

Raik legte ihr einen Arm um die Schulter und drückte sie fest an sich.

»Du machst mich ganz nass«, protestierte sie lachend.

Die Jungen verstanden sich prächtig. Auch am folgenden Tag waren sie kaum zu trennen. Schon am Morgen zogen sie los, um mit den Burschen aus der Nachbarschaft die Gegend unsicher zu machen. Raik hatte ihnen gerade so noch das Versprechen abringen können, um drei zurück zu sein, damit sie vor dem Fest noch baden könnten.

Raik half Johanna inzwischen, das Haus für das Weihnachtsfest vorzubereiten. Einen Baum hatte er bereits zwei Tage zuvor auf dem Markt besorgt und ihn gemeinsam mit Jonte heimgebracht. Nun stellte er das Bäumchen auf einem kleinen Tisch auf und schmückte es mit winzigen roten Äpfeln, vergoldeten Nüssen und Strohsternen. Johanna reichte ihm die Bienenwachskerzen. Kurz darauf betrachteten sie Arm in Arm ihr gemeinsames Werk.

»Nun noch die Krippe«, sagte sie.

»*Ick besörg* das schon. Brauchst du gleich Hilfe mit der Gans?«

»Nein, so groß ist der Vogel auch nicht.« Sie schmunzelte, und er drückte ihr einen Kuss auf die Wange. Johanna hatte in den vergangenen Jahren ihrer Ehe ein wenig zugenommen. Die Üppigkeit stand ihr sehr gut und ließ sie um Jahre jünger aussehen als andere Frauen gleichen Alters.

Am Abend feierten sie zu viert. Niemand störte sich an Klaas' bescheidenen Tischmanieren und den vielen Dingen, die ungesagt blieben. Die Zukunft mit all ihren Fragen war ein Gespenst, das sie nicht zu Gast haben wollten.

Jonte und Klaas dabei zu beobachten, wie sie um die Wette aßen und später ihre Geschenke auspackten, war Glück genug, um die Dunkelheit zu vertreiben. Die Grübelei darüber, wie lange Raik noch von einem Ruf an die Front verschont bleiben würde, konnte bis morgen warten.

Harkenfeld stellte Kriegswichtiges her, doch ein Schiffbauer war nicht so sehr von Nöten wie manch anderer Angestellter. Aber vermutlich würden sie ihm erst die Gesellen und Lehrlinge nehmen, ehe es schließlich den Meistern selbst an den Kragen ging.

Mit Unbehagen dachte Raik an seinen Wehrdienst zurück. Damals war es nicht mehr als eine mal schöne, mal ein wenig unangenehme Zeit gewesen. Gemeinsamer Drill mit Kameraden. Etwas, das jeder gesunde, junge Mann hinter sich bringen musste. Abends tranken sie oft und schwadronierten über die Zukunft. Der Krieg war weit weg gewesen.

Doch nun hatte er sie eingeholt.

Eppendorfer Klinikum
Ende Januar

Vorsichtig wickelte Svantje den Verband vom Beinstumpf. Der junge Mann lag reglos in seinem Bett.

Jeder Soldat ging mit dem Verlust einer Gliedmaße anders um. Einige freuten sich, dass sie noch lebten und ihnen nur Bein oder Arm genommen worden war, andere wollten es nicht wahrhaben. Und dann gab es noch jene, die sich aufgaben. Dies war einer davon. Er sprach mit niemandem, stierte einfach nur vor sich hin und ließ alles über sich ergehen.

Vielleicht könnte Karoline noch einmal versuchen, ihn aus seiner Isolation herauszuholen, überlegte Svantje. Sie hatte in den vergangenen Monaten so manches kleine Wunder gewirkt, auch wenn ihr Herz offenbar noch Jonathan Bäumer gehörte.

Der junge Mann war aus dem Klinikum entlassen worden, doch die beiden trafen sich weiterhin, da war sich Svantje sicher, auch wenn sich Karoline darüber beharrlich ausschwieg.

Trotzdem kam sie fast jeden Tag für ein paar Stunden mit ihr ins Klinikum und kümmerte sich um die Kriegsversehrten.

»War schon eine unserer Ehrenamtlichen bei Ihnen, Herr Bos?«, erkundigte sie sich bei ihrem Patienten, während sie den schmutzigen Verband zur Seite legte.

Er schüttelte den Kopf, ohne sie anzusehen. Sein Blick war glasig und leer.

»Haben Sie Schmerzen? Brauchen Sie mehr Schmerzmittel?«

Keine Antwort. Svantje seufzte und begann, die Wunde zu waschen. Die Feldchirurgen hatten schnell gearbeitet oder das Zusammennähen nach der Amputation anderen überlassen. Es gab überstehende Hautwülste und an anderer Stelle stark gespannte Narbenhaut, die dem jungen Mann später noch einige Probleme bereiten würde. Eine Prothese würde Bos niemals ohne Schmerzen tragen können. Für eine Korrektur war nicht genug Gewebe übrig.

Svantje schmierte den Stumpf sorgfältig mit Jod ein, denn es gab noch immer einige offene Stellen. Dann legte sie weiche Gaze darüber und anschließend den Verband. Als sie sich aufrichtete, lag ihr Patient noch immer da, die aufgesprungenen Lippen leicht geöffnet, und stierte mit leerem Blick zur Decke hinauf.

»Bis Morgen, Herr Bos.«

Svantje stellte alles auf ihr Wägelchen. Sie wollte sich nur kurz die Hände waschen und sich dann dem nächsten Patienten widmen. Der Vormittag würde damit vorübergehen, einen Verband nach dem anderen zu wechseln.

Als sie sich umwandte, sah sie am anderen Ende des Krankensaals plötzlich eine vertraute Gestalt. Dort, in einem langen Lodenmantel und auf einen Gehstock gestützt, stand kein anderer als Friedrich. Ihre Blicke trafen sich auch über die Distanz von über zwanzig Schritt mühelos.

Er besuchte sie nie auf der Arbeit, niemals! Es musste etwas geschehen sein.

Svantje ließ den Wagen los und eilte zu ihm, während sich alles in ihr verkrampfte und mit eisiger Kälte überzog. Friedrich nahm mit blassem Gesicht den Hut ab.

»Gut, dass ich dich finde.«

»Ist etwas mit den Kindern?«

»Nein. Svantje, wir müssen reden, haben wir irgendwo Ruhe?«

Sie wusste, dass er nichts sagen würde, wenn sie ihn drängte. »Im Garten.«

Schweigend eilten sie ins Freie. Es war winterlich kalt, und die Luft schmeckte nach Schnee und Holzkohlefeuer. Der kleine Krankenhausgarten war verlassen, bis auf zwei Enten, die über einen halb zugefrorenen See trieben.

Friedrich hängte Svantje seinen Mantel um die Schultern und wies auf eine Bank. »Setzen wir uns.« Auf den Holzbrettern sprossen winzige Eiskristalle.

»Was soll das alles? Ich will mich nicht setzen.«

Mit sanfter Gewalt zog er sie neben sich. »Es ist besser

so. Mein Bein. Ich kann dich nicht halten, wenn dir die Knie nachgeben.«

Svantje krampfte die Hände zu Fäusten. Suchte seinen Blick. »Was …?« Das eine Wort war fast schon zu viel.

»Ich weiß nicht, wie ich es dir schonend beibringen soll, daher ohne Umschweife.« Er holte tief Luft. »Dein Bruder ist gefallen, Svantje. Piet ist tot.«

Eine gewaltige, kalte Welle rauschte über sie hinweg und riss sie mit sich. Sie wollte schreien, doch es kam kein Ton heraus. Friedrich zog sie fest an seine Brust.

Sie sah ihn wieder vor sich, den kränklichen kleinen Knaben, den zu beschützen sie sich geschworen hatte. Wie sie mit dem Karren durch das Gewitter in die fremde Stadt Hamburg zogen. Wie er in der winzigen, feuchten Wohnung im Gängeviertel immer kränker und schwächer wurde. Sie war nachts aufgeblieben, hatte ihm Kräutertee eingeflößt, Wadenwickel gemacht. Am nächsten Tag hörte er plötzlich auf zu atmen. Nur sein Herzchen schlug noch. Sie hatte es nicht wahrhaben, nicht auch noch diesen kleinen Bruder verlieren wollen wie all die anderen zuvor. Wie sie es beim Schäfer mit seinen neugeborenen Lämmern gesehen hatte, blies sie ihrem Brüderchen Atem in die Nase. Und so hatte er überlebt, ihretwegen.

Danach hatte sie geschworen, immer für ihn da zu sein, ihn stets zu beschützen. Sie war Krankenschwester geworden, und ein Teil ihres Gehalts hatte dafür gesorgt, dass er zur Schule gehen konnte. Mit dem kleinen Bruder an ihrer Seite war sie auch Friedrich zum ersten Mal begegnet.

Und nun hatte der Krieg ihn ihr fortgenommen.

»Das kann nicht sein«, wisperte sie rau, »es kann nicht sein.«

»Sein Leichnam wird morgen oder übermorgen eintreffen, Liebes.« Friedrich strich ihr übers Haar und hielt sie weiterhin fest an sich gedrückt.

»Ich habe mein Versprechen nicht eingehalten, ich wollte ihn doch beschützen, ich …«

»Schsch, schsch, Svantje. Es ist Krieg.«

Sie wusste, dass sie an Piets Schicksal nichts hätte ändern können. Und doch fühlte es sich an, als habe sie versagt. »Seine arme Frau und die Kinder. Ach, Piet, ach …«

Sie begruben ihn fünf Tage später auf dem Ohlsdorfer Friedhof. Svantje hatte als Einzige den Toten noch einmal gesehen. Ihr war davon abgeraten worden, aber sie konnte nicht anders. Sonst wäre sie niemals sicher gewesen, dass Piet wirklich gefallen war.

Doch er war es. Eine Kugel war in seinen Hinterkopf eingedrungen und hatte beim Austritt die halbe Schläfe weggesprengt. Sein Gesicht war trotz der kühlen Winterzeit aufgedunsen, die Augen milchig. Zwei Wochen war er bestimmt schon tot. Sie bekam den Geruch nicht mehr aus der Nase und den Anblick nicht mehr aus dem Kopf. Er war so jung. Tod und Jugend, das passte nicht zusammen.

Nun standen sie da, eine Gruppe Schwarzgekleideter an einem trüben Tag. Atem hob sich als Nebel über ihre Köpfe und blieb in der Windstille wie eine gespenstische Wolke über ihnen stehen.

Piets Witwe Wilhelmina mit den beiden kleinen Töchtern Doris und Kristina saß mit den Schwiegereltern auf Stühlen in der ersten Reihe. Svantje stand hinter ihrer Mutter, die Hände auf ihre schmalen Schultern gelegt. Sie fühlte sich seltsam gefasst. Der Pastor sprach von Gott, Güte und dem *besseren Ort,* an dem ihr Bruder nun war. Doch der beste Ort wäre hier gewesen, zu Hause bei Frau und Kindern.

Der Sarg wurde in die Erde hinabgelassen. Überall sah man frisch aufgeworfene Gräber, helle Holzkreuze mit handgeschriebenen Namen. Die meisten Toten, die dieser Tage unter die Erde gelangten, waren jung. So jung, dass sie nie geheiratet, keine Kinder bekommen hatten. Sie waren von der Welt gegangen, ohne Spuren zu hinterlassen.

Als die Trauergemeinschaft schließlich über den Hauptweg des Friedhofs zu einem kleinen Lokal lief, hörte Svantje ihren Sohn Clemens leise fluchen. »Wenn sie mich einziehen, werde ich es diesen dreckigen Russen zeigen. Wir machen sie fertig.«

»Ich will so etwas nicht von dir hören, Sohn. Nicht auf der Beerdigung deines Onkels«, sagte Friedrich leise und fasste den Jungen an der Schulter.

Clemens sah verbissen zu seinem Vater auf. »Ich werde gehen!«

»Noch nicht, und niemals, solange wir mitzureden haben.«

***

Karoline hatte die Trauerfeier für Onkel Piet früh verlassen und war von einem entfernten Verwandten nach Hause gefahren worden. Dort hatte sie ihren Eltern nur eine kurze Notiz hinterlassen und war hastig aufgebrochen.

Auf den Straßen war noch viel los. Es war später Nachmittag, und die Menschen kehrten von der Arbeit wieder, andere strömten zu den Armenspeisungen, von denen es immer mehr gab.

Das Hotel Bäumer lag in einer gepflegten Nebenstraße. Mit klopfendem Herzen lief Karoline langsam vorbei und spähte durch die Glastür.

Ja, da stand er, hinter dem kleinen Tresen. Jonathan mit den dunklen Locken, Jonathan, dessen Augen immer ein wenig lachten, wenn er sie sah. Er blätterte durch ein ledergebundenes Buch, in das sie vermutlich ihre Gäste eintrugen.

Karoline war noch nie hier gewesen. Sie lief am Hotel vorbei, hielt inne und überlegte, was sie sagen sollte. Sie wollte einfach nur von ihm im Arm gehalten werden, wollte sein Versprechen hören, dass er sie niemals verlassen würde. Ein törichter Wunsch, nichtsdestotrotz wollte und musste sie diese Worte aus seinem Mund hören.

Sie drehte um und ging wieder zurück. Jonathan sah auf, als habe er sie gespürt. Langsam ließ er das Lederbuch sinken, sah sich kurz um, dann öffnete er die Tür. »Karoline, was machst du denn hier?«, fragte er leise und nahm ihre Hand in seine. Durch die Winterhandschuhe spürte sie die Wärme.

»Ich musste dich einfach sehen, Jonathan. Störe ich?«

»Du? Niemals. Komm. Wir erwarten keine weiteren Gäste«, erwiderte er.

Aufgeregt folgte sie ihm in ein kleines Hinterzimmer. Darin gab es ein Bett und ein Tischchen mit Stuhl daneben. Hier verbrachte wohl der Nachtportier seine Zeit. Karoline schloss die Tür hinter sich. In Jonathans blauen Augen blitzte Erstaunen.

»Komm her und halt mich fest. Bitte!«, flüsterte sie. Er trat zögernd näher, als erwarte er eine Falle.

In den vergangenen Monaten hatten sie sich regelmäßig getroffen. Waren spazieren gegangen oder essen. Anfangs waren es sehr kurze Ausflüge, denn Jonathans Genesung schritt nur langsam voran. Doch mittlerweile ging es ihm gut. So gut, dass Karoline Angst bekam, man würde ihn bald wieder aus ihrem Leben reißen.

Sie schmiegte sich an ihn. Legte die Wange an seine Brust. Sein Atem strich über ihr Haar, dann endlich schloss er sie in die Arme. Sie merkte kaum, wie sie zu weinen begann.

»Die Beerdigung deines Onkels … das war heute, nicht wahr?«

»Ja, es war so furchtbar. Er war erst neunundzwanzig Jahre alt! Ich habe es dort nicht mehr ausgehalten, musste immer nur an dich denken und dass … dass wir uns nicht einmal …«

Er legte die Hände an ihre Wangen, blickte ihr tief in die Augen, und dann, als habe er ihre Gedanken gelesen, küsste er sie, und für den Moment des Kusses wurde alles wieder gut.

Es war ein neues, ganz und gar wunderbares Gefühl. Die perfekte Medizin für den Schmerz in ihrer Seele, gegen die Angst, ihn zu verlieren, bevor sie ihn richtig kennengelernt hatte.

Wie von allein fanden ihre Hände seinen warmen Nacken, wo das Haar kurz und stoppelig war.

Jonathan seufzte, löste sich aus dem Kuss, um sie noch enger an sich zu ziehen, legte das Gesicht an ihr Haar und sog ihren Duft ein. »Karoline, mein Engel«, wisperte er kehlig, und ihr wurden plötzlich die Knie weich.

»Halt mich ganz fest, Jonathan.«

»Versprochen.« Sie klammerten sich aneinander, als wäre der andere der einzige Halt in einer davonrasenden Welt. Sie aber standen still.

»Davon habe ich geträumt, seitdem du zum ersten Mal an mein Krankenbett getreten bist«, gestand Jonathan leise.

Karoline musterte sein vertrautes Gesicht, die blauen Augen, tief wie Bergseen, die im Zwielicht des Hinterzimmers eine dunkle, geheimnisvolle Tönung angenommen hatten. »Ich möchte dir nahe sein, Jonathan, dich spüren.« Sie flüsterte die Worte nur, während ihre Wangen zu glühen begannen.

Die anderen jungen Frauen hatten erzählt, dass es irgendwann einen geben würde, den sie wider jegliche Vernunft begehrte. Irma hatte gewartet, wie es sich gehörte, und nun war ihr Thomas tot, gefallen nach nur einem Kuss und einem Versprechen.

Karoline schob vorsichtig ihre Hand unter Jonathans Weste, sodass sie nur noch dünner Hemdstoff trennte. Er sog den Atem ein, hielt ihn an, die Muskeln angespannt, während sie all ihren Mut zusammennahm und unter dem Hemd bloße Haut suchte.

»Karoline Falkenberg«, flüsterte Jonathan, küsste ihre Wange, ihren Hals und das Ohrläppchen. »Sei mein, für immer. Heirate mich.«

»Für immer. Versprochen.« Es fühlte sich an, als sei sie plötzlich schwerelos. »Du darfst mich niemals verlassen, hörst du?«

Über Jonathans Gesicht flog ein Schatten und nahm das Glück mit, das bis dahin dort gestrahlt hatte. »Ich bin fast vollständig gesundet, Karoline. Auch wenn ich es gern würde, dieses Versprechen kann ich dir nicht geben. Ich muss zurück an die Front.«

»Wann?«, fragte sie, die Stimme nur ein ersticktes Flüstern.

»Schon bald.«

»Nein! Das lasse ich nicht zu.«

»Du musst, Karoline. Wenn ich desertiere, schießen sie mich tot.«

Es fühlte sich an, als würde man ihr etwas entreißen wollen, nachdem man es ihr gerade erst geschenkt hatte. Ihre gemeinsame Zeit würde nach wenigen Wochen oder gar Tagen womöglich schon wieder zu Ende sein. Und aus dieser Verzweiflung heraus erwuchs ein Hunger, den Karoline stillen wollte.

Mit Trotz im Herzen öffnete sie den ersten Knopf von Jonathans Weste. Der runzelte die Stirn, sah ungläubig zu, wie sie geschickt Knopf um Knopf löste und schließlich das Kleidungsstück von seinen Schultern streifte.

»Was tust du?«, fragte er, und seinen Mund umspielte ein vieldeutiges Lächeln.

»Ich will nicht warten. Wir sind verlobt, oder nicht?«

»Ja, das sind wir.«

»Dann lass uns Mann und Frau werden, bevor der Krieg einen von uns auffrisst. Ich habe im Krankenhaus genug Schlimmes gesehen, Jonathan. Lass uns das Glück fangen und für eine Weile festhalten.«

»Hier? Heute?« Er strich sich nervös durchs Haar.

»Ja, Jonathan, und nun frag nicht länger, bevor mich der Mut verlässt.«

Mit ernstem Blick ging er zur Tür, die in den Flur mit dem Empfang führte, und drehte den Schlüssel. Das winzige Zimmer besaß kein Fenster, nur künstliches Licht und die kleine Pritsche.

Als Jonathan zu ihr zurückkam, vergaß sie zu atmen. Da war etwas in seinem Blick, das sie nie zuvor gesehen hatte. »Machst du weiter, wo du gerade aufgehört hast?«, fragte er leise.

»Mhm«, war alles, was sie herausbrachte.

Mit den Fingerspitzen fuhr er über ihren Mund, so sacht, dass es kribbelte.

Karoline knöpfte sein Hemd auf. Knopf um Knopf entblößte sie seine Haut. Dort begann die erste Narbe, eine zackige rote Linie über seinem Schlüsselbein. Seidig fühlte sie sich an. Dort, zwischen einigen dunklen Haaren, mitten auf der Brust, begann die zweite, ein bösartiges, dunkelrotes Grinsen. Hinab, hinab ging es, teilte seinen Bauchnabel …

Jonathans Atem wurde abgehakt und schnell. Karoline erschrak, dachte zuerst, ihre neugierigen Berührungen täten ihm weh, doch dann wurde ihr klar, dass genau das Gegenteil der Fall war.

Hektisch streifte er das geöffnete Hemd ab, dann widmete er sich ihrem Kleid. Ihre Hände strichen über seine Arme. Stark war er, ihr Jonathan.

Langsam zog er sie aus und sah sie dabei an, als wolle er sich diesen Moment, da er sie zum ersten Mal nackt sah, für die Ewigkeit einprägen. Karoline musste sich zwingen, nicht immer wieder auf die langen, rötlichen Narben zu blicken, Beweise, dass der Tod ihn sich beinahe geholt hätte.

Doch es war nicht geschehen, und in diesem Augenblick, genau jetzt, gehörte er ganz ihr und sie ganz ihm.

7

April 1915 – zweieinhalb Monate später

Richard saß wieder im Zug.

Diesmal ging es nach Flandern. Der Name Ypern warf einen langen, beängstigenden Schatten voraus. Von dort kehrte kaum einer zurück. Ypern war ein gieriger Schlund, der einen verschlang. Über einhunderttausend deutsche Soldaten hatte er in der Ersten Flandernschlacht das Leben gekostet.

Die Monate in Hamburg waren viel zu schnell verflogen.

Sie hatten Richard eine längere Schonfrist erlaubt, als er erwartet hatte, und doch war er nicht bereit. Er würde nie wieder bereit sein, in den Krieg zu ziehen. Vor zwei Wochen hatte ein Militärarzt seine vollständige Genesung festgestellt und umgehend einen Bericht angefertigt.

Nun saß er hier, eingepfercht mit knapp eintausend jungen Männern, die meisten weniger als halb so alt wie er. Im Gegensatz zu seiner ersten Zugfahrt an die Front waren die Waggons diesmal nicht mit Blumen und frischem Grün geschmückt. Die Fahnen an den Seiten waren, sofern sie überhaupt noch dort hingen, zerschlissen und rußgrau. Die jungen Soldaten sangen keine Heldenlieder, überhaupt waren sie recht still.

Kaum jemand erwartete noch, auf den *Feldern der Ehre* Heldentaten zu verbringen. Dafür kehrten einfach zu wenige Helden und zu viele Särge heim.

Flandern also.

Nach der ersten Schlacht um Ypern war die Front dort festgefahren. Das mittelalterliche Städtchen wurde von Franzosen und Engländern verteidigt. Die Frontlinie machte an dieser Stelle einen weiten Bogen, was den weiteren Vormarsch behinderte. Hunderttausend Gefallene, und nichts hatte sich geändert, außer dass dort nun die Leichen junger Menschen die Felder düngten, für eine Saat, die niemals ausgebracht wurde.

Richard kannte all die Schauergeschichten und machte sich keine Hoffnung. Dort, oder auf einem ähnlichen Schlachtfeld, wartete der Tod auf ihn. Noch einmal würde er ihm nicht entkommen. Wenn er lang genug durchhielte oder die Entente Ypern verlor, würde er zu seinem alten Regiment zurückkehren, das zwischenzeitlich aus Frankreich abgezogen worden war. Derzeit unterlief es einer Neustrukturierung und einem Umbau, um den neuen Anforderungen gerecht zu werden.

Der nächste Einsatzort war der Norden von Polen. Dort hätte er noch Hoffnung gehabt, doch vor ihm lag zunächst die Knochenmühle von Ypern.

Monoton ratterten die Waggons über die Schienen. Ein junger Kamerad, dem das Schweigen wohl auch unerträglich geworden war, klopfte seine Mundharmonika aus und begann dann, eine zarte, sehnsuchtsvolle Melodie zu spielen.

Richard legte die Stirn ans Fenster und schloss die Augen. Er wollte nicht die vorbeiziehende Landschaft sehen. Nicht sehen, wie schnell er dem Ziel entgegenraste.

Wenigstens waren ihm einige Monate in Hamburg geblieben. Er hatte Wassili oft getroffen. So oft, dass es gefährlich nahe an Leichtsinn grenzte. Aber was bedeutete das schon? Richards Zukunft lag ebenso sehr in der Waagschale wie Wassilis, der als Russe jeden Tag allein aufgrund eines Verdachts auf offener Straße verhaftet werden konnte. Dieses Mal wäre der Vorwurf der Spionage ein Todesurteil.

Sie hatten nichts mehr zu verlieren und sich aneinandergeklammert wie zwei Ertrinkende.

Außerdem hatte Richard Zeit gehabt, sich seiner Schwester zu widmen und ihr viertes Kind auf der Welt willkommen zu heißen. Der kleine Junge hieß nach ihm Carl Richard Degen und war schmächtig, aber gesund. Richard wünschte ihm eine friedlichere Zukunft als die Welt, in die er geboren worden war.

Sein Neffe Heinrich war noch immer nicht eingezogen worden, sondern arbeitete nun als Chemiker in der Waffenentwicklung. Er wünschte ihm alles Glück, dort bleiben zu können.

Der Werft gingen mittlerweile die Arbeiter aus. Seit zwei Wochen arbeiteten dort die ersten Frauen als Helferinnen. Florian und Walter bewarben sich um schiffbaufremde Aufträge aus der Rüstungsindustrie, um nicht ganze Bereiche schließen zu müssen, und es schien ihnen zu gelingen. Die Flaute würde also nur kurz andauern, bis der Umbau vom Schiffbau- zum Rüstungsbetrieb vollzogen wäre. In der Rüstung gab es mehr als genug Arbeit. Der Industriezweig florierte. Eine Werkshalle stand bereits leer und sollte demnächst Panzerteile und Munition herstellen.

Werkzeuge, um noch mehr Leben zu vernichten.

Richard fühlte sich so müde.

Er erreichte Ypern zwei Tage später, das letzte Stück war er geritten, während die meisten Soldaten laufen mussten oder in Lastwagen mitfahren konnten. Sein neues Pferd war eine nervöse Fuchsstute. Dünn und ängstlich, zuckte sie bei jedem lauten Geräusch zusammen. Mehrere Narben im rostfarbenen Fell bewiesen die Fronterfahrung, die ihr vorheriger Reiter mit dem Leben bezahlt hatte.

Die Straßen waren von den schweren Fahrzeugen aufgewühlt und schlammig. An den Wegrändern stand das Gras in grellem Frühlingsgrün. In Poelkapelle meldete sich Richard beim Stab und nahm in einem Bauernhaus des kleinen Orts Quartier. Man hatte ihm keine eigene Eskadron zugeteilt. Obwohl er Rittmeister zweiter Klasse war, wurde er einem Gleichgestellten beigeordnet, da er die neue Stellung noch nicht kannte.

Richard war es recht so. Er wollte nicht wieder die Verantwortung für eine Einheit von rund einhundertfünfzig Pferden und Reitern übernehmen müssen.

Rittmeister von Naum schien ein ruhiger, taktisch kluger Mann. Er war nur wenige Jahre älter als er selbst, mit fast schwarzem Haar und dichten Koteletten. »Die Felder um Ypern sind durchwühlt, voller Gräben und Löcher«, hatte er erklärt. »Es wird regelmäßig nötig sein, die Männer aufzuteilen. Sie, Herr Harkenfeld, werden sich, bis ich falle, mit einer halben Eskadron zufriedengeben müssen. Es ist die Hölle dort draußen.«

Richard hatte etwas Positives sagen wollen, doch ihm fiel nichts ein. Also nickte er nur.

Im Stab schnappte er auf, dass die deutsche Heeresleitung eine neue Waffe ausprobieren wollte, um den Stellungskrieg endlich aufzubrechen. Angeblich warteten sie nur noch auf das richtige Wetter.

Richard lag die folgende Nacht wach in seinem winzigen Zimmer. Die Einschläge der Feldgeschütze ließen hin und wieder die Fensterscheiben vibrieren. Schreie hörte er nicht und auch sonst nicht viel bis auf fernen Donner. Hin und wieder flogen Tauben mit klatschenden Flügeln auf, wenn eine Detonation ungewöhnlich dröhnte.

Richard betete. Machte seinen Frieden mit sich und Gott, soweit es ihm möglich war, und schlief dann doch in den frühen Morgenstunden ein.

22. April 1915

Nordwind. Der Wetterwechsel setzte eine Kette von Befehlen in Gang. Den gesamten Tag über wurde ein Gegenangriff vorbereitet. Das 35. Pionierregiment schaffte schon seit Wochen zwischen Steenstrate und Poelkapelle riesige Gasflaschen in die vordersten Reihen, wo sie zu zwei Dritteln in den Boden eingegraben wurden. Heute mussten sie bereit sein. Richard erfuhr, dass es sechstausend waren, und jede von ihnen enthielt die neue Wunderwaffe, ein chemisches Kampfgas, das die Franzosen aus den Gräben vertreiben, töten oder in die Flucht schlagen sollte.

Sobald Chlorgas und Artilleriebeschuss ihre Wirkung getan hatten, würden die Soldaten vorrücken und hoffentlich leichtes Spiel haben.

Einhundertfünfzig Dragoner nahmen am Nachmittag

Aufstellung – eine einzige Eskadron nur, denn zwischen den vielen Gräben war zweifelhaft, ob sie überhaupt manövrierfähig waren. Richard konnte nur hoffen, dass sein Pferd gut sprang.

Je nervöser die Stute wurde, desto ruhiger wurde er selbst. Er hatte seine Waffen überprüft, die Läufe gereinigt, Reservemunition bekommen und den Säbel mehrfach zur Probe gezogen.

Die Dragoner hatten ihn gemustert, ihn, den neuen Rittmeister, von dessen Befehl womöglich ihr Leben abhing. Es beruhigte sie, keinen allzu jungen Mann vor sich zu sehen, keinen Emporkömmling, noch grün hinter den Ohren.

Um siebzehn Uhr kam der Befehl zum Aufsitzen, und die Eskadron zog in Marschformation zu vieren ab.

Richard ritt neben von Naum, der mit versteinerter Miene auf einem schweren, dunklen Wallach saß. Sie passierten ein Lazarettlager, das sich auf einen neuen Ansturm von Verwundeten vorbereitete, und weiter, vorbei an den wartenden Infanteristen. Es waren Tausende.

Sie fanden ihren Platz hinter weiterer Infanterie. Richard sah auf seine Taschenuhr. Es war kurz vor sechs. Zur vollen Stunde würde das 35. Pionierregiment in der vordersten Linie die Gasflaschen öffnen.

»Hoffen wir, dass diese Wissenschaftler nicht zu viel versprochen haben«, murmelte von Naum.

»Und dass der Wind nicht dreht«, ergänzte Richard, doch daran bestand kein Zweifel. Es ging eine stete Brise, die nun gegen Abend sogar noch auffrischte.

Sie konnten in der Ferne das Schlachtfeld sehen. Zerwühlte Erde und Äcker, auf denen vereinzelt Gras spross.

Und Mohnblumen, überall rote Inseln von Klatschmohn. Wie das Blut eines verwundeten Riesen tupften sie die Landschaft, lebendige Natur, die den allgegenwärtigen Tod verhöhnte.

Die Kirchturmuhren des Dorfs schlugen zur vollen Stunde, und über die wartenden Soldaten senkte sich Schweigen. Richard meinte, das Chlorgas aus den Flaschen zischen zu hören, doch dafür war er viel zu weit weg. Als weißgelbe Wand trieb es über das Niemandsland, verschluckte zerfetzte Baumstämme, Stacheldraht und Mohnblumen. Eine Feldlärche verstummte. Richard stellte sich vor, wie sie tot von ihrem Zweig fiel, nicht verstehend, warum der Abenddunst sie plötzlich so in der Kehle würgte.

Minuten verstrichen. Die Pferde traten unruhig hin und her, schlugen mit den Schweifen. Die Reiter schwiegen, lauschten. Richard begann zu schwitzen, dann, nach einer Weile, fror er. Die Warterei fraß an den Nerven. Er wusste nicht, ob nur Minuten oder eine halbe Stunde verstrichen waren, als vom Feld plötzlich Schreie herüberdrangen. Noch nie hatte er ein menschliches Wesen derart jämmerlich schreien hören.

»Das Gas ist bei den Franzosen angekommen«, sagte von Naum. »Scheint seine Aufgabe zu erfüllen.«

Er sagte es so kühl, dass er kaum mehr menschlich klang. Doch Richard sah seine verkrampften Hände, die Schultern, die wie versteinert waren. Wen diese Schreie nicht berührten, der war schon tot.

Unter den wartenden Infanteristen wurde es laut. Einige machten der Anspannung mit Flüchen Luft, andere lachten und wünschten ihren Feinden Pest und Qual an den Hals. Auf der gegnerischen Seite wurden Geschütze abgefeuert.

Doch sie reichten nicht weit genug. Vor dem Gasangriff hatten die Deutschen die Gräben klammheimlich geräumt, zu groß war die Gefahr, die eigenen Männer zu töten.

Die Infanterie bekam das Signal, vorzurücken. Rittmeister von Naum gab Richard ein Handzeichen, näher zu kommen, und der lenkte seine mittlerweile zitternde, schweißgebadete Stute mit den Schenkeln seitwärts, bis sich die Knie der Reiter fast berührten.

Von Naum entfaltete eine Karte, auf der von einem Luftaufklärer die Schützengräben beider Seiten verzeichnet worden waren, und erläuterte Richard noch einmal, welche Strecke sie reiten würden. »Wenn ich falle, wir getrennt werden oder der Vormarsch abgebrochen werden sollte, nutzen Sie diese Alleebäume und diese Hecke als Orientierung, um zurückzukommen. Von beidem ist nicht mehr viel übrig, aber mehr gibt es nicht. Es ist eine verfluchte Mondlandschaft.«

Richard versuchte, sich den Plan, so gut es ging, einzuprägen, auch wenn es ihm schwerfiel, sich zu konzentrieren.

Die Baumreihe erkannte er als kahle Stümpfe im schwindenden Abendlicht, wie Mahnmale ragten sie empor. In etwas mehr als einer Stunde würde es dunkel sein.

Die endlosen Reihen der Infanteristen zogen voraus. Sie begannen zu rennen, doch die gegnerische Seite feuerte kaum einen Schuss, sie waren tot oder hatten die Beine in die Hand genommen. Nur hier und da krachte Artillerie und fügte dem Schlachtfeld einen weiteren Krater zu.

Richard kam nicht dazu, darüber zu grübeln, was das Chlorgas unter den Gegnern angerichtet haben mochte. Denn nun zogen sie in Viererkolonnen los. Er fluchte innerlich, denn sein Pferd zeigte nun, dass es für den Kriegseinsatz nicht mehr taugte. Es war kaum zu halten. Er würde Schwierigkeiten haben, einen guten Schuss abzufeuern oder exakt zu reiten.

In Zickzacklinien umritten sie Krater und querten deutsche Schanzwerke auf hölzernen Behelfsbrücken.

Sie trabten, dann ging es im Galopp weiter. Einschläge näherten sich. Vielleicht hatten die Franzosen, Engländer und Kanadier den Gasangriff doch unbeschadet überstanden. Sie brachen nach rechts aus. Von Naum führte sie sicher um den ersten feindlichen Grabenkomplex herum. Er war gut. Richard versuchte, seine Position in der Eskadron zu halten, doch die verdammte Stute sprang hin und her wie ein Karnickel. Schon schmerzte seine alte Verletzung im linken Arm, mit dem er die Zügel hielt.

Langsamer nun.

Chlordampf, Kadavergestank, beißender Geruch nach Erbrochenem. In einem Detonationskrater stand weißlicher Nebel. Das tödliche Gas war schwerer als Luft, sie waren davor gewarnt worden.

Verrenkte Gestalten in französischen Uniformen. Die Gesichter waren kalkweiß, aus Mund und Nase quoll noch immer blutiger Schaum. Das Chlorgas hatte ihnen die Lunge verätzt. Ein widerlicher, quälender Tod. Ihre Stiefel hatten Furchen in den weichen Boden getreten, die zu Klauen gekrümmten Hände krallten sich mal um die eigene Kehle, mal in den Bodengrund.

Richard wollte den Blick abwenden, doch er konnte nicht. Die Schusswaffe bereit, suchte er nach Zeichen von Leben. Von feindlichem Leben, bereit zum Angriff. Er sah sieben Soldaten. Einer, er lag nah am Rand, zuckte. Zwei Männer schossen, dann lag auch er still.

Es war ein gespenstischer Ritt. Graben um Graben fanden sie verwaist vor, verstreute Leichen, Sterbende. Nicht so viele wie erwartet. Das Gas musste sie in die Flucht getrieben haben, und die meisten waren wohl mit dem Leben davongekommen.

Als die Sonne wie ein glutroter Feuerball versank, wusste Richard gewiss, dass die deutsche Armee an diesem einen Tag bei Ypern ein größeres Gebiet erobert hatte als in den vielen Monaten zuvor zusammen.

Er sah zurück. Kilometer lagen hinter ihnen. Wie weit würden sie noch vordringen? Sie holten die Infanterie ein, waren nun mit den Fußsoldaten gleichauf. Einige bewachten ein Dutzend hustender, japsender Franzosen und Afrikaner, die vergeblich versuchten, ihre Kragen zu weiten oder sich durch Schläge auf die Brust Linderung zu verschaffen.

Immer häufiger versperrte Stacheldraht den Vormarsch. Es war ein Labyrinth aus Gräben, Bollwerken, Kratern und zersprengten Bäumen, in dem die feindlichen Einheiten aufeinanderstießen. Das Gas hatte dort, wo es entlanggezogen war, Chaos und Tod gebracht. Dazwischen waren unberührte Stellungen, aus denen nun auf die nachrückenden Deutschen gefeuert wurde.

Richard stellte sich in die Steigbügel und kniff die Augen zu Schlitzen, während seine Stute sich panisch um die eigene Achse drehte. Er versuchte zu erkennen, wo die Trennlinie zwischen der Entente und ihnen verlief, doch er sah nichts. Nebel hing über dem Land, und alle Soldaten trugen Feldgrau.

Ein unheimliches Zischen erfüllte die Luft. Die Franzosen feuerten wieder.

Detonationen dröhnten in den Ohren und zerwühlten das ohnehin schon von Kratern übersäte Schlachtfeld. Richard fühlte sich wie ein in die Enge getriebenes Tier, wusste nicht mehr, wohin. Der dichte Pulk von Pferden und Menschen war ein einladendes Ziel. Es wäre am besten gewesen, sich zu zerstreuen und so weniger Angriffsfläche zu bieten, doch das bedeutete Flucht. Er war Rittmeister, er musste seinen Männern mit gutem Beispiel vorangehen. Doch wohin? Noch hatte von Naum das Kommando. Richard entdeckte ihn. Gleich darauf erklang ein schrilles Pfeifen. Der Ton ließ sein Herz aussetzen, dann ein greller Blitz und eine Druckwelle, die ihn fast aus dem Sattel riss.

Die Detonation zerriss fünf Männer neben Richard. Erdbrocken und Fleisch regnete auf ihn nieder. Sein Pferd brach zur Seite aus, stieß mit anderen zusammen. Sie mussten fort, fort von hier, bevor die Artillerie sich auf ihr Ziel einschoss. Das war auch von Naum klar.

Eine Trompete blies zum Angriff. Die Männer brachten ihre Pferde unter Kontrolle. Richard ließ sich vom Pulk mitziehen, galoppierte aus dem Stand an. Sie ritten dicht an dicht. Knie rieb an Knie, ein Drängen warmer Pferdeleiber. Die Männer hielten die Säbel senkrecht, um keine Kameraden zu verletzen.

Ein weiteres Trompetensignal, und sie fächerten auf.

Feindliches Feuer blitzte in Linie, wo sich die französische Infanterie neu formiert hatte. Von Naum riss den Säbel in die Luft und schrie. Sie preschten voran.

Richard hieb seinem Pferd die Sporen in die Flanken, und schon rasten sie dem Kugelhagel entgegen. In einem gewaltigen Sprung ging es über einen gasgefüllten Graben.

Richards Kopf wurde plötzlich leicht. Er dachte an die vielen Übungsgefechte, an die Aussage seiner Vorgesetzten, dass die Zeit klassischer Kavallerieangriffe vorüber sei. Und nun fand er sich hier wieder und tat genau das Falsche.

Links und rechts von ihm sackten Dragoner in den Sätteln zusammen, überschlugen sich Pferde. Richard sprang über ein verendendes Tier hinweg, kam dadurch zu knapp vor einem weiteren Schützengraben auf. Die Stute strauchelte. Richard reagierte, ohne nachzudenken, riss die Füße aus den Bügeln, zog den Kopf ein und nahm die Hände dicht an den Körper.

Der Aufprall riss ihm sämtliche Luft aus den Lungen.

Das Pferd hatte zwei Franzosen getroffen und unter sich begraben. Richard rollte durch Pfützen, spürte keinen Schmerz, als er auf die Beine kam. Bewegungen. Seine Finger drückten den Abzug. Er wollte leben, wollte es mehr als die Männer im Graben. Er schoss und trat und schlug. Dann zog er den Säbel, hackte und stach um sich wie von Sinnen.

Weitere Pferde stürzten in den Graben, brachen sich die Beine und begruben Franzosen unter sich. Richard begann zu rennen. In der Dämmerung konnte er kaum etwas sehen. Zwei Dragoner folgten ihm.

Gemeinsam töteten sie ein halbes Dutzend Franzosen, die sich halb blind vom Gas und hustend zu verteidigen suchten. Als sie schließlich um eine Kurve bogen, fanden sie sich selbst in Gasnebel wieder, der sich hinter einer Barriere aus Holzbalken und Sandsäcken angesammelt hatte. Es roch beißend nach Chor. Woanders war der Nebel längst davongezogen, doch in dem Graben stand die Luft, und das Gas hatte sich an der tiefsten Stelle gesammelt.

Das graugelbe Gemisch reichte ihnen bis zur Hüfte und wurde durch die leiseste Bewegung aufgewirbelt. Richard unterdrückte den Reflex zu atmen, drückte den Ärmel auf die Nase, packte einen Kameraden an der Schulter und zerrte ihn aus der Gefahrenzone. »Wir müssen hier raus«, keuchte er. »Raus hier!«

Hamburg, Eppendorfer Klinikum

»Eine Spende«, sagte Friedrich leichthin zu dem Pförtner. Svantje kannte ihren Mann zu gut, um nicht zu bemerken, wie nervös er war und dass sein Lächeln nur dazu diente, seine Aufregung zu überspielen, auch wenn er nach außen ganz ruhig wirken mochte. »Außerdem bringe ich meine Frau zum Dienst.«

Der Motor des Wagens tuckerte mal laut, dann wieder leiser.

Der Pförtner war neu. Der junge Mann, der bislang den Posten besetzt hatte, war eingezogen worden. Der Ersatz war ein alter Griesgram, der seine Befugnisse nicht kannte, die Machtposition aber sichtlich genoss. Eigentlich hätte es kein Problem sein sollen, mit dem Wagen direkt ans Krankenhaus heranzufahren und die Kisten auszuladen. Friedrich und sie hatten sich extra dazu entschlossen, weder den Liefereingang noch den für Besucher zu nutzen, um möglichst wenig Aufmerksamkeit zu erregen. Doch sie hatten nicht mit dem neuen Pförtner gerechnet, der sich nun wichtigmachen wollte. Svantje kannte ihn bislang nur vom Sehen.

Er stolzierte, seinen festen, kugelrunden Bauch vor sich herschiebend, oft vor dem Häuschen auf und ab und hatte sich unter dem Krankenhauspersonal rasch einen schlechten Ruf erarbeitet.

»Hören Sie, Herr Thiel, mein Name ist Falkenberg, ich bin hier Oberschwester, und ich sage Ihnen, dass mein Mann dieses Gepäck in die Klinik schaffen wird.« Und zwar durch diese Tür und nicht durch den Liefereingang, wo die Ankunft der Kisten protokolliert werden würde, ergänzte Svantje in Gedanken. »Wenn Sie Grund zur Beschwerde haben, dann reichen Sie diese bitte schriftlich bei Doktor Schawacht oder Doktor Grahmer ein. Und nun machen Sie bitte den Balken hoch.«

Er sah sie ungläubig an, suchte nach einer Erwiderung, fand keine und machte sich schließlich mit einem missmutigen Knurren am Schlagbaum zu schaffen.

»Danke, Herr Thiel«, sagte Friedrich mit einem süffisanten Grinsen und trat aufs Gas. Erst als sie am Hinterausgang ankamen, wagte Svantje es, tief durchzuatmen.

»Was für ein Abenteuer.«

»Du sagst es.« Friedrich beugte sich zu ihr und flüsterte: »Da wäre es leichter gewesen, die Kisten über den Abwasserkanal hineinzuschmuggeln.«

»Igitt.« Svantje wartete nicht, bis Friedrich ausgestiegen und um den Wagen gehumpelt war, um ihr die Tür zu öffnen. Das tat sie nur noch, wenn sie in der Öffentlichkeit unterwegs waren, wo sie jeder sehen konnte. »Warte hier, ich hole den Doktor.«

Sie eilte durch den Hintereingang, entlang vertrauter Flure, und spürte Stolz in sich wachsen. Auf sich, vor allem aber auf Friedrich und Wassili, denen es tatsächlich gelungen war, auf den florierenden Schmugglerwegen dringend benötigte Zutaten für Medikamente zu besorgen. So konnte die hauseigene Apotheke noch eine Weile weiterarbeiten.

Sie fand Doktor Grahmer in seinem Büro im ersten Stock und griff sich einen der Rollwagen, auf denen sonst Wäsche und andere Utensilien transportiert wurden. Grahmer tat es ihr nach.

Sobald sie allein im Flur unterwegs waren, begann er zu grinsen. »Ich hatte nicht zu hoffen gewagt, dass Ihr Mann es wirklich schafft. Er hat uns einen großen Dienst erwiesen.«

»Den das Krankenhaus ihm ja auch entsprechend entlohnt«, erwiderte Svantje nüchtern, konnte aber nicht darüber hinwegtäuschen, wie stolz sie auf ihren Friedrich war.

»Gab es Probleme?«, fragte Doktor Grahmer.

»Können Sie Gedanken lesen?«

Er zuckte mit den Schultern und zwinkerte. »Ich hoffe, keine allzu großen.«

»Der Pförtner hätte uns beinahe nicht hereingelassen. Dieser Thiel ist nicht ohne. Ich wollte vermeiden, dass beim Liefereingang der Inhalt kontrolliert wird.« Offiziell würde Friedrich nur einige Kräuter und Verbandszeug in Rechnung stellen, und das stand auch mit Kreide auf den Kisten. Wären sie geöffnet worden … Svantje mochte es sich nicht ausmalen. Aber es war ja gut gegangen. »Die nächste Lieferung müssen wir mit dem Dienstplan abgleichen«, schlug sie vor.

»Oder ich erwarte Sie unten.«

»Noch besser«, sagte sie erleichtert.

Neben dem Medikamentenschmuggel verdienten Falkenbergs mit jedem verstreichenden Kriegstag mehr an Luxusgütern wie Zimt, Vanille und vor allem Kaffee. Seitdem die Märkte praktisch versiegt waren, verkauften sie den Inhalt des Lagers vorsichtig und in kleinen Mengen ab. Dafür hatten sie Wachleute einstellen müssen, um die immer weiter im Wert steigenden Waren vor Dieben zu schützen.

Nun fuhr Svantje mit Doktor Grahmer im Paternoster zurück ins Erdgeschoss. Als sie die kleine Tür öffnete, meinte sie einen Augenblick lang, Stimmen zu vernehmen, und befürchtete schon, der lästige Pförtner sei zurückgekehrt.

Doch Friedrich war allein. Auf seinen Stock gestützt ging er neben dem Wagen auf und ab.

Die Männer begrüßten sich mit Handschlag. Gemeinsam verluden sie insgesamt sechs unscheinbare Kisten auf die Rollwagen. »Ziemlich schwer für Kamille«, scherzte Grahmer, als er seine Last, die leise klirrte, achtsam abstellte.

»Ich weiß nicht, wann ich an Nachschub komme«, raunte Friedrich. »Höhere Gewalt. Soll ich einlagern oder es Ihnen direkt liefern?«

»Einlagern, wenn es Ihnen nicht zu gefährlich ist.«

»Unter Leinenballen wird es nicht auffallen.«

Grahmer quittierte den Empfang der Waren auf einer völlig aus der Luft gegriffenen Liste. Svantje verabschiedete sich von Friedrich mit einem Kuss auf die Wange und sah ihm nach, wie er in den Wagen stieg und davonfuhr.

»Ihren Mann hat es bei dem Unfall schwer getroffen«, meinte Grahmer. »Aber er trägt es mit Fassung.«

»Die Kerle, die ihm das angetan haben, werden wohl

niemals gefasst werden. Aber er lebt, und das ist doch das Wichtigste.«

Grahmer legte ihr eine Hand auf die Schulter. »Ja, natürlich. Ich entnehme Ihren Worten, dass er seinen Frieden bereits gemacht hatte?«

Svantje nickte. »Ja, und nun ist jeder Tag für ihn wie geschenkte Zeit. Ich habe Friedrich nie klagen hören, auch wenn ich mir sicher bin, dass er Schmerzen hat. Sein Becken war gebrochen und der Oberschenkel regelrecht zertrümmert. Andererseits wird er nicht an die Front müssen.«

Grahmers Blick verdüsterte sich. »Wohl wahr.«

Svantje bekam eine Ahnung. »Sie doch nicht etwa? Wir brauchen Sie hier, Doktor!«

»Es gibt zu wenig Feldärzte. Das Klinikum ist informiert worden, dass wir demnächst auf Personal werden verzichten müssen. Nun los, bringen wir unsere Schätze in Sicherheit.«

Er öffnete die Tür und drückte sie mit dem Rücken weiter auf, während er seinen Karren hindurchzerrte.

Svantje folgte ihm nachdenklich. Wen ihrer Kollegen würde es treffen? Und wie sollten sie das ohnehin schon große Arbeitspensum mit weniger Leuten bewältigen?

Sicher, die vielen ehrenamtlichen Helferinnen stellten eine Entlastung dar. Sie traute jungen Frauen wie Karoline viel zu. Ihre Tochter war mittlerweile ebenso fähig wie eine Schwesternschülerin im zweiten Lehrjahr, und das galt für viele der anderen jungen Frauen ebenso. Vielleicht würden sie demnächst die Aufgaben ausgebildeter Schwestern übernehmen müssen.

Svantje nahm sich vor, eine Liste anzulegen, wer sich

wofür eignete, und dann den Doktoren vorzuschlagen, einige der Helferinnen einzustellen und ihnen ein Gehalt zu zahlen, denn das hatten sie sich verdient.

Der Krieg fand längst auch fern der Gefechtslinien statt. *Heimatfront* nannten sie es. Schon der Begriff stieß Svantje ab. Millionen Leben hatte der Krieg mittlerweile auf allen Seiten gefordert. Auf dem Land lagen die Felder brach, weil die Männer an der Front waren, die Zugpferde zerrten nun Artilleriegeschütze anstelle von Egge und Pflug.

Die zurückgelassenen Frauen und Kinder schafften die Arbeit nicht, und das Gehalt, welches die Frontsoldaten erhielten, reichte nicht aus, um Nahrung zu kaufen, die sich ständig weiter verteuerte.

In den Städten wuchs die Armut, Svantje sah immer mehr Menschen auf den Straßen schlafen, die Gesichter eingefallen von Entbehrungen und Hunger. Es war nur noch eine Frage der Zeit, bis die erste große Hungersnot oder gar eine Seuche ausbrach.

Und noch immer las sie täglich neue Durchhalteparolen in der Zeitung. Dabei waren die Fronten festgefahren, und keine Seite errang noch größere Gewinne. Die jungen Männer zogen längst nicht mehr euphorisch singend in den Krieg. Auch wer einen viel beschworenen Heldentod starb, war schlussendlich einfach nur tot, brachte seinen Lieben viel Kummer und verlor seine eigene Zukunft.

Svantje spürte die Tränen kaum, die sie mit einer hastigen Geste wegwischte. Piet hatte sich wieder in ihr Herz geschlichen.

Ihr kleiner Piet, der nun niemals seine Kinder aufwachsen sehen würde.

»Alles in Ordnung, Frau Falkenberg?«, erkundigte sich Doktor Grahmer.

»Ja, es ist nichts. Es sind schwere Zeiten.«

Als Svantje am Abend heimkehrte, fand sie ihr Heim in einer seltsamen Stimmung vor.

Karoline war an diesem Tag nicht zum ehrenamtlichen Dienst erschienen. Sie hatte eine Woche zuvor darum gebeten, Jonathan Bäumer einladen zu dürfen, um ihn den Eltern vorzustellen. Svantje blickte dem Abend gespannt entgegen. Es musste ein besonderer junger Mann sein, der es geschafft hatte, Karolines Herz derart im Sturm zu erobern.

Sie hatte ihrer Tochter geholfen, ein geeignetes Menü auszuwählen, das sich auch mit den eingeschränkten Möglichkeiten zu Kriegszeiten bewerkstelligen ließ.

Svantje selbst hatte nie gern gekocht und diese Aufgabe seit der Hochzeit mit Erleichterung der Köchin überlassen. Karoline kam in dieser Sache nicht nach ihr. Sie hatte schon als kleines Mädchen freiwillig den halben Tag am Herd verbracht, wenn sie bei den Großeltern zu Besuch war. Auch wenn Karoline etwas ausgefressen hatte oder traurig war, fand Svantje sie häufig in der Küche wieder, wo die Hauswirtschafterin sie gern mithelfen ließ. Auf der Schule für höhere Töchter hatte man ihr dann beigebracht, wie Festessen für viele Gäste geplant wurden, denn nichts anderes wurde von den zukünftigen Hausherrinnen der Oberschicht erwartet, die man dort heranzüchtete.

Svantje wäre nicht verwundert gewesen, hätte Karoline die Haushälterin schon am Morgen aus der Küche verscheucht, um das gesamte Menü von Hand zuzubereiten. Immerhin war dies ihr Tag.

Im Esszimmer war der Tisch mit dem besten Porzellan gedeckt, Silber und Gläser glänzten frisch poliert, und in der Mitte stand ein hübsches Blumengesteck. Karoline selbst trug ein aufwendiges mehrstufiges Kleid aus hellgrüner Gaze. Zarte Stickereien und aufgenähte Glasperlen ließen sie aussehen wie die Verkörperung des Frühlings. Bei jeder Bewegung wehten die Glockenärmel, die sie mit Bändern aus den Töpfen zu halten versuchte.

»Meine wunderschöne Tochter«, sagte Svantje leise, und unter den Stolz mischte sich leise Wehmut. Karoline war erwachsen, lang würden sie nicht mehr gemeinsam als Familie unter diesem Dach leben.

»Offenbar müssen wir der Realität ins Auge blicken. Unser Kind ist erwachsen geworden«, sagte sie zu Friedrich, der zu ihr getreten war, um sie zu begrüßen. Er küsste sie auf die Wange, und sie drückte sich einen Moment lang an ihn. Ihren Rücken an seine Brust gelehnt, genoss sie seine Nähe. »Ich schätze, unser Gast wird die Augen nicht von ihr wenden können«, flüsterte er.

»Und? Was denkst du?«, fragte sie leise, während aus der Küche das Klappern von Geschirr ertönte und Karoline unterdrückt fluchte.

»Nun«, erwiderte Friedrich, »wenn es ein anständiger Junge ist, sollen sie es nicht so schwer haben wie wir damals.«

»Ein wenig Licht in dieser dunklen Zeit. Ich freue mich für sie, aber ich sorge mich auch.« Svantje musste nicht aussprechen, was sie dachte. Der junge Mann, der Karolines Herz gewonnen hatte, konnte bald schon dem Krieg zum Opfer fallen, und sie wollte nicht, dass ihre Tochter diese Erfahrung machen musste.

»Entschuldige mich kurz, ich will dem Mädchen keine Schande machen«, sagte Svantje und ging ins Schlafzimmer. Sie zog sich um und richtete gerade vor dem Spiegel ihre Frisur, als es auch schon an der Tür klingelte.

Sie beeilte sich und traf den Besucher noch im Flur an. Auf den ersten Blick machte der junge Mann einen guten Eindruck. Er trug einen Anzug und blank polierte Schuhe. Sein Haar lag gescheitelt und glänzend am Kopf. Das dunkle Braun wirkte im Zwielicht des Flurs fast schwarz.

Über geröteten Wangen huschte sein Blick immer wieder zu Karoline, die nervös an der Kochschürze zupfte, die sie über ihrem Kleid trug.

Jonathan Bäumer stellte sich vor und überreichte Svantje einen kleinen, hübschen Blumenstrauß. Während sie eine Vase dafür suchte, bat Friedrich den potenziellen Schwiegersohn ins Esszimmer.

In der Küche füllte sie die Vase mit Wasser. Karoline stand neben ihr am Herd und tat sehr beschäftigt.

»Jonathan macht einen ausgesprochen umgänglichen Eindruck«, sagte Svantje leise. »Aber bist du dir auch wirklich sicher, dass er dein Mann fürs Leben sein soll? Ist er gut zu dir?«

»Ja«, sagte Karoline leise. »Ich habe ihn sehr lieb.« Sie sah nicht auf, sondern rührte mit einer solchen Vehemenz in der Soße, dass sie überschwappte. »Wird Vater … wird er …?«, stotterte sie und lief rot an.

Sie schien schrecklich nervös, und Svantje fühlte sich wieder daran erinnert, wie es ihr selbst ergangen war, als Friedrich um ihre Hand angehalten hatte.

»Sorge dich nicht, Karolinchen, wenn er wirklich der Richtige ist, stehen wir euch nicht im Wege.«

Karoline wandte sich mit glänzenden Augen zu ihr um und drückte ihr einen Kuss auf die Wange. »Danke, Mama.«

»Nun sag mir, wie ich dir helfen kann, das riecht wunderbar.«

»Setz dich einfach. Es ist fast fertig. Ich kümmere mich um alles.«

Es wurde ein schöner Abend. Sie aßen hervorragend, unterhielten sich bald ungezwungen, und nach dem Dessert stellte Jonathan Bäumer Friedrich die entscheidende Frage. Der tauschte nur einen kurzen Blick mit Svantje, die kaum merklich nickte. »Willkommen in unserer Familie, Jonathan. Solange Sie unsere Karoline in Ehren halten, unterstützen wir Sie, wo wir können. Sie werden wie ein Sohn für uns sein.«

Svantje umarmte beide und fand es nur ein wenig schade, dass Karoline Clemens gebeten hatte, den Abend mit Freunden zu verbringen. Andererseits verstand sie, dass eine Situation wie diese auch ohne einen oft vorlauten jüngeren Bruder aufregend genug war.

»Wir möchten bald heiraten«, sagte Karoline, und in ihren Blick trat eine Spur von Traurigkeit. »Sehr bald.«

Friedrich zog die Brauen zusammen und fluchte leise. »Werden wir Großeltern?«, fragte er nüchtern.

»Herr Falkenberg«, keuchte Jonathan ehrlich erschrocken, ließ sofort die Hand seiner Verlobten los und rang nach einer Erklärung.

»Ich bin nicht schwanger«, sagte Karoline verschämt,

»aber Jonathan wird bald wieder an die Front gerufen werden, wir haben keine Zeit …«

»Ich wünschte, ihr müsstet keine solchen Sorgen kennen«, sagte Svantje und blickte zu ihrem Mann. »Ihr sollt nicht lange warten müssen. Kam bereits der Brief?«

»Noch nicht«, sagte Jonathan und rieb über seine Brust, wo sich zwei gewaltige Narben befanden. Svantje hatte die Operation selbst miterlebt und nicht geglaubt, dass dieser Soldat noch einmal in die Schlacht geschickt werden würde.

»Sie haben mir einen Orden dafür gegeben«, sagte Jonathan grimmig. »In drei Wochen muss ich zum Militärarzt.«

»Drei Wochen?«, keuchte Karoline und klammerte sich an ihn.

»Drei Wochen …«

8

Hamburg
Mai 1915

… ich hatte mit meinem Tod gerechnet, Wassili, aber wieder einmal wurde ich verschont. Die Hölle von Ypern hat mich noch einmal aus ihren Fängen gelassen. Dabei hatte ich meinen Frieden bereits gemacht.
Als wir in den feindlichen Gräben von unserem eigenen Gas eingeholt wurden, dachte ich, es geschehe uns recht. Aber wir konnten entkommen, haben uns hinausgekämpft, endlich Landgewinne gemacht.
Ich versuche, das Schlachtfeld hinter mir zu lassen, mich nicht zu erinnern, und doch verfolgt es mich.
Jede Nacht sehe ich die Männer, die durch meine Hände den Tod fanden, sehe ich die jungen, gequälten Gesichter. Bei Tag halte ich mich gut, nur hin und wieder lässt mich ein lautes Geräusch zusammenfahren. Aber damit bin ich nicht allein. Ein jeder, der die Gräben schon erlebt hat, blickt mit Gespensteraugen umher. Auf unseren Seelen liegt ein Schatten, Wassili. Es ist dunkel in mir.
Man hat mir Marken für das Bordell gegeben. Ja, du liest richtig, entlang der Front gibt es Dutzende, vielleicht sogar Hunderte davon. Sie haben sogar

Regularien aufgestellt, wie diese Frauen sich zu reinigen haben. Es sind gotterbärmliche Französinnen und Belgierinnen, die sich anbieten, um nicht zu verhungern. Fein säuberlich trennen sie die Bordelle und Huren für die einfachen Soldaten und die Offiziere. Als ob es die Kampfmoral heben würde …
Sehr zur Freude meiner Waffenbrüder habe ich meine Marken im Kartenspiel verloren.
Die Sache mit dem Chlorgas war nur beim ersten Angriff sehr wirkungsvoll. Mittlerweile werden Gasmasken verteilt, und die Franzosen haben sich einen Weg auserdacht, die Giftdämpfe in Granaten zu zwängen, die sie uns nun in die Gräben schießen. Der Stand des Winds kümmert sie nicht.
Ich bin froh, in spätestens zwei Wochen nach Polen entsandt zu werden, zurück zu meinem 13. Dragonerregiment. Mit Glück lebe ich so lange, und mit noch mehr Glück gewähren sie mir einen Tag Aufenthalt in Hamburg.

Hilde faltete den Brief zusammen und reichte ihn Wassili zurück, der ihn wie einen Schatz in seiner Hemdtasche barg. Sie hatten es sich in den vergangenen Monaten zur Gewohnheit gemacht, den anderen zu informieren, wenn ein Brief von der Front kam, und einander die Briefe, solange sie nicht allzu persönlich waren, lesen zu lassen.

»Beten wir, dass er die zwei Wochen in Ypern auch noch übersteht«, sagte Wassili ernst.

Sie saßen in einem Kaffeehaus auf der Terrasse. Es war sonnig, und so nahe am Park duftete es nach Sommer und Leben.

»Ich werde ihm noch ein Päckchen schicken. Möchten Sie etwas beifügen? So weckt es vermutlich weniger Aufsehen«, bot Hilde an.

Wassili nahm die Lesebrille ab und verstaute sie in einem kleinen Futteral. Sie hatte eine Druckstelle auf der Nase hinterlassen, die er nun mit zwei Fingern rieb. »Gern«, erwiderte er. »Bis wann soll ich es vorbeibringen?«

»Übermorgen reicht, denke ich.«

Der Russe lächelte, nickte, doch seine Augen blickten schwermütig drein. »Ich werde es morgen schicken.«

Hilde musterte ihn und lauschte in sich hinein. Die früher empfundene Abscheu war fast zur Gänze geschwunden. Nur hin und wieder überfiel sie noch ein seltsames Kribbeln, wenn sie sich vorstellte, wie ihr Bruder mit diesem Mann … Dann war es, als würde ein Heer von Ameisen über ihre Haut laufen.

»Wie ergeht es Ihnen, Herr Alfjorow? Fühlen Sie sich aufgrund Ihrer Nationalität sehr benachteiligt?«

»Ich bin von robuster Natur, bislang fällt nur hin und wieder ein böses Wort, das schert mich nicht. Aber meine Frau Irina bekümmert es. Sie ist in Hamburg geboren, hat noch nie einen Fuß ins Zarenreich gesetzt. Dass sie nun von den Nachbarn beleidigt wird, versteht sie nicht, es setzt ihr zu. Allein geht sie kaum noch vor die Tür, die Haushälterin macht alle Besorgungen.«

Wie konnte er einfach so von seiner Frau reden, während sie sich hier wegen ihres Bruders trafen? Alfjorow schätzte seine Frau, das wusste Hilde, und doch betrog er sie auf besonders … nein. Der Gedanke stand ihr nicht zu. Hilde erschrak vor sich selbst. War ihr eigener Betrug denn um einen Deut besser?

»Und Ihre Loyalität wird nicht korrumpiert?«

In Alfjorows Wangen arbeiteten die Muskeln. Seine Schultern wirkten kantiger, als er sich aufrichtete. »Meine Loyalität liegt weder bei einem Herrscher noch einem Volk oder dem Boden unter meinen Füßen. Sie gilt der Firma Falkenberg, meiner Familie und meinen Freunden. Ziehen Sie das niemals in Zweifel … bitte.« Er erhob sich. »Ich empfehle mich.«

»Ich wollte Ihnen nicht zu nahe treten.«

Alfjorow vergaß seine Manieren nicht, obwohl sie ihn brüskiert hatte. Er zog Hilde den Stuhl zurück, während sie aufstand. »Entschuldigung angenommen«, sagte er leise. »Sie werden von mir hören, wünsche einen angenehmen Tag.«

Hilde sah ihm nach, wie er langsam die Straße hinunterging in seinem dunklen Anzug, dem perfekt sitzenden Hut. Er hatte es nicht weit zurück zur Firma.

Alfjorow war einer der wenigen Männer, die noch auf der Straße zu sehen waren und nicht zu jung oder zu alt für den Krieg. Oder gebrochen und verkrüppelt in die Gesellschaft zurückgespien worden waren.

Auch junge Frauen sah man nicht mehr viele. Sie hatten die Anstellungen ihrer Männer übernommen. Schufteten für die Hälfte des Geldes und bewältigten dabei doch dieselbe Arbeit. *Das ist nicht richtig,* dachte Hilde mit leisem Zorn. Wenn dieser Krieg einmal ein Ende hätte und die Welt danach nicht vollständig in Schutt und Asche lag, würde sich die Gesellschaft ändern müssen. Noch ahnten die Männer nichts davon, noch begehrten die Frauen nicht auf, waren viel zu sehr damit beschäftigt, sich um ihr eigenes Überleben und das ihrer Kinder zu sorgen.

Wenn der Krieg nun von einem Tag auf den anderen endete, wie viele Frauen würden freiwillig die Arbeit niederlegen, auf ihr Geld verzichten und sich wieder an Heim und Herd fesseln lassen? Viele, aber allzu viele auch wieder nicht. Sie hatten bewiesen, was zu leisten sie imstande waren.

Ja, Hilde war sich sicher: Nach dem Kriegsende stand ihnen in vielerlei Hinsicht ein Neubeginn bevor. Wahlrecht, Kämpfe um gerechten Lohn. Mehr Mitbestimmung für das Geschlecht, das weit weniger schwach war, als die Männer so gerne behaupteten.

Hilde stieg auf ihr Fahrrad, die Hosen unter dem Reformkleid machten es möglich. Längst erregte sie damit kein Aufsehen mehr, und die Kerle, die ihr womöglich nachgepfiffen hätten, hatte der gierige Krieg aus den Gassen gefegt.

Kräftig trat sie in die Pedale.

Svantje wartete schon auf sie, denn es galt, eine Hochzeit zu planen.

***

Raik durchschritt das Werkstor. An seiner Seite ging wie stets sein Adoptivsohn Klaas. Nach dem gemeinsamen Weihnachtsfest hatten Johanna und er nicht lange überlegen müssen, dem Burschen ein neues Heim zu geben. Jonte, der mitentscheiden durfte, freute sich über den kleinen Bruder, den er sich immer gewünscht hatte. Der Gedanke, dass mit Klaas jemand in die Familie aufgenommen wurde, mit dem er sich irgendwann das Erbe würde teilen müssen, lag ihm fern. Das rechnete Raik dem Älteren hoch an.

Klaas vergalt es seiner neuen Familie, so gut er konnte. Nie stritten sich die beiden Jungen, er ging seiner Ziehmutter zur Hand, wo er nur konnte, und verehrte Raik wie einen Halbgott. Es war beinahe schon unheimlich, wie gut es sich fügte.

Raik haderte mit seinen eigenen Gefühlen. Niemals in seinem Leben war irgendetwas einfach nur gut gewesen, stets war auch etwas Schlechtes hinzugekommen. Nun lief es schon viel zu lange glatt.

Etwas Dunkles lag in der Luft an diesem Sommertag.

Raik legte Klaas die Hand auf die Schulter. Er war kantig und eckig wie ein Schiffsgerippe, dem die Beplankung fehlte, und wieder ein Stückchen gewachsen. Die strohblonden Haare standen wie immer in alle Richtungen und wippten in der Brise.

Unter Raiks Berührung schien der Junge zu wachsen, reckte die Brust hervor und sah mit dankbarem Blick zu seinem Ziehvater auf.

Die Entscheidung, ihn zu adoptieren, war wirklich leicht gewesen. Schwieriger hingegen, die Formalitäten zu erledigen. Der Name von Klaas' Vater war nie gemeldet worden, die Mutter zwei Jahre zuvor an einer Lungenerkrankung verstorben. Sie war Spinnerin gewesen und hatte mit anderen ledigen und verwitweten Frauen in einem Elendsquartier gewohnt. Ihr Grab war unmarkiert, und Klaas besaß keinerlei Papiere.

Dass er nun doch zur Familie Alberts gehörte, war einem kleinen Bestechungsgeld geschuldet und dem Umstand, dass dem Stadtsäckel auf diesem Weg erspart blieb, einen weiteren Hungerleider in der Suppenküche durchzufüttern.

Raik hatte beschlossen, den Jungen ein Jahr jünger zu machen, als er war, um die Chancen zu verringern, dass er bald an die Front müsste. So, wie es stand, würde es noch Jahre so weitergehen, bis eines Tages niemand mehr da war, der sterben könnte.

Vor dem Werk drängten sich vor Schichtbeginn fast zur Hälfte Frauen, es gab zu wenige Männer, um den Betrieb ohne sie aufrechtzuhalten. Harkenfeld fertigte nun auch Teile für Feldgeschütze sowie Munitionshülsen an. Der Schiffbau stellte nur noch die Hälfte der Produktion dar.

In zwei Wochen wäre es so weit, dann hätte Raik die letzte Brücke fertiggestellt, und die Auftragsbücher wären leer. Was dann aus der Schiffszimmerei werden sollte, wusste er nicht.

Sicher, es gab noch immer etwas zu tun. Maßgeschneiderte Einzelteile waren anzufertigen, denen nur die Eigenschaft von Holz die perfekte Festigkeit und gleichzeitige Elastizität geben konnte. Aber dazu brauchte es keine drei Meister und auch nicht das halbe Dutzend Gesellen, das ihnen noch geblieben war. Ein Teil von ihnen würde in andere Gewerke wechseln müssen. Vielleicht schufteten Klaas und er bald in der Waffenproduktion.

Raik rieb sich den verschwitzten Nacken. Es fühlte sich an, als würden sich stechende Blicke hineinbohren.

»Alberts? Du *worst* drüben verlangt«, rief ihm ein Mann zu, der wohl losgeschickt worden war, um ihn zu holen. Vielen, deren Gesichter er nicht kannte, war er durch seine Funktion in der Gewerkschaft nicht nur vom Aussehen, sondern auch mit Namen bekannt.

»Wer *söcht* mich denn?«

»Die Leitung, *drömel nich* länger, es kommt nie *wat*

Godes dabei heraus, wenn man die Hochwohlgeborenen warten lässt.« Der Fremde spuckte auf den Boden, tippte sich an die Mütze und verschwand in Werkshalle 1.

Sie waren stehen geblieben, und Klaas sah fragend zu ihm auf. Seine blauen Augen wirkten ungewöhnlich dunkel. »Mach dir keine Sorgen, *Jung*. Geh in die *Warkstee*, putzen. Wenn ich nicht zurück bin, bis du fertig bist, frag die Gesellen, was du *maken* sollst.«

»*Inverstahn*«, sagte er schnell und versuchte sich an einem entschlossenen Gesichtsausdruck.

»Bist ein guter *Jung*, und *nu hau of.*« Raik schob ihn von sich und seufzte. Scheinbar war heute bereits der Tag gekommen, an dem alles den Bach herunterging. Nun gut, es führte zu nichts, noch einige Minuten herauszuschinden.

Mit energischen Schritten marschierte er auf das Verwaltungsgebäude zu. Der Wind trieb Staubwolken vor ihm her, die seine kräftigen Arbeitsstiefel vom Hof aufwirbelten, auf dem der sonst so übliche Morast zu harten Krusten getrocknet war.

Raik sah Florian Harkenfeld am Fenster stehen, daneben Walter Degen.

»Na, *dat* wird ja immer *beter*«, murmelte er vor sich hin und ballte die Fäuste.

***

Svantje fühlte sich wie in einer Tretmühle nie versiegender Grausamkeiten. Nach Soldaten mit Bauchschüssen, schwärenden Amputationen und Gesichtern voller Granatsplitter brachten sie nun auch Gaskranke.

Von der Westfront kamen sie, einer elender als der andere, und alle noch so verdammt jung. Sie waren zutiefst erschöpft vom bloßen Atmen, das zu ihrem einzigen Daseinszweck geworden war.

Manche hatten verätzte Augen, doch die meisten waren lungenkrank.

Einen Tag vor ihrer Ankunft waren Weisungen herumgeschickt worden, wie mit den Kranken zu verfahren sei. In Windeseile hatte man Sauerstoffflaschen herbeigeschafft und im Innenhof gut belüftete Lazarettzelte errichtet, viel mehr konnte man nicht tun. Nur abwarten und hoffen, dass sich das Lungengewebe der Patienten regenerierte, nicht entzündete.

Svantje ging von einem Krankenbett zum nächsten.

Die Gaskranken sprachen nicht. Auf dem Raum, in dem sie untergebracht worden waren, lastete eine anstrengende Ruhe. Leise zischte Sauerstoff aus den Schläuchen. Allein das Geräusch des austretenden Gases brachte den Männern Albträume. Manche waren kaum bei Sinnen, rissen sich die Hemdkragen auseinander und erstickten doch. Es war ein schreckliches Leiden und Sterben, ein schlimmeres hatte sie bis zu diesem Tag noch nicht erlebt.

Immer wenn sie etwas Zeit entbehren konnte, ging sie zu den Männern, sprach leise auf sie ein, rückte den Sauerstoffschlauch gerade und hörte ihre Brust ab. Darin rasselte, schnurrte und gluckerte es wie in einer Waschtrommel. Das Chlorgas hatte die feinen Lungengefäße verätzt, die austretende Lymphflüssigkeit füllte die Lungenflügel.

Die Männer ertranken, und sie waren sich dessen vollkommen bewusst. Das Schmerzmittel, das Svantje in hohen Dosen spritzte, zögerte ihr Leiden manchmal nur hinaus.

Svantje hatte schon seit einer Stunde Feierabend. Sie

hielt die Hand von Torben Melcher. Röchelnd atmete er und starrte sie dabei aus Augen an, die genauso gut einem Neunzigjährigen hätten gehören können. Bis vor Kurzem waren noch seine Eltern bei ihm gewesen, doch Svantje hatte das untrügliche Gefühl, dass er nicht sterben würde, solange sie bei ihm saßen. Er wollte ihnen den Schmerz ersparen. Also hatte sie das Paar ruhig, aber beharrlich überredet zu gehen.

Morgen würde sie sich ihre Vorwürfe anhören müssen, doch das nahm sie in Kauf. Ihre erste Pflicht galt ihren Patienten, nicht den Angehörigen.

»Ich bin bei Ihnen, Herr Melcher«, sagte sie leise. Seine Augenlider zuckten, er drückte ihre Hand. Er wollte seine Eltern nicht bei sich haben, aber in der letzten Stunde allein sein, das mochte er auch nicht.

»Soll ich nach einem Seelsorger schicken lassen?«, fragte sie leise. Langsam schüttelte er den Kopf. Röchelte. Seine Hände krampften. Svantje bettete seinen Oberkörper etwas höher, dann setzte sie sich wieder. Ihre Gedanken wanderten zum jungen Glück ihrer Tochter. Die Hochzeit lag eine Woche zurück. Es war wundervoll gewesen. Klein und familiär, wie sie sich ihre eigene gewünscht hätte. Sie hatten in der Kirche St. Anschar in Eppendorf geheiratet, einem kleinen weiß getünchten Bau mit hohen gotischen Fenstern. Es waren nur vierzig Gäste zugegen gewesen, Verwandte und enge Freunde. Danach hatten sie im Hotel der Bäumers gefeiert. Das Essen war üppig, und durch Friedrichs Kontakte hatten sie auch auf Wein und Champagner nicht verzichten müssen. Das Fest war wie ein strahlender Stern in all der Finsternis gewesen, und Svantje dachte gern daran zurück.

Allerdings vermisste sie Karoline. Das Paar lebte nun in einem Zimmer im Hotel der Familie Bäumer und genoss jeden gemeinsamen Moment. Jonathan schien genau der richtige Mann für Karoline zu sein. Svantje hatte ihre Tochter noch nie so glücklich gesehen, wie sie es an seiner Seite war.

Nun, da sie bei den Gaskranken saß und einem von ihnen beim Sterben zusah, lief es ihr eisig den Rücken hinunter. Sich vorzustellen, dass demnächst ihr Schwiegersohn mit diesem unsichtbaren Mörder fertigwerden musste … In den vergangenen Wochen waren zwar angeblich Schutzmasken für Soldaten und sogar die Pferde entwickelt worden, aber ob sie halfen, war zweifelhaft. Dafür kamen in den letzten Tagen zu viele Soldaten in ihre Obhut, die trotz des Schutzes verletzte Atemwege hatten.

Ein tiefes Keuchen riss sie aus den Gedanken.

Torben Melcher hatte ihre Hand losgelassen, umfasste mit beiden Händen seine Kehle, der Blick war wie von Sinnen. Weit aufgerissen war sein Mund, der Kopf lief rot an. Svantje hielt selbst den Atem an. »Ganz ruhig, ganz ruhig, gleich ist es vorbei«, sagte sie und strich ihm über den Kopf wie einem Kind, das sie trösten wolle. Der Sterbende hielt den Blick fest auf sie gerichtet. Über Svantjes Wangen rollten Tränen. »Sch, sch, sch«, sagte sie. Sie konnte es nicht mehr, konnte keinen weiteren jungen Menschen mehr sterben sehen, weil irgendwelche Narren in der Regierung Schach spielten.

Es musste doch selbst ihnen klar sein, dass sie ihr eigenes Volk vernichteten. *Bis aufs Messer, bis zum letzten Mann!* Diese Parolen waren Irrsinn!

Melcher bäumte sich auf. Die Adern an seinem Hals

waren dick und bläulich hervorgetreten und pochten. Er zuckte einmal, zweimal, dann sank er mit verdrehten Augen ins Kissen.

Aus.

Svantje war wie erstarrt. Zeit verstrich. Vielleicht nur Minuten, vielleicht eine Stunde. Ihre Tränen waren ohne ihr Zutun getrocknet. Sie erhob sich schweigend, sah auf das auch im Tode noch verzerrte Gesicht hinab. Das hatte er nicht verdient, niemand hatte einen solch qualvollen Tod verdient. Svantje strich Torben Melcher sacht über die Wangen, bis sich die tiefen, gräulichen Falten etwas glätteten. Sie legte ihm die Hände zusammen und zog dann die Bettdecke über seinen Kopf. Als sie schließlich aufsah, blickte sie in die ernsten Gesichter seiner Kameraden, die sich wohl fragten, wen von ihnen es als Nächsten erwischen würde.

***

Karoline war glücklich, so schrecklich glücklich. Obwohl Jonathan und sie keine eigene Wohnung besaßen und auch sonst nicht viel, hatten sie doch einander, und das war alles, was nötig war. Sie verbrachten den halben Tag im Bett, eng umschlungen, bis Karoline meinte, den Körper ihres Liebsten besser zu kennen als ihren eigenen.

Dazwischen gingen sie spazieren, manchmal half Karoline ihrer Schwiegermutter in der Küche, und Jonathan übernahm Aufgaben in dem kleinen Hotel. Es gab nur wenige Gäste, die Hälfte der Hotelzimmer stand leer.

Jonathan und Karoline hatten sich darauf geeinigt, erst nach dem Krieg eine eigene Bleibe zu suchen. Bis dahin richtete sie ihnen das Zimmerchen so hübsch wie möglich ein. Karoline besaß einiges an Aussteuer, und ihre Eltern hatten ergänzt, was noch fehlte.

Eine Woche lag die Hochzeit nun zurück, und so langsam hatte sie das Gefühl, wieder etwas mehr mit ihrer Zeit anfangen zu müssen, als Jonathan zu lieben, bis sie beide außer Atem waren. Zweifellos war es eine wundervolle Beschäftigung, aber keine, die sich von morgens bis abends durchhalten ließ.

Sie scheute sich dennoch, ihr Ehrenamt im Klinikum wieder aufzunehmen, denn es führte ihr ebendas vor Augen, was ihr Glück bedrohte.

Jonathan war an diesem Tag früh aufgebrochen. Er hatte sich ausgeschwiegen, wo er hinwollte. Manchmal tat er das, und dann brachte er ihr ein Geschenk oder Karten fürs Theater mit. Aber diesmal steckte etwas anderes dahinter, sie hatte es gespürt. Sein Lächeln war an diesem Morgen hohl gewesen, als verberge er dahinter ganz andere Gefühle.

Karoline vertrieb sich die Zeit, indem sie das Zimmerchen in Ordnung brachte und dann die Wäsche erledigte. Das hatte sie erst im Hotel lernen müssen. In ihrem Elternhaus war das Aufgabe der Haushälterin gewesen, nur beim Mangeln und Recken hatte sie manchmal geholfen.

Im Hotel der Bäumers gab es eine handbetriebene Waschtrommel, die vieles erleichterte. Es dauerte nur drei Stunden, bis sie das Wasser erhitzt und alles durchgewaschen hatte.

Zwei Körbe voll trug sie nun in den kleinen Garten des Hotels, wo sich mehrere Leinen und eine Wäschespinne befanden. Beides war leer.

Es war ein warmer Sommertag. Insekten schwirrten,

und aus dem Gras stieg der Duft von frischem Grün. Frau Bäumer pflegte am gesamten Zaun entlang Stockrosen, ein kunterbuntes Spalier, das Schmetterlinge und Bienen lockte. In einem Beet wuchsen frische Küchenkräuter und Salate, die den Gästen die Mahlzeiten bereicherten.

War das ihre Zukunft? Dieses Hotel?, fragte sich Karoline, während sie einen Unterrock an die Leine hängte und mit Klammern festmachte. Jonathan und sie könnten gemeinsam arbeiten, einander sehen, wann immer sie wollten. Sie würde vielleicht kochen, nicht nur für ihn, sondern auch für die Gäste. Sie kochte gern, und die Aussicht gefiel ihr.

Oder war es vielleicht besser, wenn sie sich nicht so häufig sahen? Auch wenn sie sich das im Moment kaum vorstellen konnte. Gemeinsam zu arbeiten bot auch Anlass zu vielerlei Konflikten. Und dann war da ja auch noch die Arbeit im Klinikum. Ihr Ehrenamt war erfüllender, als sie es je für möglich gehalten hatte. Sie könnte Krankenschwester werden, wie Mutter.

Der erste Wäschekorb war geleert. Karoline holte den zweiten und behängte auch die äußeren Leinen. Die gebleichten Stücke strahlten in der Sommersonne.

Nach getaner Arbeit setzte sie sich auf eine Bank am Kräutergarten und zerrieb einige Rosmarinblüten zwischen den Fingern, als ein fernes Dröhnen sie aufsehen ließ. Am Himmel zog ein gewaltiges Luftschiff dahin. Karoline lehnte den Kopf in den Nacken und beobachtete das beeindruckende Gefährt mit gemischten Gefühlen. Mit zusammengekniffenen Augen hielt sie nach dunklen Flecken unter dem runden Bauch Ausschau, sah aber nur die Kabine. Dieses Luftschiff war nicht mit Bomben bestückt.

In dunklen, mondlosen Nächten wurden von Marineluftschiffen Angriffe auf die englische Hauptstadt London geflogen. Zehntausende Menschen flüchteten dann panisch aus den Häusern und versteckten sich in den U-Bahn-Tunneln. In den Zeitungen und auf Aushängen wurde das Grauen bejubelt, das die Deutschen innerhalb der englischen Bevölkerung verbreiteten. Die Bomben sollten die Moral schwächen.

Bislang hatten die Engländer den Beschuss nicht durch eigene Angriffe erwidert. Aber wenn, dann wäre wohl Hamburg eines der besten Ziele.

Karoline lief ein Schauer über die Arme, obwohl die Sommersonne angenehm wärmte. Wohin würde das noch alles führen?

Das Luftschiff war nur noch als kleiner, silbriger Zylinder zu sehen, und sein Dröhnen wurde längst vom Gesang der Amseln übertönt. Eines der kecken schwarzen Männchen ließ sich ausgerechnet auf der weißen Tischdecke nieder, die sie lange vor ihrer Hochzeit hübsch bestickt hatte. Karoline sprang auf, um den Vogel zu vertreiben. In diesem Moment trat ihr Mann in den Garten, machte einige Schritte, blieb dann stehen und nahm den Hut ab. Karolines Herz tat einen Satz, und sofort stellte sich ein aufregendes Flattern ein. Sie rannte die ersten Schritte auf ihn zu, dann war es plötzlich, als legten sich Bleimanschetten an ihre Knöchel. Karoline blieb stehen, musterte ihn.

Jonathan war blass und ernst, sah aus, als überbringe er eine Todesnachricht. Wer mochte es sein? Wen hatte es nun getroffen?

Er schloss die Distanz mit zähen Schritten, ließ den Hut

fallen, schloss sie in die Arme und sog den Duft ihres Haars ein. Karoline erwiderte seine Umarmung mit gleicher Heftigkeit. »Was ist passiert?«, brach sie das Schweigen. »Sag es mir.«

»Ich … ich … ich muss wieder zurück.«

»Warst du etwa heute schon beim Arzt und hast mir vorher nichts gesagt?«

Er nickte. »Ich hatte gehofft, er würde mir noch etwas länger geben, aber ich habe umsonst an sein Mitgefühl appelliert.«

»Wann?«

»In einer Woche.«

»Nein. Nein! Nicht so bald!« Ihre Stimme war kaum mehr als ein ersticktes Schluchzen.

»Ich wünschte, es wäre anders.« Er barg ihr Gesicht in den Händen und sah ihr tief in die Augen, die sich langsam mit Tränen füllten. »Wenn ich dir nur versprechen könnte, heil zurückzukommen.«

»Ich lasse das nicht zu. Sie dürfen uns nicht trennen, nicht jetzt schon! Ich gehe mit dir.«

Ungläubig schüttelte er den Kopf. »Nein, das wirst du nicht. Ich zähle die Tage bis zum ersten Heimaturlaub und schreibe dir, sooft ich kann. Die Feldpost befördert auch Päckchen, wenn du mir deine wundervollen Butterkekse schicken möchtest.«

Karoline schlug ihm liebevoll, aber bestimmt mit der Faust gegen die Brust. »Rede nicht von Butterkeksen, wenn ich dir sage, dass ich mich für den Lazarettdienst melden werde. Einige aus dem Klinikum haben es schon getan. Ich komme mit dir, ich werde in deiner Nähe sein, und in jeder freien Minute sind wir zusammen.«

»Oh, Karoline. Und wenn etwas geschieht? Wenn das Lazarett einen Treffer abbekommt?«

»Ich kann nicht mehr ohne dich sein, Jonathan. Mir ist's, als würde die Welt ohnehin bald zugrunde gehen. Ich will meine kurze Erdenzeit mit dir verbringen oder gar nicht.«

»Ich hab dich so lieb, Karoline«, flüsterte er, und dann weinten sie beide.

Zehn Tage später

Svantje fischte die Post aus dem Briefkasten und trug sie hinein. Sie war müde. Im Klinikum hatte sie fast den gesamten Tag damit zugebracht, die Medikamentenvorräte durchzugehen. Es gab zwei Listen, die offizielle und jene mit dem Geheimvorrat, der trotz sparsamen Gebrauchs zusehends schrumpfte.

Gemeinsam mit Doktor Grahmer und dem Apotheker Helmstedt, der ihr zunehmend ans Herz wuchs, hatte sie durchgesprochen, welches Medikament sich am besten durch ein anderes ersetzen ließe. Herausgekommen war nicht viel, es fehlte schlichtweg an allem, auch an den Ersatzstoffen.

Also hatten sie die Vorräte auf den Stationen aus dem geheimen Lager ergänzt, alle Ärzte und Schwestern zur Sparsamkeit gemahnt, und Svantje hatte eine Liste für Friedrich mitbekommen. Darauf standen einheimische und exotische Zutaten, die Helmstedt für seine Rezepturen benötigte. Hoffentlich konnte Friedrich die Zutaten auf dem Schwarzmarkt bekommen. Es lief, seinen Berichten nach, überraschend gut. Bislang verdiente er damit sogar besser als in schlechten Jahren mit dem Fernhandel. Das Risiko aber ließ Svantje so manche Nacht wach liegen. Friedrich im Gefängnis wegen Schmuggel, das war eine furchtbare Vorstellung.

Wassili schien die Gefahr nur wenig zu kümmern. Für ihn bedeutete der bloße Aufenthalt in Hamburg schon ein Spiel mit dem Feuer. Das Gefängnis hatte ihn gezeichnet, ihn zu einem härteren Mann gemacht, der nur noch wenige Freuden kannte.

Svantje sah die Briefe durch, während die Abendsonne ihr Gesicht wärmte.

Auf der Straße eilten Fußgänger vorbei. Die Stelle von Kutschen und Automobilen hatten Fahrräder eingenommen. Sie waren günstiger und liefen nicht Gefahr, an der Front benötigt zu werden. Dann tuckerte doch ein Wagen um die Ecke, und sie erkannte schon am Klang, wer es war. Friedrich winkte ihr aus dem heruntergekurbelten Fenster zu, während er den Wagen die Einfahrt hinauflenkte und neben dem Haus parkte.

Etwas steif stieg er aus und humpelte auf sie zu. Er begrüßte sie mit einem Kuss auf die Wange. »Schweren Tag gehabt?«, fragte er.

»Ja, und du?«

Gemeinsam gingen sie ins Haus. »Nicht anstrengender als sonst. Aber in unserem Zweig hat es derzeit keiner leicht. Wir leben von einem Handel über alle Grenzen hinweg, und nun stoße ich nur noch auf Mauern, Mauern, Mauern.« Er seufzte.

Svantje drückte seinen Arm und lächelte aufmunternd. »Vergessen wir das für heute Abend.« Sie reichte Friedrich zwei Briefe, die an ihn adressiert waren. Der dritte war für sie beide, die Handschrift unverkennbar. »Schau nur, von Karolinchen.«

»Warum schickt sie uns einen Brief, statt kurz vorbeizuschauen? So weit weg wohnen sie nun auch nicht.«

»Versteh einer die beiden.« Svantje lächelte. »Vielleicht fürchtet sie, wir würden sie zu lange in Beschlag nehmen.«

Friedrich lächelte verschmitzt und hob fragend eine Braue. »Oder die beiden haben uns etwas zu sagen und trauen sich nicht, es vis-à-vis zu tun.«

»Karoline schwanger?« Svantje wusste nicht, ob sie diese Möglichkeit inmitten des Kriegs beunruhigen oder freuen sollte. »Nun, sie sind verheiratet.«

»Mittlerweile«, ergänzte Friedrich mit einem Zwinkern. »Mach auf und sieh nach.« Er ging ins Wohnzimmer, sicher, dass sie ihm folgen würde. Im Gehen riss Svantje den Brief auf, überflog ihn, erschrak. Die Knie wurden ihr weich, und sie fing sich an einer Sessellehne ab.

Friedrich war sofort bei ihr. »Was ist?«

Sie brachte kein Wort heraus, reichte ihm einfach den Brief.

Friedrich überflog die Zeilen, las noch einmal, wurde blass. »Das ist nicht ihr Ernst.«

»Sie muss schon seit Tagen fort sein«, sagte Svantje gefasster. Im Brief erklärte Karoline, als Freiwillige direkt an der Front in einem Lazarett arbeiten zu wollen, um nahe bei ihrem Ehemann zu sein.

»Jetzt weißt du, warum sie es uns nicht ins Gesicht gesagt hat.« Angst lag wie eine Eisenzwinge um Svantjes Brust und schnürte ihr die Luft ab, alles stand plötzlich kopf. Der Krieg hatte von Anfang an vor allem Clemens bedroht. Wenn er noch länger andauerte, könnte ihr Sohn eingezogen werden oder sich gar freiwillig melden. Um ihn hatte sie sich gesorgt! Aber Karoline? Karolines Leben war sicher! Hamburg war sicher!

Svantje fühlte sich wie im freien Fall. Karoline hatte sie von sich gestoßen und war der Gefahr entgegengereist. Sie konnte es nicht fassen. »Ich … ich verstehe es nicht. Sie hat doch im Krankenhaus jeden Tag gesehen, was an der Front mit Menschen passiert. Wie kann sie nur? Hat Jonathan ihr denn völlig den Kopf verdreht? Friedrich, wir müssen etwas tun! Müssen sie aufhalten! Ich habe meinen Bruder verloren, ich weigere mich, auch noch unsere Tochter …« Ihre Stimme versiegte.

Friedrich blickte sie an wie ein waidwundes Tier. »Haben denn alle den Verstand verloren?« Er schüttelte den Kopf und ließ den Brief fallen. Langsam verfärbte sich sein Gesicht rötlich. »Oh, ich wünschte, sie würden mich auch in diesen verdammten Krieg schicken, aber ich bin ein Krüppel. Ein Krüppel!«, brüllte er und schlug sich mit der Faust auf die schief zusammengewachsene Hüfte. Er zuckte vor dem Schmerz zurück, und Svantje musste seine Hand festhalten, damit er sich nicht noch einmal selbst verletzte.

»Friedrich«, sagte sie leise und mahnend. Sie entsetzte diese Nachricht doch genauso wie ihn.

»Glaube mir, Frau, ich würde dort hinfahren und postwendend desertieren, um unser Mädchen zurückzuholen! Wir hätten niemals zulassen dürfen, dass sie diesen Dahergelaufenen heiratet …«

»Es war Karolines Entscheidung, Friedrich!«

»Aber er musste es ihr erlauben! Von *mir* hätte sie diese Erlaubnis niemals bekommen.«

Svantje hatte Friedrich noch nie so wütend erlebt. Sein Zorn ließ sie im Gegenzug ruhiger werden.

»Ich wünschte, ich könnte dort bei ihr sein, sie beschützen, zurückholen …«, grollte er, ließ Svantje los und machte einige hektische Schritte, wobei er den Stock hart auf den Boden stieß.

»Ich kann es.« Svantjes Stimme wurde brüchig.

»Was sagst du da?« Friedrich wandte sich hektisch um.

»Ich könnte zu ihr fahren, mit ihr im Feldlazarett arbeiten und sie überzeugen zurückzukommen. Auch Jonathan muss doch verstehen, dass sie in Hamburg in Sicherheit ist. Sobald er den ersten Einsatz hatte, wird er es verstehen.«

»Ich verbiete es dir!«

Sie musterte Friedrich. Noch nie hatte sie ihn derart besorgt gesehen, nicht einmal, als sie während der Choleraepidemie in den Baracken gearbeitet hatte. »Versteh doch, Friedrich. Ich habe Piet versprochen, ihn zu beschützen, immer für ihn da zu sein, und ich habe versagt …«

»Es war nicht …«

»Lass mich bitte ausreden.«

Er nickte, sein Gesicht wirkte kantig, weil er so angestrengt die Zähne zusammenbiss.

»Ich weiß, dass ich meinen Bruder auf dem Schlachtfeld nicht beschützen konnte. Aber für unsere Tochter kann ich es tun. Das Versprechen, das ich ihr bei ihrer Geburt gegeben habe, muss ich nicht auch noch brechen.«

Friedrich fasste sie an den Schultern. »Nein, hörst du? Nein, ich lasse nicht zu, dass ich sie *und* dich verliere!«

»Du verlierst uns doch nicht, Friedrich, ich hole unser Mädchen zurück!«

Er blickte sie an wie ein Besessener. Hin- und hergerissen zwischen Angst und Hoffnung.

In diesem Moment kam Clemens die Treppe aus dem Obergeschoss hinunter. »Ist etwas geschehen?«

»Und ob etwas geschehen ist!«, erwiderte Friedrich mit wildem Blick. »Karoline ist ihrem Mann an die Front gefolgt, und deine Mutter will ihr nun hinterherreisen, um sie zurückzuholen. In diesem Haushalt sind alle verrückt geworden!«

Clemens sah fragend zwischen seinen Eltern hin und her. Seine anfängliche Kriegsbegeisterung war längst verklungen. »Und, wirst du es tun, Mutter?«

Svantje suchte Friedrichs Blick. »Ich weiß es noch nicht. Es muss eine gemeinsame Entscheidung sein.«

9

Nordpolen nahe Lodz
Juli 1915

Richard fühlte sich, als habe man ihn über Nacht aus der Hölle direkt ins Paradies gebracht. Zwei Mal noch war er in Ypern dem Tod entronnen, bevor er an die Ostfront verlegt wurde. Zwar waren auch an seinem neuen Einsatzort in Nordpolen die Fronten festgefahren, gab es auch dort endlose Gräben, endloses Artilleriefeuer und Gasangriffe, doch sein Gefühl dabei war nun ein ganz anderes. Er hatte auf bittere Art gelernt, den Schmerz seiner Mitstreiter nicht mehr an sich heranzulassen. Ihn kümmerte nur noch sein eigenes Heil und das der ihm anvertrauten Männer, und das war in der Linie bei Lodz weit weniger in Gefahr.

Die 13. sollte dort vorrangig als Aufklärer fungieren oder direkt gegen die russische Kavallerie vorgehen, statt in den Gräben verheizt zu werden.

Die Russen hatten sich im Dezember aus Lodz zurückgezogen, die Front war stabil, und derzeit schien keine der Kriegsparteien an einen Vorstoß zu denken.

Nordpolen zeigte sich in sommerlichen Farben. Auf den Äckern gediehen Getreide, Kartoffeln und Rüben. Dazwischen Hecken und wunderschöne Alleen. Wenn man es gerade am wenigsten erwartete, blitzte ein großes, blaues

Rund zwischen all dem Grün hervor. Die Seen und Teiche waren von Schilf und Rohr gesäumt. Alte Silberweiden und Schwarzerlen senkten ihre Häupter über mäandernde Flüsschen. Rotbraune Rinder grasten halbwild an der Bahnlinie, ebenso wie Stuten, Fohlen und schlanke Zweijährige, noch zu jung für den Krieg.

Richard nahm sich vor, sein nächstes Pferd nicht gernzuhaben. Zweifellos würden sie ihm direkt nach seiner Ankunft ein neues zuteilen. Zwei waren ihm bislang unter dem Sattel weggeschossen worden, das dritte in Ypern zurückgeblieben, wo es nun einen anderen in die Felder von Klatschmohn und Tod trug. Bis zum Kriegsende würde er wohl noch mehr als eines haben und verlieren.

Bei seiner Ankunft in Lodz gab es ein großes Hallo und Willkommen. Überraschend viele Kameraden aus der Kaserne in Flensburg hatten das erste Frontjahr überstanden, und sie feierten ihr Wiedersehen mit polnischem Bier und Soldatenliedern. Richard erhielt seinen alten Posten wieder. Der Rittmeister, der ihn seit seiner Verwundung bis jetzt vertreten hatte, war noch vor seinem Eintreffen abberufen worden. Die Männer schienen ihm keine Träne nachzuweinen, stattdessen murrten sie Verwünschungen und spien seinen Namen aus, andere nannten ihn einen eitlen, lebensmüden Fatzke.

Richard machte Inventur, nahm an einer Lagebesprechung teil und besah sich den Ort. Als Quartier für die Offiziere diente ein kleiner Landgasthof. Er erhielt ein eigenes Zimmer mit Blick auf einen Wirtschaftsgarten und eine Gänseweide. Das Essen war mehr als passabel.

In dieser Nacht schlief er zum ersten Mal seit Monaten halbwegs gut. Nur einmal weckten ihn Albträume, schmerzte die alte Verletzung im Arm. Er wälzte sich ein wenig hin und her, dann schlief er wieder ein. Hier, so wurde ihm klar, würde er den Krieg irgendwie überdauern können. Zwar vermisste er seine Lieben, doch welcher Soldat tat das nicht?

Am nächsten Tag fuhr er mit einigen Dragonern hinaus auf einen Hof. Dort hatte die Heeresleitung Remonten für die 13. versammelt, drei- und vierjährige Warmblüter, fröhlich wie kleine Kinder. Richard ritt mehrere Pferde und befand zwei für geeignet. Eine Fuchsstute, die sich ihm sofort anschloss und Nähe suchte. Unter anderen Umständen wäre sie seine erste Wahl gewesen, doch er hielt sich an sein Vorhaben. »Mit der würde ich züchten«, beschied er dem Stallmeister und wählte stattdessen einen Braunen. Der Wallach war ein typisches Kavalleriepferd. Er wirkte trotz seiner vier Jahre abgestumpft, nahm alles als gottgegeben hin. Richard feuerte seine Pistole neben dem Tier ab, und es legte nur die Ohren an. Auf ihm hätte selbst ein ungeübter Reiter in den Krieg ziehen können.

Richards Entscheidung war gefallen. Der Wallach Karlman sollte es sein, und es würde ihm nicht schwerfallen, ihn zu verlieren.

Am nächsten Tag brach er mit einer Abteilung von vierzig Mann zu seinem ersten Kontroll- und Erkundungsritt auf. Es würden noch viele folgen.

Ypern
Juli 1915

Es war eine fremde, unheimliche Welt, in die Svantje geriet. Wie zuvor Richard Harkenfeld, so waren auch Jonathan und Karoline nach Ypern gesandt worden, in ein Lager bei dem Ort Poelkapelle, der zur Festung ausgebaut worden war. Dorthin fuhr Svantje nun mit einigen Krankenschwestern, Sanitätern und einem Feldarzt, dessen Blick dem eines panischen Pferdes ähnelte, auf der Ladefläche eines offenen Lastwagens.

Auf dem Dach prangte ein rotes Kreuz, was aber nichts daran änderte, dass sie bei jedem Dröhnen aufsahen und fernes Artilleriefeuer ihnen die Schultern zusammenzog. Zwischen ihnen lagen dicke Bündel, in denen Svantje Laken und Verbandszeug vermutete. In Holzkisten, mit Spänen ausgepolstert, befanden sich Arzneimittel in großen Flaschen. Jedes Schlagloch ließ sie klirren. Hoffentlich ging nichts zu Bruch.

Bis auf eine andere Schwester hatten alle schon an der Front gedient. Svantje hatte versucht, Fragen zu stellen, doch ihre Begleiterinnen schwiegen sich aus. Eine jede schien in Gedanken bei Familie und Freunden, die sie daheim zurückgelassen hatten.

Svantje hatte lange gezögert, der Tochter hinterherzureisen. Nicht weil sie sich fürchtete, sondern wegen Friedrich und Clemens. Es erschien ihr, als würde *sie,* nicht Karoline die Familie entzweireißen, wenn sie ging. Nach den ersten Briefen der Tochter, aus denen Svantje und Friedrich große Angst herauszulesen meinten, fällten sie schließlich doch gemeinsam den Entschluss, dass sie es versuchen sollte.

Ihrer Abreise waren lange Gespräche vorausgegangen. Friedrich und sie hatten sich an gemeinsame, glücklichere Tage erinnert, Pläne geschmiedet für die Zeit, wenn sie wieder zurück wäre.

Wie ein Damoklesschwert hing die drohende Einberufung über Clemens' Zukunft. In zwei Jahren würde es so weit sein, außer der Krieg endete vorher. Wenn nicht, musste sich eine Lösung finden.

Schließlich war der Tag des Aufbruchs gekommen. Friedrich und Clemens hatten sie zum Bahnhof gebracht. Die Fahrt dorthin war schweigend vergangen. Es war so schwer, die richtigen Worte zu finden für einen Abschied, der womöglich für immer war.

Der Zug würde vor allem Soldaten an die Front bringen. Der Anblick der vielen jungen Männer hatte Svantje schließlich so weit ernüchtert, dass sie es geschafft hatte, Mann und Sohn zu umarmen, ohne in Tränen auszubrechen. Erst als sie im Zug saß, begann sie sich regelrecht krank zu fühlen, so sehr schmerzte sie die Trennung bereits jetzt. Friedrichs Blick würde sie so schnell nicht vergessen. Er hatte ausgesehen, als habe sie ihm das Herz aus der Brust gerissen.

Für genau vier Wochen hatte Svantje ihren Abschied aus dem Krankenhaus genommen. Vier Wochen, in denen sie Karoline zuerst finden und dann irgendwie überreden musste, sie zurück nach Hamburg zu begleiten.

Die dröhnende Artillerie, anfangs nur ein fernes Donnergrollen, fand mittlerweile ein zitterndes Echo in ihrem Magen, schien ihn anzufüllen wie eine verdorbene Speise.

Sie fuhren an einer Allee entlang, welche die Bezeichnung längst nicht mehr verdiente. Die Baumkronen waren zersprengt, gewaltige Detonationen hatten die Rinde von den Stämmen geschält, das weiße Holz war von Schüssen durchsiebt und zermalmt. Äste säumten die Ränder und Gräben, ausgebrannte Automobile lagen herum, dazwischen Pferdegerippe mit weiß genagten Knochen. Auf den Feldern dahinter frische Massengräber und fett gefressene Krähen, die in ihren schwarzen Fracks daherstolzierten wie Sonntagsspaziergänger. In der Luft lag ein wirres Gemisch aus Rauch, Leichengestank und Harz.

Hier verbrachte Karoline also ihre Tage und Nächte. Svantje schluckte, doch ihre Kehle blieb trocken.

Das Feldlazarett war ein flacher, in aller Hast errichteter Bau auf einem ehemaligen Bauernhof. Es gab eine Scheune und einen Geräteschuppen, beides voll mit Verwundeten. Der Stall schien bis auf einige Pferde ausgeräumt. Ausgespannte Pritschenwagen reihten sich im Hof, bereit für den nächsten Transport. Das Bauernhaus selbst sowie einige hölzerne Buden schienen als Unterkunft für Armeeärzte, Sanitäter und Krankenschwestern zu dienen. Auch hier prangte neben der Reichsfahne eine des Roten Kreuzes und die der Malteser.

Hier musste es sein.

Svantje bekam Herzklopfen. Schon wurde das Fahrzeug langsamer, hielt dann ganz an. Svantje sprang von der Ladefläche, streckte die vom unbequemen Sitzen verspannten Beine. Am liebsten wäre sie sofort losgelaufen, um nach Karoline zu suchen, stattdessen entlud sie mit den anderen einen Teil der Fracht.

Sie blieb mit einer Schwester zurück, die anderen saßen

wieder auf, und der Wagen setzte sich qualmend und schnaufend in Bewegung. Greta Jungel, eine Frau von nicht mehr als zwanzig Jahren, rundlicher Statur und mit schmalen, stets zusammengepressten Lippen, die ihrem Äußeren etwas Mürrisches verliehen, seufzte lang und musterte Svantje, als sehe sie ihre Begleiterin zum ersten Mal. »Erfahrung mit Krankenpflege?«

»Oberschwester, Eppendorfer Kliniken, Hamburg. Wir bekommen seit den ersten Kriegswochen Verwundete von der Front.«

Greta Jungels Miene hellte sich auf, als sei an einem trüben Tag plötzlich die Sonne durch die Wolken gebrochen.

»Sie schickt der Himmel. Ich dachte, Sie wären eine weitere Witwe, die mit ihrem Leben plötzlich nichts mehr anzufangen wüsste. Eine waschechte Oberschwester also.« Die Jungel streckte ihr die Hand hin. Svantje schlug ein, erleichtert, dass das Willkommen doch nicht so kühl ausfiel wie zunächst erwartet.

»Nun sorgen wir erst einmal dafür, dass die Materialien richtig eingelagert werden«, sagte Jungel. »Gleich danach zeige ich Ihnen die Unterkunft. Das Köfferchen solange dorthin.«

Svantje stellte ihr spärliches Gepäck ab. Als sie sich wieder umwandte, waren bereits drei Männer in feldgrauen Uniformen auf den Hof getreten. Alle wiesen leichte Verletzungen auf. Zwei hatten Kopfverbände, der dritte trug einen Arm in der Schlinge, mit dem anderen packte er ein Bündel und trug es in einen kleinen Schuppen. Auch Svantje nahm sich einen Teil der Fracht, reihte sich ein, machte den anderen nach, was sie sah, und schon wenig später war alles verstaut.

Die Soldaten verabschiedeten sich und kehrten zu ihrem Kartenspiel zurück, mit dem sie sich die Zeit vertrieben. Sie saßen unter einem halb zusammengeschossenen Kirschbaum, der trotz gespaltenem Stamm und Einschusslöchern an den wenigen verbliebenen Ästen leuchtend rote Früchte trug.

»Nun kommen Sie«, sagte die Schwester und winkte Svantje heran.

»Darf ich Ihnen zuallererst eine Frage stellen?«

»Immer heraus damit.« Ihr Gegenüber stemmte die Hände in die Hüften.

»Meine Tochter arbeitet hier. Karoline Bäumer, haben Sie sie gesehen?«

»Bäumer, Bäumer … hmm. Ach, das Turteltäubchen! Die war einige Tage hier, wollte aber näher an die Front, um bei ihrem schmucken Soldaten zu sein.«

Svantje sank der Mut. »Und wo genau befindet sie sich nun?«

»Vermutlich auf einem der Verbandsplätze direkt hinter der Front, aber genau weiß ich es nicht. Ich würde da …« Die Jungel stockte.

»Was wollten Sie sagen?«

Frau Jungel trat unruhig von einem Bein auf das andere, wischte sich das Haar aus der Stirn. »Mir ist es zu gefährlich, das wollte ich sagen. Zwar verdächtige ich die Engländer nicht, es absichtlich zu tun, aber die Artillerie streut, so manch ein Schuss geht fehl.« Sie legte Svantje eine Hand auf die Schulter. »Aber keine Sorge, Ihrer Tochter geht es gut. Von einem Unglück an einem Verbandsplatz hätten wir sofort gehört.«

Das konnte sie nur ein wenig beruhigen. Warum musste

Karoline ausgerechnet dort sein, wo es für sie am gefährlichsten war?

»Zeigen Sie mir, wo ich unterkomme, dann sehen wir weiter.«

Jungel atmete auf, erleichtert über den Themenwechsel. Sie zeigte Svantje die Zimmer, die sich immer vier Schwestern teilten. Privatsphäre gab es nicht, aber das kümmerte die Frauen vermutlich wenig, wenn sie nach getaner Arbeit erschöpft auf die Feldbetten sanken.

Svantje stellte ihr Gepäck auf das Fußende des Betts, besah sich den einfachen Waschraum und den Abort. Weiter ging es zu ihrem zukünftigen Arbeitsort. In der großen Baracke stand Feldbett an Feldbett. Bis zu dreihundert Verwundete konnten sie hier aufnehmen, mit den Schwerpunkten Amputation und Gesichtschirurgie. Fast alle Betten waren belegt.

Selbst für Svantje, die in ihrem Leben schon viel gesehen hatte, waren die Männer mit den verstümmelten Gesichtern ein schwieriger Anblick. Jene mit Verbrennungen waren größtenteils nicht verbunden, sondern nur eingecremt worden, sodass das ganze Ausmaß ihres Leidens augenscheinlich wurde.

»Wir haben fünf Ärzte, zwei davon Gesichtschirurgen, außerdem einen Zahnmediziner. Die anderen beiden sind Feldärzte«, erklärte Jungel. Svantje wurde allen vorgestellt und konnte sich kaum einen Namen merken, da ihre Gedanken ständig zu Karoline schweiften. Es würde nicht so einfach werden, wie Friedrich und sie gehofft hatten, das war ihr bereits jetzt klar.

Svantje hatte sich explizit für dieses Lazarett gemeldet, weil sie auf diesem Weg sichergehen wollte, möglichst viel

Zeit mit Karoline verbringen zu können, und nun war genau das Gegenteil eingetroffen. Der enge Dienstplan würde kaum eine Möglichkeit lassen, nach ihr zu suchen, geschweige denn lange Überzeugungsgespräche zu führen. Ab morgen würde Svantje arbeiten müssen, also blieb ihr nur heute.

Jungel brachte sie zu dem kleineren Bau, den sie schon bei ihrer Ankunft bemerkt hatte. Sofort fielen ihr die beiden augenscheinlich gesunden Soldaten ins Auge, die davorstanden, als würden sie Wache halten.

»Kriegsgefangene«, sagte ihre Führerin knapp. »Erst schießen sie unsere Jungs zu Krüppeln, und dann lassen sie sich von uns gesund pflegen.«

Svantje wollte sich zuerst eine Antwort verkneifen, um sich nicht schon am ersten Tag Feinde zu machen, konnte aber dann doch nicht den Mund halten. »Wir als Krankenschwestern sollten darüberstehen. Mich kümmert nur die Genesung des Menschen. Haben nicht auch unsere Soldaten sie verwundet und getötet? Und hoffen wir nicht auch, dass unsere jungen Männer, wenn sie in Gefangenschaft geraten, gut versorgt werden?«

Jungel presste ihren Mund zu einem schmalen Strich zusammen, dann traten sie ein. Hier lagen zwanzig Männer, die meisten hätten genauso gut Deutsche sein können, nur zwei hatten dunklere Haut. Sie hatten sich leise auf Französisch unterhalten, doch nun schwiegen sie und blickten die Schwestern erwartungsvoll an. In ihren Gesichtern standen derselbe Schmerz und Schrecken geschrieben wie in denen aller anderen Männer, die gerade so mit dem Leben davongekommen waren. Die der Willkür von Artillerie und Gas ausgesetzt gewesen waren und Brüder und Freunde hatten sterben sehen. Nein, diese Männer unterschieden sich nur marginal von jenen in der großen Baracke. Ihre Uniformen waren ebenfalls feldgrau, nur die Kokarden andere, und sie klagten sich ihr Leid in anderer Sprache.

Als sie schließlich den Rundgang beendeten, war es später Nachmittag. Meisen hüpften über den Hof, in einer nur halb zerschossenen Hecke lärmten Sperlinge. Ein friedlicher Anblick. Wären da nicht der stete Artilleriedonner und der Rauch gewesen, der im Westen aufstieg. Im Westen, wo Karoline war.

»Wie komme ich zu meiner Tochter, Frau Jungel? Ich möchte sie suchen.«

»Das ist nicht so einfach, wie Sie es sich vorstellen. Dort an der Front befinden sich Zehntausende Soldaten, es gibt Dutzende Verbandsplätze und Sanitätslager zur Erstversorgung. Ihre Karoline könnte überall sein. Außerdem, wie wollen Sie dorthin kommen? Zu Fuß?«

»Wenn es sein muss«, erwiderte Svantje energisch, ahnte aber bereits, dass ihr Vorhaben zum Scheitern verurteilt war. »Was raten Sie mir?«

»In erster Linie zur Geduld. Wir bekommen alle zwei Tage, manchmal auch häufiger, neue Patienten. Sie werden mit dem Pferdewagen gebracht. Bitten Sie den Kutscher, sich nach Ihrer Tochter umzuhören. Bestimmt weiß er schon bald etwas zu berichten.«

Svantje rang die Hände. »Und wenn nicht? Wenn ihr in der Zwischenzeit etwas zustößt, während ich ganz in der Nähe bin?«

»Dann ist es Gottes Wille.«

***

Hilde schob den Kinderwagen durch den Park nahe dem Zoo und setzte sich auf die Bank. Es war derselbe Treffpunkt wie schon seit über zwanzig Jahren. Wie immer, wenn sie sich trafen, schlug Hilde ein Buch auf, las aber nicht.

Der Sommer neigte sich seinem Ende zu, es war August. Die vergangenen warmen Wochen hatten an den Bäumen die ersten Blätter gelb werden lassen.

Hilde fühlte sich zu alt, um noch einen Säugling zu haben, das Kindchen hätte ebenso gut ihr Enkel sein können. Was nicht bedeutete, dass sie ihr viertes und letztes Kind nicht lieb hatte. Ganz im Gegenteil.

Aber es reichte, es war genug. Ihr Körper war müde, das Becken schmerzte schon ein halbes Jahr. Wie mussten sich da erst die Frauen fühlen, die zehn Kinder bekamen oder gar ein ganzes Dutzend, dazu womöglich noch einige, die sie in den ersten Monaten verloren?

Er war nicht mehr weit. Wie seit jeher spürte sie seine Gegenwart. Raik und sie sahen sich so selten, dass ihre Beziehung und die Leidenschaft keine Chance bekamen, alt zu werden oder sich abzunutzen. In seiner Nähe fühlte sie sich noch immer wie ein junges Mädchen, das zum ersten Mal in Lust zu jemandem entbrannte.

Raiks Schritt war zügig, fast forsch. Hilde wurde warm. Als er lächelte, war es wieder um sie geschehen.

»*Moin*, Hilde.« Er tippte sich grüßend an die Mütze, als sei sie eine flüchtige Bekannte. Sein Blick ging zum Kinderwagen. »*Dör ick?*«, fragte er, und seine Stimme bekam dabei etwas Weiches.

Hilde erhob sich und nahm das dünne Spitzentuch herunter, mit dem sie dem kleinen Carl Richard Schatten gespendet hatte, während er schlief.

»Raik Alberts, das ist Carl. Carlchen.«

»Dunkle Haare«, sagte er andächtig und strich mit der Fingerspitze über die kleinen, zu Fäustchen geballten Hände.

»Ich hätte ihn gern nach dir genannt, Raik, aber du verstehst, dass das nicht möglich war. Walters Gunst hat ihre Grenzen.«

»Natürlich, das hätte ich nie von dir verlangt. *Ick hoop,* du hast die Frage gar nicht erst gestellt.«

»Nur in Gedanken. Warum in einer Wunde stochern, wenn sich dadurch nichts gewinnen lässt?«

»Mir gefällt Carlchen.« Raik lächelte. »Bis du ihn Carl rufen kannst, wird es wohl noch *wat düren.*«

»Ja, das stimmt.« Sie erwiderte sein Lächeln. »Wollen wir ein Stückchen gehen?«

»Natürlich, wenn es für dich *up Stee* ist. Für mehr habe ich heute allerdings … nichts arrangiert.«

Hilde schluckte. »Vielleicht sollten wir damit aufhören, ich bin über vierzig, habe mehrere Kinder geboren.«

»Und warum sollte dir ausgerechnet die wachsende Lebenserfahrung dieses *Pläseer* untersagen?« Er wirkte gekränkt.

Mit der Antwort musste sie warten, denn nun hatten sie einen belebten Teil des Parks erreicht. Leicht konnten sie belauscht werden. »Erzähl mir doch etwas von dir, es ist Monate her, seit wir zuletzt sprachen.«

»*Inverstahn.*« Raik nahm kurz die Kappe ab, strich das Haar darunter glatt und setzte sie wieder auf. »Du erinnerst dich an den *Lütten,* der sich bei mir im Viertel mit den Betteljungen herumgetrieben hat und von ihnen regelmäßig verkloppt wurde?«

»Du erwähntest ihn. Klaas, nicht wahr?«

»Johanna und ich haben ihn adoptiert. Er versteht sich *wunnerbaar* mit seinem neuen Bruder. *Is een klooker Jung,* aus dem wird was.«

»Weil du es ihm ermöglichst. Das sind wundervolle Nachrichten, Raik, ich freue mich für euch.«

»Das war ich jemandem schuldig«, sagte er nachdenklich, und Hilde wusste sofort, dass er an Svantjes Vater dachte, der ihn als Kind von der Straße geholt hatte. Es sprach für ihn, dass er Herrn Claasen diesen Dienst nicht vergaß und sich ein Beispiel an ihm nahm. »Zum Glück werden meine Kinder …«

»… unsere«, flüsterte er schmunzelnd.

»Zum Glück werden *unsere* Kinder nie am eigenen Leib erfahren müssen, wie schwer es sein kann.« Sie berichtete Raik, wie es den anderen dreien erging. Dass Heinrich durch seine kluge Berufswahl davor gefeit war, eingezogen zu werden, weil seine Arbeit kriegsrelevant war.

»Meine ist es *nich* mehr«, warf Raik ein, und sie hörte sofort die Bitterkeit heraus. »Sie werden mich einziehen, ich warte *dagelik* darauf.«

Hilde blieb ruckartig stehen. »Das kann nicht sein. Du bist … nicht mehr jung.«

»Aber auch noch nicht zu *old.* So sieht es aus. Du bist noch nicht zu *old,* um Mutter zu werden und Leben zu schenken, ich bin noch nicht zu *old,* um Leben zu nehmen. Dein Bruder hat *besloten,* dass ein Schiffszimmermeister reicht, dazu drei Gesellen und ein paar Helfer. Wir stehen auf der Abschussliste.«

Hilde hielt ihn am Arm fest. »Nein, das lasse ich nicht zu, ich rede mit Walter.«

»Du *vergettst* dich, Hilde.« Er entzog sich ihr, sah sich nervös um. »Du brauchst nicht mit deinem Walter diskutieren, das hab ich schon getan. Er wird dafür sorgen, dass Klaas auf *Düvel* komm raus im Betrieb bleibt und sie ihn nicht bekommen. Dafür gehe ich ohne *Gemurrtje,* wenn es so weit ist.«

»Auf dieses Geschäft hat er sich eingelassen?«

»Es war mein *Vörslag.* Dass der zivile Schiffbau in Kriegszeiten zum Erliegen kommt, war abzusehen. Harkenfeld ist zur Waffenschmiede *worden.* Eisen hat Holz verdrängt.«

»Nein, nein, nein!«

»Führ dich nicht *görig* auf, Hilde. So sind die Zeiten nun mal. Die Welt ist im Krieg, die ganze *verdoomte* Welt ist im Krieg.« Er wurde laut. »Millionen sterben. Du kannst nicht jeden in deinen Elfenbeinturm *tucken* und beschützen. Deine Familie hat Glück, *verdoomt* viel davon, und dafür bin ich dankbar. Aber du wirst dich damit *offinnen* müssen, Menschen zu verlieren.«

»Leise, Raik, ich verstehe ja. Und du tust mir unrecht, wenn du glaubst, ich sei so kurzsichtig. Ich nehme es nur nicht einfach so hin. Es sträubt sich alles in mir, ich will keinen von euch verlieren! Keinen, hörst du?«

Sein Blick wurde weich. Er sah sie lange an und nickte schließlich. Ohne ein Wort zu verlieren, liefen sie weiter.

***

Raik hatte ihr nicht alles gesagt, nicht, dass er bereits einberufen und auch nicht, dass ihr Treffen ein Abschied war. In drei Tagen würde er in einen Zug steigen und Hamburg den Rücken kehren, vielleicht für immer.

Die ersten Wochen über würde er Schonfrist haben. Sein Wehrdienst lag lange zurück, und so sollte er eine schnelle Auffrischung samt Drill durchlaufen, bevor sie ihn in die Schlachthöfe schickten, zu denen sich die festgefressenen Frontlinien entwickelt hatten.

Das Treffen mit Hilde war eine willkommene Abwechslung und ein tiefes Bedürfnis gewesen. Noch ein Sohn also. Carlchen. Er hatte ihn gleich ins Herz geschlossen.

Früher hatte er versucht, für die Kinder, die nie zu seiner Familie gehören würden, nichts zu empfinden. Doch es gelang ihm nicht, also hatte er es aufgegeben.

Die Fotos seiner Sprösslinge bewahrte er in einem Versteck in der Werft auf. Seit dem Beginn ihrer Liaison vor über zwanzig Jahren hatte Hilde ihm regelmäßig Fotografien mitgebracht. Mittlerweile war es ein ordentliches Bündel. Ein Schatz, nun größtenteils nicht mehr erreichbar. Nur ein Bild von jedem plante er am letzten Arbeitstag mitzunehmen, für die Front. Als Mahnung. Damit er auch in der schwärzesten Stunde noch wissen würde, für wen er sein Leben hingab. Seine Kinder, ganz gleich ob die leiblichen oder die angenommenen, sollten es einmal besser haben als er.

Längst lag der Park weit hinter ihm, und er tauchte in die Gängeviertel nahe der Speicherstadt ein. Hier gab es viel Elend, wie eh und je. Der Krieg hatte es nur noch gemehrt. Alte Frauen und tatterige Väterchen bettelten um Almosen. An einer Suppenküche des roten Kreuzes drängten sich Mütter mit Kindern in fadenscheiniger Kleidung. Menschen, die sich nie etwas aus den Popen und der Kirche gemacht hatten, gaben ihren Stolz auf und schickten ihre Kinder zu den Armenspeisungen der Gemeinde. Die Buben und Mädchen aßen sich ein-, zweimal die Woche satt, füllten sich die Bäuche und stopften sich Brotscheiben in die Ärmel, für den Preis eines Gebets, einer Bibelstunde, eines Kirchgangs.

Raik beschleunigte den Schritt. Er fühlte sich plötzlich wie ein Voyeur. Er belog sich, war keiner mehr von ihnen. Mit seinem Meistergehalt hob er sich deutlich von den einfachen Arbeitern ab. An seinem Tisch wurde noch immer üppig gegessen, und er hatte so viel angespart und früh genug in Gold und Wertdinge umgewandelt, dass Johanna und die Jungen auch während seiner Abwesenheit nicht darben mussten. Vielleicht würde es mehr Kartoffelsuppe geben, mehr Steckrüben und Erbseneintopf, aber immer ausreichend. Wenn sie nicht mehr genug Wertmarken hätten, würde Johanna auf dem Schwarzmarkt das Fehlende zukaufen können.

Er beschleunigte den Schritt, hatte es mit einem Mal eilig, nach Hause zu kommen.

Von den rußgeschwärzten Backsteinwänden strahlte Sommerwärme wie von einem Backofen, obwohl die Gasse längst im Schatten lag. Er kürzte durch einen schmalen Gang ab. Manche Wege hatten sich seit seiner Kindheit nicht geändert. Unrat zu seinen Füßen, an den Wänden Schmierereien und schlecht geklebte Plakate. Jemand war mit viel Hast vorgegangen, um sie zu platzieren. Raik überflog die Schriftzüge und blieb überrascht stehen. Seine alte, Instinkt gewordene Vorsicht ließ ihn nicht im Stich. Er tat so, als würde er etwas in seinen Hemdtaschen suchen, während er wie beiläufig die Schriftzüge überflog. *Kein Blutvergießen mehr,* stand dort, *Wir wollen Frieden* und *Brot für alle.* Das Brot war schon seit Anfang des Jahres rationiert, sämtliche Lebensmittel waren stark verteuert.

Widerstand regt sich, dachte Raik und hätte sich beinahe zu einem Grinsen hinreißen lassen. Stattdessen nahm er seinen Heimweg zügig und mit neuer Hoffnung im Herzen wieder auf.

10

Westfront
September 1915

Das Feldbett vibrierte unter den heftigen Einschlägen der Artillerie. Der Beschuss ging nun ununterbrochen seit sechsunddreißig Stunden. Karoline hatte sich Wachs in die Ohren gestopft, ein Kissen und Kleidung über den Kopf gelegt, doch es half nichts.

Im Körper spürte sie die Detonationen dennoch, jede Faser ihres Leibes war mürbe, die Knochen fühlten sich an wie hauchfeines Glas, bereit, schon bei der kleinsten Belastung zu zerbrechen. Sie war so unendlich müde, dabei würde sie bald wieder aufstehen und alles geben müssen.

Phasen langen Artilleriebeschusses bereiteten eine Offensive vor, das hatte sie mittlerweile gelernt. Und wenn die Briten und Franzosen nun alles abfeuerten, was sie hatten, würde es morgen wieder viele Tote und Verletzte geben.

Ich muss schlafen, sagte sie sich und presste stöhnend die Hände über Kissen und Kopf. So war zwar der Krach erträglich, aber dafür bekam sie keine Luft.

Seufzend drehte sie sich auf die Seite und ließ ihre Gedanken zu ihrem geliebten Jonathan wandern. Er lag nun mit seinen Kameraden in irgendeinem Graben, stets der Gefahr von Explosionen und Gas ausgesetzt.

Karoline begann sich zu schämen. Wie konnte sie sich über Schlafmangel beschweren, wenn er dort draußen war und litt?

Zwar scherzten und lärmten die jungen Männer viel, machten in der Nähe der Schwestern anzügliche Witze, verschenkten Ackerblümchen, die sie beim Graben der Schanzwerke aus dem Schlamm geklaubt hatten, doch täuschen konnten sie Karoline damit nicht. Da war eine Finsternis in ihren Gesichtern, die kein Witz und keine Liebelei überdecken oder gar vertreiben konnten.

Mit manch einem hatte sie morgens noch gescherzt, und abends trugen Sanitäter ihn auf einer Bahre vom Feld, nicht mehr als ein zerschlagener, verrenkter Leib, dem auch der beste Militärarzt nicht mehr helfen konnte, das Feldgrau der Uniform getränkt in Schlammwasser und Blut.

Karoline erinnerte sich an eine Begebenheit, die ganz am Anfang geschehen war. Da hatte sie sich am Morgen mit einem stets gut gelaunten, rothaarigen Soldaten unterhalten. Sein Gesicht war voller Sommersprossen, und in den Wangen wuchsen tiefe Grübchen, wenn er scherzte. Am Abend war er vom Feld getragen worden. Fremd sah er aus, und ihr war sein Name nicht mehr eingefallen, was sie in eine enervierende Unruhe versetzte. Schließlich war sie zu dem Platz gegangen, wo Reih um Reih die Leichen lagen, hatte ihn gesucht, gefunden und den Namen auf der Uniform gelesen, gerade als man ihn in einen schlichten, roh zusammengezimmerten Holzsarg steckte. Norbert, so hatte er geheißen.

Schon morgen könnte Jonathan in einer solchen Kiste liegen. Genau deshalb war es die richtige Entscheidung gewesen herzukommen. Jede Minute, jeder Augenblick mit ihm war kostbar.

Er sah regelmäßig bei ihr im Verbandszentrum vorbei, wo die Verwundeten erstversorgt wurden. Es waren immer nur kurze Treffen, doch morgen war sein freier Tag. Die meisten Soldaten verbrachten ihn mit Schlafen und Kartenspiel, manche verwahrten sich die Feldpost für diesen Tag. Karoline und Jonathan aber würden, so Gott wollte, einander haben.

Ein Grund mehr zu schlafen.

Es war in den frühen Morgenstunden, als das Artilleriefeuer endlich nachließ und sich eine trügerische Ruhe über die Zeltlager und Baracken senkte. Karoline schlief tief und fest, zwei Stunden ohne eine einzige Regung. Dann wurde es plötzlich wieder laut. Hunderte Stiefel, die über den Hauptweg im Marschtempo den Rhythmus schlugen. Pferde schnaubten, Geschirr und Zaumzeuge klirrten. Jemand ließ eine Peitsche knallen.

»Karoline, he, Karoline, wach auf!«

»Was ist denn?« Sie blinzelte und blickte in das verschwommene, rundliche Gesicht von Jule, einer nicht besonders schlauen, aber dafür umso herzlicheren jungen Frau, mit der sie schnell Freundschaft geschlossen hatte.

Karoline rieb sich die Augen und war schon beim nächsten Atemzug hellwach.

Hastig zog sie sich Rock, Bluse und die weiße Schürze an, die alle Krankenschwestern und Helferinnen trugen. »Wann geht es los?«, fragte sie und strich sich hektisch das Haar glatt.

»Der Arzt sagt, sie bringen die Ersten in zehn Minuten.«

»Gib mir zwei.« Karoline hastete zur Waschschüssel, klatschte sich etwas kühles Wasser ins Gesicht, spülte sich den Mund aus und war sofort wieder bei Jule. Die band sich die braunen Locken zu einem Dutt, steckte ihn mit einigen Nadeln fest und schob eine weiße Haube darüber.

»Hier«, nuschelte sie und kaute auf einem trockenen Keks. Karoline nahm das Päckchen entgegen, die Sprache darauf konnte sie nicht entziffern. »Was ist das?«

»Engländerfraß, haben die Jungs gestern gebracht. Wenn die das den ganzen Tag essen müssen, ist es kein Wunder, dass sie so fürchterlich gelaunt sind.«

»Und da ist nichts … nichts dran?«

»Vergiftet, meinscht du?« Jule schüttelte energisch den Kopf und kaute weiter. »Es ist kischtenweise rumgegangen. Du wirst es überleben.«

»Wenn du meinst.« Karoline knabberte an dem harten, aber süßen Gebäck.

In diesem Krieg konnte man nicht vorsichtig genug sein. Alle Seiten schienen ständig darauf erpicht, sich neue, noch schrecklichere Wege auszudenken, einander umzubringen. »Raus mit uns«, sagte Karoline und überspielte ihre Unruhe, die sie immer erfasste, sobald etwas darauf hindeutete, dass es zu stärkeren Gefechten kommen würde. »Vielleicht finden wir irgendwo Kaffee.«

Jule sprang auf, als habe sie Federn in den Knien. »Die Herren Armeeärzte haben immer genug Kaffee, wir müssen sie nur artig bitten. Und schau, wie artig ich bin.« Sie grinste und klimperte verführerisch mit den Wimpern.

Das Zelt, in dem sie geschlafen hatten, war eines von einem Dutzend, die in drei Viererreihen angeordnet und exakt ausgerichtet waren. Es gab einen breiteren Weg in der Mitte, festgestampft von zahllosen Schritten, zwei Aborte, eine Feldküche und mehrere Lagerplätze, wo Ausrüstungskisten unter einer Plane gestapelt waren. Über allem wehten Rotkreuzfahnen, und ebensolche waren auch mit groben Pinselstrichen auf die Zelte und die große Baracke gemalt, in der die Verwundeten untergebracht waren.

Zwei Baracken waren mit kleinen Operationssälen ausgestattet. Karoline tat dort drin zwar keinen Dienst, zumindest nicht während der Operationen, aber sie versorgte die Patienten danach.

Gemeinsam mit Jule ging sie zu einem Sammelpunkt. Es war nicht mehr als ein überdachter Tisch im Freien nahe einem der Hauptwege zur Frontlinie. Unablässig ratterten Wagen mit Nachschub heran, kehrten leere zurück. Jemand drückte Karoline einen Kaffee in die Hand. Sie schlürfte einen kochend heißen Schluck, verbrannte sich die Lippe und fluchte leise.

Mulis mit Gasmasken. Das war ein neuer Anblick. Dieser Weltkrieg brachte Bilder hervor, die einem Maler wie Bruegel zur Ehre gereicht hätten. Die Tiere schüttelten die Köpfe, doch der Kutscher trieb sie unerbittlich mit Stockschlägen voran. Auf dem Karren waren Gasflaschen und Munitionskisten. Ein gegnerischer Treffer, und Menschen, Tiere und Karren würden in einer grellen Explosion zu Fetzen zermahlen. Das schien dem Gespannführer und seinem Gehilfen ebenso bewusst. Sie wirkten nervös, fahrig und ließen ihre Gereiztheit am Vieh aus.

»Die Engländer haben irgendwas vor«, knurrte der Feldarzt Doktor Wieschner unter seinem dichten, dunklen Bart hervor und schob eine dünnrandige Brille, die er behelfsmäßig mit Pflaster geflickt hatte, höher auf die Nase. Seit drei Tagen musste er sich damit plagen, nachdem ein Verwundeter sie ihm vom Gesicht geschlagen hatte.

Viele kamen so vom Feld, blind vom Gas, rasend vor Schmerz. Sie hieben nach Trägern, Sanitätern, Ärzten. Man musste ihnen Arme und Beine festhalten und sie nach versteckten Waffen absuchen. Oft wurde dann nach einer Helferin oder einer Krankenschwester geschickt, die den Rasenden gut zuredete. Denn eine Frauenstimme, so glaubte man, wirkte ungefährlich auf sie.

Die meisten beruhigten sich recht schnell, doch manche blieben irr, zitterten, schrien. Kriegsverrückte.

Karolines Kaffee hatte mittlerweile eine trinkbare Temperatur angenommen. Sie trank ihn hastig, aß mehr von dem krümeligen englischen Gebäck, das weder Keks noch Brot war, dann half sie den anderen Freiwilligen, den Verbandsplatz auf den erwarteten Ansturm vorzubereiten.

Die Artillerie, die eine Weile geschwiegen hatte, begann zu feuern. Erst auf der Gegenseite, dann gaben die deutschen Geschütze Antwort. Karolines Herz begann schmerzhaft bis in die Kehle hinauf zu pochen. Das war doch alles Irrsinn! Was tat sie eigentlich hier?

Kurz flammte Panik auf, während sich an der nahen Frontlinie der Gefechtslärm zu einer Kakofonie steigerte. Maschinengewehrsalven, Einzelfeuer, dumpfe Detonationen.

Jule schleppte mit Karoline eine Kiste mit frischen Mullbinden heran.

Schwarzer Rauch stieg auf und hüllte das Schlachtfeld ein. Sie waren weit genug weg, um nicht genau zu sehen, was vor sich ging. Was aus der Ferne wirkte wie Schwärme auffliegender Stare, war ein Gemisch von Erdbrocken, Holz und Gewebe. Einige dieser fliegenden Pünktchen … nein! Karoline rieb sich die Augen. Nein, sie wollte nicht darüber nachdenken, was dort flog.

In den Gefechtslärm mischte sich ein Dreitakt. Schnell, jagend – eisenbeschlagene Hufe auf festem Lehm. Ein Meldereiter? Karoline machte sich bereit. Womöglich würde man eine große Zahl Verwundeter ankündigen.

Sie versuchte sich zu beruhigen, ihren wilden Pulsschlag zu verlangsamen. Das Pferd kam in Sicht.

Nur das Pferd. Der Braune galoppierte mit hochgerissenem Kopf. Die Gasmaske baumelte um den Hals, weißer Schaum lief aus Nüstern und Maul, die Augen waren panisch verdreht, zeigten fast nur Weiß. Das Tier raste vorbei, doch Karoline sah noch, dass ihm eine Explosion die Flanke aufgerissen hatte.

Jule schlug erschrocken die Hand vor den Mund. Seltsamerweise rührte sie das verwundete Tier mehr als ein halbes Dutzend erschossener Soldaten. Karoline erging es genauso, doch sie verstand nicht, warum es so war.

»Gas!«, schrie plötzlich jemand.

Eine graugelbe Wolke trieb zwischen den Baracken hervor. Karoline dachte nichts mehr, funktionierte nur noch. Sie rannte zurück ins Zelt, wo ihre Maske am Fußende hing, machte sie einsatzbereit, zerrte sie sich über den Kopf. Als sie das Zelt verließ, war der Dunst überall, zog träge wie unheimlicher Nebel um Menschen und Gerät.

Mit den Händen presste sich Karoline die Maske aufs Gesicht. In ihren Schläfen pochte es. Ob der Rand wirklich fest genug auf den Wangen lag? Roch es nach Chlor?

Es riecht nach Chlor, eindeutig, dachte sie mit zunehmender Panik. Bislang hatte sie die Maske nur zur Übung aufgesetzt.

Bilder rasten vor ihrem inneren Auge vorbei. Zeigten Giftgasüberlebende und solche, die trotz bester Pflege starben, jämmerlich verreckten.

Es riecht nach Chlor! Gleich würden ihre Augen zu brennen beginnen, die Schleimhaut in der Nase zerfressen werden, ebenso die Lunge. Etwas stimmte mit ihrer Maske nicht, sie hatte ein Loch!

Karoline begann zu hyperventilieren, die Sichtscheibe beschlug, sie konnte nicht mehr sehen! Überall Nebel, sie sah nichts!

Karoline schrie in die Maske, wodurch der Nebel nur noch zunahm.

Jemand legte ihr die Hand auf die Schulter, drückte kräftig. »Alles gut, Frau Bäumer, es zieht schon ab. Beruhigen Sie sich, langsam atmen, langsam ein und aus.« Es war der Feldarzt, er griff nun nach ihren Händen, mit denen sie die Maske so fest wie möglich an die Wangen presste.

»Sie tun sich noch weh, Frau Bäumer. Nicken Sie, wenn Sie mich verstehen.«

Karoline nickte. Blinzelte und blinzelte, doch ihre Sicht wurde nicht besser. Andererseits brannten ihre Augen auch nicht. Sie zwang sich, langsamer zu atmen.

»So ist es gut«, sagte Doktor Wieschner, ließ sie wieder los und stellte sich neben sie, als sei nichts geschehen. Als habe sie soeben nicht die Nerven verloren.

Augenblicke verstrichen, Minuten, vielleicht eine Viertelstunde.

Durch die Maske erkannte Karoline ihre Umwelt nur

noch verschwommen, doch es wurde besser, nun, da sie sich beruhigte. Sie war sicher.

Niemand sagte etwas, alles war dumpf. Quälend lang dauerte es, bis sich das Gas verzog, und sobald es sich lichtete, kamen die ersten Verwundeten.

Wobei *kamen* es nicht traf, denn die wenigsten liefen auf den eigenen Füßen. Sie wurden von ihrem Kameraden gestützt, andere auf Tragen gebracht, einer sogar ganz allein von einem anderen jungen Mann herbeigeschleppt, der sich den Ohnmächtigen wie einen Sack Kartoffeln über die Schulter geworfen hatte.

Hinter ihnen hatte sich der Himmel rötlich verfärbt. Eine holzverkleidete Verteidigungsstellung musste in Brand geraten sein. Die geschwächte Stelle wurde durch nachrückende Soldaten verstärkt. Tausende rannten Feuerschein und Gas entgegen, schwarzem Rauch und Kugelhagel. Karoline versuchte, nicht an Jonathan zu denken, der irgendwo dort draußen war.

»Frau Bäumer!« Der Arzt hieß sie mit einer Handbewegung, ihm zu folgen. Sie nahm die noch immer leicht beschlagene Gasmaske ab, machte sie am Band ihrer Kittelschürze fest, um sie keinesfalls zu verlieren, und rannte los.

Mit dem Arzt steuerte sie auf eine Trage zu, die von zwei Sanitätern im Laufschritt herangebracht wurde. Karoline sah über die Schulter zurück. Alle echten, ausgebildeten Krankenschwestern waren beschäftigt. Hier, direkt an der Front, tat jeder, was er vermochte, um Leben zu retten. Schwestern mit langjähriger Erfahrung verrichteten Tätigkeiten, die man ihnen in einem zivilen Krankenhaus niemals zugeteilt hätte. Sie operierten, wenn kein Arzt zur Stelle war, amputierten mit Säge und Skalpell. Niemand fragte nach Titeln und Studium, wenn der Verwundete nur überlebte.

Karoline wusste nicht, was man von ihr erwartete, als sie nun dem Arzt über den Platz hinterhereilte, den rufenden Sanitätern entgegen, wusste allerdings, dass sie alles versuchen würde, was in ihrer Macht stand.

Dann sah sie den Soldaten, und ihr Mut sank. »Er lebt nicht mehr«, keuchte sie. Zum ersten Mal seit ihrer Ankunft an der Front musste sie mit der Übelkeit kämpfen.

Die Sanitäter waren schweißgebadet, auf ihren Gesichtern die Abdrücke von Gasmasken, umrandet von Ruß und Dreck. Der Mann auf der Trage war kaum noch als solcher zu erkennen. Sein Gesicht war aufgerissen, in dem Blut und Dreck machte sie durchtrennte Muskeln aus, die sich zusammengezogen hatten, sah Zähne und die Zunge noch am Platz. Die Wange fehlte.

Karoline fühlte Hitze in sich aufsteigen, gleich gefolgt von Kälte und erneuter Hitze. Ihr Magen revoltierte, sie hatte das Gefühl, sich übergeben zu müssen, wäre ihre Kehle nicht so zugeschnürt gewesen.

Der Arzt hörte die Brust ab. »Er lebt. Zur Operation vorbereiten. Frau Bäumer, reinigen Sie die Wunde, so gut es geht, und wenn die Kollegen es wünschen, assistieren Sie.«

»Ja«, brachte Karoline hervor. Der Mann lebte also wirklich noch.

»Bringen Sie den Soldaten in einen Operationsraum, und dann treibt mir einer von Ihnen einen Zahnarzt und am besten noch einen Gesichtschirurgen auf.«

Gemeinsam hetzten sie zu einem Operationsraum, der Arzt spritzte ein Schmerzmittel, und dann war Karoline plötzlich mit dem Patienten allein.

Hinter einem Wandschirm erklang das charakteristische Sägen einer Amputation. Karoline wurden die Knie weich. Sie hielt sich am Operationstisch fest, auf dem der Mann abgelegt worden war, schwankte kurz, dann fand sie ihre Fassung wieder.

Sie war an die Front gefahren, um Jonathan nahe zu sein. Der Preis dafür war ihre Hilfe, und nun würde sie, verdammt noch mal, helfen und über ihre eigenen Unpässlichkeiten hinwegsehen.

Sie atmete tief durch – ein Fehler, denn es stank nach Blut und Schlimmerem –, dann machte sie sich an die Arbeit.

***

Es war ein Heulen, Dröhnen und Pfeifen in der Luft, als reisten Dämonen durch das Land. Seit dem Mittag wurden Verwundete ins Lazarett gebracht.

Svantje funktionierte. Nachdem sie die Sorgen um Karoline zur Seite gezwungen hatte, fiel sie auch an diesem fremden Ort in ihre Routine zurück. Sie versorgte verwundete Soldaten, schrieb auf, wer starb und wer lebte, assistierte bei Operationen und bewies innerhalb von nur zwei Tagen ihre Kompetenz, ohne sich dabei prahlerisch hervorzutun.

Bei jedem neuen Krankentransport rannte sie hinaus und befragte die Fahrer und Sanitäter, ob sie Karoline kannten oder von ihr gehört hatten.

Am Nachmittag des dritten Tages hatte sie Glück. Es war ein Pferdekarren mit zwei müden Schimmeln, der sechs neue Verwundete brachte. Ein Sanitäter saß auf dem Kutschbock, der zweite hockte auf der Pritsche bei den Verwundeten.

Sobald die Männer hineingebracht worden waren, trat Svantje zum Kutscher, einem jungen Mann mit Kopfverband, der sichtlich erleichtert über seine neue Aufgabe war. Seine blauen Augen versprühten selbst an diesem dunklen Ort Lebendigkeit, und sein breiter Mund schien stets ein wenig zu lächeln.

Er hatte den Pferden Hafersäcke umgebunden und wartete nun, dass sie auffraßen und bereit für den Rückweg waren. Als Svantje zu ihm trat, nahm er einem Pferd soeben den Futterbeutel ab und schob einen wassergefüllten Eimer mit dem Fuß näher. Der Schimmel soff geräuschvoll und schlürfte dabei.

»Entschuldigen Sie, ich habe eine Frage. Mein Name ist Schwester Falkenberg, und ich suche meine Tochter Karoline Bäumer, Sie …«

»Die süße Blonde?«, sagte er sofort, dann schien ihm klar zu werden, dass er mit der Mutter sprach. Auf seinen sommersprossigen Wangen bildeten sich Grübchen, und er errötete. »Ja, ich … jetzt erkenne ich die Ähnlichkeit.«

»Sind Sie sicher? Wo ist meine Karoline? Können Sie mich zu ihr bringen?«

Der junge Mann rieb dem Schimmel über den Hals. Das Pferd blies im Wassereimer Blasen und prustete gut gelaunt.

Mit gesenktem Blick erwiderte der junge Mann: »Ja, das kann ich, Schwester Falkenberg. Wenn es sein muss, auch noch heute, denn ich muss noch eine Fahrt machen.«

Svantje konnte ihr Glück kaum fassen. »Das bedeutet, Sie könnten mich mit dorthin nehmen und auch wieder zurück?«

Er nickte, und kurz darauf saß sie neben den beiden jungen Männern auf dem Kutschbock. Es hatte nur wenig Überredungskunst bedurft, um Erlaubnis zu erhalten, die kurze Fahrt anzutreten. Sie hatte dem Stationsleiter des Lazaretts nur versprechen müssen, auf jeden Fall noch am selben Tag zurückzukommen.

»Machen Sie sich auf was gefasst«, sagte der Soldat mit dem Kopfverband, als sie die breite Lagerstraße erreichten. »Willkommen in der Hölle von Ypern.«

Hamburg

Wassili hatte sich aus dem Haus geschlichen. Er wollte nicht, dass Irina wusste, was er tat. Ganz im Gegenteil, sie sollte, wenn der Fall denn eintrat, der Polizei ganz aus Überzeugung sagen können, dass sie von nichts wusste. Lügen kamen immer ans Licht.

Es war vier Uhr, als er sich aus dem Ehebett stahl und leise ankleidete. Irina schlief wie ein Stein, das war ein Segen. Sie trug im Sommer sogar eine Schlafmaske, da sie überzeugt war, die Sonne würde sie sonst trotz zugezogener, schwerer Vorhänge wecken.

Er hatte ihr eine kurze Notiz hinterlassen, dass er nicht schlafen konnte und deshalb schon eher zur Arbeit gegangen war. Wie viel eher, stand dort nicht. Sie würde ohnehin nicht vor acht aufstehen, und die kleine Lüge war nur zu ihrem Besten. Er schlich sich ja schließlich nicht zu einer Liebhaberin.

Wassili verspürte einen Stich in der Brust. Diese Richtung hätten seine Gedanken nicht einschlagen sollen, sie verdarb ihm die Stimmung. Prompt sah er Richard vor sich. Nur zwei Stunden hatte ihr Treffen vor sechs Wochen am Bahnhof gedauert. Richard war auf der Durchfahrt gewesen, von der Westfront in den Osten.

Angeblich ging es ihm in Nordpolen gut, aber was war schon gut, wenn es täglich zu Scharmützeln und ausgewachsenen Gefechten mit dem Feind kommen konnte.

In Richards Augen hatte er sich selbst wiedererkannt. Sein Freund war wund in der Seele, tief verletzt. Der Krieg hatte ihm dasselbe angetan, was Wassili durch Folter und Gefängnis zugestoßen war.

Er hätte alles gegeben, dem geliebten Mann das Leid zu ersparen, aber das war nichts als Wunschdenken. Er konnte nicht für Richard an die Front, hoffte nur, dass er noch da war, wenn das Schlachten ein Ende gefunden hätte. Vielleicht würde der Krieg auch die ganze Welt vernichten, sie und alle anderen Menschen in einen gähnenden Abgrund reißen und verschlingen.

Wassili massierte sich die Schläfe, während er durch leere Straßen marschierte.

Nein, es musste irgendwann aufhören. Ihm war gleich, wer den Krieg gewann, nur Frieden musste herrschen. Die Menschheit benötigte eine zweite Chance, um beweisen zu können, dass sie gut war.

Eine getigerte Katze kreuzte seinen Weg, verharrte kurz, blickte ihn aus grünen Augen an und huschte dann weiter. Sie war hager. Wenn es in der Gosse so wenig Mäuse und Ratten gab, dass selbst Straßenkatzen hungerten, dann war es um Hamburg wahrlich schlecht bestellt.

Wassili querte ein Fleet und erinnerte sich, wie er diese

Strecke mit Richard gegangen war. Beide im Sonntagsstaat, mit Zylinder und feschen Spazierstöcken ausgestattet. Das war kurz nach der Freilassung gewesen. Damals war Richard über seinen Schatten gesprungen und hatte ihn überredet, spazieren zu gehen, sich gemeinsam in der Öffentlichkeit zu zeigen.

Wassili war es zu jener Zeit schwergefallen, auch nur das Zimmer zu verlassen, geschweige denn das Haus. Sie hatten geredet und geredet, bis es ihm leichter ums Herz wurde. Das würde er auch für Richard tun, er schuldete es ihm.

Doch noch brannte die Welt, und das Feuer raste immer weiter, erfasste ferne Kontinente und fremde Kolonien.

Frieden.

Von Frieden durfte man in der Öffentlichkeit nicht einmal laut reden, sonst galt man sofort als Feigling und Vaterlandsverräter. Trotzdem zog der Wunsch danach durch die Städte, legte sich wie Frühnebel um die Häuser und schwand im ersten Sonnenstrahl. Noch. Es lag eine Änderung in der Luft. Die Tage mussten erst noch kürzer, kälter und dunkler werden, die Nächte mit ihren Schatten und Albträumen länger, damit der Nebel sich würde halten können. Damit aus dem Flüstern ein Rufen und schließlich ein Meer von Schreien würde, die niemand mehr überhören könnte.

Wassili erreichte das Büro und Lagerhaus, stieg die vertrauten Stufen hinauf. Als er aufschloss, umfing ihn der Duft von Zimt und Schokolade wie eine Umarmung. Er war zu Hause, sofort wurde er ruhiger.

Ein Blick auf die Uhr verriet, dass er noch fünfzehn Minuten hatte, um alles vorzubereiten. Dann kämen die

Schmuggler von hinten über den Kanal ans Lagerhaus heran.

Hoffentlich waren sie vorsichtig genug, hoffentlich wurden sie nicht von der Polizei bespitzelt.

Es lag nicht in Wassilis Händen.

Ruhig nahm er Geld aus einer Kassette im Tresor und schloss ihn wieder ab. Friedrich hatte sich nie um die Finanzen gekümmert, es stets Wassili überlassen. Und der würde das Geld nun zum Vorteil der Firma und der Hamburger Stadtbevölkerung einsetzen.

Vorausgesetzt, die Schmuggler hielten sich an die Abmachung.

Wassili wartete an der Tür des Lagerhauses, trank Kaffee und sah hinaus in den erwachenden Hafen. Diesig war es. Die Spätsommerwärme zog Feuchtigkeit aus der Elbe und behängte damit Backsteinbauten und Kähne. Das Wasser stand niedrig, es roch durchdringend nach Schlick. Enten pickten an der leuchtend grünen Algenschicht, die an Pollern und Mauerwerk freilag.

Wassili wippte auf den Fußballen vor und zurück. Er war nervös, mit diesen Leuten arbeitete er sonst nicht zusammen. Sie waren ihm empfohlen worden. Mittlerweile zweifelte er an seiner hastigen Zusage. War er womöglich auf einen Spitzel hereingefallen?

Im Hafen war es, soweit er sehen konnte, ruhig. Seit dem Krieg ging alles schleppend. Früher hatte das Leben in den Wasseradern der Stadt pulsiert wie bei einem jungen Mann, nun glich es mehr einem tattrigen Alten, der sich gerade so noch ans Leben klammerte.

Hin und wieder verstopften Militärtransporte den Hafen,

doch der Großteil des Nachschubs lief nicht über Hamburg. Hamburg brauchte das Meer und die Ozeane zum Leben, und die befanden sich im Würgegriff der Briten.

Seitdem prägten kleinere Schiffe das Bild. Küsten und Flussboote, Kähne, Jollen und Klipper. Fischer, die ihren Fang in die Stadt brachten, Kornlieferungen und Kohle für die Fabriken.

Rötlich schimmerte die Morgendämmerung auf abgetakelten Masten und Verladekränen. Zwischen den hohen Speicherhäusern warfen die Dampfmotoren der Schuten laute Echos. Möwen schrien, und Wassili schüttete den letzten Rest Kaffee aus seiner Tasse ins Hafenwasser.

Dort. Dort kam ein Kahn, auf den die Beschreibung passte. Er kniff die Augen zusammen, rückte die Brille höher und verfluchte wieder einmal seine nachlassende Sehkraft. Das Alter machte auch vor ihm nicht halt.

Er hätte es sich sparen können, nach dem Namen des Kahns zu spähen, denn der war wie zufällig durch große Fender verdeckt, die an Stricken herunterbaumelten.

Ja, das mussten sie sein. Wassili machte den kleinen Schwenkkran mit der Seilwinde klar. Lag alles bereit? Die Schmuggler hatten neben Geld, das beständig seinen Wert änderte, auch einige Säcke mit Kaffee und Zimtrinde verlangt, dazu noch Pfeffer. Wassili schob den Sack mit dem Fuß beiseite, und sofort kribbelte es ihm in der Nase.

Es gab keinen Steg vor dem Lagerhaus, nur ein kleines, ausklappbares Brett und Ringösen, an denen Taue festgemacht werden konnten. Der Schiffer und sein Helfer, beides bärbeißige Kerle jenseits der sechzig, beäugten Wassili kritisch. Der Mann am Steuer stand mit bloßem Oberkörper da, auf der massigen Brust und den Schultern sprossen beinahe genauso viele weißliche Haare wie im Gesicht. Er spuckte braunen Speichel aus und schob den Kautabakpfriem in die andere Backe. Sein Helfer trug ein löcheriges Leinenhemd, das wettergegerbte, faltige Gesicht war glatt rasiert. Es waren Erkennungszeichen ausgemacht worden.

»Der Russe?«, rief der Fremde Wassili an, und der antwortete auf Russisch, erzählte vom schönen Wetter, bis der andere abwinkte. Auch er hatte ein Erkennungsmerkmal und hob die linke Hand, zeigte, dass zwei Finger fehlten.

Dann warf er Wassili ein Seil zu, der es schnell mit einem Achter festmachte. Schon wurde ihm ein zweites zugeworfen, und er trat kurz in den Schatten des Lagerhauses zurück, nahm das Geld aus der Tasche, zeigte es vor und schob es wieder hinein. Sofort schwenkten sie den Baum heraus, füllten das Netz mit Säcken voller Getreide und getrockneten Erbsen. Wassili betätigte die Seilwinde, lud aus und füllte einen Sack mit duftenden Kaffeebohnen in das Netz. So ging es eine Weile hin und her. Am Ende legte er dem Schiffer das Geldbündel in die schwielige Hand und machte die Leinen los.

Möwen kreischten und zogen pfeilschnell über den Kanal. Das Schmugglerboot legte ab, die Fender verbargen noch immer den Namen. Ohne ein einziges Wort zu viel war der Handel über die Bühne gegangen.

Wassili schloss die Luke und lehnte sich gegen die Wand. Sein Rücken schmerzte, als habe ihn ein verdammter Gaul getreten.

11

Wassili? Kommst du bitte?« Friedrich klang ernst, als er ihn zu sich rief. Er hatte heute seinen Sohn Clemens mit in die Firma gebracht. Seit einer Weile verdiente sich der zukünftige Erbe mit Hilfsarbeiten etwas Taschengeld dazu und lernte zugleich mehr über das Familienunternehmen. Derzeit schrieb er mit der Sekretärin Auftragslisten und schien sich dabei sichtlich zu langweilen, aber das war nicht Wassilis Problem. Ihn beunruhigte Friedrichs Tonfall.

Der Tag, der so früh gut gestartet war, schien einen weniger glücklichen Verlauf anzusteuern.

»Ich komme.«

Mit einem Wink gab Friedrich Wassili zu verstehen, ihm durch den Hinterausgang aus dem Verwaltungsbereich ins Lagerhaus zu folgen. Sofort wurde ihm klar, dass seine kleine Transaktion aufgeflogen war.

Friedrich lief mit dem stets präsenten Hinken voraus, sein Stock gab den Takt vor. Genau hier musste es geschehen sein, schweiften Wassilis Gedanken ab. Hier hatte er die Randalierer überrascht, mit ihnen gekämpft und war schließlich unter einem Lagerregal begraben worden. Ob er wohl jedes Mal daran denken musste, wenn er hier vorbeikam? Schmerzten Bein und Hüfte in Erinnerung daran, so, wie sich Wassilis Leib und Seele an die Pein erinnerten, wenn er am Gefängnis vorbeifuhr?

Er würde nicht fragen. Zwar waren sie Freunde, aber sie teilten nicht alles. Doch Freunde waren sie, und deshalb sorgte Wassili sich auch nicht vor Friedrichs Zorn. Er würde schnell verrauchen, und laut wurde Friedrich eigentlich nie.

Wie erwartet, lief er einmal der Länge nach durch das Lagerhaus und blieb schließlich neben den Stapeln von Säcken stehen, die Wassili am frühen Morgen eigenhändig dort aufgeschichtet hatte, bis er meinte, sein Rücken würde im nächsten Moment entzweireißen. Sonst war das die Sache der Lagerarbeiter, kräftiger Burschen, die harte Arbeit gewohnt waren.

Friedrich schlug mit dem Stock gegen die Waren. »Erklär mir das, Wassili. Ich sehe keine Zollmarken, nichts.«

Er hob die Hände zu einer beschwichtigenden Geste. »Dennoch ein gutes Geschäft, und eines, dass dir gefallen würde, dachte ich. Es wurde mir von einem unserer …«, er sah sich um, ob auch niemand in der Nähe war, »… unserer besonderen Freunde vorgeschlagen.«

Friedrich bückte sich, klaubte einzelne Getreidekörner auf. »Weizen?«, fragte er leise.

»Und Erbsen und einiges andere.«

»Lebensmittel sind rationiert.« Friedrich zog die Brauen zusammen. »Wie willst du das loswerden?«

Wassili trat ganz nahe an ihn heran, flüsterte: »Über die Sozialisten. In den Gängevierteln sterben die ersten Menschen an Hunger und Unterernährung.«

»Bist du wahnsinnig? Du willst den Ärmsten auch noch das letzte Geld aus der Tasche ziehen?«

»Nein, nicht mit ihnen will ich Geld machen. Es gibt wohlhabende Gönner, so können wir weit unter dem Schwarzmarktpreis verkaufen. Die Spender bezahlen unsere Ware, und über Armenspeisungen und Suppenküchen bekommen die Bedürftigen ihr Essen dann umsonst. Wir verdienen unser Geld also mit ebenjenen reichen Pfeffersäcken, die bei Falkenberg noch immer Kaffee und Gewürze zu Höchstpreisen nachfragen. Mit dem Getreidehandel ist allen gedient. Die Reichen können ihr Gewissen beruhigen, indem sie Armenspeisungen bezahlen, den Organisationen geht der Nachschub nicht aus, die Ärmsten bekommen ihr Essen und du dein Geld.« Wassili grinste breit. Ja, er war stolz auf dieses ausgeklügelte Geschäftsmodell.

»Und wann hattest du vor, mir das zu sagen?« Friedrich lief in dem Gang zwischen den Lagerregalen auf und ab. Seit dem Überfall war er reizbarer als zuvor. Svantjes Abwesenheit und das Verschwinden seiner Tochter taten das Ihrige. Die Falkenberg-Männer waren nun auf sich gestellt.

Wassili ließ sich nicht aus der Ruhe bringen. »Es ist ein Testlauf, sobald ich positive Rückmeldung geben kann, hätte ich es getan.«

»Und in der Zwischenzeit riskiert aufzufliegen. Wassili, was hast du dir dabei gedacht?«

»Ich muss jeden Tag damit rechnen, ohne Grund verhaftet zu werden. Weil ich Russe bin, weil ich schon einmal im Gefängnis war. Ich riskiere mein Leben, indem ich einfach nur existiere! Da kann ich mit meiner Zeit genauso gut etwas Sinnvolles anfangen. Die Welt geht den Bach runter, Friedrich. In dieser Stadt wird vielleicht nicht dieses, aber garantiert nächstes Jahr der Hunger grassieren. Und du musst zugeben, dass mein Plan reizvoll ist, geschäftlich gesehen.«

»Reizvoll vielleicht, aber zu riskant. Hinter meinem Rücken bringst du nicht nur mich, sondern auch meinen Vater und meinen Sohn in Gefahr, das dulde ich nicht!«

Wassili schnaubte abfällig. So hatte er sich dieses Gespräch nicht vorgestellt. Für die Erwiderung senkte er die Stimme dennoch. »Wir haben den Pfad der Tugend längst verlassen, als wir angefangen haben, mit dem Krankenhaus Geschäfte zu machen.«

»Jetzt komm mir nicht damit! Das ist etwas ganz anderes.«

»Wirklich? Die Medikamente verschenkst du nicht, du verdienst damit Geld. Mit dem Getreide wird es nicht anders sein.«

»Eine kleine Kiste Medikamente *ist* etwas anderes als eine Schiffsladung Getreide, die lässt sich nicht so leicht verstecken.«

»In alte Kohlesäcke verpackt wird es niemanden scheren. Keine Sorge, Friedrich, es ist perfekt vorbereitet, du wirst sehen. Svantje würde meinen Plan sicherlich auch gutheißen.«

Friedrich hielt inne, seine Augen funkelten zornig. »Lass meine Frau aus dem Spiel, Wassili.«

Er hatte auf dieses Gespräch keine Lust mehr, ging an Friedrich vorbei zum Ladebereich des Lagerhauses, öffnete das Tor zwei Fußbreit und sah auf das Fleet hinaus. Innerlich war er einfach müde, wurde ihm klar, müde und gereizt. Eine Brise wirbelte durch sein Haar und an ihm vorbei ins Gebäude.

Friedrich trat schließlich neben ihn und schwieg.

»Du hast meiner Expertise sonst immer vertraut, Friedrich. Ich wusste nicht, dass sich das nun geändert hat.«

»Das hat es doch auch nicht. Aber die Zeiten haben sich geändert, *ich* habe mich geändert. Bitte verzeih, dass ich dich so angefahren habe. Gehen wir ins Büro und planen, wie wir diese *Kohlesäcke* unter die Leute bringen können, ohne am Galgen zu baumeln. Zu Clemens und Vater kein Wort darüber.«

Wassili grinst. »Jawohl, Herr Falkenberg.«

»Ich meine es ernst, Wassili, ich will kein Geld mit bettelarmen Leuten verdienen.«

»Mein Ehrenwort, das geschieht nicht. Aber Geld verdienen, das werden wir!«

Ypern

Der Soldat mit der Gesichtswunde … seinen Anblick, seinen Schmerz würde Karoline wohl nie im Leben vergessen. Sie war gemeinsam mit dem Arzt und den Sanitätern in den Operationstrakt gegangen. Nachdem der Verwundete ein Schmerzmittel verabreicht bekommen hatte, war sie mit ihm allein. Sie bereitete eine Lösung vor, mit der sie die Wunde reinigen könnte. Sie würde viel davon brauchen.

»Ganz ruhig, keine Sorge, wir kümmern uns um Sie«, murmelte Karoline vor sich hin, während draußen der ganz normale Wahnsinn weiterging. Von der Front wurde ein steter Strom von Verwundeten gebracht. Manche brüllten vor Schmerz, andere riefen im Delirium nach Müttern und Ehefrauen.

Karoline reinigte die Verletzung, so gut sie konnte, erzählte dem Mann, dessen Namen sie nicht kannte, dass er bald auf Dauer nach Hause zurückkehren könne, vielleicht zu seinem Liebchen, wenn er denn eines hatte. Er müsse nur tapfer sein, durchhalten.

Hin und wieder sah sie auf die Uhr. Eine Stunde verstrich, dann eine zweite, und von keinem der angeforderten Ärzte war etwas zu sehen.

Karoline wagte nicht, ihren Schutzbefohlenen allein zu lassen. Sie setzte sich neben ihn, hielt seine Hand und erzählte ihm von Hamburg, das sie sehr vermisste.

Als endlich ein Arzt die Tür aufstieß, zuckten sie beide zusammen. Der Gesichtschirurg war hager, blass und so hohlwangig, dass er Karoline an den personifizierten Tod denken ließ. Sein Kittel war blutbefleckt, ebenso die Schuhe.

»Verdammte …«, fluchte er, als er den Soldaten musterte, der vor ihm lag, und sich bewusst wurde, was für eine Herausforderung ihn erwartete. »Ihnen hat es ja vollkommen das Gesicht zerhauen.«

»Herr Doktor«, keuchte Karoline. So konnte er doch nicht mit dem armen Mann reden!

»Vorbereiten. Und ich brauche einen neuen Kittel, Fräulein. Sie assistieren?«

»Ich bin keine Krankenschwester, nur Helferin.«

»Sie assistieren, oder können Sie kein Blut sehen?«

Karoline stemmte erbost die Hände in die Hüften.

Sie sah zu dem Soldaten auf dem Operationstisch. Nein, wirklich, vor Blut oder entsetzlichen Wunden scheute sie sich nicht.

Drei Stunden später waren sie fertig. Karoline konnte von Glück sprechen, dass sie nur ein paar krümelige Kekse gefrühstückt hatte, sonst wäre ihr bei dem, was sie soeben gesehen hatte, wohl alles wieder hochgekommen.

Sie hockte auf einem Stapel Tragen und aß mit wiedererwachtem Appetit eine kräftige Gulaschsuppe. Das Fleisch war faserig, aber stundenlang weich gekocht. Vermutlich handelte es sich um Pferd, wie meist, wenn es Fleisch gab, denn zu schlachtende Rösser waren an der Front stets genug vorhanden.

Mit einem Stück Brot wischte sie die Blechschüssel aus. Die anderen hatten längst gegessen, und Karoline genoss es, einen Moment lang allein zu sein.

Ein schriller Pfiff ließ sie aufsehen. Sofort waren all ihre Sorgen vergessen. »Jonathan«, rief sie und sprang auf. Er ließ das Päckchen fallen, das er unter dem Arm getragen hatte, trabte im Laufschritt auf sie zu, riss sie hoch und wirbelte sie herum. »Karoline, Karolinchen, meine Liebste.«

Sie umklammerte seine Mitte mit den Beinen, schmiegte ihre Wange an seine frisch rasierte. Sein Haar roch nach Erde, den Staub hatte er aus der Uniform gebürstet. Er überhäufte ihr Gesicht mit Küssen, dann setzte er sie wieder ab.

»Es geht dir gut? Ich hatte solche Angst.«

»Sie haben jedes Mal danebengeschossen.« Er grinste breit, wie er es nur tat, wenn er sie bei sich wusste. Das hatten ihr seine Kameraden gesagt.

»Ein Glück, es war ein furchtbarer Tag.«

»Die Front hat sich kein bisschen verschoben. Wir sitzen morgen in denselben Löchern wie heute.«

»Das macht es noch schlimmer. All dieses Leid für nichts.«

»Lass uns nicht darüber sprechen.« Er drückte ihr einen kräftigen Kuss auf die Wange und hob sein Päckchen auf. »Von den Eltern, öffnen wir es gemeinsam?«

»Aber nicht hier.« Karoline seufzte. »Ich kann den Verbandsplatz nicht mehr sehen.« Sie schob ihre Hand in seine und zog ihn mit sich.

»So schlimm?«, fragte er, konnte aber ein süßes, wenn auch etwas dümmliches Grinsen nicht verbergen, als ihm klar wurde, dass seine frischgebackene Ehefrau mit ihm allein sein wollte, ganz und gar allein.

Karoline berichtete ihm von dem Soldaten mit dem zerschossenen Gesicht und wie viel Überwindung es sie gekostet hatte, bei der Operation dabei zu sein und sogar zu assistieren. »Der Chirurg war ein Meister seines Fachs. Anfangs fand ich ihn unheimlich, er verhielt sich, als ginge ihn das alles nichts an. Aber es ist ihm gelungen, er hat alles wieder zusammengefügt, die Muskeln, die Sehnen, die Haut, mit winzigen Nadelstichen. Ich hätte kaum etwas auseinanderhalten können.«

»Willst du nun Ärztin werden, liebe Frau?«

Sie knuffte ihn in die Seite, hängte sich bei ihm ein. »Ich will bei dir sein, und was kommt, wenn die Welt nicht mehr aus den Fugen ist, entscheiden wir dann.«

Sie liefen durch hohes Gras, das hinter den Baracken wuchs. In einem ehemaligen Obstgarten standen noch einige Bäume, dazwischen klafften tiefe Bombentrichter, in denen sich kleine Wassertümpel gesammelt hatten. Gelbe Blümchen sprossen dort, verblühter Löwenzahn ließ seine Samenschirmchen fliegen. »Dorthin«, sagte Karoline und wies auf einen Krater, der hinter Johannisbeersträuchern und einem zersprengten Baum verborgen war. Wicken wucherten über kahle Äste und winzige, zu schwärzlichen Kugeln verschrumpelte Äpfel vom Vorjahr.

Karoline streifte ihren schmutzigen Kittel ab und breitete ihn auf der Wiese aus.

Sie setzten sich und nahmen das Päckchen zwischen sich. »Mach du auf«, sagte Jonathan.

Die Feldpost kam regelmäßig, und stets waren besondere Köstlichkeiten darunter. Karoline zog die Kordel auf, und sofort stieg ihr ein kräftiger Duft in die Nase. Dauerwurst und Käse, Haselnussplätzchen und getrocknete Pflaumen. »Socken, deine Mutter hat gestrickt. Ein Paar für dich und eins für mich. Wenn es kühler wird, können wir die gut gebrauchen.«

Sie fütterten sich gegenseitig mit allem, was das Päckchen hergab. Die beigefügte Notiz war kurz, nur gute Wünsche und Grüße.

»Wenn du bei mir bist …«, sagte Karoline und leckte sich die Finger ab, »wenn du bei mir bist, vergesse ich, wo wir sind, dann höre ich die Artillerie nicht, sehe den Rauch nicht. Wenn du bei mir bist, bin ich glücklich.«

Er lehnte neben ihr, stützte den Kopf auf und sah sie einfach nur an. Um ihn herum flüsterte der Wind im hohen, sattgrünen Gras, schwirrten Insekten umher, fiedelten Heupferde ihre Lieder.

Karoline versuchte, sich diesen Anblick einzuprägen, dann stürzte sie sich wie eine Verhungernde auf Jonathan, warf sich in seine Arme und küsste ihn, küsste ihn, bis sie beide atemlos waren. Er zog sie lachend etwas tiefer in den Krater, sodass sie vor neugierigen Blicken verborgen waren. Dennoch wagten sie nicht, sich ganz auszuziehen. Sie würden mit den Fingern sehen müssen.

Mit geschlossenen Augen ließ Karoline die Hände unter Jonathans Uniform und über seine Brust gleiten, das weiche, dünne Narbengewebe hinauf und wieder herab, mit der Fingerspitze an seinem Gürtel entlang, bis er nach Atem rang, dann darunter. Jonathan löste sich von ihr, rutschte tiefer und tauchte mit dem Kopf voran unter ihren Rock.

Karoline quietschte leise und vergnügt, dann drückte sie sich eine Hand auf den Mund.

***

Der Pferdewagen erreichte den Verbandsplatz, als die Dämmerung hereinbrach. Svantje meinte, Chlor zu riechen, konnte sich aber auch irren. Vermutlich bildete sie es sich nur ein. Die Front machte ihr Angst, die Gefechtslinie lang nur wenige Hundert Meter weiter. Es ging geschäftig zu wie in einem Ameisenhaufen.

»In einer Stunde fahre ich zurück«, sagte der Kutscher und sprang wie der Sanitäter vom Wagen. »Fragen Sie dort nach Ihrer Tochter, viel Glück.«

Svantje musste sich zwingen, nicht zu rennen. Der bezeigte Ort war eine Gruppe fester Zelte, in denen offenbar Schwestern, Sanitäter und Helfer wohnten. Svantje hielt auf die erste Frau mit einem weißen Kittel zu, die sie entdeckte, und erkundigte sich nach Karoline.

»Die hat den ganzen Tag geschuftet, vorhin ist ihr schmucker Soldat hier gewesen. Die sind bestimmt *spazieren.*«

»Spazieren?«, fragte Svantje ungläubig und wurde in eine Richtung gewiesen. Eine grün überwachsene Wüstenei, die sich hinter einer Baracke ausbreitete. Sie verlor keine Zeit, überquerte den Platz und entdeckte einen Trampelpfad. Auf den ersten Metern roch es nach Urin. Teile eines Pferdeskeletts ragten weiß verblichen unter Brombeerranken hervor. Bretter. Explosionskrater, Holztrümmer. Ihr Herz jagte schneller. Hier trieb sich Karoline herum? Hier konnten doch jederzeit feindliche Soldaten einfallen, oder auch deutsche, denen die Lust auf ein Mädchen den Geist vernebelte.

Ein lauter Knall ließ Svantje erschrocken zusammenfahren. Es folgte ein Prasseln wie von Hagelkörnern. Das waren herabfallende Erdbrocken und Trümmer. Im Westen zerriss der Wind eine Staubfontäne.

»Heiliger …«, keuchte Svantje und lief mit weichen Knien weiter. Vögel sangen in dem verlassenen Obstgarten, hüpften über den Boden, als sei nichts gewesen. Überall Krater, grün voller Unkraut. Quecken mit reifen Halmen, gelb blühender Portulak und Gebüsche aus Melde, die ihr fast bis zum Kinn reichten.

»Karoline?«, rief sie, lauschte auf eine Antwort. Es würde unmöglich sein, die Tochter in der Kürze der Zeit zu finden, wenn sie in diesem grünen Wust verloren ging.

Der Pfad war noch immer deutlich vor ihr, doch das schwindende Tageslicht zeigte an, dass sie bald würde umkehren müssen. Sie ging schneller, trabte.

»Karoline! Karoline, hörst du mich?«

Apfelbäume, eine Johannishecke mit reifen, roten Früchten. Svantje blieb wie angewurzelt stehen und wäre beinahe in den überwucherten Krater gerutscht, an dessen gegenüberliegendem Hang ein Pärchen eng umschlungen lag.

Der Anblick ließ keinen Zweifel daran, mit welcher Tätigkeit die beiden soeben noch beschäftigt gewesen sein mussten. Das Mädchen saß mit bloßen Beinen, den Rock bis zur Hüfte hochgeschoben, auf dem Soldaten.

Und es war nicht irgendein Mädchen, sondern ihre Karoline, die nun mit erhitzten Wangen und weit aufgerissenen Augen zu ihr starrte. »Mama?«

Svantje war so perplex, dass sie nichts zu sagen wusste. Sie drehte sich um, in sich ein Widerstreit der Gefühle. So hätte sie ihre Tochter niemals sehen dürfen, und erst recht nicht ihren Schwiegersohn.

Bange Momente verstrichen. Der Wind blies Rauchgeruch heran, hinter ihr raschelte Kleidung. Flüsternd wurden Worte gewechselt, die sie nicht verstehen konnte.

»Mama, bist du das? Was, um Himmels willen, machst du hier?«

Svantje drehte sich um. Karoline stand neben ihr, strich sich nervös die Kleidung glatt. Aus ihrem Zopf hatten sich zahlreiche Strähnen gelöst. Svantje widerstand dem Drang, ihr Queckenspelze aus dem Haar zu zupfen. Sie hatte eine verängstigte, traumatisierte Tochter erwartet, die ihre Entscheidung längst bereute, und nun sah sie eine stolze junge Frau vor sich, in deren Blick das Glück geschrieben stand. Es riss sie beinahe von den Beinen.

»Habe ich euch, ich habe doch nicht etwa …?«, stotterte sie.

Karoline sah auf ihre bloßen Zehen hinab. »Mama, was machst du hier?«

»Ich habe dich gesucht, Vater und ich haben uns Sorgen

gemacht. Er konnte nicht, wegen des Beins, also bin ich hergekommen.« Svantje musterte ihre Tochter. Es kam ihr noch immer völlig unwirklich vor, sie gesund und offensichtlich sogar glücklich vor sich stehen zu sehen. Ihre Wangen waren rosig und überspielten, dass sie abgenommen hatte und vermutlich viel zu wenig Schlaf bekam. In ihren Augen strahlte das besondere Leuchten frisch Verliebter, die sich fühlten, als könnten sie es mit der ganzen Welt aufnehmen.

»Ich kann nicht fassen, dass du wirklich hergekommen bist, Mama. Ich schrieb doch, dass ihr euch keine Sorgen machen müsst.«

Svantje schüttelte den Kopf und berührte Karolines Wange. »Ach, mein Mädchen. Du hast doch auch geschrieben, wie sehr dich die Arbeit mitnimmt.«

»Ja, natürlich, aber ich dachte, gerade du als Krankenschwester würdest das verstehen. Natürlich überwältigt mich all das Leid, aber deshalb aufgeben? Da kennst du mich falsch.«

»Ich kenne dich genau richtig. Deshalb bin ich hier. Von selbst würdest du dir nie eingestehen, dass es zu viel ist. Wir haben Angst um dich, Karolinchen. Hier ist es gefährlich. Willst du wirklich den Rest deines Lebens mit solchen Albträumen verbringen müssen?«

Zwischen Karolines Brauen bildete sich eine steile Falte. »Glaubst du, Jonathan will das? Oder sonst einer der Soldaten hier?«, entgegnete sie mit erwachender Kampflust in der Stimme.

»Karoline«, seufzte Svantje und hob hilflos die Hände.

»Siehst du? Viel wichtiger ist es doch, dass ich hier gebraucht werde. Ich kann den Männern helfen und nahe bei meinem Jonathan sein.« Sie sah über die Schulter zu ihm. »Ich gehe nicht nach Hause, Mama.«

»Nicht …«

Karoline fasste sie an der Hand. »Komm, reden wir gleich weiter. Nun setz dich erst einmal zu uns.«

Svantje begrüßte Jonathan verhalten. Die Situation war ihr unangenehm, außerdem war sie ihm noch immer ein wenig böse, weil er Karoline erlaubt hatte, ihm in die Gefahr zu folgen. Andererseits … hatte sie nicht immer für sich selbst gefordert, eigene Entscheidungen zu treffen und nicht von ihrem Mann abhängig zu sein? Was für eine verquere Logik trieb sie nun dazu, genau das Gegenteil für ihre Tochter zu wünschen?

Jonathan bot ihr den Inhalt einer kleinen Pappschachtel an. Essbare Feldpost. Svantje schüttelte den Kopf. »Ich habe nicht viel Zeit.« Sie nannte ihnen das Lazarett, in dem sie für einen Monat Freiwilligendienst verrichten würde.

»Das ist ja gar nicht weit von hier! Ich kann noch immer nicht glauben, dass du hier bist.«

»Ich glaube es ja selbst nicht. Geht es dir gut, Karoline? Und dir, Schwiegersohn?«

Jonathan zuckte mit den Schultern. »Die Zeit im Graben ist erträglicher, wenn ich weiß, wer mich am Abend erwartet.«

»Das denke ich mir.«

Karoline nahm Svantjes Hand. »Mama, so versteh doch. Vielleicht haben wir nur wenige Tage und Wochen in unserer Ehe. Wir möchten beieinander sein. Jede Minute ist kostbar.«

»Sicher verstehe ich euch.« Und das tat sie wirklich. »Aber damit, dass du hier bist, bringst du dich freiwillig in

Lebensgefahr. Warum muss es hier sein und nicht in einem Lazarett weiter hinter der Front?«

»Weil Jonathan mich dann nur einmal in der Woche besuchen könnte. Wenn ich hier bin, gehört jeder freie Augenblick uns.«

Jonathan legte seiner Braut einen Arm um die Schulter. Sein Blick wirkte ein wenig entrückt, auf jeden Fall liebte er sie, mit jeder Faser seines Leibes. Seine Welt kreiste um Karoline.

»Ich muss gehen«, sagte Svantje mit einem Blick auf ihre schmale Armbanduhr.

»Jetzt schon?« Karoline schob schmollend die Unterlippe vor, wie sie es als Kind schon gern getan hatte. Sie erhoben sich und liefen gemeinsam durch den zerbombten, verwilderten Garten zum Verbandsplatz zurück.

Jonathan ging voraus, um Mutter und Tochter Gelegenheit zu geben, miteinander zu reden. »Versprichst du, mich zu besuchen, Karoline? Jonathan hat doch sicher nicht jeden Abend Zeit. Und du weißt ja jetzt, in welchem Lazarett ich mich befinde.«

»Bestimmt. Er ist nachts oft im Feld. Das ist furchtbar.«

»Also kommst du mich einmal besuchen?« Sie hatten den Verbandsplatz erreicht, und der Krankentransport wartete bereits.

Karoline nickte und drückte ihrer Mutter einen Kuss auf die Wange. »Bis dann, Mama. Pass auf dich auf.« Im nächsten Moment war sie schon wieder an Jonathans Seite.

Svantje stieg auf die Pritsche zum Sanitäter und den Verwundeten. »Sie waren erfolgreich, wie ich sehe«, bemerkte der Kutscher gut gelaunt.

Die Pferde setzten sich träge in Bewegung. Verwundete

stöhnten, als die Räder über verkrusteten Schlamm ruckelten. Svantje sah ihrer Tochter und dem Schwiegersohn nach. »Nicht so erfolgreich, wie ich es mir gewünscht hätte. Meine Tochter ist weit davon entfernt, mit mir nach Hamburg zurückzukehren oder zumindest ins Lazarett. Für ihren Mann ist sie entschlossen, sich in größte Gefahr zu begeben.«

»So ein Mädchen wünschte ich mir auch«, sagte der Kutscher. »Und Sie wirken nicht vollends enttäuscht, wenn ich das anmerken darf.«

»Da haben Sie recht. Ich hatte erwartet, meine Tochter in weit schlechterer Verfassung anzutreffen. Nun bin ich erleichtert. Sie ist deutlich mutiger und tapferer, als ich es je für möglich gehalten habe.«

12

Ostfront
November 1915

Über das weite, weite Land war der Herbst gekommen. Ein Herbst, von dem Richard lange geglaubt hatte, ihn nicht mehr erleben zu dürfen. Nun war er hier, in relativer Sicherheit. Die Nordostfront war ruhig.

Nachdem die Russen im Februar weit zurückgeschlagen worden waren, gab es inzwischen eine breite Pufferzone. Über den Sommer war es den deutschen und österreichisch-ungarischen Armeen gelungen, Russland fast vollständig aus Polen, Litauen und Kurland zurückzudrängen. Es war ein reiches, gutes Land, und die deutsche Führung wollte sich dessen Wert zunutze machen. Von Zwangsarbeit war die Rede, von Neuansiedlung und wohlorganisierter Plünderung.

Im Würgegriff der britischen Seeblockade war das Kaiserreich auf die reichen landwirtschaftlichen Erzeugnisse Polens angewiesen, um die Armeen und die Bevölkerung zu versorgen.

So bin ich vom Mörder zum Dieb geworden, dachte Richard mit leiser Bitterkeit. *Doch so ist der Krieg, und ich bin noch immer am Leben. Klagen sollte ich nicht, denn zu stehlen ist noch immer besser, als zu töten.* Sie nahmen den

Bauern ja nicht so viel weg, dass im Winter der Hunger drohte.

Richard führte fünfundzwanzig Mann an. Sie waren am frühen Morgen ausgerückt. Vor ihnen lag eine Wegstrecke von fast dreißig Kilometern. Das Land war flach mit sanften Hügeln. In den Senken stand Nebel und verlieh Feld und Wald zauberische Anmut. Die Eichen trugen goldenes Laub, die grauen Stämme waren tief gefurcht und von Moos und Flechten bewachsen. Kleiber huschten auf der Borke umher und riefen sich mit dünnen Stimmen zu. Auf den abgeernteten Feldern sammelten sich Kraniche. Wie Tänzer spreizten sie ihre grauen Flügel, drehten sich im Kreis und stießen wehmütige Rufe aus.

Als ein Soldat sein Gewehr auf sie anlegte, wies Richard ihn scharf zurecht. »Waffe weg, Dragoner!«

»Herr Rittmeister …« Er schien irritiert. »Ein paar Tontauben schießen, etwas Spaß …«

»Hat man Ihnen nicht genug Essensrationen zugeteilt?«, fragte Richard kühl und zügelte sein tänzelndes Pferd, das durch die laute Stimme des Reiters nervös geworden war.

»Keineswegs, Herr Rittmeister, ich habe gut gegessen.«

»Wie alle anderen auch.«

Seine Kameraden begannen zu lachen, weiter hinten im Beritt wurde leise gewitzelt.

Richard wandte sich im Sattel um. »Hat jemand von Ihnen die Güte, Ihrem Kameraden den Unterschied zwischen fetten Herbstgänsen und schmalen Kranichen zu erklären? Der junge Mann scheint in der Stadt aufgewachsen zu sein.«

Er erntete Gelächter. Geduldig wartete Richard, bis die Männer ihm wieder ihre ganze Aufmerksamkeit schenkten. Sie mochten ihren Vorgesetzten, statt ihm nur zu folgen, weil sie mussten. Etwas, woran er jeden Tag arbeitete. Diese Männer waren hier in der Ferne Ersatz für Freunde und Familie, und es lag ihm etwas an ihnen. Auch deshalb fürchtete er moralischen Verfall.

»Meine Herren, merken Sie sich etwas. In meinem Beritt töten wir nicht ohne Grund, weder Mensch noch Tier. Der Krieg ist grausam genug, und Sie sollten für jeden Tag dankbar sein, an dem Sie kein Blut vergießen müssen. Jene von Ihnen, die dem Feind bereits Aug in Aug gegenübergestanden haben, werden mir zustimmen.«

Einige Dragoner brummten bejahend, doch Richard war noch nicht fertig. »Wir alle haben Tapferkeit vor dem Feind geschworen, und bei Gott, tapfer werden wir sein, bis zum letzten Atemzug!«

Die Männer johlten, einige reckten die Mützen. »Jawohl, Herr Rittmeister!« Pferde warfen nervös die Köpfe hoch, rissen an den Zügeln. Richards Tier drehte sich im Kreis, Schaumflocken stoben ihm vom Maul. »Es ist weder tapfer noch patriotisch, Kraniche abzuschießen, ebenso wenig wie der polnischen Bevölkerung mit Grausamkeit zu begegnen. Wir werden heute viele Menschen sehr unglücklich machen, Menschen, deren einzige Schuld darin besteht, auf dem falschen Ackerland zu wirtschaften. Solange sich von den Bauern keiner angriffslustig zeigt, bleiben Sie ruhig, aber wachsam. Wachsamkeit ist das oberste Gebot! Wenn ich jemanden erwische, der ein Weib anrührt, dann jage ich ihm persönlich eine Kugel in den Wanst!« Richard machte eine Pause, ließ den Blick schweifen, sah einen nach dem anderen an und merkte sich anhand der Reaktionen, auf welche seiner Männer er besonders achtgeben musste. »Sie haben Mädchen und Frauen zu Hause, Mütter und Schwestern … machen Sie ihnen keine Schande. Und nun voran!«

Er wartete keine Antwort ab, sondern drückte seinem Pferd die Sporen in den Bauch. Der Wallach setzte aus dem Stand über den Straßengraben. Auf dem Stoppelfeld fiel er sofort in Galopp. Die Männer auf ihren ausgeruhten Pferden hatten Mühe, sie im Zaum zu halten. Richard ritt im leichten Sitz, mit einem Lächeln auf dem Gesicht. Er hörte die Männer hinter sich fluchen, während sie an den Zügeln zerrten und versuchten, sich nicht aus den Sätteln bocken zu lassen.

Die Kraniche flogen mit klagenden Rufen auf, unter ihren breiten Schwingen rauschte die Luft. Saatkrähen mischten sich als schwarze Tupfen unter die stolzen Tiere.

Richard galoppierte und fühlte einen kostbaren Funken Glück in sich zurückkehren. Sorgsam verschloss er diesen Schatz tief in sich.

Auf den abgeernteten Feldern war der Boden perfekt für lange Galoppaden, nicht zu trocken und nicht zu nass. Sie kamen zügig voran, bald im Trab, dann wieder Galopp. Die erste Ortschaft erreichten sie am Mittag. Richard ließ die Männer in einem Apfelhain absitzen. Eine Stunde lang durften die Pferde fressen, saftiges Gras und schrumpelige Herbstäpfel. Die Männer waren am Morgen üppig proviantiert worden.

Richard hatte guten Grund, den Mittag hier und nicht auf dem Dorfplatz zu verbringen. Satte und ausgeruhte Soldaten neigten weniger zum Plündern. Er würde seine Augen nicht überall haben können.

Zwei Tage zuvor waren die Bauern informiert worden, dass sie Abgaben zu machen hatten. Richard verfügte über eine Liste mit Namen und Mengen, nun musste er für die Umsetzung sorgen.

Als sie die ersten Höfe erreichten, sahen sie nur zwei ausgebrannte Gebäude, der Rest war geradezu malerisch, mit einem Weiher und einer Mühle, reetgedeckten, ordentlichen Höfen, noch immer duftenden Kräutergärten und kahlen Pflaumenbäumen, wohin man nur sah. Weiße Gänse weideten am Saum eines Wäldchens, halb verborgen zwischen dem Geäst von Haselsträuchern, gehütet von kleinen Jungen. Wenn sie die anderen Abgaben zahlten, beschloss Richard, dann sollten sie in Gottes Namen ihr weißes Federvieh behalten.

Die Einwohner erwarteten sie mit bitteren Mienen. Die Männer hatten sich versammelt, standen dicht beieinander. Wie durch Zufall waren Mistgabeln und Sicheln nicht weit. Richard zügelte sein Pferd, musterte die polnischen Männer, die entschlossen schienen, Heim, Frau und Kinder zu verteidigen. Aber er sah auch bereits mit Abgaben beladene Wagen, Körbe mit Geflügel, Schweine mit zusammengebundenen Läufen.

Diese Leute würden ihre Abgaben zahlen, aber auch nicht mehr. Ein Schritt zu viel, und es würde auf beiden Seiten Blut fließen.

Richard saß ab, ebenso sein Übersetzer Kolja Nowak, ein Dragoner mit polnischen Wurzeln.

»Sag ihnen, dass wir gekommen sind, um die Kriegsabgaben einzutreiben. Nichts wird passieren, wenn sie kooperieren.«

Nowak, ein untersetzter Mann mit rundlichem Gesicht,

fröhlich blitzenden Augen und einem beeindruckenden Schnurrbart redete schnell auf den älteren Bauern ein, der dem Dorf offenbar vorstand. Der spuckte auf den Boden, Richard direkt vor die vom Ritt staubigen Stiefel.

Murren wurde unter den Dragonern laut, doch als ihr Rittmeister nicht reagierte, ließen sie die Provokation unerwidert.

Der Dorfvorsteher war breit wie ein Stier, im kurz geschorenen Nacken bildete die Haut zwei speckige Falten. Richard verstand seine Erwiderung nicht, aber die Geste. Er wies auf die beladenen Wagen.

»Sieh nach, ob alles da ist. Die Pferde für die Kavallerie wähle ich selbst aus, wo sind sie?«

Eine Stunde später zogen sie unter Jammer und Geschrei aus dem Ort. Drei Wagen folgten dem Beritt, hoch beladen mit Getreide, Kartoffeln, Rüben und einer gackernden, grunzenden und blökenden Fracht. Vier Kühe waren hintenan gebunden. Es waren alte Tiere mit schlaffen Eutern. Richard hatte nicht protestiert, die Armee brauchte Fleisch und keine Milch, und wenn man es lang genug kochte, war auch das alte Fleckvieh recht schmackhaft.

Die Wahl der Pferde freilich hatte ihm den Zorn der Bauern eingetragen, denn er hatte die besten genommen. Wenigstens, so tröstete er sich, waren es die Wohlhabenden, die nun zu Fuß gehen mussten. Kein armer Bauer leistete sich ein Reitpferd, und die Zugtiere hatten sie nicht angerührt. Noch nicht. Solange nicht explizit etwas anderes gefordert wurde, wählte er Reitpferde, damit den Bauern noch eine Lebensgrundlage blieb.

Tage später schrieb er in einem Brief an Wassili:

Ich gewöhne mich an die Rolle des Räuberhauptmanns. Beinahe täglich ziehe ich mal mit zwanzig, mal mit fünfzig Mann aus, um Requisition einzutreiben, Lebensmittel und Vieh, was die Lage an der Heimatfront hoffentlich bessert. Ich höre von Kameraden, dass es in den Städten schwierig wird, und sorge mich um Hamburgs Bevölkerung. Daher kommt mir meine neue Aufgabe gut zupass. Das Land hier ist reich, die Bevölkerung spärlich. Meine Männer schlagen sich gut, einige wollen mehr Frontgeschehen, sich alsbald mit den Russen messen, von denen wir hier kaum etwas hören. Die letzte Winteroffensive und die folgende Kampagne im Sommer scheinen ihnen zumindest in diesem Gebiet jede Lust auf weitere Auseinandersetzungen genommen zu haben …

Er fügte einige private Dinge an, die nur Wassili richtig zu deuten wissen würde. Richard ging zwar davon aus, dass die Post von Offizieren nicht überprüft wurde, vor allem solange er sich untadelig verhielt. Aber sicher sein konnte er nicht.

Er hatte zurückgehalten, dass ab der nächsten Woche eine neue, wenig rühmenswerte Aufgabe auf ihn wartete. Aus den polnischen Gebieten, die unter Militärverwaltung standen, sollten Zwangsarbeiter abtransportiert werden. Jene Männer würden die deutschen Arbeiter in den Fabriken ersetzen, die an der Front kämpften.

Er würde Menschen stehlen statt Lebensmittel, und diese Aussicht raubte ihm den Schlaf.

***

Hilde hatte die Werft lange nicht mehr besucht. Nun tat sie es doch und wusste trotzdem nicht genau, warum. Vielleicht, um die Kluft, die sich seit Kriegsbeginn zwischen Walter und ihr aufgetan hatte, ein wenig zu schließen.

Sie würde nie vergessen, wie er ihr erklärt hatte, das Land, die Wirtschaft und vor allem die Harkenfeld-Werft bräuchten einen Krieg, außerdem sei es für das Volk ebenso wichtig. Ein kurzer, heftiger Kampf und Sieg würde die Menschen zusammenschweißen, die nationale Einheit voranbringen und nichtige politische Querelen ersticken.

Viele hatten in seinen Chor eingestimmt. Ihr Bruder Florian natürlich, der Großteil der Oberschicht und viele einfache Leute. Von einem nationalen Erwachen war die Rede gewesen. Reaktionäre Studentenvereine hatten in Demonstrationen zum Kampf aufgerufen und sich zu Zehntausenden freiwillig gemeldet, um Helden zu werden. Sie kehrten in Särgen von der Front zurück und bekamen ihren Lorbeer allenfalls auf die frisch aufgeworfenen Gräber gelegt.

Der Krieg dauerte nun schon viel länger als erwartet, und tatsächlich hatte er die ganze Welt in Brand gesetzt. Millionen waren gestorben und starben noch, während die Landkarte bis auf Gewinne im Osten noch fast genauso aussah wie zuvor.

Walter war von seiner Meinung dennoch nicht abgerückt. Gemeinsam mit Hildes Bruder Florian hatte er für die Werft, deren Belegschaft beständig schrumpfte, neue Wege aufgetan.

»Du wirst nichts mehr wiedererkennen«, verkündete Walter nun, als er den Wagen vorgefahren hatte und seiner Frau die Tür öffnete. Behände stieg sie in den Mercedes 37/95, einen Hochleistungswagen, den Walter mit größtem Vergnügen selbst fuhr, ohne das Lenkrad je einem anderen zu überlassen. Mit einem ähnlichen Motor hatte Ralph DePalma gleich zweimal den Vanderbilt Cup gewonnen.

Walter redete gern von den unglaublichen fünfundneunzig Pferdestärken und den technischen Finessen des Fahrzeugs. Im Sommer waren sie an den Wochenenden oft zum Picknick ausgefahren, hatten die Enge der Stadt und die von den Litfaßsäulen schreiende Kriegspropaganda hinter sich gelassen. Zwei Hüte hatte Hilde auf den rasanten Fahrten eingebüßt, einem davon trauerte sie bis heute hinterher.

Jeder dieser Ausflüge war ihr wie Verrat erschienen. Es fühlte sich falsch an, so falsch. Da half es nicht, wenn sie des guten Gewissens halber Geld für Armenspeisungen hergab und sich einredete, dass der eigene Sohn auch fern von der Front seinen vaterländischen Dienst versah, indem er forschte, während andere im Kugelhagel starben. Denn wie sollte sie das vor Freundinnen rechtfertigen, die reihenweise ihre Söhne begruben? Oder vor jenen, deren Jungen als Krüppel nach Hause zurückkehrten?

Den Degens und Harkenfelds ging es gut. Sie bluteten nicht im großen Krieg, nein, sie schlugen auch noch Gewinn daraus.

»Grimmig schauen Sie drein, verehrte Gemahlin. Haben Sie es sich doch anders überlegt?«

»Nein.« Sie schüttelte den Kopf und die düsteren Gedanken ab. »Ich will endlich mit eigenen Augen sehen, wovon ich sonst nur immer bei Tisch höre.«

»Sie hatten danach gefragt«, sagte er anklagend.

»Und das mit ernstem Interesse.« Sie hob die Handtasche auf den Schoß, versicherte sich, dass sie den breiten Hut gut genug mit Nadeln festgesteckt hatte, und schnürte die Schleife unter dem Kinn noch etwas fester.

Walter lächelte. Er genoss die Fahrt sichtlich, und auch Hildes trübsinnige Stimmung schwand mit jedem zurückgelegten Kilometer. Für einen Novembertag war es ungewöhnlich warm und sonnig, und in der Luft lag der Geruch von Herbst und Vergänglichkeit. Moderndes Laub, feuchte Wiesen, der stets brackige Odem der Fleete, der auch dann noch blieb, wenn Regengüsse den Unrat fortgespült hatten. Die Straßen glänzten nass, über Wasserflächen hing letzter Nebel, tropfte Tau von kahler werdenden Ästen. Schwäne und Gänse waren zur Überwinterung in die Stadt gekommen und besetzten schnatternd und trompetend jedes Revier.

Hilde bezweifelte, dass sie im Frühjahr in voller Zahl davonziehen würden. Die Menschen waren hungrig, und niemand erhob innerhalb der Stadtgrenze Jagdprivilegien. Die Tiere gehörten keinem und damit jedem. Natürlich würde ihnen am Tage niemand nachstellen, doch in der Nacht …

Angeblich verschwanden bereits streuende Hunde und Katzen aus den Vierteln. Hilde schauderte und war wieder einmal froh, das Glück der hohen Geburt zu haben. Bei ihr würde ein solches Fleisch niemals auf den Tisch kommen.

Wie immer fand sie es ein wenig aufregend, als Walter und sie mitsamt dem Wagen in einen Aufzug fuhren, der sie unter die Erde beförderte, wo sie in einer langsamen Schlange von Automobilen, Fahrrädern und einigen Handkarren unter dem Hafen hindurchfuhren, um auf die andere Seite zu gelangen. Sie rückte näher an Walter heran, der ihr ein knappes Lächeln schenkte und sich dann wieder auf den Wagen konzentrierte. Hupend verscheuchte er einen Fußgänger. Die Menschen drängten sich beiderseits der Fahrzeuge auf schmalen Bürgersteigen. Regelmäßig wichen Passanten auf die Fahrspur aus, um langsamere zu überholen, und kamen so den Automobilen ins Gehege.

Den meisten Leuten schienen die Enge und der Gestank nichts auszumachen. Hilde drückte sich ein parfümiertes Tuch über Mund und Nase. Die Abgase waren beißend, dazu kamen verbrauchte Atemluft, Urin und Schweißgeruch.

Widerlich!

Die gekachelten Wände schienen mit den zurückgelegten Metern immer näher zu rücken, wie Gewichte auf ihren Schultern zu lasten. Hilde legte den Kopf in den Nacken. Dort hinter den rußgeschwärzten Kacheln, über einer Schicht von Erde und Gestein, befand sich der Hafen. Frachtschiffe, Schuten und Wasser. Unendlich viel Wasser.

Walters Hand streifte die ihre. »Denken Sie nicht darüber nach, Hilde, wir sind gleich auf der anderen Seite.«

»Es ist nichts.« Sie zwang ihren Blick geradeaus und wusste doch, dass Walter ihre kleine Lüge nicht glaubte, sie auch nicht ernst nahm. Seine Berührung war tröstend, dennoch schämte sie sich für ihre Angst. Sie war absurd, nicht zu begründen. Der Tunnel würde halten, vermutlich noch in hundert Jahren hier stehen, wenn sie selbst schon längst nicht mehr auf der Erde weilte.

Sie mussten warten, bis sie an der Reihe waren, dann fuhr der Aufzug wieder rappelnd nach oben, und Hilde atmete tief durch. Nach dem Gestank war die Herbstluft eine Wohltat.

Nun war die Fahrt zur Fabrik nicht mehr weit. Wo zum Schichtwechsel früher Arbeiterkolonnen über die Straßen gezogen waren, sah sie nun Hunderte Frauen, alte Männer und Jugendliche.

Auch in den anderen Fabriken und Werften fehlten die Arbeiter. Verstohlen musterte Hilde ausgezehrte, müde Gesichter. Wer kümmerte sich nun wohl um die Kinder der Frauen? Die meisten waren in einem Alter, in dem sie sicher welche hatten. Die Großmütter vielleicht? Wahrscheinlich blieb ihnen keine Wahl. Die Versorger waren im Krieg, manche womöglich tot.

Walter lenkte den Wagen durch das prächtige Eingangstor der Fabrik. In dem schmiedeeisernen Bogen prangte der Name Harkenfeld. Hilde wischte den Stolz beiseite, der sich ganz automatisch seit Kindertagen einstellte. Ja, als kleines Mädchen, das gerade lesen lernte, hatte sie sich wirklich etwas darauf eingebildet.

Auf dem Gelände war seit ihrem letzten Besuch vor anderthalb Jahren vieles anders geworden. Wo zuvor gewaltige Schiffsrümpfe auf den Trockendocks gebaut wurden, waren nun mehrere Plätze verwaist. Nur zwei Frachter wurden überholt, und einige Barkassen schienen auf einen neuen Anstrich zu warten.

Hilde musste an Raiks Worte denken. Viele Schiffszimmerer wurden hier tatsächlich nicht gebraucht.

Zwar war sie ihrem Geliebten nie auf der Werft begegnet, doch sie wusste, wo er arbeitete. In der kleinen Werkshalle, in der es stets nach frischem Holz roch, eine Essenz, die sie manchmal auch in Raiks Haut wiederentdeckt hatte, als sei er mit seiner Arbeit verwachsen. Warum dachte sie jetzt nur an ihn?

Walter führte sie am Arm über den Hof, hatte einen Sekretär und zwei Vorarbeiter mit herrischen Gesten davongejagt.

»Sie werden sich wundern, liebe Frau«, sagte er leise. Umspielte ein Lächeln seinen Mund? War er fürwahr stolz auf die Entwicklung?

Sie betraten die Halle durch ein weit geöffnetes Tor. Auch die Oberlichter und alle Fenster standen offen. Bald wurde ihr auch klar, warum. Statt des Holzgeruchs aus ihren Erinnerungen stieg ihr beißender Chemikaliendampf in die Nase. Sofort begannen ihre Augen zu brennen.

An den Wänden hingen Plakate. Sie zeigten Männer, die an der Front Heldentaten vollbrachten, auf anderen stand *Heimatfront*. Auf einem waren Frauen zu sehen, die Gewehre produzierten, ein drittes zeigte eine Frau und einen Soldaten. Mit festem Blick reichte sie ihm eine Handgranate. *Deutsche Frauen arbeiten im Heimatheer!*, lautete die Aufschrift. Hilde drehte es den Magen um, und das lag nicht nur am Geruch.

Die Frauen trugen Kittelschürzen, manche betätigten gemeinsam mit zwei älteren Männern Maschinen, die Hilde mit ihren Rädern und Treibriemen an riesenhafte Nähmaschinen erinnerten.

»Dies ist unsere Granatendreherei. Neunzig Prozent der Arbeit wird von Frauen erledigt«, erklärte Walter gut gelaunt. »Guten Morgen, die Damen!«

»Guten Morgen, Herr Degen«, schallte es im Chor. Die Arbeiterinnen standen stramm, zumindest jene, die nicht unmittelbar mit den Maschinen zu tun hatten.

»Ich habe Ihnen heute meine Frau mitgebracht, und ich denke, ich kann zu Recht sagen, dass sie von der Arbeit, die Sie hier an der Heimatfront leisten, schwer beeindruckt ist. Mit Ihrem Einsatz ist der Sieg nur noch eine Frage der Zeit!«

Murmeln, Zustimmung, verhaltenes Lächeln. Die Frauen musterten Hilde kurz, dann wandten sie sich wieder ihren jeweiligen Aufgaben zu. Auf Tischen reihten sich glänzende Hülsen.

Im hinteren Teil der Halle trugen die Frauen weiße Hauben und dünne Baumwolltücher vor den Mündern. Von dort stammte auch der beißende Geruch.

Hilde wollte es sich näher ansehen, doch Walter hielt sie zurück. »Nicht, du hast keine Schutzkleidung an.«

Er nannte die Tücher, Hauben und Kittel Schutzkleidung? Hilde war so perplex, dass sie schon Augenblicke später die ehemalige Halle der Holzgewerke verließ. »Was war das für ein Gestank, Walter?«

Hafenluft umfing sie. Hilde hatte den leichten Geruch nach Fisch und Schlamm nie zuvor als angenehm empfunden.

»Das sind die Chemikalien, Sprengstoffe. Doch keine Sorge, die Zünder werden hier nicht eingebaut.«

»Das kann doch nicht gesund sein!«, protestierte sie und tupfte sich die Augen mit einem Taschentuch. Sie tränten ein wenig, und Hilde befürchtete, die sorgsam aufgetragene Schminke könne verlaufen.

»Es ist Industriearbeit, die ist selten gesund. Aber die Frauen erhalten natürlich eine Zulage. Komm, gehen wir weiter, du hast die große Werkhalle noch nicht gesehen.« Er nahm sie am Arm, leitete sie achtsam um eine Pfütze herum. Nun waren sie auf dem weiten Hof fast allein. Die Arbeiterinnen und Arbeiter befanden sich in den Werkshallen, der Schichtwechsel lag eine Stunde zurück, und niemand hielt sich nach Feierabend länger in der Werft auf als nötig.

Hilde blieb nach wenigen Schritten stehen und sah zu der kleinen Halle zurück. »Wo ist die Zimmerei jetzt?«

Über Walters Gesicht huschte Missbilligung, doch er hatte sich schnell wieder im Griff. »Du wirst deinen Liebhaber hier nicht antreffen. Nicht mehr«, sagte er so leise, dass sie nicht sicher war, ihn richtig verstanden zu haben.

»Das war nicht, was ich gefrag…«

»Aber was du wissen wolltest«, erwiderte er ruhig. Dass er zur vertrauten Anrede übergegangen war, zeigte, wie aufgebracht er trotz der äußerlichen Ruhe war. »Die Holzgewerke arbeiten fast nicht mehr, Alberts ist längst an der Front. Hat er dir das verschwiegen? Dieses wichtige Detail?«

Hilde meinte, plötzlich von Bleigewichten herabgezogen zu werden. »Was hast du getan?« Sie erinnerte sich an Raiks Worte, dass er bald überflüssig sein würde und dann nicht mehr davor geschützt, eingezogen zu werden.

»Nichts habe ich getan, Hilde. Schiebe mir nicht die Schuld zu. Es ist Krieg, jeder muss Opfer bringen.«

»Er war sicher. Nur durch eine Änderung seitens der Firma konnte das geschehen. Verkaufe mich nicht für dumm, Walter.«

Er trat vor sie, hielt sie an den Händen fest und musterte sie lange. Für Hilde fühlte es sich an, als schaue er bis in ihre Seele. Und noch immer fühlte es sich an, als würden sie schwere Gewichte zu Boden drücken.

»Du hast immer gesagt, dass du ihn nicht liebst, Hilde«, murmelte Walter.

»Und so ist es auch«, erwiderte sie schnell, dann wand sie sich aus seinem Griff und drehte sich dem Hafen zu, um seinem forschenden Blick und dem schmerzlichen Ausdruck in seinen Augen zu entgehen. »Nun, vielleicht … vielleicht ein wenig, ich weiß es nicht. Da hast du deine Antwort, Walter. Ich habe nie darüber nachgedacht, weil ich es nie musste. Er ist mir vertraut, er ist mir wichtig …«

»… und er ist der Vater deiner Kinder«, erklang es bitter hinter ihr.

»Ja.« Gegen einen inneren Widerstand wandte sie sich um. Nun hatte sie Tränen in den Augen. »Ja und nein, denn ihr Vater bist du. Zu dir sehen sie auf, du warst immer für sie da, du liebst sie, das weiß ich, und das macht einen Vater aus. Sie werden niemals die Wahrheit erfahren.«

»Verstehe.« Walter ging langsam an ihr vorbei, bis er neben einem eisernen Schiffsrumpf stand, der schon halb von alter Farbe befreit war. Hilde folgte ihm zögernd, unter ihren Schuhen knirschten abgeschlagener Lack, Rost und verwesende Seepocken.

Walter hatte die Schultern hochgezogen, die Arme vor der Brust verschränkt. Seine ganze Haltung drückte Ablehnung aus. Er wollte allein sein, aber Hilde hatte all ihre Kraft gebraucht, um ihm zu folgen. Sie wusste, dass sie, wenn sie nun ginge, verlieren würde, was sie und Walter in all den Jahren fest zusammengeschweißt hatte. Alles, was sie sagen konnte, schien falsch, also blieb sie einfach neben ihm stehen, so dicht, dass sie meinte, seine Wärme zu spüren. Ihn atmen hörte, tief und wie erzwungen langsam. Er war kein Mann, der seine Gefühle herausschrie. Er fraß sie auf, bis ihm schlecht davon wurde.

Kein Gedanke mehr an Raik, wiederholte sie still, doch es gelang nicht. Sie fühlte sich zum Zerreißen gespannt. Seit zwanzig Jahren hatte sie vermieden, darüber nachzudenken, wer ihr wie viel bedeutete. Doch sie konnte die beiden Männer nicht gegeneinander aufwiegen, dazu waren sie zu verschieden. Sie war beiden auf ihre Weise treu. Und ja, sie liebte Raik. So, wie man einen guten Freund liebte. Aber Walter war ihr Ehemann, er stand immer an erster Stelle, er *musste!*

Doch verlieren wollte sie Raik deshalb trotzdem nicht. Walter hatte gewusst, was er tat, als er Raiks Position als nicht kriegswichtig einstufte und so den Weg für die Einberufung bereitete.

Ganz genau hatte er es gewusst.

»War es deine Entscheidung oder Florians?«, fragte sie schließlich.

Walter sah sie nicht an, zuckte nicht einmal. »Die deines Liebhabers. Er und die anderen Meister haben selbst entschieden, wer auf die Liste kommt. Ich habe nur unterschrieben.«

»Aber du hättest es verhindern können.«

Er fuhr zu ihr herum, seine Augen waren gerötet. »Ja, ich hätte es verhindern können, Hilde. Was willst du von mir hören? Dass es mir leidtut?«

Ja, wollte sie sagen, ja, zumindest das.

Doch sie kam nicht dazu. Von der kleinen Werkshalle hallte ein Schrei herüber, gefolgt von Stimmengewirr.

Vier Frauen zerrten eine fünfte heraus, die sich wie eine Wahnsinnige gebärdete. Hilde raffte ihren Rock und lief los, quer über den Platz. Als sie die Arbeiterinnen erreichte, hatten diese ihre Kollegin bereits auf den Boden gedrückt. Eine saß auf den Beinen, zwei hielten die Arme, und die vierte zwängte der Tobsüchtigen einen Gürtel zwischen die Zähne.

»O mein Gott, was hat sie denn, was hat sie?« Hilde war fassungslos. Die Frau zuckte in heftigen Spasmen. Ihre Augen rollten in den Höhlen, aus dem Mund lief Schaum, und sie stöhnte unkontrolliert.

»Ein Krampfanfall, Frau Degen«, sagte die junge Frau, die auf den Beinen der Kranken saß. »Davon gibt es hier jeden Tag fünf oder sechs. Es liegt an den Chemikalien, den Dämpfen.«

Eine weitere Arbeiterin erschien und leerte einen Eimer mit eisigem Wasser über der Tobenden aus. Die zuckte noch zweimal und lag dann still. Ihr Atem ging stoßweise, die Augen zuckten unter den Lidern. Langsam, ganz langsam, kam sie wieder zu sich.

Hilde starrte Walter an, der hinzugetreten war. Starrte und brachte keinen Ton heraus. Er wirkte nicht überrascht. Walter und Florian wussten, was mit den Frauen in der Waffenproduktion geschah, und es kümmerte sie nicht.

13

Ypern
November 1915

Karoline hatte sich nicht überzeugen lassen, nach Hamburg zurückzukehren. Sie arbeitete von morgens bis abends am Verbandsplatz und genoss jeden freien Augenblick mit Jonathan. Das gefährliche Leben an der Front war ihr zum Alltag geworden.

Lange hatte Svantje gegrübelt, was sie tun sollte. Es fühlte sich falsch an, einfach abzureisen und die Tochter ihrem Schicksal zu überlassen. Seitenlange Briefwechsel mit Friedrich und Doktor Grahmer waren gefolgt. Als schließlich vom Klinikum verlangt wurde, medizinisches Personal an die Front zu entsenden, betrachtete Svantje die Neuigkeit wie einen Wink des Schicksals, und so hatten Friedrich und sie beschlossen, dass sie bleiben und auf Karoline achten sollte, so gut sie konnte. Sie vermisste Mann und Sohn sehr, dennoch bereute sie es nicht, geblieben zu sein.

Mittlerweile arbeitete auch Svantje am Verbandsplatz nahe der Front und war den Chirurgen zu einer wertvollen Hilfe in der Erstversorgung geworden. Sie war die dienstälteste Krankenschwester weit und breit, und schnell hatten die Ärzte ihr umfangreiche Befugnisse eingeräumt, wie

Svantje sie in ihrem angestammten Klinikum niemals erhalten hätte.

Aber dort gab es auch nicht von einem Augenblick auf den anderen Hunderte Verwundete.

Die Schule an der Front war hart und kurz gewesen. Am ersten Tag fühlte sie sich wie ein Todesengel. Ihre lange Erfahrung erlaubte es ihr, Verletzungen schnell einzuschätzen. Und so war sie eine derjenigen, die zwischen stöhnenden und blutenden jungen Männern auf und ab ging und entschied, wer operiert wurde und für wen ein Betäubungsmittel alles war, was er sich noch erhoffen durfte. Es war unmoralisch und kaum zu ertragen. Dennoch war ihr klar, dass sie nicht allen helfen konnten.

Svantje hätte zumindest bei den Sterbenden sein, sie begleiten wollen, bis Trauma und Blutverlust das Unvermeidliche bewirkten, doch nicht einmal dafür war Zeit.

Vor ihren Augen starben Männer, die in einem Krankenhaus höchstwahrscheinlich überlebt hätten. Es fehlte an allem, vor allem aber an Ärzten.

Mit ihren fast fünfundzwanzig Jahren Berufserfahrung führte Svantje so manche Operation in Eigenregie durch. Sie war, wie es ein Arzt ausgedrückt hatte, zu kostbar für einfache Betreuungsaufgaben. Die sollten lieber die Helferinnen und Militärseelsorger übernehmen.

Svantje wusste, dass er recht hatte, sie konnte mehr und besser helfen, indem sie operierte und komplizierte Verbände anlegte. Dennoch fühlte es sich an, als habe man ihr einen Teil der Arbeit gestohlen, für den sie diesen Beruf ursprünglich erwählt hatte.

In den Nächten träumte sie von Hamburg, von ihrem wundervollen Haus und dem liebevollen, friedlichen Leben an Friedrichs Seite. Sie sehnte sich nach dem geregelten Alltag des Klinikums zurück und wurde doch jeden Morgen wieder mit der neuen Wirklichkeit konfrontiert.

Es waren einige Wochen verstrichen, in denen eine gewisse Routine einkehrte, als die Kräfte der Entente einen neuen Vorstoß wagten. Die Deutschen hatten den Angriff erwidert und erfolgreich zurückgeschlagen.

Als die Novembersonne sich nun träge und brandrot über den Horizont schob, auf Artillerierohren glänzte, Rauchschwaden durchdrang und ihr Licht in Wasser und Blutpfützen brach, befand sich die Gefechtslinie noch genau an derselben Stelle wie all die Wochen zuvor.

Der einzige Unterschied waren weitere Hunderte, vielleicht Tausende Tote auf beiden Seiten und mindestens ebenso viele Verletzte.

Das Trommelfeuer der Artillerie, mit der sich beide Seiten belegten, hatte die Nacht fast ohne Schlaf vergehen lassen. Karoline schob schließlich ihr Bett neben Svantjes, und sie hielten einander an den Händen.

In dem kleinen Öfchen, von dem das Zelt nur unzureichend erwärmt wurde, knackte es leise. Zwischen den Betten huschten Mäuse oder Ratten umher, deren trippelnde Füßchen sie in den Feuerpausen hören konnten.

Karoline drückte jedes Mal, wenn es draußen wieder loskrachte, Svantjes Hand. Irgendwann hielten sie es nicht mehr aus, zogen sich an, aßen etwas und machten sich bereit. Der Ansturm neuer Verwundeter würde zweifellos kommen.

»Ich bin so stolz auf dich«, sagte Svantje leise, während das Artilleriefeuer tief ziehende Wolken erhellte, bis sie sich wie Scherenschnitte vom schwarzen Himmel abhoben.

»Und ich kann mich glücklich schätzen, eine Mama wie dich zu haben. Für mich bist du die wahre Heldin hier.«

Sie schlossen einander in die Arme, und Svantje dachte an Friedrich und wie gern sie sich nun an seine Brust gedrückt hätte, geborgen in seinen starken Armen. Aber hier musste *sie* stark sein, die Tochter beschützen. Denn ganz gleich, wie selbstständig und tapfer Karoline am Tage erschien … nun weinte sie. Leise, in sich gekehrt, fast lautlos brach es aus ihr heraus. Karolines Schultern zuckten, als würde sie etwas von innen heraus zerreißen, sich mit Klauen und Zähnen in sie graben.

Svantje strich ihr über das seidige Haar, das sich noch immer so anfühlte wie früher, als Karoline noch ein kleines Mädchen war.

»Nimmt das denn niemals ein Ende?«, flüsterte sie und schluckte heftig an den Tränen.

»Irgendwann, *mien Deern,* irgendwann. Wir müssen nur überdauern, jeden Tag aufs Neue. Aber wir schaffen das, ganz bestimmt.«

Eine halbe Stunde später wurde der Verbandsplatz von hellem, künstlichem Licht beleuchtet. Ein verwundeter Soldat lag neben dem anderen. Wie Nebel stieg ihr Atem auf und blieb über ihnen in der Luft stehen gleich einem dunstigen Leichentuch.

Svantje ging mit einem Klemmbrett zwischen ihnen umher und verteilte Nummern. Es musste schnell gehen. Noch immer ließ sie sich zu viel Zeit und versuchte, jedem ein Wort oder etwas mehr Aufmerksamkeit widmen. Sie brachte es nicht übers Herz, die Schwerstverletzten wie Luft zu behandeln. Viele bekamen genau mit, was um sie herum geschah, und verstanden die Situation. Svantje wollten ihre letzten Stunden nicht noch schwerer machen, als sie ohnehin schon waren.

Nun war sie beim letzten Soldaten angelangt, rang sich ein Lächeln ab, spritzte ihm Morphin und trug dann ein, dass eine Behandlung aussichtslos war. Die anderen Ärzte waren mit ihren Gruppen vor ihr fertig geworden.

Svantje gab die Notizen an einen Sanitäter weiter. »Schicken Sie mir die Unterstrichenen der Reihe nach. Die mit dem Stern muss ein Chirurg sehen. Diese hier …«

Er nickte. »Ich verstehe, Frau Falkenberg.«

»Den Ersten bringen Sie mir sofort, ich fange an zu operieren.« Sie hetzte los, um sich die Hände zu waschen und einen neuen Kittel anzuziehen. Auch hier an der Front vergaß sie die Hygieneregeln nicht, die sie während der verheerenden Choleraepidemie vor über zwanzig Jahren verinnerlicht hatte.

Auf dem Weg zu der Baracke mit den chirurgischen Räumen folgte ihr der Atemdunst der Soldaten. Sie hörte ihr Stöhnen kaum, hörte nicht die verzweifelten Schreie derjenigen, die erfuhren, dass sie einen Arm oder ein Bein verlieren würden. Svantje fühlte sich wie taub. Als sei sie von einer dicken Watteschicht umhüllt, in der sie sich wie mechanisch bewegte, funktionierte, und das gut.

Nach der dritten Operation machte sie die erste kleine Pause und trank einen Schluck Wasser. Karoline wischte hinter ihr schweigend den Blechtisch sauber, spülte das Blut fort. Beißender Alkoholgeruch erfüllte einen Moment lang die Baracke. Karoline riss das Fenster auf und ließ frische, kalte Luft ein.

»Wenn mich Doktor Schawacht nun sehen könnte«,

sagte Svantje leise, verblüfft, welche Wendung ihr Leben genommen hatte.

»Hast du etwas gesagt, Mama?«

»Doktor Schawacht, mein Mentor. Er war immer überzeugt, dass ich operieren sollte, und nun tue ich es.«

Karoline richtete sich auf und warf einen schmutzigen Lappen in den dafür vorgesehenen Eimer mit Kochwäsche. »Dann schreibe ihm, vielleicht tut es dir gut.«

Svantje zog die Mundwinkel hoch zu einem Lächeln. »So einfach?«

»So einfach. Ich glaube, sie bringen den Nächsten.«

Die kurzen Augenblicke der Ruhe waren vorüber. Karoline öffnete die Tür, und zwei Träger brachten einen ohnmächtigen Soldaten mit durchgebluteten Verbänden an Arm und Oberkörper herein.

Svantje erinnerte sich. Zwei Schussverletzungen, der Oberkörper war vollständig durchschlagen worden, ohne die Lunge oder eine Arterie zu verletzen. Im Arm steckte noch die Kugel. Diese Operation traute sie sich zu.

»Karoline, der Narkoseapparat.«

Sie fuhr die Gasflasche auf dem Wägelchen heran. Svantje schätzte das Gewicht des jungen Mannes, prüfte seinen Puls, die Atmung und die Reaktion der Pupillen, dann stellte sie die Tröpfchenzahl ein, mit der der Äther sich mit dem Sauerstoff mischen sollte.

Karoline drehte das Ventil auf und drückte dem Patienten die Maske über Mund und Nase. Er erschrak kurz, zuckte, hob abwehrend die Arme, dann lag er still.

Svantje schnitt ihn aus der Kleidung heraus und musste wieder an das Klinikum in Hamburg denken. Dort war es den Schwestern verboten, einen Patienten zu entkleiden, ohne dass ein Arzt anwesend war, weil man um den Anstand fürchtete.

Lächerlich. Als überkäme sie Lust, wenn sie einen Mann auskleidete, der mit dem Tode rang. Nicht einmal den jungen Helferinnen ohne medizinische Ausbildung traute sie in einer solchen Situation unmoralische Gedanken zu.

»Sag mir, was ich tun soll.«

»Überwache seine Atmung, und gib mir bei jeder Änderung Bescheid. Wenn nichts Unvorhergesehenes geschieht, schaffe ich es allein.« Svantje schob das Tablett mit Messer und Besteck näher heran. Zuerst nahm sie sich den Durchschuss im Oberkörper vor. Sie spülte die Wunde gründlich und band ganz vorsichtig eine Ader ab, um die Blutung zu stillen. Nun hatte sie Zeit, um mit einer Pinzette mehrere Knochensplitter zu entfernen. Bevor sie die Wunde vernähte, erlaubte sie es sich, einmal tief durchzuatmen und den schmerzenden Rücken aufzurichten. Die Stiche waren schnell gesetzt.

Mit vereinten Kräften drehten Svantje und Karoline den Patienten auf den Rücken. Sie arbeiteten gut zusammen. Jod, dann spülen. Das Schulterblatt war nur am Rande gestreift, die Knochensplitter so winzig, dass sie nicht zu fassen waren, aber später keinen Schaden anrichten würden. Wieder Jod, dann nähte Svantje auch dieses Austrittsloch zu.

»Jetzt der Arm.« Sie hatte ihn schon vor Operationsbeginn abgebunden und den Riemen nur hin und wieder gelockert, um ausreichend Zirkulation zu erlauben.

Karoline überprüfte die Atmung. »Relativ langsam«, beantwortete sie Svantjes fragenden Blick. »Dann verringere die Ätherdosis um ein Drittel. Es wird nicht mehr lange dauern.«

Sie nahm eine lange, schmale Pinzette und schob sie vorsichtig in den Wundkanal. Die Muskeln waren im Weg. Sie drückte sie zur Seite, drehte den Arm zugleich versuchsweise, bis er leicht angewinkelt und nach außen gedreht war. »Ein Widerstand … ich habe sie«, sagte sie konzentriert. »Ich verstehe noch immer nicht, warum diese Kugel stecken geblieben ist, während die andere den Brustkorb samt Knochen durchschlagen hat.«

»Jonathan meint, so etwas liege an der Distanz. Wenn die Patrone aus großer Entfernung abgefeuert wurde oder vorher schon etwas getroffen hat, besitzt sie weniger Kraft.«

»Hoffen wir, dass sie zuvor keinen seiner Kameraden erwischt hat oder durch Erde gegangen ist. Das würde das Infektionsrisiko stark erhöhen. Oh, verflucht!«

»Was ist?«

»Sie rutscht weg, ich bekomme sie kaum zu fassen.« Svantje biss die Zähne zusammen, schloss die Augen, tastete. Das Projektil schien festzuhängen. Sie fuhr an den Seiten entlang. »Aufgeplatzt, gespalten, ich bekomme die Kugel nicht auf demselben Weg heraus, wie sie eingedrungen ist.« Mit einem Seufzer hob sie den Kopf.

»Was nun?«, fragte Karoline.

»Ich muss es von der anderen Seite versuchen.«

Es dauerte fast zwanzig Minuten, bis sie endlich die Patrone freipräpariert hatte. Es war eine gute Entscheidung gewesen, auch wenn sie dem Mann dafür eine weitere Wunde zufügen musste. Hätte sie von der Eintrittsseite an dem Geschoss gezogen, wäre eine Arterie getroffen worden. Die Bruchstücke der Hülse waren rasiermesserscharf und auseinandergebogen.

»Puh«, keuchte Svantje, als das Stück endlich mit einem

leisen *Pling* auf das Metalltablett fiel. Erst jetzt erlaubte sie ihren verkrampften Fingern zu zittern. Sie legte die Pinzette zur Seite und bewegte die Hand. Mit dem Ärmel wischte sie sich den Schweiß von ihrer Stirn. Ihr war heiß geworden, obwohl es in dem Operationsraum beinahe schon unangenehm kühl war und herbstfeuchte Luft durch alle Ritzen zog.

In diesem Moment wurden sich nähernde Schritte laut, die über den Boden aus ungehobelten Holzdielen dröhnten.

»Wir sind noch nicht so weit«, rief Svantje energisch, überzeugt, man wolle ihr den nächsten Patienten bringen.

Die Tür flog auf. Drei Männer rauschten herein, alle in Uniform. Zwei von ihnen trugen Kittel und Stethoskop, die Insignien der Ärzte. Derjenige, den sie nicht kannte, hatte zudem eine schwarze Ledertasche mit Operationsbesteck bei sich.

Der Fremde war groß, hager wie eine Vogelscheuche und genauso abstoßend. Svantje schätzte ihn auf fünfzig Jahre. In den wässrig blauen Augen hinter kreisrunden Brillengläsern stand Verachtung. »Ich habe es nicht glauben wollen!«, stieß er hervor und stemmte eine Hand in die Seite. »Ja, sind wir denn bei den Hottentotten, dass wir ungebildete Weiber am Stolz unserer Nation herumschnippeln lassen?«

Der leitende Arzt des Verbandsplatzes sah Svantje entschuldigend an und rang die Hände. »Doktor Keller, mäßigen Sie bitte Ihren Ton. Ich darf vorstellen, Frau Falkenberg, Oberschwester aus dem Eppendorfer Klinikum in Hamburg. Frau Falkenberg, Doktor Keller, er führt die medizinische Aufsicht über diesen Frontabschnitt und ist gerade vom Heimaturlaub zurück.«

»Ersparen Sie der Dame die Details, ich möchte, dass Sie augenblicklich von hier verschwindet.«

Svantje kochte innerlich. Sie hatte sich beim Eintreten der Doktoren vorgenommen, ruhig und höflich zu sein, doch diese Vogelscheuche von einem Arzt überspannte den Bogen. »Hören Sie, *Doktor!* Ich operiere hier, und ich erwarte den nötigen Respekt, nicht mir gegenüber, sondern meinem Patienten, den Sie so treffend als Stolz der Nation betitelt haben. *Er* verdient meine ganze Aufmerksamkeit, nicht Sie. Ich habe mich nicht aufgedrängt, diese Operationen durchzuführen, doch ich übernehme diese Aufgabe, weil hier zu wenige Ärzte sind, zu wenige Krankenschwestern, zu wenig Medikamente, zu wenig von allem! Ich übertrete meine Befugnisse, um Leben zu retten, und genau das werde ich jetzt tun.« Ohne eine Antwort abzuwarten, wandte sie sich um. Über Karolines Mund huschte ein heimliches Lächeln.

»Die Atmung?«

»Unverändert«, sagte Karoline. Svantje spülte die Wunde aus und begann zu nähen, während hinter ihr Doktor Keller nach Luft rang. »Das lasse ich mir nicht bieten! Ich werde jede einzelne Operation von dieser Falkenberg überprüfen, und Gnade ihr Gott, wenn ich einen Kunstfehler finde.«

»Kommen Sie, Herr Doktor Keller, besprechen wir draußen weiter …«

Das Gespräch verklang, als sich die Tür hinter den ungebetenen Gästen schloss. Svantje nähte konzentriert, dann legte sie mit Karolines Hilfe einen Verband an. Der junge Soldat bekam nur noch Sauerstoff. Sie warteten darauf, dass er wieder wach wurde.

»Haben wir ein Problem, Mama?«, brach Karoline schließlich das Schweigen.

»Nicht wir, Töchterchen, wenn, dann nur ich. Vielleicht war das meine letzte Operation. Kennst du diesen Doktor Keller?«

Karoline zuckte mit den Schultern. »Nur, was man so hört. Er ist ein hohes Tier, ein sehr guter Arzt und ein unangenehmer Charakter.«

Es klopfte an der Tür. »Ja?«

Es war ein Sanitäter. »Frau Falkenberg, können wir den Nächsten bringen?«

»Aber dieser Doktor Keller …«

Der Sanitäter grinste. »… war nicht zu überhören. Sind Sie also so weit?«

Karoline prustete plötzlich los. »Ja, das ist sie, Hannes. Bringt den nächsten, und dann Kaffee, eine große Tasse, nein, besser zwei. Und schwarz wie die Nacht.«

Er tippte sich an die Mütze, als würde er vor ihr salutieren.

»Da haben wir unsere Antwort, Mama. Die Arbeit kann weitergehen.«

Westfront
Januar 1916

Er war an der Front, und es war alles noch viel furchtbarer, als er es sich ausgemalt hatte.

Raik kauerte in einem Unterstand in einem Wäldchen bei Somme. Der Regen pladderte schon seit Tagen derart heftig herunter, als plane Gott, den Krieg mit einer zweiten Sintflut zu beenden.

Raik fror erbärmlich, biss die Zähne zusammen, damit sie nicht klapperten, und wünschte, dass endlich Nachschub kommen würde. Er versah seinen Kriegsdienst nicht am Gewehr, sondern mit Hammer und Säge. Wie einige andere Holzarbeiter auch war er den Pionieren zugeteilt worden und baute Schanzwerke und Unterkünfte. Ihm war es recht, allerdings war ihnen das Material ausgegangen. Bis die nächste Holzlieferung eintraf, war er zum Nichtstun verdammt, und das bedeutete vor allem zwei Dinge: Kälte und Langeweile. Hin und wieder gesellte sich Hunger dazu.

Die grauen Soldatenmäntel wärmten nicht. Im Graben sammelte sich Wasser und durchweichte Schuhe und Hosenbeine. Seine Füße schmerzten allein davon. Wahrscheinlich hätte er sogar dankbar um die Temperaturen sein sollen, denn sie sorgten dafür, dass seine Zehen so taub waren, dass zumindest sie weniger wehtaten.

Raik schnitzte, um wenigstens seinen Händen etwas zu tun zu geben. Nacheinander entstanden kleine Modelle von Galionsfiguren.

Er mied jeden Gedanken an die Zukunft. In voller Größe würde er diese Entwürfe vermutlich niemals schnitzen. Raik machte sich keine Illusionen. Die Linie an der Somme war wie Ypern dafür bekannt, Soldaten wie in einer gewaltigen Mühle zu zerquetschen. Hunderttausende starben auf beiden Seiten, ohne große Geländegewinne zu machen.

Er selbst konnte sich vergleichsweise glücklich schätzen. Er musste nicht als Kanonenfutter herhalten. Als Meister eines Holzgewerks hatte man ihn sofort nach der Ankunft einem Pioniertrupp beigeordnet, der Befestigungen ausbaute, Offiziersstände, Kommandozentralen und bewehrte Geschützpositionen errichtete. Manchmal waren es auch neue Baracken für Soldaten, die winterfest gemacht werden mussten. Zimmermannsarbeit. Raik war erleichtert, zugleich stieß ihm seine Sonderrolle unangenehm auf. Doch wenn dies der beste Weg war, wie er dienen konnte, dann sollte es so sein.

Derzeit arbeiteten er und seine Kameraden an einem Offiziersstand. Zumindest würden sie das, wenn der Materialwagen nur kommen würde.

Es war eine hügelige Gegend. Die Wege unbefestigt und nie dafür ausgelegt gewesen, darüber für Zehntausende Nahrung, Waffen und Material zu transportieren. Er selbst war bei der Ankunft eine dieser Serpentinen hinaufgestapft. Sie waren schmal, zerfurcht und fürchterlich verschlammt, während an anderen Stellen der Fels bloß lag. Es war ein Wunder, dass die Holztransporte überhaupt ihr Ziel erreichten.

Vielleicht würden sie noch eine Woche lang in diesem Sauwetter ausharren müssen, bis es weiterging.

Klaus und Dietmar, zwei Zimmermannsgesellen, spielten seit dem Morgengrauen Karten. Ihr Blatt war nass, dreckig und klebte ständig zusammen, aber sie waren derart vertieft, dass sie sich nicht daran störten. Die Einsätze waren ihnen ausgegangen, Dörrobst und Nüsse längst aufgegessen. Nun setzten sie Kieselsteinchen, von denen es einen schier endlosen Vorrat gab.

Raik betrachtete den kleinen Poseidon in seiner Hand, der auf einer Plakette aus Ranken und Delfinen ruhte. Fertig. Er rieb Asche über die Ränder, sodass die Reliefs besser hervortraten, dann steckte er Schnitzwerkzeug und Miniatur in eine kleine Tasche aus schwerem, gefettetem Rindsleder.

»He, Alberts«, rief plötzlich ein Offizier, der hinter einem Winkel des Grabens hervorgetreten war.

»Herr Offizier!« Raik sprang auf, wie es von ihm erwartet wurde. Den Mann kannte er nicht. Besser, er bot ihm keine Angriffsfläche. »Wie kann *ick* Ihnen dienen?«

»Mir nicht, sondern der Truppe. Man hat mich zu Ihnen geschickt. Sie können dünne Holzschichten entfernen, ohne die Tragkraft eines Balkens zu gefährden, wurde mir gesagt.«

»Meine *Kanuuten* und ich sollten über passendes Werkzeug verfügen, *denk ick.*«

»Sehr gut. Dann packen Sie Ihr Zeug, Alberts. Ein Mann sollte reichen.«

Raik, froh, von der enervierenden Langeweile befreit zu sein, schulterte eine Werkzeugtasche und folgte dem Offizier, einem untersetzten Mann mit mürrischem Gesicht, der sich mit dem Namen Winter vorstellte. Noch immer wusste er nicht, worum es ging. Durch verschiedene Laufgänge näherten sie sich der Frontlinie, an der seit Tagen kein Schuss mehr gefallen war.

Früher war dies ein Waldstück gewesen, nun waren die Bäume von Artillerie schwer beschädigt, die Kronen von Buchen und Esskastanien hingen herab wie zertrümmerte Glieder. Harz quoll golden aus Einschusslöchern und verströmte einen derart intensiven Duft, dass es den sonst allgegenwärtigen Gestank von Verwesung und Pisse überdeckte. Wenn eine Granate in eine bemannte Stellung einschlug, wurden nur die großen Leichenteile eingesammelt.

Der Rest blieb, nährte im Sommer die Fliegen und im Winter die Fäulnis.

Raik ging an verfrorenen Soldaten vorbei, die sich an ihre Gewehre klammerten. Einer hielt ein winziges getigertes Kätzchen auf dem Schoß und kraulte ihm die Ohren. Offizier Winter schien es nicht zu stören, dass sich sein Untergebener auf diese Weise eine kleine Ablenkung verschaffte.

Sie erreichten einen Unterstand. »Darum geht es! Sorgen Sie dafür, dass dieses Zeug verschwindet und nicht weiter die Moral der Truppe verdirbt.«

»Wird *besörgt,* Herr Offizier«, sagte Raik schnell und betrachtete die Holzbalken und Bretter mit gerunzelter Stirn. *Friede den Hütten, Krieg den Palästen,* stand dort, zudem *Frieden für alle* und *Kein Blutvergießen mehr.* Er spuckte aus. Es war doch absurd. Fühlte sich an, als wollten Gott oder das Schicksal ihn verhöhnen.

Warum sonst hatte es ausgerechnet ihn getroffen? Warum musste er die Gravuren seiner sozialistischen Kameraden entfernen? Er selbst würde sich niemals zu derlei Aussagen hinreißen lassen oder gar Parolen ins Holz ritzen. Es war zu gefährlich.

»Sind *de Smerfinken* ertappt worden?«

Der Offizier nickte, verzog den Mund, als sei er mit dem Ausgang der Sache nicht ganz einverstanden. »Zwei Jungs. Haben heute Morgen die Kugel bekommen.«

»Todesstrafe?« Raik schluckte, versuchte, sämtliches Gefühl tief in sich zu begraben, um sich nicht ebenfalls in den Kreis der Verdächtigen zu begeben.

Der Offizier stützte sich mit der Hand an einem Balken ab, sodass er eine der Ritzereien halb bedeckte. »Mit der

Waffe in der Hand hätten sie dem Vaterland mehr genutzt. Aber das hier ist eine Seuche, eine Krankheit, die sich rasend schnell ausbreitet. Wenn wir sie nicht mit Stumpf und Stiel ausrotten, verdirbt sie die Kampfkraft der Nation … vernichtet sie. Die Männer sind unzufrieden, ja – verständlich. Sie haben Angst, auch das – nachvollziehbar. Aber den Dienst an der Waffe verweigern? Gar sich mit dem Feind verbrüdern? Niemals!« Er schlug mit der Faust gegen das Holz. Wassertropfen lösten sich aus der Erdbedeckung und fielen auf seine Schultern.

Raik starrte ihn an, als stünde er dem Teufel gegenüber. Dann zuckte er zusammen, kniete sich nieder und machte sich an seiner Tasche zu schaffen.

»Sorgen Sie dafür, dass dieses subversive Geschmiere verschwindet.«

»Zu Befehl«, stieß Raik zwischen den Zähnen hervor und prüfte mit dem Daumennagel die Schärfe eines Hobels. Er schnitt sich und stieß einen Fluch aus. »Wenn ich hier *klaar* bin …?«

»Sehen Sie die Baracke?«

Raik nickte.

»Machen Sie dort Meldung, es gibt weitere Stellen, die gesäubert werden müssen.«

14

Ostfront, Nordpolen
Februar 1916

Nachdem es mehrfach getaut hatte, war der Schnee nur noch knietief. Die oberste Schicht hatte sich verfestigt, war zu Eis geworden und an manchen Stellen schneidend wie Messer. Die Pferde mühten sich keuchend und schnaufend hindurch.

Richard schlug den Kragen seines Reitmantels höher. Die Uniform hatte er um einen dicken Wollschal ergänzt. Seine Fäuste steckten in Handschuhen mit Lammfellfutter.

Der Wind pfiff eisig. Er heulte in den dünnen Ästen der Trauerweiden, die sich an einem Kanal reihten, spielte sie wie Harfensaiten. Es war eine monotone Melodie.

Hin und wieder fuhr eine Bö unter Richards langen Reitmantel und riss die Wärme fort, die sich darunter gesammelt hatte. Dennoch ging es ihm besser als vielen anderen. Denn unter dem langen, dichten Walkstoff sammelte sich die Körperwärme seines Wallachs und hielt ihn so warm. Sogar seine Füße spürte er noch, während andere über blau gefrorene Zehen klagten.

Richard stellte sich in die Steigbügel und sah zurück auf die lange Reihe Kriegsgefangener. Es waren Männer und Frauen mit verhärmten, schmalen Gesichtern. Hätten Blicke töten können, wären Richard und seine vierzig Mann längst leblos aus den Sätteln gestürzt.

Dabei versuchte er, den Polen den Weg nach Westen so leicht wie möglich zu machen. Zwei Fuhrwerke mit schweren Kaltblutpferden bildeten die Spitze der kleinen Karawane. Die Rösser mit dem dichten Fesselbehang bahnten ihnen allen den Weg durch den Schnee, ohne sich am scharfkantigen Eis zu verletzen. Die Gefangenen mussten nur den Spuren folgen. Dennoch war es für einige zu viel. Mehr und mehr Menschen brachen erschöpft zusammen und mussten auf den Karren mitfahren.

Es gab nicht genug zu essen. Die Ernteerträge, die sie im vergangenen Spätsommer nach Deutschland geschickt hatten, um die eigene Bevölkerung zu versorgen, fehlten nun hier.

Sie waren seit vier Tagen unterwegs. In einigen Stunden würden sie endlich ein namenloses Dorf erreichen, den Sammelplatz 4, von wo aus die Kriegsgefangenen mit Lastwagen weitergeschafft werden sollten.

Richard hatte diesen Sammelplatz noch nie gesehen, aber er hatte davon gehört. Seine Männer freuten sich auf den Ort wie auf Weihnachten. Angeblich gab es dort genug Essen und vor allem Frauen. Überall dort, wo die Besatzer feste Einrichtungen betrieben und die Bevölkerung hungerte, kam es dazu, dass sich Frauen für ein wenig Essen oder Geld anboten.

Richard hielt an seinem Vorsatz fest. Er führte ein strenges Regime. Unter seinem Kommando gab es keine Strafexpeditionen, keine Folter, keine Vergewaltigungen. Wenn die Frauen sich anboten, um Nahrung für ihre Kinder zu erhalten, waren ihm die Hände gebunden. Bis zu einem gewissen Maß war er sogar froh, dass es dieses Schlupfloch gab, denn sonst wäre es längst dazu gekommen, dass sich auch seine Männer mit Gewalt nahmen, was sie wollten. Er konnte nicht überall sein.

Die meisten Offiziere sahen weg, wenn sich die Männer vergnügten, solange sie diskret vorgingen. Richard wusste, dass man ihn belächelte.

Er zog die Zügel an, ließ sich zurückfallen und wendete dann. Im langsamen Galopp pflügte sein Wallach durch den Tiefschnee, bis er am Ende des Zugs angelangt war. Von hier aus hatte er alles im Blick, seine Dragoner ebenso wie die Gefangenen, die als langsame Kolonne voranschlurften.

Er musterte die Reiter einen nach dem anderen. Besonders zwei Männer fielen ihm seit Tagen immer wieder auf. Sie waren fast immer am Ende des Zugs zu finden, dort, wo die jungen Frauen gingen, manche mit kleinen Kindern in Tragetüchern. Auf Richard machte es den Eindruck, als schlichen sie um die Polinnen herum wie Wölfe um eine Schafherde.

Auch heute hatte er ein schlechtes Gefühl bei der Sache.

Drei Tage später trat das Unvermeidliche ein.

Er erwischte sie durch Zufall. Zwei Männer hatten sich zusammengetan, um sich mit einer der Gefangenen zu vergnügen. Sie hatten sie gefesselt, ihr eine Socke als Knebel in den Mund gesteckt, damit sie nicht schreien konnte.

Der Blick der Frau, fast ein Mädchen noch, würde ihn wohl auf ewig verfolgen. Nicht weil er Angst zeigte oder Schmerz, sondern Leere. Sie hatte sich aufgegeben, jegliche Hoffnung verloren. Ihre Peiniger hatten ihr das Leben geraubt, ohne sie zu ermorden.

Einen Augenblick lang stand Richard einfach nur dort, hin- und hergerissen zwischen seinem Wort und der Schuld, die er damit auf sich lud.

Die jungen Männer dachten wohl noch, ihnen drohe allenfalls ein Tadel. Entsprechend folgten sie Richard anstandslos, als er sie zum Stab brachte.

Die Frau blieb mit zerrissenem Rock in dem kleinen Getreidespeicher zurück, wo er Täter und Opfer überrascht hatte. Als Richard zurücksah, rollte sie sich auf die Seite, zog die Beine an und blieb einfach liegen.

Er zwang seine Gefühle in den tiefsten Winkel seines Inneren, war nur noch Soldat.

Jetzt ging es nicht um den Schmerz der Frau, nicht einmal um die Schändung selbst, sondern nur darum, dass die Männer einen klaren Befehl ihres Vorgesetzten absichtlich ignoriert hatten.

Sie wurden zusammen mit einem zufällig eingefangenen Fahnenflüchtigen eingesperrt, dazu kam ein Mann, der Flugblätter verteilt hatte, die zum Frieden aufriefen.

Zwei Tage später sah Richard seine beiden Dragoner wieder. Das Militärgericht hatte die beiden schnell abgeurteilt. Um neun Uhr wurde das Urteil vollstreckt.

Zehn Mann der Infanterie bekamen Gewehre ausgehändigt, die sie nicht selbst geladen hatten. Einige Waffen waren, wie bei Hinrichtungen üblich, mit Platzpatronen bestückt worden, damit keiner der Männer später wusste, ob er einen Kameraden erschossen hatte oder nicht.

Einer der Vergewaltiger und der Fahnenflüchtige brachen in Tränen aus. Die Männer wurden vor eine Hauswand geführt. Es roch nach Urin und Kot.

Richard stand so nahe, dass er in den Gesichtern lesen

konnte. Er hätte nicht dort sein müssen, niemand erwartete es von ihm. Doch er fühlte sich verpflichtet. Dies waren zwei seiner Männer, die er seit drei Jahren kannte und die er zum Tode verurteilt hatte. Andere hätten vermutlich darüber hinweggesehen. Es gab Offiziere, die für Gräuel bekannt waren. Bei denen der gesamte Beritt wie die Wölfe über Frauen herfiel oder unbewaffnete Dorfbewohner erschoss. Aber nicht unter Richards Kommando.

Den Tod hatten die Verurteilten dennoch nicht verdient. Keiner von ihnen. Eine Gefängnisstrafe sicherlich, aber den Tod? Nein, das nicht.

Die Hinrichtung verlief ohne besondere Vorkommnisse. Alle vier fielen nach der ersten Salve wie Marionetten, deren Fäden durchschnitten wurden. Keiner regte sich mehr. Pulverrauch stand in der frostklaren Winterluft. Auf der weiß getünchten Wand prangten Einschusslöcher und grellrote Flecken. Die Vögel waren verstummt. Tauben zogen am Himmel ihre Kreise und blickten auf die Menschen hinab, die sich gegenseitig vernichteten.

Es würden noch viele Tote folgen.

Ypern
März 1916

Alle Operationen, die Svantje durchgeführt hatte, waren auf den Prüfstand gekommen, und sie hatte den Test mit Bravour bestanden. In den ersten Tagen danach hatte sie dennoch nur die üblichen Tätigkeiten einer Krankenschwester verrichten dürfen.

Ein schweres Bombardement brachte schließlich die Wende. Die Kräfte der Entente hatten ihre Artillerie unentdeckt näher an die Frontlinie gebracht und vierundzwanzig Stunden lang gefeuert. Es gab ein Meer von Verwundeten und Sterbenden, doch erst als die Ärzte fast vor Erschöpfung über ihren Patienten zusammenbrachen, wurde Svantje rehabilitiert. Und so stand sie wieder gemeinsam mit Karoline am Operationstisch, entfernte Kugeln, Knochensplitter und Schrapnelle.

Svantje wusste, dass sie kein vollwertiger Ersatz für einen Arzt sein konnte. Sie war nicht in der Lage, komplizierte Bauchschüsse zu versorgen oder zerrissene Glieder zu amputieren. Aber sie konnte den Ärzten die einfacheren Operationen abnehmen und ihnen so mehr Zeit für die schweren Fälle verschaffen.

Ein relativ ruhiger Tag ging zu Ende, als Karoline ihre Nähe suchte, nachdem sie das Abendessen zusammen mit Freundinnen eingenommen hatten. Zwar waren sie am Verbandsplatz wie eine große Familie, doch bei den Mahlzeiten saß doch oft Jung mit Jung zusammen, während sich die ältere Generation etwas abseits hielt.

»Wollen wir uns ein wenig die Beine vertreten?«, fragte Karoline leise.

Svantje war überrascht, hatte aber nichts einzuwenden, denn an ihrem Tisch war die Unterhaltung zu einem natürlichen Ende gelangt. Zwar konnte sie sich mit den anderen Ärzten und Krankenschwestern über die Patienten und vielleicht auch über die Heimat unterhalten, nicht aber über das, was ihnen allen auf die ein oder andere Weise auf der Seele brannte. Der Krieg und die Zukunft.

Vom einen gab es zu viel, vom anderen viel zu wenig.

Doch eine Meinung, die nicht der patriotischen Leitlinie entsprach, konnte sich schnell in einen Strick um den eigenen Hals verwandeln. Der Wunsch nach Frieden galt als unpatriotisch. Svantje wusste, dass es Spitzel gab, die im Heer nach subversiven Kräften suchten. Sie mussten alle vorsichtig sein. Ein falsches Wort konnte ins Gefängnis führen.

Dennoch wurden die Menschen zunehmend kriegsmüde. Es war wie eine ansteckende Krankheit, die unter den Soldaten grassierte und sich immer weiter ausbreitete. Unter dem medizinischen Personal, das sich der Rettung von Leben verschrieben hatten, grassierte sie besonders stark. Deshalb endeten die Gespräche an ihrem Tisch sehr oft in beredtem Schweigen.

Svantje verabschiedete sich mit einem Lächeln von ihren Tischnachbarn und folgte Karoline an die frische Luft. Sie wählten einen Fahrweg, der schnurgerade vom Verbandsplatz wegführte.

»Es wird Frühling«, seufzte Karoline und wies auf winzige gelbe Blüten, die sich am Wegesrand ausbreiteten.

»Es sieht so unwirklich aus. Aber die Natur findet immer einen Weg, ganz gleich, welche Grausamkeiten die Menschen einander antun.«

Karoline sah ihre Mutter warnend an. Sie mussten vorsichtig mit dem sein, was sie sagten, doch hier waren sie unter sich. Beiderseits des Wegs nichts als Brache. Braun gewordener wilder Majoran reckte sich zwischen leeren Proviantkisten, Wracks und Fässern. In einer feuchten Senke waren Gasflaschen übereinandergestapelt und vergessen worden. Die Warnzeichen waren noch deutlich zu erkennen. Chlorgas. Daneben hüpfte ein Amselpärchen umher und pickte nach Insekten und Sämereien.

Karoline schob ihre Hand in Svantjes und drückte sie. »Mama … ich, nein, Jonathan und ich haben dir etwas zu sagen.«

Die Formulierung machte Svantje hellhörig, und sie bekam eine Ahnung, geduldete sich aber, bis ihre Tochter weitersprach.

»Du wirst Großmutter«, fuhr Karoline leise fort.

Svantje schloss ihre Tochter in die Arme. In ihr breitete sich ein warmes Gefühl aus, dazu der unabdingbare Wunsch, ihre Tochter und deren ungeborenes Kind zu beschützen. »Wie lange weißt du es schon?«

»Vermutet habe ich es vor einigen Wochen bereits. Meine Regel war sehr schwach, aber das hätte auch an der Belastung liegen können. Jetzt ist sie ausgeblieben, und ich fühle mich anders.«

»Du kannst nicht hierbleiben.« Svantje sah sie beschwörend an, doch wo sie Widerstand erwartet hatte, fand sie ein Lächeln.

»Ich weiß, ich fahre nach Hause. Jonathan und ich sind uns einig. Das Kleine geht vor, unser Glück muss hinter dem des Kindes zurückstehen.«

»Das Kindchen *ist* euer Glück. Oh, ich freue mich so für euch, mein Mädchen«, sagte Svantje, und zugleich fiel ihr ein Stein vom Herzen. Endlich war Karoline in Sicherheit, und endlich würde sie selbst Friedrich und Clemens wiedersehen. Die entbehrungsreichen Monate an der Front waren vorüber. »Wir müssen bald einen Rücktransport organisieren, meine Liebe.« Sie seufzte. »Endlich kehren wir heim. Dein Vater wird sich so freuen.«

Karolines Blick wurde ernster. »Es geht mir gut, noch sieht man es mir nicht an. Du hast mir doch oft erzählt, wie lange du noch mit Kindsbauch gearbeitet hast. Einige Monate wird es schon noch gehen.«

Svantje fasste sie an den Schultern. »Das will ich nicht hören, Karoline! Ich habe im Krankenhaus gearbeitet, an dem Ort, wo mir jederzeit am besten geholfen werden konnte. Dies ist die Front, der Krieg in seiner schlimmsten Form.«

»Aber das weiß ich doch selbst, Mutter! Ich bin nicht blind.«

Svantje blickte ihrer Tochter fest in die Augen und sah, wie deren Überzeugung ins Wanken geriet. Karoline schaute über die Schulter zurück zur Gefechtslinie, von der in diesem Moment wieder grauer Rauch und weißlicher Gasnebel aufstiegen. Jederzeit konnte der Verbandsplatz von feindlicher Artillerie beschossen werden. Schließlich nickte Karoline. »Vielleicht hast du recht. Aber ich habe versprochen, noch vier Monate zu bleiben. Es gibt doch schon jetzt viel zu wenig medizinisches Personal. Wenn wir jetzt beide von einem Tag auf den anderen gehen …«

»Ich bleibe«, hörte Svantje sich selbst sagen. »Ich bleibe, bis sich Ersatz gefunden hat, aber du fährst mit dem nächsten Transport. Versprich es mir, Karoline, versprich es!«

Die werdende Mutter fasste sie entschlossen an den Händen. »Versprochen!«

***

Jonathan hatte Karoline lange warten lassen. So lange, dass sie Angst bekommen hatte. War er gefallen, und sie hatte den ganzen Tag nicht geahnt, dass er aus dem Leben getreten war?

Die meiste Zeit über hatten Gewehre und Artillerie geschwiegen, aber nicht immer.

Karoline hockte auf einer Holzkiste und blickte starr den Fahrweg hinunter, der sich als lehmfarbenes Band zwischen Zelten und Baracken hindurchschlängelte. Eine Hand hielt sie dabei auf ihren Unterleib gedrückt. Seitdem sie wusste, dass sie schwanger war, fühlte sie sich seltsam. Als habe ihre Welt einen großen Schritt zur Seite getan und andere Prioritäten gesetzt.

Sie wollte dieses Kind um jeden Preis.

Karoline machte sich keine Illusionen, besonders jetzt nicht, da sie auf Jonathan wartete. Womöglich würde sie das noch lange müssen. Vielleicht käme er niemals wieder oder würde in Gefangenschaft geraten. Dann würde ihr Kindchen das Einzige sein, das von ihrer Liebe blieb.

Ein Mann in Feldgrau rannte in ihre Richtung. Er drehte die Füße etwas zu sehr nach außen, und obwohl er leichtfüßig und ausdauernd lief, hatte es etwas Komisches an sich, wenn man zu genau hinsah. Karoline fiel ein Stein vom Herzen. »Jonathan«, sagte sie. Sein Name war wie eine Zauberformel.

Sofort war sie auf den Beinen. Gleich würde er sie in die Arme schließen, und sie konnte sich für einige Momente gemeinsam mit ihm weit, weit weg träumen.

»Es tut mir leid«, rief er schon von Weitem, »ich wollte dich nicht warten lassen.« Er war völlig außer Atem.

»Mein Gott, wie siehst du denn aus?« Entsetzt nahm Karoline das Blut zur Kenntnis, das seine Uniform an vielen Stellen dunkel färbte. Auch im Gesicht hatte er Verletzungen. Eine teilte seine linke Braue, eine weitere zog sich über die Wange.

»Wie ich aussehe? Wie ein Idiot, würde ich meinen.« Er lachte. Sein zerknirschter Blick ließ sie aufatmen, denn Schmerz las sie nicht darin. Er küsste sie auf die Stirn, die Nasenspitze und den Mund, dann schloss er sie in die Arme. Karoline drückte das Gesicht in seine Halsbeuge. Er roch nach Staub und Sommersonne und nach ihm.

Soldaten klatschten und pfiffen. Jonathan kümmerte es nicht, doch Karoline wand sich aus seiner festen Umarmung und zog ihn an der Hand mit sich. »Komm, gehen wir irgendwohin, wo wir ungestört sind, und dann erzählst du mir, was dir diese blöden Froschfresser angetan haben.«

Jonathan legte ihr lachend einen Arm um die Schulter. »Nichts. Sie haben mir nichts angetan, das war ich ganz allein selbst. Deutscher Stacheldraht, der einfach nicht so wollte wie ich. Eine halbe Rolle ist mir einfach so ins Gesicht gesprungen.«

»Na wehe, wenn ich die in die Finger bekomme«, drohte Karoline.

Sie hatten sich hastig und hungrig geliebt. Das Versteck, das aus einer Hecke und den Resten einer undefinierbaren Bretterkonstruktion bestand, war von fast allen Seiten einsehbar. Nun lagen sie Arm in Arm auf dem Rücken und genossen die Illusion einer friedlichen Welt. Schönwetterwolken zogen ostwärts, und in der Brise flogen erste Schwalben ihre pfeilschnellen Kapriolen. Es duftete nach Kamille, die überall zwischen dem Schutt weißgrüne Kissen bildete. Königskerzen reckten sich mit ihren samtigen Blättern mannshoch dem Himmel entgegen.

Jonathan streichelte sacht über ihr Haar. »Ich werde dich vermissen«, sagte er leise. Karoline rutschte etwas umher, bis sie, den Kopf auf seine Schulter gestützt, seinen Mund betrachten konnte. Lippen, die zum Küssen wie gemacht waren. Die Mundwinkel wiesen einen Hauch nach oben, selbst wenn Jonathan wie jetzt melancholisch war. Karoline sah ihm gern beim Sprechen zu. »Ich werde dir schreiben, jeden Tag. Und wenn es vorüber ist, warte ich mit unserem Kindchen am Bahnhof auf dich.«

Er drückte ihr einen Kuss auf die Schläfe. »Auf den Tag freue ich mich. Ich will endlich mein gemeinsames Leben mit dir beginnen. Jeden Tag mit dir ins Bett gehen, jeden Tag mit dir aufstehen und frühstücken. Arbeiten und wissen, dass ich dich … euch nach Feierabend wiedersehe. Oder wirst du doch Krankenschwester, und ich muss nach der Spätschicht auf dich warten?«

»Ich glaube nicht. Wenn Frieden ist, soll mich nichts mehr hieran erinnern. Erst einmal ist da das Kind, und das bleibt hoffentlich nicht lange allein. Vielleicht kann ich deiner Mutter zur Hand gehen. Ich habe darüber nachgedacht, und ich könnte mir gut vorstellen, für eure Gäste zu kochen. Mir neue, leckere Gerichte ausdenken, das würde mir Freude bereiten.«

»Bislang hat mir alles wundervoll geschmeckt, was du gekocht hast. Mutter wird sicher nichts dagegen haben. Sie klagt oft, dass ihr die Arbeit langsam zu viel wird.« Er drückte sie. »Nun reden wir doch von der Zukunft, dabei hatten wir uns so fest vorgenommen, es nicht zu tun.«

Sie stützte sich auf und sah ihm tief in die Augen. »Aber da gab es auch nur dich und mich und den Krieg. Jetzt, mit dem Kindchen, ist alles anders. Es ist die Zukunft.«

***

Drei Tage später war es so weit, und Karoline stieg mit einem kleinen Köfferchen auf einen Lastkraftwagen. Von Jonathan hatte sie sich schon am Vorabend verabschiedet. Nun winkte ihr nur Svantje nach. In der Hand hielt sie ihre weiße Schwesternhaube, mit der sie hin und wieder verstohlen eine Träne forttupfte.

Karoline war in Sicherheit. Der Transporter war längst nicht mehr zu sehen, nur eine Staubfahne verriet noch, wo er entlanggekommen war. Für Svantje fühlte es sich an, als hebe sich ein Bleigewicht von ihren Schultern. Die nächsten Wochen würden sicherlich wie im Flug verstreichen. Es war ihr bereits zugesichert worden, dass sie bald ebenfalls nach Hamburg aufbrechen könnte.

Beschwingt ging sie zurück zum Verbandsplatz, wo sie sich beim diensthabenden Militärarzt Doktor Keller melden sollte, angeblich sollte sie bald woanders Dienst tun. Es fühlte sich seltsam an, nun hier ohne Karoline zurückzubleiben. Aber es war ja nicht für lange.

Gleich nach dem Gespräch bei Doktor Keller packte sie ihren kleinen Koffer. Svantje würde ab jetzt einige Kilometer weiter südlich Dienst tun. Dort fehlte es angeblich so sehr an medizinischem Personal, dass die Verwundeten reihenweise starben, bevor sie auch nur eine Erstversorgung erhalten hatten.

Als Svantje mit ihrem Gepäck hinaustrat, um sich von ihren Mitstreiterinnen zu verabschieden, wartete bereits ein Automobil auf dem Platz. Der Fahrer winkte ihr. Ein Abschied würde also ausfallen müssen. Svantje seufzte und stieg ein.

Die Fahrt ging über eine teils unbefestigte Straße, immer

vorbei an Baracken und Armeezelten, dazwischen Waffenlager und regelmäßig Stapel von Gasflaschen, die Svantje einen Schauder über den Rücken trieben. Auch wenn die meisten Toten und Verwundeten wohl auf das Konto konventioneller Waffen gingen und sie oft furchtbar zugerichtet waren, so war Chlorgas doch etwas, das ihr Albträume bescherte.

Sie kamen langsam voran. Die Fahrt dauerte eine halbe Stunde, dann bogen sie um eine Ecke, und Svantje stockte der Atem. Niemand hatte ihr mitgeteilt, dass dieser Verbandsplatz einen Volltreffer erlitten hatte. Überall lagen zersplittertes Holz und Trümmer, im Zentrum ein Krater, der wohl einen ehemaligen Operationsraum markierte.

Svantje bemerkte sofort das herumliegende Metallbesteck, von Feuer geschwärzt. Unter einer Plane lagen Tote. Weiße Kittel ließen erahnen, wen es getroffen hatte.

In ihr krampfte sich alles zusammen. Wenn das Artilleriefeuer nun auf ihren alten Einsatzort gerichtet gewesen wäre? Sie hätte sterben können. Karoline hätte sterben können!

Mit weichen Knien stieg sie aus dem Wagen, der gleich darauf weiterfuhr. Mit den Soldaten hatte sie kaum ein Wort gewechselt. Nun sah sie sich nach jemandem um, der ihr sagen konnte, wo sie unterkam und wie von nun an ihre Aufgaben aussehen würden.

Hektisch liefen Soldaten umher, versuchten, die Nachwirkungen des Artilleriebeschusses zu beseitigen. Sie luden Trümmer, gesplittertes Holz und zerrissene Zeltplanen auf einen Karren. Svantje würde sie fragen müssen, denn Sanitäter waren weit und breit keine zu sehen.

Als sie fast bei den Männern angelangt war, hoben diese

soeben Teile einer Bretterkonstruktion an, die einmal zu Wand oder Dach gehört hatte. Ein Soldat machte plötzlich ein würgendes Geräusch, ließ sein Ende der Last fallen und drückte sich eine Hand auf den Mund. Taumelnd wich er zur Seite aus und übergab sich.

»He, Fritz, du Memme, reiß dich zusammen«, fuhr ihn sein Kamerad an. Svantje war sofort bei dem würgenden jungen Mann und drückte ihm ihre kühle Hand in den Nacken. »Tief durchatmen, das wird schon wieder«, sagte sie.

»Ich … ich kann das nicht«, keuchte er und wies mit ausgestreckter Hand auf etwas, das unter der Bretterwand verborgen gewesen war, die nun von zwei Soldaten hochgestemmt wurde.

Svantje konnte sich zunächst keinen Reim auf das machen, was sie da sah. Dann wurde ihr klar, dass es sich bei der weißen Masse um einen zerrissenen Kittel handelte, darin eingewickelt die Reste eines blutigen, weiblichen Torsos.

Säuerlicher Gestank von Erbrochenem trieb ihr in die Nase. Sie führte den blassen, noch immer würgenden Soldaten zur Seite, drängte ihn, sich zu setzen.

»Ich kann das nicht«, wiederholte er mit zittriger Stimme und schien die Tränen nicht zu bemerken, die ihm über die Wangen mit den blonden Bartstoppeln liefen. Er wirkte wie ein Kind, das an der Welt verzweifelte. Sein Gesicht war schlohweiß, auf der Stirn glänzte Schweiß.

Svantje hielt seine Hand, doch ihre äußerliche Ruhe täuschte. Was dort lag, war der zersprengte Leib einer Krankenschwester. *Ich könnte dort liegen,* dachte sie, und die Angst wand sich in ihrem Inneren wie ein glitschiges Ungeheuer.

Sie rieb dem jungen Mann wie mechanisch über den Rücken. Er schluchzte mittlerweile ungehalten und sprach wie zu sich selbst, dass er doch erst drei Tage an der Front sei und es zu früh war, um derlei schreckliche Dinge zu sehen.

Er war vielleicht ein, zwei Jahre älter als ihr Clemens.

Hamburg
Mai 1916

Friedrich saß im Büro an seinem Schreibtisch und blickte auf den Brief mit der kleinen, vertrauten Handschrift seiner Frau.

Er vermisste Svantje, sie war wie ein Teil von ihm, und ohne sie fühlte er sich unvollständig. Sie war noch immer an der Front, wo man sie regelrecht dazu gezwungen hatte, Karolines vereinbarten Freiwilligendienst bis zum Ende abzuleisten. In einem Monat hätte er sie wieder. Doch dann würde ihre Familie, wenn es nach Svantje ging, nicht mehr vollständig sein.

Die Jugend, die Zukunft des Reiches fällt dem Stellungskrieg zum Opfer. Sie fallen wie Korn unter der Sense eines blinden Schnitters, ohne Unterschied, ohne Plan rafft er sie dahin. Wenn es so weitergeht, wird in keinem Land mehr genug Jugend übrig sein, um nach dem großen Sieg die Welt wiederaufzubauen. Und den großen Krieg gewinnen werden wir, da bin ich sicher.

Das mit dem großen Sieg schrieb sie nur, weil sie fürchtete, die Briefe in die Heimat könnten mitgelesen werden. Die Gefahr, für denunziatorische oder die Kampfmoral untergrabende Aussagen verurteilt zu werden, war allgegenwärtig.

Noch hatte ihn zwar jeder Brief ungeöffnet erreicht. Eine Frau, die sich freiwillig an die Front meldete, war gemeinhin über jeglichen Verdacht erhaben. Trotzdem war es ratsam, immer ein wenig patriotisches Pathos einfließen zu lassen.

Friedrich überflog den nächsten Abschnitt nur, in dem sie vom Heldenmut der Soldaten berichtete.

Ich danke Dir und Karoline ganz herzlich für das Paket mit Dauerwurst, Marmelade und Leckereien. Ich teile es mir ein und stelle mir beim Essen vor, gemeinsam mit meiner lieben Familie am Tisch zu sitzen. Die Heimat hat mich bald wieder, und ich freue mich sehr auf unser Wiedersehen. Sende auch meinem Clemens herzliche Grüße.
Erinnerst Du Dich, was wir vor meiner Abreise besprochen haben? Ich denke, es ist Zeit. Säume nicht, der Junge soll sein Geschenk haben, bevor ich zurück bin.
In Liebe
Svantje

Friedrich ballte die Fäuste. Wieder und wieder las er die Zeilen, die so harmlos klangen, aber eine Lawine ins Rollen bringen würden. Ihre Familie sollte also vor Kriegsende nicht mehr vollständig zusammenkommen. Der Gedanke war ihm fast unerträglich, doch es musste sein, Svantje hatte recht. Schon jetzt war Clemens zum Arbeitsdienst in einer Fabrik herangezogen worden, wie die meisten jungen Männer, die noch nicht das wehrfähige Alter erreicht hatten. Aber wie lange war er noch sicher?

Der Krieg fraß die Menschen von der Straße weg und spie sie an der Front wieder aus, nur damit sie dort schon nach kurzer Zeit vernichtet wurden. Friedrich traute der Führung zu, die Altersgrenze bald schon hinabzusetzen. Clemens … Sie würden ihn um jeden Preis vor diesem Schicksal bewahren.

Er war tief in Gedanken versunken, als jemand an den Türrahmen klopfte. Wassili musste schon eine Weile dort gestanden haben.

Friedrich lehnte sich in seinem Stuhl zurück und rieb sich die Schläfen. »Nur herein, Wassili.«

»Ich wollte nicht stören. Schlechte Nachrichten?«

»Welche Nachrichten sind heutzutage noch gut?«

Wassili verzog den Mund zu einem breiten Grinsen. »Meine.«

Er trat näher und lehnte sich neben Friedrich an den Schreibtisch.

»Heraus damit.« Friedrich war froh, sich von dem imminenten Problem ablenken zu können. Sein Freund beugte sich mit Verschwörermiene näher. »Wie wäre es mit schwedischem Weizen und Roggen?«

»Wie viel?«, fragte er hellhörig geworden. Die Getreidepreise stiegen beständig, und düstere Prognosen sagten für den nächsten Winter sogar eine Hungersnot voraus. Auch die vielen Kriegsgefangenen aus den Ostgebieten konnten die fehlenden Arbeiter in der heimischen Landwirtschaft nicht ersetzen. Norwegen, Schweden, die Schweiz und

Spanien waren die einzigen europäischen Länder, die neutral geblieben waren.

Wassili rollte einen winzigen Zettel aus, den ihm scheinbar ein Mittelsmann gereicht hatte. »Zwölf Tonnen Weizen, vierzehn Roggen. Es ist nicht viel, aber wir können ja auch kein großes Schiff schicken. Kleine Fischerboote sollten es sein, die sich durch die Seeblockade mogeln können.«

»Wenn wir das alles herschaffen können, sind wir für Monate im Geschäft. Vertraust du dem Verkäufer?«

»Bjarne Johansson, mit ihm machen wir schon über zehn Jahre Geschäfte, regelmäßig, aber nicht viel. Es gab nie etwas zu beanstanden. Wir haben ihn einmal getroffen, erinnerst du dich?«

Friedrich nickte und sah einen stabilen, mittelgroßen Mann vor sich, dessen runde Brille und schmale Nase nicht so recht zu dem pausbäckigen, bärtigen Gesicht passen wollten. Der Mann war eine Frohnatur mit großem Verhandlungsgeschick.

Friedrich ließ sich Preise und Konditionen nennen. Schließlich bat er Wassili, noch einen Moment zu bleiben. Er stand auf und schloss die Tür. »Ich weiß, dass ich dir voll und ganz vertrauen kann«, begann er.

»Selbstverständlich. Wir sind Freunde. Ich verdanke dir alles, Friedrich. Worum auch immer du mich bitten willst, ich stimme zu.«

Friedrich schwieg einen Moment lang, musterte seinen Sekretär und Vertrauten, mit dem er fast sein gesamtes Berufsleben gemeinsam bestritten hatte. »Mein Sohn muss außer Landes. Er wird nicht fürs Vaterland bluten. Noch ist er siebzehn und kann sich frei bewegen.«

Wassili nickte. »Und wie denkt er darüber?«

In Friedrich wallte Zorn auf, doch er verzog keine Miene. »Es ist mir gleich, was er denkt, Wassili. Svantje und ich haben es längst besprochen. Er soll leben. Und was seinen Traum angeht, zur See zu fahren, dafür muss er nicht zur Marine.«

Wassilis Augen begannen verschwörerisch zu funkeln. »Auf einem kleinen Klipper nach Schweden zu segeln wäre ein schönes Abenteuer.«

»Wunderbar, dann ist es abgemachte Sache. Jetzt muss ich ihn nur überzeugen, auch dort zu bleiben.«

»Und jemanden finden, der sich seiner annimmt. Aber das lass meine Sorge sein.«

Friedrich rieb sich die Schläfen. Clemens würde das nicht gefallen. Er hatte von beiden Eltern den Dickschädel geerbt, sich Situationen nicht willenlos zu fügen. »Ich hoffe nur, er versucht nicht zu türmen.«

»Dann sag es ihm nicht. Gib ihm einen Brief mit, den er erst am Ziel öffnet. Und mit dem Kapitän des Klippers vereinbaren wir, früher als zum angekündigten Zeitpunkt Segel zu setzen. So wird dein Clemens, ob er will oder nicht, für eine Weile in Stockholm stranden. Und wer weiß, vielleicht gefällt es ihm dort sogar.«

15

Ypern
Vier Wochen später

Svantje schrie. Ihre Stimme ging im Knall der Explosion unter.

Sie befand sich in einem Schützengraben, konnte nichts sehen außer Erdwälle und Rauch, so viel Rauch. In den Schläfen hämmerte der Puls, die Angst machte die Haut überreizt und sensibel, als fehlten einige der schützenden Schichten.

Sie wusste nicht, ob das Blut an ihren Händen ihr eigenes war. Vielleicht. Vielleicht war sie längst tödlich verletzt, und ihr Körper weigerte sich bislang nur einzusehen, dass er starb.

Vor ihr lief jemand in weißem Kittel, einen Moment nur blitzte die Kleidung auf, dann trieb neuer Rauch heran. Grauschwarz mit Ascheflocken darin. Kein Gas.

Die Gasmaske baumelte ihr um den Hals, schlackerte hin und her, stieß gegen ihre Brust. Sie hatte eine Ledertasche bei sich, in der Fläschchen gegeneinanderklirrten. Vermutlich war die Hälfte schon dahin, zerbrochen, als sie in den Graben gefallen war.

»Runter!«, schrie der Arzt, dem sie in diese Hölle gefolgt war, packte sie an der Schulter und riss sie hinunter.

Schmerz schoss durch ihre Oberschenkel hinauf. Sie war mit beiden Knien auf Stein geprallt, nein, das waren leere Geschosshülsen, größer als eine Faust. Über ihr pfiffen nun Maschinengewehrsalven, schlugen dumpf in Erdwälle, schrillten über Metall.

Ihre Wange an die ausgetrocknete Erde gepresst, blickte sie zu Doktor Wieschner und entdeckte in seinen himmelblauen Augen dieselbe Angst, die auch ihre Bewegungen lähmte. Sie hätte nicht hier sein sollen, sie beide sollten nicht hier sein.

Aber sie hatten der trügerischen Ruhe der letzten Tage getraut. Die Kampflinie hatte sich westwärts verschoben. Der Ort, an dem sie sich nun befanden, hätte sicher sein sollen. Nur deshalb hatte sie sich so wenige Tage vor ihrer Rückkehr nach Hamburg hierhergewagt. Die Pioniere hatten in diesem Abschnitt alte Gräben ausräumen und gesicherte Wege an die verlagerte Front anlegen sollen. Dazu mussten sie schanzen, die bereits mehrfach zerwühlte und von Kratern durchzogene Erde mit Hacken und Schaufeln bearbeiten.

Aber der Grund war nicht mehr stabil, wie sie auf leidvolle Weise erfahren mussten: Eine Grabenwand hatte nachgegeben und mehrere Soldaten unter sich verschüttet. Es würde dauern, bis sie ausgegraben waren, deshalb sollten sie, soweit möglich, Schmerzmittel erhalten, solange sie eingeklemmt waren.

Svantje hatte sofort an ihren Friedrich denken müssen, daran, wie er unter den Lagerregalen eingequetscht gewesen war, und nicht lange gezögert. Gemeinsam mit Doktor Wieschner war sie aufgebrochen, um den Männern in ihrer misslichen Situation Linderung zu verschaffen.

Doch dann, plötzlich und vollkommen unerwartet, hatte Beschuss eingesetzt, und sie hatten die Verschütteten nicht mehr erreichen können. Der Rauch der Explosionen raubte ihnen die Sicht, und so gerieten sie in den Graben, der nun zu ihrem Gefängnis geworden war. Der Soldat, der sie geführt hatte, war im Rauch verschwunden, vielleicht gefallen. Weder der Arzt noch Svantje wussten sich in dem Grabenlabyrinth zurechtzufinden.

»Wir müssen umkehren!«, rief Wieschner ihr über den Lärm zu.

»Und die Männer?«, fragte sie, obwohl sie die Antwort bereits zu kennen glaubte. Dennoch: Die Verschütteten waren eingeklemmt und hilflos, wie ihr Friedrich es gewesen war.

»Denen können wir nicht mehr helfen, wir finden sie nicht!«

»Wissen Sie, wo entlang?« Svantje fasste Wieschner am Arm, fürchtete plötzlich, ihn auch zu verlieren und ganz allein zu sein. Der Arzt blickte zum Himmel hinauf, als wolle er den Sonnenstand bestimmen, aber da war nur Rauch, unter den sich plötzlich ein unverwechselbarer Geruch mischte.

»Gas!«, schrie Svantje, riss ihre Maske hoch und presste sie sich auf das Gesicht.

Wieschner brauchte einen Moment länger, begann zu zittern, seine Bewegungen wurden fahrig, dann hatte auch er es geschafft. Sie kauerten sich noch näher aneinander und blickten sich durch die Sichtbrillen an, leicht verschwommen, die Augen schreckgeweitet, die des Arztes zudem gerötet.

Er wird sich einem Lungentest unterziehen müssen, dachte

Svantje sofort. Er war dem Chlorgas zu lange ausgesetzt gewesen, die geröteten Schleimhäute waren ein eindeutiger Hinweis. Svantje konzentrierte ihre Sorge auf ihren Begleiter, dann musste sie nicht an ihre eigene Situation denken. Nicht daran, dass es ihr vorkam, als hätte sie zu wenig Luft zum Atmen. Nicht daran, dass sie sich in Reichweite der Artillerie befand. Nicht daran, dass offenbar gerade eine weitere Offensive begonnen hatte und sie mittendrin waren.

»Am besten harren wir aus«, sagte Wieschner schließlich mit Verzweiflung in der Stimme. »Irgendwann wird es wieder ruhiger, oder wir treffen auf unsere Soldaten, die uns den Weg weisen können. Gehen wir jetzt in die falsche Richtung, geraten wir noch näher an die Gefechtslinie.«

Svantje wusste nichts zu sagen. Sie waren gefangen, saßen wie Mäuse in der Falle.

Mit den Händen drückte sie sich die Gasmaske ans Gesicht, konzentrierte sich auf ihren Herzschlag, ihre Atmung.

Langsam, langsamer, dann verschwindet auch das Gefühl zu ersticken, beschwor sie sich selbst, so, wie sie es den neuen Helferinnen an der Front vorgebetet hatte.

Das Chlorgas waberte in Fetzen in den Graben, ging wie Gespenster umher, löste sich langsam auf.

Minuten verstrichen. Eine halbe Stunde schon, doch das Artilleriefeuer wollte nicht nachlassen. Der Lärm legte sich über alles. Sie hörten Schreie, zuckten bei jeder Detonation. Die nächste könnte auch ihrem Leben ein Ende bereiten, sie zerreißen oder nur verstümmeln.

Warum war sie nur hergekommen? Es waren doch nur noch drei Tage bis zu ihrer Heimfahrt!

Sie hätte dieses Risiko nicht eingehen dürfen. Wenn sie jetzt Friedrich, Karoline und Clemens niemals wiedersehen würde … Svantje hatte sich nie in ihrem Leben derart hilflos gefühlt. Ihr Schicksal war ihr aus der Hand genommen worden.

Ein Schemen, in Rauch gehüllt.

Svantje duckte sich, bevor sie wusste, was geschah. Dann setzte das Pferd auch schon über den Graben. Einen Moment lang schien die Zeit stillzustehen. Überdeutlich sah Svantje den kräftigen Braunen über sich. Die schweißnassen Flanken des Tiers. Die blutenden Einschusslöcher in Bauch und Kruppe, den Reiter auf seinem Rücken, der die Zügel losgelassen hatte und sich mit beiden Händen an der Mähne festhielt. Das Pferd trug eine Gasmaske, der Uniformierte nicht mehr.

Das verwundete Tier sprang nicht weit genug, es stieß mit beiden Vorderbeinen gegen den Erdwall. Ein hässliches Krachen, ein schrilles Wiehern, dann stürzten Mann und Tier in den Graben und überschlugen sich rückwärts. Das Pferd trat mit drei Beinen um sich, das vierte war gebrochen.

Der Soldat war ein Meldereiter. Er fiel Svantje und Doktor Wieschner direkt vor die Füße.

Als würden sie aus einem finsteren Traum erwachen, fassten sie gleichzeitig zu, zogen den Verwundeten zu sich und begannen, ihn zu untersuchen.

»Schussverletzung im Oberkörper.«

Svantje öffnete Jacke und Hemd des Mannes. Sie drückte erst mit der bloßen Hand, dann mit Verbandszeug auf die Wunde. »Das Blut ist hell und schaumig, möglicherweise Lunge perforiert«, konstatierte sie.

Wieschner nickte nur. In ihrer jetzigen Lage war ihr Patient dem Tode geweiht, das wussten sie beide. Der Arzt zog eine Spritze auf und gab ihm eine hohe Dosis Schmerzmittel, damit ihm der letzte Weg wenigstens etwas leichter fiel. »Mehr können wir nicht tun.«

Es war bitter. Svantje versuchte, den Meldereiter nicht sehen zu lassen, dass sie ihn aufgegeben hatten. Seine Hände zitterten, und er blickte unstet hin und her. Als das Mittel zu wirken begann, entspannten sich seine Züge. »Ich … ich muss weiter«, würgte er hervor. Seine Lippen färbten sich rot.

»Ruhen Sie sich aus, guter Mann, dann können Sie weiter«, log Wieschner und zog sich die Gasmaske vom Kopf, um aufmunternd zu lächeln. Erst jetzt merkte Svantje, dass die Luft wieder klar war, und folgte seinem Beispiel.

Sie nahm die Hand des Meldereiters, drückte sie sanft. Der Mann kämpfte um jeden Atemzug. Seine Lungen füllten sich mit Blut. »Mein Pferd«, keuchte er. »Die Franzosen, sie … ein Vorstoß …« Er bäumte sich auf, dann sank er zurück. Blut rann ihm aus Mund und Nase. Es war vorbei.

Wieschner nahm die Pistole des Meldereiters, ging zu dessen leidendem Pferd und erschoss es. Svantje zuckte zusammen, doch nicht, weil sie es nicht guthieß, sondern weil Wieschner es so routiniert tat, als habe er schon Hunderte Male den Abzug gedrückt. Er wandte sich zu ihr um, sah sie einen Moment lang an, dann sank er plötzlich auf die Knie.

Die Pistole fiel ihm aus der Hand, und er hielt sich den Bauch.

»Doktor Wieschner!«

Svantje wollte aufspringen, doch der Arzt hielt sie mit

einer hastigen Bewegung zurück. Sein Kopf ruckte seitwärts, in seiner Stirn war ein Loch, die Schläfe klaffte auf. Blut und Weißes …

Svantje würgte. Ihr wurde übel. Wieschners Arme rutschten zur Seite. Er kniete noch immer da, als eine Flut von Männern in den Graben stürzte. Fremde Worte, das Blitzen aufgepflanzter Bajonette. Svantje riss die Hände hoch, bekam einen Stoß gegen den Kopf, fiel mit dem Gesicht voran und schrie.

Jemand trat auf ihren Rücken, als gäbe es sie gar nicht, und lief einfach über sie hinweg. Dann Schmerz. Ein Stechen und Reißen. Heiß war das Blut, das rasend schnell den Stoff ihrer Kleidung tränkte. Der Schmerz war wie ein Strudel, der sie in die Tiefe riss.

Hamburg
Zehn Tage später

Karoline hatte es nach ihrer Rückkehr aus Ypern einige Tage mit Nichtstun versucht, dann erfasste sie Unruhe. Es war schön gewesen, Zeit mit Vater und Clemens zu verbringen, sich gegenseitig auf den neuesten Stand zu bringen.

Aber dann war sie vor allem allein. Vater war in seiner Firma, Clemens beim Arbeitsdienst, und sie blieb im Elternhaus zurück. Ohne Jonathan die gemeinsame Zukunft zu planen kam ihr nicht richtig vor. Sie hatten sich ja nicht einmal eine Wohnung gesucht, wie sollte sie da an Einrichtung denken?

Karoline machte sich keine falschen Hoffnungen. Der Krieg würde vermutlich länger dauern als bis zur Geburt ihres Kindes im Herbst. Ihr Mann würde nicht eher zurückkommen, es sei denn, schwer verletzt oder in einem Sarg.

Die Angst um ihn hatte sie anfangs gelähmt, doch inzwischen war sie stumpfer geworden, erträglicher. Jonathan nicht mehr alle paar Tage zu sehen war etwas, das sie lernen musste auszuhalten. Sie hatten schließlich gemeinsam beschlossen, dass ihre größte Sorge nun dem ungeborenen Kind gelten sollte. Und in Hamburg waren sie so sicher, wie es nur möglich war.

Noch war ihr die Schwangerschaft nicht anzusehen, solange sie ein schlichtes, bequem geschnittenes Kleid trug, wie sie sich zu Kriegszeiten bei fast allen Frauen durchgesetzt hatten.

Karoline war spazieren gegangen, war durch vertraute Parks und Sträßchen flaniert und hatte das laue Sommerwetter genossen. Doch das schlechte Gewissen war ihr ständiger Begleiter. Genau wie ihrer Mutter, so fiel auch ihr der Müßiggang schwer.

An jeder Ecke schien ihr etwas entgegenzurufen, wie privilegiert sie war. Seien es müde Arbeiterinnen, die von der Nachtschicht in einer Fabrik heimkehrten, oder Armenküchen, vor denen schmächtige Kinder und Alte Schlange standen. Sie hatte überlegt, den Schwiegereltern im Hotel zu helfen, doch die unterhielten kaum noch Gäste.

Vor drei Tagen hatte Karoline dann den Entschluss gefasst, wieder als Helferin im Klinikum anzufangen. Die alten Kolleginnen hießen sie begeistert willkommen.

In den vertrauten Krankensälen wurde ihr bewusst, wie sehr die Mutter ihr fehlte. Während sie im Klinikum meist getrennt voneinander gearbeitet hatten, war in Ypern eine besondere Bindung zwischen ihnen gewachsen, die zu Hause wohl nie zustande gekommen wäre. Die täglich drohende Gefahr hatte sie zusammengeschweißt, ihnen gezeigt, dass sie sich jederzeit aufeinander verlassen konnten.

Es war tröstlich, jetzt wieder im Krankenhaus zu arbeiten. Einiges hatte sich verändert. Im Garten war ein halbes Dutzend Lazarettzelte aufgebaut worden. Alte Platanen spendeten mit ihren weiten Kronen Schatten, und so war es in den provisorischen Bauten angenehm kühl, kühler als im Klinikum selbst. Deshalb wurden hier auch die Soldaten behandelt, die unter Verbrennungen litten. Für sie war das luftige Klima ideal.

Karoline hatte bei ihrer Rückkehr eine Einführung in die besondere Behandlung dieser Verletzungen erhalten. Seitdem wechselte sie von morgens bis abends Verbände, trug Salben auf und stand den jungen Männern bei, die der Schmerz beinahe den Verstand verlieren ließ.

»Schwester Bäumer? Ich glaube es nicht!«, rief plötzlich jemand aus der Gruppe der an diesem Morgen neu eingetroffenen Patienten. Es waren fünf, zwei auf Tragen, derer sich sofort die Ärzte annahmen, und drei weitere, die aus eigenen Kräften gehen konnten. Sie standen bei einer Schwester, die auf einem Klemmbrett ihre Personalien aufnahm.

»Herr Rauch?« Karoline glaubte ihren Augen nicht zu trauen. Sie ließ ihr Wägelchen mit Verbandsutensilien stehen und eilte zu dem Sanitäter, den sie zuletzt in Ypern gesehen hatte. Er stammte wie sie aus Hamburg und war ein Mann, der selbst in finsterster Stunde seine Fröhlichkeit nicht verlor. Sie hatte ihn vom ersten Moment ins Herz geschlossen wie einen guten Freund. Er hatte mittelblondes, dichtes Haar und graue, aufmerksame Augen. Sein breiter Mund wurde durch einen Schnurrbart mit kurzen, gewachsten Spitzen noch hervorgehoben.

Sie gab ihm die Hand. »Wie oft soll ich es Ihnen noch sagen, eine richtige Schwester bin ich nicht.« Sie lächelte.

Rauch zuckte gleichgültig mit den Schultern »Meine Schwester im Angesicht der Gefahr, die sind Sie sehr wohl.«

Sie musste lachen, dann wurde ihr klar, dass er bestimmt nicht zu einem Höflichkeitsbesuch hergekommen war, und musterte ihn kritisch. Verbände am linken Bein, der komplette linke Arm war eingewickelt, und auf seiner linken Wange prangten rote Flecken. Es waren Verbrennungen ersten und zweiten Grades, an denen sich die alte Haut bereits löste, heilte.

»Übernehmen Sie doch den Herrn Rauch, Frau Bäumer, Sie scheint ja einiges zu verbinden.«

»Wir haben am selben Abschnitt in Ypern gearbeitet«, erklärte Rauch. »Gern übergebe ich mich Ihren pflegenden Händen.« Er sagte es ohne zweideutige Anspielungen, wie es die Schwester zweifellos erwartet hatte.

Dass eine junge Frau freundliche Verbindungen zu einem Mann pflegte, wurde nicht gern gesehen. Die Schwestern achteten peinlich darauf, dass die jungen, meist ledigen Helferinnen sich den Soldaten nicht zu sehr annäherten. Doch all ihre strengen Blicke und leisen Ermahnungen hatten auch Karoline nicht von ihrem Jonathan fernhalten können. Wenn das Herz sich entschied, warum dann dem Glück im Wege stehen, besonders in Zeiten wie diesen?

Karoline führte ihren Patienten zu einem freien Bett, wo er sich mühsam hinsetzte. Die Schmerzen waren ihm anzusehen.

»Wie ist das passiert?«, fragte sie.

»Ein Flammenwerfer ist explodiert, ich war zu nahe dran, habe gerade einen Verwundeten versorgt, als das Ding in die Luft flog. Die Mannschaft hat es am übelsten erwischt. Zwei sofort tot, die anderen Stunden später.«

Karoline wusste, dass ein Flammenwerfer meist von fünf Personen begleitet wurde. Drei waren allein für den Betrieb zuständig. Die Kanister mussten getragen werden, jemand musste den Druck einstellen. Damit die Männer, die durch das Gewicht ohnehin sehr schwerfällig waren, überhaupt die gegnerischen Linien erreichten, wurden sie von zwei begleitenden Infanteristen gedeckt. Durch die Explosion waren also alle umgekommen.

»Sie hatten Glück.«

Er musterte Karoline, sah sie eine Weile mitfühlend an, als sei nicht er, sondern sie diejenige, der etwas zugestoßen war.

Karoline hatte von Frontsoldaten schon weit merkwürdigeres Verhalten erlebt, daher maß sie ihrer Beobachtung keine besondere Bedeutung zu, sondern machte sich an die Versorgung ihres Patienten.

Ein wenig aufgeregt war sie schon, da es sich bei Rauch um einen Sanitäter handelte, dessen medizinische Ausbildung weit umfangreicher gewesen war als die ihre.

Er schien ihr die Nervosität anzusehen. »Sie machen das sehr gut, Frau Bäumer, lassen Sie sich bitte von mir nicht aus der Ruhe bringen. Wenn Sie wünschen, sehe ich aus dem Fenster.«

Erneut musste Karoline lachen. »Das wird es nicht besser machen, aber ich danke Ihnen für Ihr Vertrauen.«

Er hatte seine Oberbekleidung abgelegt, und sie nahm ihm nun den Verband vom Arm ab. Ganz vorsichtig wickelte sie Lage um Lage herunter. Die letzte Schicht war an der verbrannten Haut festgeklebt. Mit einem Schwamm tupfte Karoline daher vorsichtig Flüssigkeit auf. Sie nutzte dazu lauwarmes Wasser mit einem Sud von Ringelblume und Kamillenblüten, der Haut und Gaze voneinander trennen sollte.

»Wie lange ist der Unfall her?«

»Drei Tage, aber in den letzten anderthalb ist nichts mehr passiert. Wir mussten eine ganze Weile auf den Abtransport warten, die Lazarettzüge waren überfüllt. Wer noch beide Beine hatte und bei Bewusstsein war, musste stehen. Es war ... nicht angenehm.«

Karoline nickte. Während sie den Verband im Schneckentempo ablöste, presste sie vor Konzentration die Lippen fest aufeinander. Die Haut unter der Gaze war dunkelrot, an manchen Stellen violett verfärbt und nässte stark.

»Stinkt nicht«, konstatierte der Sanitäter und atmete erleichtert aus. »Ich habe die anderen gesehen. Ihre Verbrennungen gingen bis auf die Knochen, arme Schweine.«

»Was war eigentlich mit dem Mann, den sie zum Zeitpunkt des Unglücks versorgt haben?«

Rauch lachte trocken auf. »Den habe ich mit meinem Körper geschützt. Kein Haar hat es dem angesengt. Tot ist er dennoch. Bauchschuss, ist mit mir zur Erstversorgung gebracht worden. Jeder auf einer Trage. Es hat ihm alles zerrissen. Hat einen Tag geschrien, dann war es vorbei.«

»Es tut mir leid.«

»Es ist Krieg«, sagte er nur und richtete den Blick aus dem Fenster. Karoline reinigte seine Brandwunden, so vorsichtig sie konnte. Dennoch sah sie ihn hin und wieder zucken und seine Kiefermuskeln arbeiten, wenn er die Zähne fest aufeinanderbiss.

Sie trug Brandsalbe auf und legte einen neuen Verband an. Dann kam sein Bein an die Reihe. Die Verletzungen waren ebenso schwer wie jene am Arm. Sie mussten fürchterlich schmerzen, und Karoline wunderte sich zum wiederholten Male, wie leidensfähig der Mensch war, wenn es nur Hoffnung auf Heilung gab. Die Wunden waren an zwei Stellen leicht entzündet. Ihnen widmete sie besondere Aufmerksamkeit. Als Karoline schließlich fertig war, wirkte ihr Patient erschöpft. Die Prozedur hatte ihn mehr angestrengt, als er zeigen wollte. Bereitwillig legte er sich auf das Krankenbett und schloss einen Moment lang die Augen.

Karoline packte zusammen, doch als sie gerade ihren Wagen weiterschieben wollte, öffnete der Sanitäter die Augen. Er richtete sich auf und hielt sie am Arm fest.

»Warten Sie einen Moment, Frau Bäumer. Ich weiß, es geht mich nichts an, aber ich wollte Ihnen dennoch sagen, wie sehr wir vom Verbandsplatz Ihre Mutter in den vergangenen Wochen und Monaten schätzen gelernt haben. Sie war eine wunderbare Frau, wie auch Sie es sind. Sie halten sich bewundernswert tapfer. Das wollte ich nur gesagt haben. Ihre Mutter kann stolz auf Sie sein.«

Karoline konnte sich zuerst keinen Reim auf seine Worte machen, dann sickerte die Erkenntnis zu ihr durch. Sie musste sich an ihrem Wägelchen festhalten, doch das rutschte zur Seite, und es gelang ihr gerade eben noch, sich am Krankenbett abzufangen.

»Was … was soll das heißen? Was ist denn passiert?«

Der Sanitäter war von einem Moment auf den anderen leichenblass geworden. »Sie wussten es nicht? Aber es ist schon über eine Woche her. Setzen Sie sich.«

Gehorsam nahm Karoline auf dem Bett Platz. Sie fühlte sich wie betäubt. Die Geräusche schienen von weit weg zu kommen, und in ihren Ohren war ein Fiepen, das es ihr schwer machte, Herrn Rauch zu verstehen.

Nur langsam ließ der Schock sie aus seinen Klauen. Der Sanitäter drückte ihr ein nasses, kaltes Tuch in den Nacken. Karoline fühlte sich, als würde ihr jemand die Kehle abdrücken. In ihrem Unterleib stach es unangenehm. Das Kind! Sie presste die Hände auf den Bauch. Nein, durchatmen, ruhig bleiben, nicht aufregen. Das Stechen ließ nach.

»Besser?«, drang Rauchs besorgte Stimme zu ihr durch. Karoline nickte, nahm das kühlende Tuch aus seiner Hand und wischte sich damit die Schläfen ab. »Was ist mit meiner Mutter?«

»Ich möchte nicht derjenige sein, der Ihnen diese schreckliche Nachricht bringt. Aber ich muss es wohl. Ihre Mutter ist verschollen, vermutlich tot. Sie war mit einem Arzt unterwegs, als die Kämpfe aufflammten. Ein Teil der Gräben wurde von Franzosen überrannt, kurz darauf konnten sie zurückgeschlagen werden, mit besagten Flammenwerfern. Den Arzt fand man mit mehreren Schüssen tot in einem Graben, der zum Teil eingebrochen war. Die Tasche Ihrer Mutter konnte geborgen werden, ebenso ihre Gasmaske.«

»Sie ist tot? Aber ihr Leichnam …« An etwas anderes konnte Karoline nicht denken. Sie brauchte einen Beweis für diesen entsetzlichen Verlust. Solange sie keinen Beweis hatte …

»Nein, nein, nein, sie ist nicht tot!«

»Frau Bäumer.« Der Sanitäter nahm ihre Hände in seine. »Frau Bäumer, es tut mir leid. Sie wissen selbst, dass die Toten nicht immer geborgen werden. Oft erlaubt es die militärische Lage nicht …«

»Das will ich nicht hören, ich will es nicht hören!«, schrie sie und keuchte, als würde etwas in ihr zerreißen. Ihre Mutter konnte nicht tot sein!

***

Viele Soldaten mussten Kriegsanleihen zeichnen, damit ihre Anträge auf Heimaturlaub auch genehmigt wurden. Mit den Anleihen finanzierte das Reich den immer länger andauernden Krieg. Den Anlegern wurden bei den Rückzahlungen attraktive Zinsen versprochen, doch die wären nur im Siegesfall fällig. Daher blieb diese Art der Spekulation in erster Linie ein patriotischer Akt.

Dank seiner gehobenen Position musste Richard weder mehrfach Anträge auf Heimaturlaub stellen noch die geforderten fünfzig Mark Kriegsanleihe zahlen, auch wenn ihn die Summe nicht gekümmert hätte.

Verglichen mit den festgefahrenen Grabenkämpfen im Westen und auch an der Ostfront war seine Lage in Nordpolen vergleichsweise komfortabel.

Noch immer erschien es ihm wie ein Wunder, die Knochenmühle von Ypern überstanden zu haben.

Und doch, auch er war des Krieges so müde geworden. Keiner der hochfahrenden Pläne der Strategen war aufgegangen, stattdessen bluteten sich die Nationen gegenseitig aus. Der so viel beschworene germanische Heldenmut reichte nicht aus, um Schlachten zu gewinnen. Es brauchte mehr Menschen, mehr Material, immer mehr.

Seit einem halben Jahr war Richard nicht mehr in Hamburg gewesen und konnte nur ahnen, wie es dort nun zuging. Wassili hatte ihm regelmäßig Briefe geschickt. Aus seinen Zeilen klang Sorge heraus. Richard ahnte, dass er und Friedrich sich immer tiefer in Schmuggelgeschäfte verstrickten, wenngleich es natürlich niemals deutlich geschrieben stand. Hoffentlich würden sie nicht erwischt! Er mochte sich nicht ausmalen, was für Strafen darauf standen. Zweifellos schwerere als noch vor Kriegsbeginn, denn durch den Schmuggel ging Material verloren, das womöglich wichtig für die Front war.

In zwei Tagen also würde er Wassili, Familie und Freunde endlich wieder von Angesicht zu Angesicht gegenüberstehen. Er freute sich darauf, doch zuvor hatte er noch einen letzten Auftrag zu vollenden.

Der Zug, mit dem er nach Hamburg fahren würde, sollte noch weitere Fracht aus den nordpolnischen Gebieten bekommen. Beutegut.

Die eingerichtete Militärverwaltung presste zum Wohle des Deutschen Kaiserreiches das Land aus. Neben landwirtschaftlichen Produkten, Vieh und Pferden für die Front würden vor allem Menschen transportiert werden. Junge Männer und Frauen, die fortan auf deutschen Äckern und in deutschen Fabriken schuften sollten. Es waren Menschen, die Richard und seine Männer aus kleineren Lagern hergebracht hatten. Nun zogen sie müde und verschwitzt über den Bahnsteig. Sie glotzten mit weit aufgerissenen Augen sehnsüchtig zu den Feldern und kleinen Häusern im Umland. Es war die Sehnsucht danach, noch einen letzten Blick auf die Heimat zu erhaschen, die sie womöglich niemals wiedersehen würden.

Richard ertappte sich bei dem Gedanken, dass sie ihn an Vieh erinnerten, nur leichter zu verladen waren.

Es brauchte keine Schreie und Stockschläge, um sie in die Waggons zu treiben. Sie gingen schicksalsergeben, mit gesenkten Köpfen und stillen Tränen auf den Wangen.

Ein Soldat hatte Richards Gepäck gebracht und würde sein Pferd mit zurücknehmen. Nun musste er nur noch in den Zug steigen, dann warteten zehn Tage Heimaturlaub auf ihn.

Nur ein Waggon war für die anderen Urlauber und die wachhabenden Soldaten reserviert, die übrigen zwölf waren beladen mit Menschen und Fracht.

Richard bekam ein kleines Abteil für sich und versuchte, nicht an die Kriegsgefangenen zu denken, die dicht gedrängt auf Stroh ausharren mussten, während er selbst sich über drei Sitze ausstrecken und schlafen konnte. Nach mehreren Gläsern Schnaps gelang ihm das sogar. Nur die Albträume, die ihn Nacht für Nacht heimsuchten, ließen ihn auch dieses Mal nicht in Ruhe. Sie waren zu vertrauten Begleitern geworden, die ihn daran gemahnten, dass er noch nicht zum gefühllosen, willenlosen Teil der Kriegsmaschinerie geworden war.

Artig wartete ein jeder dunkle Traum, bis er an der Reihe war. Beginnend mit den ersten Toten, denen er im Krieg begegnet war. Halbe Kinder noch, Jungen mit den Gewehren der Väter. Partisanen hatten sie gespielt und waren als solche gestorben. Dann die vielen Toten in Löwen, die brennende Stadt, ermordete Familien in Massengräbern. Ein weiterer Höllenkreis war Ypern, mitsamt den Leichen und giftigen Dämpfen. Er sah sich fallen, wurde zu einer der sich windenden Gestalten. Zum Schluss kamen die Kriegsgefangenen an die Reihe, vermischt mit den Fahnenflüchtigen, die erschossen wurden, und den vergewaltigten Frauen, in deren Augen kein Leben mehr war.

Der Zug ratterte monoton über die Gleise, schaukelte sacht hin und her wie eine Wiege. Richard drehte sich auf den Rücken. Es waren kurze, warme Sommernächte. Schon schluckte das erste Licht der Dämmerung die blassen Sterne, die wie Mottenlöcher im Mantel der Nacht prangten.

Früher hatte er andere Albträume gehabt, damals, vor dem großen Krieg. Da hatte er von Wassili geträumt und wie sie sich küssten. Statt auf der Hochzeit geschah es mal auf einem Marktplatz, mal in der überfüllten Oper oder in der Werkshalle 1 der Werft. Immer waren sie von Menschenmassen umzingelt, und die Familie stand in der ersten Reihe. Nach dem Kuss wurden sie mit Schimpf und Schande durch die Straßen getrieben.

Seit dem ersten Toten gab es diesen Traum nicht mehr. Er hatte einfach aufgehört zu existieren und wirklichen Problemen Platz gemacht.

Seitdem hatte die Erinnerung an den Sündenfall mit Wassili einen völlig neuen Platz in seinem Leben eingenommen. Die heimliche Liebe zu ihm war Richards Zufluchtsort geworden. War ein Heilmittel gegen den Wahnsinn des Krieges.

Er versuchte, sich das vertraute Gesicht in allen Einzelheiten in Erinnerung zu rufen. Wassilis Lachen, das nach der Zeit im Gefängnis selten und kostbar geworden war, den melodischen Akzent, die Umarmungen, die Geborgenheit versprachen. Nur bei Wassili konnte er gänzlich offen sein, alle Masken fallen lassen. Er vermisste ihn sehr.

Im Halbdunkel kramte er dessen Briefe hervor, überflog sie in der glühenden Morgenröte und nickte dann wieder ein.

Der Zug hielt.

Die Wassertanks der Dampflok wurden aufgefüllt. Der ganze Zug war von Rauch und Dampf eingehüllt, denn es ging kein Wind.

Richard sah Schemen vorbeihuschen. Sie mussten den kleinen Bahnhof erreicht haben, an dem ein Teil der Zwangsarbeiter aussteigen würde. Rufe wurden laut, es kam Bewegung auf den Bahnsteig, und Richard wurde das Frühstück ins Abteil gebracht. Er aß, weil er gelernt hatte, Dinge auszublenden und weil genug zu essen zu haben mittlerweile ein Privileg war.

Nach einer Stunde ging es weiter. Es gab einen Halt in Berlin, wo die restlichen Zwangsarbeiter ihre Waggons verließen und über den Bahnsteig getrieben wurden. Es war ein Nebengleis. Richard fragte sich, ob sie nicht im Hauptbahnhof hielten, weil es praktischer war oder damit die Bevölkerung es nicht sah.

Er vertrat sich ein wenig die Beine, während auch der Großteil der Lebensmittelwaggons abgehängt wurde. Nun trennten ihn nur noch wenige Stunden von Hamburg.

Als der Zug in Hamburg einfuhr, sah er ihn sofort. Sein Herz tat einen erschrockenen Satz. War Wassili völlig verrückt geworden? Ihn am Gleis zu erwarten war Leichtsinn, der sie beide schnell den Kopf kosten konnte.

Aufgeregt wie ein Schuljunge stieg Richard aus dem Zug und vergaß dabei nicht, den anderen Soldaten einen schönen Heimaturlaub zu wünschen. Wassili kam unterdessen genau auf ihn zu. Richard sah ihm sofort an, wie schwer es ihm fiel, sich die Freude nicht anmerken zu lassen.

»Herr Harkenfeld? Herr Falkenberg sendet mich, Sie abzuholen«, sagte er laut, und Richard war erleichtert. Natürlich! Es war nichts Ungewöhnliches daran, wenn ein Mann ihn vom Bahnhof abholte. Der verräterische Kuss existierte nur in seinen alten Albträumen.

Sie reichten sich die Hände wie zwei Fremde. Ein kräftiger Handschlag, keinen Moment zu lange. Wassili nahm ihm den Koffer ab, wie er es bei einem Geschäftskunden seines Vorgesetzten getan hätte, dann verließen sie das Gebäude, ohne ein Wort zu wechseln.

Wassili war mit einem Automobil gekommen, das Friedrich gehören musste. Es war ein kleines Transportfahrzeug, auf dessen Seiten sogar das Firmenlogo prangte.

Sie setzten sich, schlugen die Türen zu. »Du hast mir so gefehlt«, sagte Wassili sofort und löste die Bremse des ratternden Fahrzeugs.

»Du mir auch. Wie kann sich ein halbes Jahr nur so lang anfühlen?«

»Ich bin aus deinen Briefen nicht ganz schlau geworden«, gestand Wassili, während er den Wagen vom Parkplatz lenkte.

Richard lachte erleichtert. Er hatte so lange nicht mehr

gelacht. »Manchmal wurde ich aus meinen eigenen Zeilen nicht schlau, glaube mir. Es waren ja sogar zwei Geheimnisse zu wahren, Gefahren zu umschiffen. Sie sind mittlerweile schnell damit, einen Mann für ein falsches Wort hinzurichten. Du musst nicht desertieren, um an die Wand gestellt zu werden.«

»Das habe ich auch gehört. Dabei soll es bei euch noch recht angenehm sein.«

»Oh, im Vergleich ist es das auch.«

Er musterte Wassilis vertrautes Profil. Hin und wieder brach sich die Sonne in seinen hellen Augen und ließ die Lachfältchen verschwinden, die sich vereinzelt bis in die Schläfe zogen. Genau dort wollte er ihn berühren, mit den Fingerspitzen oder dem Mund darüberstreichen. »Was habe ich dich nur vermisst«, sagte er leise.

Wassilis Mund verzog sich zu einem warmen Lächeln. Er strich mit der Hand über das Lenkrad. »Die Welt wird immer verrückter, da kommt mir das, was zwischen uns ist, wie ein Rettungsanker vor, wie das letzte Stückchen Normalität, das mir das Leben noch gelassen hat.«

Richard lehnte sich im Sitz zurück. Die Worte fanden Widerhall in ihm. »Mir geht es genauso. Ich klammere mich daran, besonders wenn ich Befehle bekomme, die mich an meinem Anstand zweifeln lassen. Aber ich will nicht von mir reden. Erzähl mir von Hamburg, von dir.«

Wassili sah konzentriert auf die Straße, wo eine Frau mit einem Milchwagen querstand. Der große, zottige Hund, der das Gefährt zog, schien es auf einen Streit mit einem Straßenkater abgesehen zu haben, der von seiner sicheren Warte auf einem Mäuerchen herabfauchte. Die Bäuerin schrie den Köter an und riss am Halsband. Wassili hupte, verscheuchte den Kater und kurvte um das Hindernis herum.

Wassili kam seiner Bitte nach, auch wenn Richard ihm ansah, dass er ihn am liebsten mit Fragen gelöchert hätte. Die Stimme des vertrauten Mannes war wie Balsam auf seiner Seele. »Dein Neffe ist noch immer nicht eingezogen worden, er arbeitet in der Rüstungsforschung und damit so sicher wie nur irgend möglich. Von deiner Schwester weiß ich wenig, von der Werft noch weniger, nur das, was die Gerüchteküche hergibt. Sie beschäftigen immer mehr Zwangsarbeiter und Frauen.« Dann stockte Wassili.

Richard kannte ihn gut genug, um zu wissen, dass ihm etwas auf der Seele brannte. »Was ist es, Freund?«

Wassili seufzte. »Ertappt. Mit den schlechten Nachrichten wollte ich noch warten. Aber nun … davon werden sie nicht ungeschehen. Falkenbergs hat es schwer erwischt. Zwar konnte Svantje Karoline zur Rückkehr nach Hamburg bewegen, aber sie selbst blieb in Ypern. Es sollten nur einige Wochen sein, aber wem sage ich das, du warst selbst dort …«

»Was ist mit ihr?«

»Verschollen, wahrscheinlich tot, die Leiche verschüttet. Friedrich ist nur noch ein Schatten seiner selbst. Du weißt, wie sehr er sie geliebt hat.«

Richard fühlte sich, als sei ihm schwindelig und es im Wagen schlagartig einige Grad kälter geworden. »O nein, ausgerechnet Svantje. Von allen hätte es sie am wenigsten treffen dürfen. Der arme Friedrich.«

»Er arbeitet wie ein Besessener daran, ihren letzten Wunsch in die Tat umzusetzen.«

»Kann ich dabei irgendwie behilflich sein?«

Wassili schüttelte hastig den Kopf. »Nein, du nicht, aber ich. Er will Clemens außer Landes schaffen, damit er nicht eingezogen wird. In einigen Monaten wäre er alt genug. Oder denkst du, dass der Krieg vorher endet?«

»Dieser Krieg wird niemals enden«, seufzte Richard, drückte den Rücken noch tiefer in den Sitz und rieb sich die Schläfen. *Was für ein Unglück,* dachte er. Für einen Augenblick wählten seine Gedanken einen dunklen Pfad. Wäre es möglich gewesen, hätte er das Schicksal mit Svantje getauscht. Sie hatte eine Familie, Kinder. Sie war jemand, der anderen Menschen half, Leben rettete, ganz gleich, woher sie stammten und welcher gesellschaftlichen Schicht sie angehörten.

Warum tilgte Gott eine Frau wie sie vom Angesicht der Erde statt eines Sünders wie ihm, der auch noch Teil des Krieges war? Womöglich, weil ihn die Schöpfung nicht kümmerte. Oder weil es diesen Gott nie gegeben hatte.

16

Ypern
Zehn Tage zuvor

Sie schwebte … oder nein, sie war aufgespießt, und jemand trug sie wie eine Trophäe auf einem Stecken herum. Eisengeschmack, beißendes Chlor, Schwefel. Ja, sie war aufgespießt, und zwar in der Hölle. Stimmengewirr. Svantje verstand kein Wort. Alles war schwarz.

Und dieser Schmerz … so allumfassend, so zentral, dass sie darum kreiste. Endlos kreiste. Ein Pochen und Puckern, Reißen und Stechen. Metallgeschmack in ihrem Mund. Sie schwebte, schwankte.

Flüche erklangen. Sie bekam einen Schlag vor die Schulter. Svantje riss die Augen auf und sah verschwommenen Stacheldraht. Dämonenfratzen, die Köpfe mit Unkraut bewachsen, Gesichter schwarz wie Teer, feurig rote Augen. Die dämonischen Soldaten drückten den Stacheldraht herunter, damit sie vorbeischweben konnte.

Nein … sie schwebte nicht. Sie lag auf einer Trage. Sie war verwundet und wurde getragen, und zwar zum Feind, vom Feind. Man hatte ihr Schmerzmittel gegeben, denn die Pein wurde stumpf, wie ausgefranst.

Die Sanitäter eilten im Laufschritt, sie hatten es sehr eilig. So rannten sie nur, wenn sie beschossen wurden oder das Leben des Verwundeten in Gefahr war. Schüsse waren nicht zu hören. Also ging es um ein Leben. *Ihr* Leben.

Rotkreuzzeichen, genau wie auf deutscher Seite. Graugrüne Zelte, Verwundete und Tote, Seite an Seite auf dem Boden aufgereiht. Man trug sie vorbei. Warum?

Vielleicht, weil es dunkel wurde. Es war zu früh, um dunkel zu werden. Svantje fielen die Augen zu.

Friedrich stand da, mit Karoline und Clemens je in einem Arm. Es sah aus, als stünden sie an einem Kai, irgendwo im Hamburger Hafen. Jetzt erkannte sie den Ort. Es war exakt die Stelle, an der sie, damals noch unverheiratet, auf Friedrichs Rückkehr aus Russland gewartet hatte.

Mann und Kinder winkten ihr. Svantje meinte, sich zu entfernen. Sie stand auf einem Boot und umklammerte die Reling derart fest, als wären ihre Hände daran festgekettet. Sie wollte ihnen doch auch winken! Friedrich rief Svantje zu, dass er sie liebte, und sie stand einfach nur da und sah reglos zu, wie ihre Familie mehr und mehr schrumpfte.

Das Schiff, auf dem sie sich befand, nahm Fahrt auf. Unter ihren Füßen spürte sie die Motoren arbeiten, der Schornstein stieß schwarzen Rauch und Dampf aus. Ihre Familie war auf dem Steg bald kaum noch zu sehen.

Drei Punkte.

Einer.

Fort.

Ihre Familie war fort.

Svantje sah sich um. Sie war allein auf dem Schiff, es gab weder Mitreisende noch Seeleute. Der Frachter schien sich ganz von selbst zu bewegen. Vornübergebeugt betrachtete sie das Wasser. Es hatte eine unnatürlich bleierne

Farbe und schlug keine Wellen. Es bewegte sich überhaupt nicht.

Svantje bekam es mit der Angst. Als sie wieder aufsah, war auch Hamburg fort. Ringsum war sie von Nichts umgeben. Es gab nur noch ihr Schiff, diffuses Licht und bleiernes Wasser, das ohne eine Horizontlinie in einen ebensolchen Himmel überging. In diesem Moment wurde ihr klar, dass sie träumte … und womöglich starb. Sie dachte, dass sie jetzt Angst haben sollte, doch die wollte sich nicht einstellen.

Das Wasser begann zu brodeln, das Schiff wurde durchgerüttelt, und in der Luft lag plötzlich der Geruch von Desinfektionsmittel. Äther folgte. Jemand drückte ihr etwas auf das Gesicht. Svantje wehrte sich, dann sank sie auf dem Deck in die Knie.

Erneutes Stimmengewirr weckte sie.

Jemand machte sich an ihrem Arm zu schaffen. Neben Svantje hing eine grelle Lichtquelle. Sie wandte langsam den Kopf dorthin. Mit geschlossenen Lidern ließ sie die Helligkeit auf sich wirken und sie aus der trägen Schwere wecken.

In der Ferne donnerte Artillerie. Fast war Svantje erleichtert. Das war etwas, das sie kannte, im Gegensatz zum Schiff ihrer Albträume. Sie war sicher gewesen, sterben zu müssen, so sicher. Aber sie lebte und war irgendwo nahe der Front. Der Geruch war vertraut, denn es war Lazarettgeruch.

Sie versuchte, sich zu bewegen.

Sofort legte ihr jemand die Hand auf die Schulter, sagte etwas. Sie verstand kein Wort.

Blinzelnd öffnete sie die Augen. Ein Mann mit einem

dunklen Schnurrbart und schütterem Haar saß neben ihr. »*Bonjour* … Froillain«, sagte er lächelnd und mit starkem Akzent. »Guten Tag.«

Er hielt sie weiter an der Schulter fest. Svantje gab ihre Bemühungen auf, es war besser so. Der Mann musste Arzt sein, trug einen weißen Kittel, ein Stethoskop um den Hals. Er würde wissen, dass es besser für sie war, liegen zu bleiben. »Wo bin ich?«

»Sie sind fast *morte* … totgestorben, *Madame*.«

Nach und nach klärte sich ihre Sicht. Da waren Bettenreihen neben ihr. Ihres war durch ein dunkelgrünes Tuch von den anderen abgetrennt, dennoch hörte sie das Stöhnen anderer Verwundeter. Jemand weinte. Leise Unterhaltungen wurden in fremder Sprache geführt. Französisch vermutlich, aber da war auch Englisch, das sie bei den gegnerischen Soldaten gehört hatte, die sie hin und wieder behandelt hatten.

Der Arzt tätschelte ihr die Hand. »*Madame* wird wieder gesund … bald.«

»Danke«, krächzte Svantje.

Erst jetzt bemerkte sie die Nadel in ihrer Armbeuge. Sie bekam eine Bluttransfusion. Eine direkte Transfusion! Es gab keinen Beutel. Hatten sie die Blutgruppen überprüft? Panik wallte in ihr hoch. Womöglich brachte man sie gerade um! Auf Svantjes Stirn bildete sich kalter Schweiß, eine Gänsehaut lief ihr den Nacken hinab, und ihr Herzschlag beschleunigte sich. Warum hatte sie nicht mitbekommen, wie ihr die Nadel gesetzt wurde? Wie lange lief das Blut schon? Vermutlich war es längst zu spät, einen Fehler zu korrigieren, und in ihren Adern bildeten sich bereits die ersten Klumpen.

»Wer? Nein!«, brachte sie hervor und versuchte, mit der anderen Hand nach der Nadel zu greifen, doch sie konnte den Arm nicht bewegen. Stattdessen zuckte ein feuriger Blitz durch ihre Schulter, dass ihr vor Schmerz schwarz vor Augen wurde.

»Je suis sûr que tout va bien, Madame.«

Sie atmete gegen ihre Panik an. Dies war ein Arzt, und nicht irgendeiner, sondern ein routinierter Feldarzt. Er würde sie nicht mit einer Bluttransfusion umbringen. Sie gehörten zur Routine in deutschen Lazaretten, sicher war das bei den Franzosen nicht anders.

Der Arzt nickte ihr aufmunternd zu, dann zog er den dunkelgrünen Vorhang zur Seite. Im Bett nebenan saß ein junger Mann mit ungewöhnlich grünen Augen, kurzem, lockigem Haar und Haut von der Farbe heller Milchschokolade. Er winkte mit der freien Hand und zeigte ihr ein strahlend weißes Lächeln. *»Bonjour.«*

Eine Krankenschwester saß neben ihm und betätigte mit ruhigen Bewegungen eine kleine Handpumpe, mit der sein Blut über einen Schlauch zu Svantje herüberfloss. Der Spender hatte ein Bein vom Fuß bis hinauf zur Hüfte in Gips.

Svantje beruhigte sich. Diese Leute wussten wohl wirklich, was sie taten. Warum sollte ein französischer Arzt auch weniger von Transfusionen verstehen als ein deutscher? In der Wissenschaft war keines der Nachbarvölker dem jeweils anderen überlegen.

Sie lehnte den Kopf wieder ins Kissen. Die Krankenschwester zog den Vorhang zu, doch sie sah noch, wie der fremde Lebensretter ihr eine Kusshand zuwarf.

Still lag sie da und blickte zur Zeltdecke herauf. Es war

hell draußen. Sie schätzte, Vormittag. Was bedeutete, dass ihr mindestens ein halber Tag fehlte, wenn nicht sogar mehr.

Zäh kehrten die Erinnerungen zurück. Der Irrlauf im Grabenlabyrinth, der Meldereiter, der samt Pferd beinahe auf sie gestürzt war. Und dann der Angriff. Sie war so sicher gewesen, sterben zu müssen.

Der Arzt zog die Nadel aus ihrem Arm und klebte ein Pflaster über die Einstichstelle. Jetzt endlich konnte sie ihre Schulter abtasten, fühlte unter den Fingerspitzen festen Verband. Alles darunter tat weh. Sie erinnerte sich nur an Schmerz, der alles überstrahlte, und die Fußtritte von Soldaten, die über sie hinwegliefen. Die auf sie traten, weil sie Svantje tot glaubten oder einfach nicht sahen.

Der Schmerz in ihrer Schulter war allumfassend. Sie konnte nicht sagen, ob er von einem Schrapnell, einer Gewehrkugel oder einem Stich mit dem Bajonett stammte. Aber war das überhaupt von Bedeutung?

Der Arzt kramte etwas unter dem Bett hervor. Er war ein blutiges, zerrissenes Rotkreuzzeichen. Mit einer fragenden Geste wies er damit auf sie.

Svantje nickte. »Ja, das ist von mir, ich bin Krankenschwester.«

Der Arzt nickte zufrieden, lächelte und ließ sie dann allein.

***

Hilde hatte Tage wie in Trance verbracht, nachdem sie vom vermutlichen Tod der Freundin erfahren hatte. Darauf war eine Phase der Wut gefolgt, in der sie wünschte, andere hätten Svantjes Schicksal erlitten und sie wäre verschont geblieben. Heiße Tränen wurden von Flüchen begleitet, und das ein oder andere Stück Porzellan war zu Bruch gegangen.

Nun hatte sie sich damit abgefunden, ihre beste Freundin nicht wiederzusehen, aber die Erinnerung an sie wollte Hilde in Ehren halten. Das konnte sie am besten, indem sie Gutes tat und für jene Menschen da war, die Svantje am meisten bedeutet hatten.

Sie hatte den Falkenbergs ihre Hilfe angeboten, mit unterschiedlichem Ergebnis. Während Friedrich völlig in sich verschlossen war und Clemens nicht wusste, wohin mit seiner Wut, war Karoline froh, mit jemandem sprechen zu können. Sie fühlte sich mit ihrer Schwangerschaft sehr allein. Es war die Zeit im Leben einer jungen Frau, in der sie die Mutter besonders brauchte.

Zumindest in dieser Sache konnte Hilde ihr alle Hilfe versprechen, die nötig war. Ohnehin war Karoline wie eine Nichte für sie, und sie mochte sie von Herzen gern, was vielleicht auch daran lag, dass sie sehr nach Svantje kam.

In drei Tagen würden sie sich wiedersehen. Heute führte Hildes Weg in die Harkenfeld-Werft. Sie hatte ihrem Mann das Versprechen abgerungen, die Situation der Arbeiterinnen zu verbessern. Nun war es höchste Zeit, sich mit eigenen Augen vom Ergebnis zu überzeugen.

Ein Fahrer holte Hilde ab und brachte sie nach zügiger Fahrt und leichter Verzögerung im Elbtunnel zur Werft. Als sie die Werkstore passierten, kamen ihnen schwer beladene Lastwagen entgegen. Es waren eindeutig Militärfahrzeuge, die Waffen und andere Gerätschaften für die Front abholten.

Hilde wünschte, sie würden die Produktion sofort einstellen, dann wanderte ihr Blick über die Werft und Docks. Kein Schiff wurde produziert, kein einziges. Nur einige kleinere Frachter und ein Küstenboot, das vor Jahren im Rahmen der Flottengesetze hergestellt worden war, lagen in der Werft, um überholt zu werden.

Ohne die Neuausrichtung wäre die Harkenfeld-Werft tot gewesen. Walter hatte recht gehabt, der Krieg hatte sich finanziell als Chance erwiesen. Für Hilde fühlte es sich dennoch an, als wären sie alle zu Komplizen eines gewaltigen Verbrechens geworden. Produzierten sie doch keinen Stacheldraht oder Ähnliches, sondern Granaten, Flammenwerfer und Teile von Artillerie. Alles Dinge und Gerätschaften, die den Tod von Tausenden, vielleicht Zehntausenden zur Folge hatten. Dass sie damit zum hoffentlich baldigen Sieg beitrugen, war ein madiger Trost. Denn der Kern der Sache blieb unberührt. Sie verdienten ihr Geld mit dem Tod.

Hilde traf ihren Mann in seinem Büro an, wo er sie bereits erwartete. Ihr Bruder Florian residierte in Vaters alten Räumlichkeiten und wurde dem Senior nicht nur in Verhalten und Gestus, sondern auch im Aussehen immer ähnlicher. Für seine Schwester hatte er nur eine knappe Begrüßung übrig, erkundigte sich leidenschaftslos nach ihrem Wohlergehen und dem der Kinder und scheuchte sie dann fort, um sich wieder seiner Arbeit zu widmen.

Gemeinsam mit Walter überquerte Hilde den Hof. Sie hatte sich bei ihm untergehakt.

»Das hat Ihnen keine Ruhe gelassen, nicht wahr?«, sagte er. Es war mehr Feststellung als Frage.

»Ich war bloß neugierig. Sie wissen doch, dass ich früher sogar noch viel häufiger hier war.«

»Aber mittlerweile geschieht es aus eigenem Willen und nicht, weil Ihr Vater es so verfügt.«

»Das stimmt.« Sie bremste sich, weiterzusprechen, das hätte Walter nur falsch aufgefasst. Der Vater hatte sie keineswegs mitgenommen, damit die einzige Tochter mehr über das Familienunternehmen erfuhr. Seine Intentionen lagen woanders. Hilde war Lockmittel gewesen, denn wer sie heiratete, bekäme einen festen Posten an der Spitze der Werft. Auf genau diese Weise war Walter in das Unternehmen Harkenfeld eingestiegen. Er hatte Hilde geheiratet, eigenes Kapital eingebracht und war nun die rechte Hand ihres Bruders Florian. Jahrelang war Walter sogar der Kopf eines Konsortiums gewesen, das anstelle des damals noch minderjährigen Erben das Unternehmen führte.

»Schauen Sie, Hilde, schon von außen ist zu sehen, dass es besser belüftet ist. Die Dämpfe können abziehen, und wir haben nur noch ein Drittel der Kranken. Anfälle kommen fast nicht mehr vor.«

»Das ist gut, Ehemann.« Hilde schenkte ihm ein Lächeln, das tief aus ihrem Herzen kam.

Sie betraten die kleine Werkshalle, in der früher die holzverarbeitenden Gewerke ihren Sitz gehabt hatten. Auch Raik hatte hier gearbeitet.

Sofort merkte Hilde, dass sie leichter atmen konnte als beim letzten Besuch. Die Frauen trugen bessere Schutzkleidung, Kittel aus festem, glänzendem Material mit Ärmeln und Handschuhen, Mundschutz und Haube.

»Danke«, sagte Hilde leise. »Ich weiß, dass Sie dafür meinem Bruder die Stirn bieten mussten, deshalb bedeutet es mir umso mehr.«

Walter nickte nur, und sie traten näher an eine lärmende

Maschine, sodass niemand ihr Gespräch mit anhören konnte. »Der Nutzen übersteigt die Investitionen. Mittlerweile sind selbst weibliche Arbeitskräfte kaum noch zu bekommen. Durch die Schutzkleidung verlieren wir weniger. Es war ein guter Vorschlag, Hilde.«

Sie meinte, innerlich ein Stückchen zu wachsen. Ein Lob von Walter in derlei Angelegenheit war etwas ganz Besonderes. Sie hatte etwas Gutes erreicht, für die Frauen *und* für die Firma.

Zuerst merkte sie nicht, wie Walters Gesicht düstere Züge annahm. »Wenn Sie so weitermachen, Hilde, dann können Sie bei der Gewerkschaft anfangen. Ich zweifle nicht daran, wer Ihnen solche Ideen in den Kopf gepflanzt hat.«

»Gehen wir hinaus«, erwiderte sie hastig. »Nicht hier vor den Angestellten, bitte.«

Der innere Aufruhr, den sie mit ihrer gespielten Ruhe zu überdecken suchte, war Walter offenbar nicht entgangen, hatte er ihn doch selbst hervorgelockt. Es gab Tage, da trieb ihn etwas dazu, sie mit Worten wie Nadelstiche zu traktieren. Dann gewann seine Eifersucht die Oberhand, die er sonst fast immer restlos beherrschte.

Draußen angekommen, lief Hilde mit energischen Schritten voran, bis sie neben einem Schuppen anhielt.

»Darf ich nicht auch selbst gute Ideen haben und mich um die Menschen sorgen, die für uns schuften? Ich weiß, auf wen Sie anspielen. Aber nein, mein Vorschlag ist nicht auf seiner Idee gewachsen! Wie auch, Sie haben ihn ja in den Tod geschickt! Wenn überhaupt, dann ist es vielleicht Svantje zu verdanken, sie hat mir die Augen geöffnet. Aber sie … sie ist ja nun ebenfalls tot.«

Walter starrte Hilde an, als habe er einen Schlag ins Gesicht bekommen. Er wirkte hilflos angesichts der Tränen, die ungebremst über ihre Wangen rannen. Er hob eine Hand und ließ sie gleich darauf wieder sinken.

Zärtlichkeiten in der Öffentlichkeit passten nicht zu ihm.

»Nun nimm mich doch einfach in den Arm, verflucht«, schniefte Hilde und zupfte ein Spitzentaschentuch aus ihrem Ärmel.

Walter reagierte zögerlich, dann legte er ihr zumindest einen Arm um die Mitte, als wolle er tanzen. Hilde drückte sich für einen Moment an seine Brust, dann ging sie wieder auf Abstand. »Entschuldigen Sie, Walter.«

»Nein, ich habe mich zu entschuldigen. Sie haben Ihre beste Freundin verloren, und ich führe mich auf wie ein Trampeltier. An Svantje Falkenbergs soziales Engagement habe ich keinen Gedanken verschwendet, als Sie die neuen Schutzmaßnahmen vorschlugen, und auch zuvor hat es mich nie gekümmert. Obwohl ich natürlich wusste, dass ein Teil des Geldes meiner verehrten Frau dorthin floss.«

»Schon gut, Walter.« Hilde musste sich zusammennehmen, um nicht doch erbost zu klingen, was sie zweifellos war. Denn Walters Stichelei hatte noch eine Wunde aufgerissen, und nun musste sie an Raik denken, ob sie wollte oder nicht.

»Alberts Ziehsohn, ist er noch hier beschäftigt?«, fragte sie schließlich.

Walter hob fragend eine Braue und musterte sie ein wenig von oben herab. »Natürlich. Ich habe ein Versprechen gegeben, und das halte ich. Kommen Sie.«

Sie folgte ihm zu den Docks, wo ein Frachtschiff trockenstand. Walter wies auf einen schlaksigen, hochgeschossenen Jungen. Er trug eine Kappe, wie Raik es immer getan hatte, unter der ein Wust strohblonder Locken hervorquoll.

»Klaas Alberts«, sagte Walter leise.

Der Junge passte auf Raiks Beschreibung, und Hilde war sich sicher, dass Walter sie nicht belog. Wenigstens war Klaas in Sicherheit. Der Junge hatte sie nicht bemerkt. Unbeirrt schlug er weitere Seepocken vom Rumpf des Schiffs. Es war eine schweißtreibende Arbeit, die stets von Hilfskräften oder Lehrlingen erledigt wurde.

In der Luft lag der Gestank von faulem Fisch. Möwen trippelten auf dem Boden umher und pickten die abgeschlagenen Krebstiere aus den Schalen.

»Ich habe genug gesehen«, sagte Hilde und wandte sich ab.

Walter folgte ihr. »Fahren wir gemeinsam nach Hause«, schlug er vor.

Hilde wartete im Hof, während er seine Aktentasche aus dem Büro holte. Sie ließ ihren Blick über den vertrauten Ort schweifen. Wie viel sich doch verändert hatte.

Ob irgendwann ihre eigenen Kinder hier arbeiten würden? Richard würde wohl keine bekommen, und ihr Bruder Florian machte bislang keinerlei Anstalten, sich eine Frau zu suchen. Bisherige Bewerberinnen hatte er mit seiner groben Art abgeschreckt, für die nicht einmal das viele Geld und sein guter Name einen Ausgleich bilden konnten. Und auf Festen der Gesellschaft ließ er sich nur blicken, wenn es sich nicht vermeiden ließ. Vater hätte ihn wohl dazu bringen können, sich zusammenzunehmen, doch Mutters Wünsche und Pläne ignorierte er.

Als Walter zurückkehrte, riss Hilde sich vom Anblick

der beinahe leeren Docks los. »Ich hoffe, nach dem Krieg werden wieder Schiffe gebaut. Es ist so ein schönes Gefühl zu wissen, dass Harkenfeld-Dampfer aus Hamburg auf allen Weltmeeren unterwegs sind, Länder verbinden, Menschen und Waren transportieren.«

»Das ist Ihnen wirklich wichtig, nicht wahr?«, fragte Walter versöhnlich.

»Ja, sehr.«

»Dann verspreche ich Ihnen, dass ich alles daransetze, die Werft zurück zu altem Glanz und Gloria zu führen, wenn Florian mich lässt. Aber ich denke, unser neuer Zweig wird ein Schwerpunkt bleiben, wenn auch nicht zwingend an diesem Standort.«

Das war typisch für Florian und Walter. Während andere Firmen um ihre Existenz bangten, planten sie mitten im Krieg, in dem es an Menschen und Material fehlte, die Expansion. Hilde fand es empörend, gleichzeitig bewunderte sie die beiden Männer aber auch für ihren Unternehmergeist.

Walter hielt ihr die Tür auf, und sie stieg in den Wagen. Schweigend fuhren sie bis zum Elbtunnel, wo sich das Fahrzeug in die Schlange einreihte.

Es waren sieben Wagen vor ihnen, bevor sie in den Lastenaufzug fahren konnten.

Hilde blickte aus dem Fenster, auf das Heer von Frauen, das die Plätze der Arbeiter eingenommen hatte. Sie stauten sich kurz vor den Treppen, um in die Tiefe unter der Elbe hinabzusteigen. Wohin man auch schaute, hängende Schultern, müde Gesichter. Daheim wartete bestimmt noch der Haushalt auf die Arbeiterinnen. Es waren Kinder zu versorgen und Essen zu kochen. Diese Frauen schafften all das, auch wenn die Anstrengung sie zu grauen Gespenstern machte.

»Das sind die wahren Heldinnen des Krieges, Walter«, sagte sie in die Stille hinein. »Ohne sie wäre er längst verloren.«

Ihr Mann runzelte die Stirn. »Womöglich haben Sie recht. Wenn es überall so aussieht wie hier bei uns … Aber warum sollte es in anderen Städten anders sein?«

»Und es wird auch im Frieden noch so aussehen, denn die vielen Millionen Gefallenen und Krüppel werden nicht an ihren Arbeitsplatz zurückkehren.«

Er nickte. »Die Welt wird eine andere sein.«

Sie fuhren in die Metallkabine des Aufzugs und schlossen die Fenster, um nicht den Abgasen im Tunnel ausgesetzt zu sein. Im flackernden Licht der elektrischen Deckenlampen fuhren sie an der grauen Schar der Arbeiterinnen vorbei, vorbei an Handkarren, Fahrrädern, Männern auf Krücken und Knaben, die zum Arbeitsdienst herangezogen worden waren.

»Ich werde ihn zurückholen«, sagte Walter plötzlich.

»Bitte? Wen wollen Sie zurückholen?«

»Raik Alberts natürlich. Wenn er noch lebt, beantrage ich seine Rückkehr.«

Hilde blinzelte ungläubig und kämpfte gegen plötzlich aufwallende Tränen. Erlaubte er sich einen bitteren Scherz mit ihr? Sie wartete einige hastige Herzschläge lang. »Wenn das Ihr Wunsch ist? Ist das überhaupt möglich?«

»Mein Wunsch ist es nicht, aber Ihrer, auch wenn Sie den Anstand hatten, es nicht auszusprechen. Um ehrlich zu sein, ich hätte mich geweigert, wenn Sie sich dazu herabgelassen hätten, darum zu betteln.«

»Aber wie? Wie ist das möglich?«

Walter räusperte sich, die behandschuhten Hände so fest um das Lenkrad gewunden, dass Hilde das Leder knirschen hörte.

»Wir mussten in den vergangenen Monaten schon einige zurückholen. Es waren zu viele ungelernte Kräfte übrig, die Produktion hat gelitten. Die Waren sind kriegswichtig.«

»Aber Raik ist Schiffszimmerer, wie soll …?«

Er schnitt ihr mit einer zackigen Handbewegung das Wort ab. »Es wird sich ein Weg finden.«

»Warum der Sinneswandel?«, fragte Hilde gegen jede Vernunft und kämpfte dagegen an, dass sie vor Erleichterung am liebsten gejubelt hätte.

»Immer wenn ich unserem Ältesten ins Gesicht blicke, sehe ich Ihren Buhlen vor mir. Heinrich ist ein großartiger junger Mann, den es ohne …« Er stockte, wieder knarrte das Leder von Handschuh und Lenkrad. »Ohne Alberts hätte es ihn nie gegeben. Wenn der Mann fällt, fällt auch ein Teil von Heinrich, auch wenn er es nie erfährt. Mir ist nicht wohl bei der Sache. Morgen setze ich einen Antrag auf.«

Hilde schwieg einen Moment, wusste nicht, was sie sagen sollte. Alles hätte Walter verletzen können, und das wollte sie nicht. Dabei herrschte in ihrem Inneren ein solcher Aufruhr, dass es kaum auszuhalten war.

»Danke«, murmelte sie schließlich.

Walter nickte nur.

»Wenn Raik Alberts tatsächlich heil von der Front zurückkommt, dann verspreche ich, dass ich ihn nie wieder treffen werde.«

»Das müssen Sie nicht, Hilde«, erwiderte Walter leise.

»Aber ich will es so. Diese Sache ist vorüber. Wenn Sie es erlauben, dann informiere ich ihn hin und wieder über den Werdegang der Kinder, aber mehr nicht.«

»Ich erinnere mich an das eine Mal, als ich sah, wie er Beatrix betrachtete. Da war kein Funken Heimtücke, keine Bösartigkeit im Blick. Mittlerweile weiß ich, dass Alberts unserer Familie nicht schaden will. Wenn es Ihnen und ihm wichtig ist, so berichten Sie ihm von den Kindern.«

»Das werde ich. Das und nur das.« Hilde beugte sich zur Seite und legte die Hand auf Walters Rechte. »Dieses Kapitel in meinem Leben ist vorüber, nun gibt es nur noch Sie und mich.«

Walter stieß einen leisen Seufzer aus, und auch Hilde merkte, dass sie tatsächlich erleichtert war. Zwar würde sie die vertraute Zweisamkeit mit Raik vermissen, aber dafür war die Zeit der Heimlichkeiten vorüber. Sie müsste keine Angst vor Entdeckung mehr haben. Wenn, ja wenn er überhaupt noch lebte.

17

Somme
Juli 1916

Fassungslos starrte Raik auf den Schrieb mit den offiziellen Stempeln und Unterschriften. »Mit sofortiger Wirkung?«, wiederholte er.

Er befand sich im Offiziersunterstand des Frontabschnitts, ein Holz-Erde-Bunker, dessen Konstruktion er selbst entworfen und dessen Bau er überwacht hatte. Der Boden bestand aus festgetretener Erde und Kies, die Wände aus Holzbrettern, die von zwei Metern angehäufter Erde umgeben waren. Auf dem Dach waren zur Tarnung grasbewachsene Erdsoden und ein kleiner, halb verdorrter Baum angebracht.

Der diensthabende Offizier ging unruhig neben Raik auf und ab. »Mir gefällt es genauso wenig wie Ihnen, Alberts, aber Befehl ist Befehl. Sie gehen zurück an die Heimatfront, auch wenn Sie hier viel nötiger gebraucht werden. Aber was wissen die schon.« Er schnalzte abfällig.

Raik stand stocksteif da, die Schultern angespannt, und überflog das Schriftstück ein weiteres Mal. Bestimmt lag ein Irrtum vor. Weder Florian Harkenfeld noch Walter Degen hätten ihn je zurückbeordert. Seine Fähigkeiten wurden in der Werft schlichtweg nicht gebraucht, es sei denn … Hilde, seine Rückkehr musste Hilde zu verdanken sein!

Raik versuchte, sich seine Freude nicht anmerken zu lassen, und setzte sein übliches, meist mürrisches Gesicht auf. Der Offizier händigte ihm eine Bescheinigung aus. »Hier, Alberts, nicht dass Sie auf dem Heimweg noch als Fahnenflüchtiger an die Wand gestellt werden.«

Er salutierte, bedankte sich und verließ den Unterstand. Erst dann erlaubte er sich ein breites Grinsen und beschleunigte seinen Schritt. Der Abschied von den Kameraden ging schnell. Er verschenkte fast all seinen gehamsterten Proviant. Seine Frau Johanna hatte ihn stets mit üppigen Paketen in der Feldpost bedacht, und auch Hilde hatte ihm hin und wieder etwas zukommen lassen. Er wusste, dass die Pakete von ihr waren, auch wenn nie ein Brief dabeilag.

Mittlerweile war er sicher, dass sie ihn gerettet hatte. Ob es sehr schwer gewesen war? Er würde sie fragen.

Noch mehr aber freute er sich auf das Wiedersehen mit seiner Frau und den Jungen. Er sammelte die Fotografien ein und sah sie noch einmal durch. An einem Porträt von Klaas blieb sein Blick hängen. Seine Gedanken strudelten in eine Abwärtsspirale.

Ebenso wie zwei andere Meister und Gesellen der Holzgewerke hatte er mit Walter Degen eine Abmachung getroffen. Sie selbst würden gehen, wenn die Werft im Gegenzug jüngere Verwandte und Söhne als kriegswichtig einstufte und so vor der Front bewahrte.

Raik hatte sich für Klaas geopfert. Wenn er nun zurückgerufen wurde, bedeutete das dann im Umkehrschluss …?

»Nein«, sagte er energisch und stopfte die Bilder zwischen zwei Lagen Kleidung.

Er würde sich nicht verrückt machen lassen. Klaas war noch zu jung, um eingezogen zu werden. Er würde selbst mit Degen reden, sobald er zurück in Hamburg war, und herausfinden, wie weit das Versprechen noch galt. In einigen Tagen schon wäre er zurück in der Werft, vorausgesetzt, die Heimreise lief glatt.

***

Svantje hatte die erste Woche im französischen Lazarett wie in einer Art Trance verbracht. Sie hatte schweres Fieber bekommen, war vom Schlaf in die Ohnmacht geglitten und wieder zurück. Manchmal weckte der Schmerz sie, manchmal ihre eigenen gequälten Laute, die beinahe wie die eines leidenden Tiers klangen. Sie war dann stets überrascht, wenn sie merkte, dass sie selbst deren Quelle war.

Man gab ihr zu trinken, Wasser und manchmal auch Brühe.

Svantje träumte von zu Hause, von Friedrich und den Kindern. Ihr Verstand gaukelte ihr vor, Geburtstage zu feiern und Jahrestage, dann wechselten Szenerie und Zeit. Sie fand sich im Hamburg der Choleraepidemie wieder und kämpfte um Friedrichs Leben.

Hätte er doch nun hier bei ihr sein können! Wenn er ihre Hand hielte und an ihrem Bett säße! Er hätte ihr seine gesamte Liste von Einnahmen und Ausgaben vorlesen können … ganz gleich was, solange sie nur seine vertraute Stimme hören könnte.

Es fiel ihr schwer, sich an den Klang zu erinnern, aber

das Gefühl, mit der Wange auf seiner Brust zu liegen, während sie gemeinsam den Tag rekapitulierten, das war noch ganz vertraut.

Es war laut im Lazarett, wie es für solche Orte üblich war. Ständig ging jemand herum, sah nach den Patienten, stellte Fragen, brachte Essen. Männer schrien vor Schmerzen, wenn Verbände gewechselt oder brandige Wunden ausgeschnitten wurden. Ein Soldat weinte von morgens bis spät in die Nacht um seine verlorenen Beine. Sein Wehklagen verfolgte Svantje bis in ihre Träume.

In den Nächten leuchtete Artilleriefeuer durch die dünnen Zeltplanen des Lazaretts. Einschläge ließen den Boden vibrieren, Medikamentenfläschchen klirrten gegeneinander, und Svantje zitterte.

Die Angst saß zu tief, um sie mit banalen Beschwichtigungen zu vertreiben. Sobald die Erschöpfung sie in den Schlaf zog, wusste sie nicht mehr, dass sie weit weg von der Front war, so weit, dass die Geschosse sie nicht mehr erreichen konnten.

Sie war nur ein einziges Mal in einem Schützengraben gewesen, und die Erfahrung würde sie für immer verfolgen. Wie mochte es dann erst den einfachen Soldaten ergehen, die mit kurzen Unterbrechungen Monate, manche sogar Jahre in den Stellungen ausharrten? Wie sollten diese Männer je wieder in einem normalen Alltag zurückfinden?

Womöglich würde es auch nie wieder einen Alltag geben, keine andere Zukunft als eine in Trümmern. Wie es aussah, würde der Krieg in den kommenden Wochen und Monaten nicht etwa enden, sondern weiter, einer Pandemie gleich, mehr und mehr Nationen und Völker in den Strudel der Vernichtung ziehen. Er würde die ganze Welt verschlingen, bis niemand mehr übrig war. Bis kein Mann mehr die Arme mit der Waffe heben konnte. Bis dahin würden die Kriegsparteien einen Wettstreit um immer neue, immer verheerendere Waffen ausfechten. Chemische Kampfstoffe, Gewehre, Granaten, immer neu und immer mehr.

Wenn sie so dalag, mit ihrem Schmerz und ihren Gedanken, befiel Svantje eine schwarze Stimmung. Dann erschien ihr bisheriges Dasein vergeblich. Sie hatte Menschen geholfen, manchen das Leben gerettet, doch wofür? Nur damit sie ihre Lieben verlieren und betrauern konnten? Damit sie erneut in den Krieg zogen und weiteren Tod bringen konnten?

»Madame?«, weckte sie eine Stimme aus dem Halbschlaf.

Sie blinzelte, rieb sich die Augen und sah einen jungen Mann an ihrem Bett stehen. Er hatte nur noch einen Arm, den Stumpf stützte ein Verband. Dunkle, dichte Locken ringelten sich in seiner hohen Stirn über dichten Brauen. Seine Augen waren von der Farbe dunklen Honigs. Kleine Lachfältchen überdeckten den Schatten des Leids, das ihm widerfahren war. »Mein Name ist Maurice Mouliere, Madame«, sagte er auf Deutsch, aber mit starkem Akzent. »Ich komme aus dem Elsass, der Docteur hat mich gebeten, nach Ihnen zu sehen, weil ich Ihre Sprache spreche.«

»Angenehm, Herr Mouliere.«

»Sagen Sie Maurice, bitte sehr.«

»Svantje«, erwiderte sie und versuchte, sich aufzusetzen, fand aber nicht die Kraft dazu und sank mit einem leisen Fluch zurück in die Kissen.

»Darf ich?« Der Franzose legte ihr den gesunden Arm

vorsichtig um die Schulter und hob sie an, richtete ihr Kissen auf. Svantje biss die Zähne aufeinander. Es tat weh, so weh, aber sie wollte nicht länger liegen.

Maurice rückte sich einen Stuhl heran, während sie nach Atem rang. »Darf ich«, fragte er, »oder möchten Sie lieber allein sein?«

»Nein, bleiben Sie. Mir hat es so gefehlt, mit jemandem reden zu können.«

»Gut, brauchen Sie etwas? Wie geht es Ihnen?«

»Besser, denke ich. Kein Fieber mehr. Wissen Sie, was mir passiert ist? Ich habe keine Erinnerung …«, sie stutzte, »doch, die habe ich, aber sie erklärt nichts.«

»Der Doktor sagte, eine Kugel und ein Stich in der Schulter, gebrochene Rippen.«

»Sie sind über mich getrampelt, als sei ich tot.«

Er sah ihr lange in die Augen, als wisse er genau, was sie erlebt hatte. »Es ist die Hölle, Madame. Da denkt jeder nur an sich oder klammert sich an Befehle, versucht, das Inferno durchzustehen.«

»Ich würde gern Kontakt zu meinem Mann aufnehmen.«

»Vielleicht ein Brief? Die Kriegsgefangenen schreiben Briefe.«

»Bin ich eine Kriegsgefangene?« Svantje war bislang so freundlich behandelt worden, dass sie nicht darüber nachgedacht hatte. Eigentlich war ihr Kopf seit dem Unglück nur mit Schmerz und Erinnerungen angefüllt gewesen.

Er nickte mitfühlend. »Ja, das sind Sie. Sobald es Ihnen besser geht, werden Sie verlegt.«

»Wohin?«

»Das weiß ich nicht, es tut mir leid. Der Docteur würde

Sie am liebsten hierbehalten, damit Sie hier helfen können. Wir haben zu wenige Krankenschwestern. Aber der Stabsarzt will davon nichts hören. Er sagt, Sie wären gefährlich. Eine Krankenschwester mit bösen Absichten könnte unter verwundeten Soldaten mehr Schaden anrichten als ein Mann mit einem Gewehr.«

»So etwas würde ich niemals tun!«, protestierte Svantje. »Ich würde jedem Menschen helfen.«

Mouliere musterte sie lange, dann nickte er.

Bei seinem nächsten Besuch brachte er ihr eine kräftige Brühe, in der Gemüse und Fischstückchen schwammen. Svantje aß mit der linken Hand, denn die rechte war nicht zu benutzen. Es schmeckte großartig. Die erste warme Mahlzeit, die sie im Lazarett bekam. Vorher hatte man ihr nur dünne kalte Rinderbrühe gebracht und eine Art Haferschleim mit wenig Butter.

Maurice sah ihr zu, was ihr etwas unangenehm war, da sie kleckerte und sich außerdem fürchterlich schmutzig fühlte. Ihre Wunden waren versorgt worden, doch sie war nicht gewaschen worden. Niemand hatte ihr Schamgefühl verletzten wollen. Dafür war sie einerseits dankbar, andererseits fühlte sich ihr Haar an, als habe jemand Öl hineingerieben. Der unangenehme Geruch, den sie vermutlich verströmte, wurde von dem nach Desinfektionsmittel, Jod und Salben übertüncht. Außerdem stank es in diesem Lazarett ohnehin, wie wohl in allen Lazaretten dieser Welt.

Maurice erzählte ihr derweil von seinem Leben vor dem Krieg. Seine Familie betrieb seit mehreren Generationen Forellen- und Karpfenzucht. Er war Flussfischer gewesen, doch mit der Verwundung würde er ohne Hilfe kein Boot mehr steuern und keine Aalreusen heben können. Zum Glück würde er in den elterlichen Betrieb zurückkehren. Um ihn zu leiten, reichte auch ein Arm aus. Maurice schien sein Schicksal und den Verlust akzeptiert zu haben. Oder er trug seine Gefühle gut versteckt im Herzen. Keinen Hehl machte er daraus, dass er froh war, bald die Front verlassen zu können, und das für immer.

Über Politik sprachen sie nicht. Es war vermutlich nicht verboten, doch sowohl Svantje als auch ihr Besucher mieden das Thema, als hätten sie sich darüber verständigt.

»Schreiben Sie mit links?«

Svantje schüttelte den Kopf und stellte die leer gegessene Schüssel zur Seite. »Ich werde es versuchen müssen. Zeit habe ich zur Genüge.« Sie seufzte und fühlte sich schon vom Essen und der kurzen Unterhaltung so angestrengt, dass ihr beinahe die Augen zufielen.

»Ich lege die Sachen neben ihr Bett. Ruhen Sie sich aus. Morgen komme ich wieder und bringe Ihren Brief dorthin, wo auch die der anderen deutschen Kriegsgefangenen gesammelt werden.«

Svantje bedankte und verabschiedete sich, dann schloss sie die Augen. Sie war eine Gefangene, auch wenn es sich noch nicht so anfühlte. Eine Gefangene. Wann sie zu ihrer Familie zurückkehren würde, stand in den Sternen. Wie Bleigewichte zerrten Resignation und Erschöpfung an ihr.

Sie würde Clemens vor seinem Aufbruch nicht wiedersehen und nicht dabei sein, wenn Karoline ihr Kind bekam. Sie würde Friedrich lange, lange Zeit nicht mehr in den Armen halten.

»Friedrich«, sagte sie leise und kämpfte nicht länger gegen die Tränen.

Hamburg

Jeden Tag der vergangenen Woche hatten sie sich getroffen. Wassili fühlte sich leicht wie eine Feder, als er das Hotel verließ, in dem Richard untergekommen war. Es war das dritte seit seiner Rückkehr nach Hamburg, und in jedem einzelnen spulten sie ihr perfekt eingeübtes Theaterstück ab. Zwei Geschäftsfreunde, die sich trafen, stundenlang bei abgeschlossener Tür verhandelten und anschließend essen gingen.

In den ersten Tagen war ihm Richard fremd vorgekommen. Er schien ganz in sich zurückgezogen, verfolgt von seinem Gewissen.

Er hatte Befehle ausgeführt, nicht mehr und nicht weniger, sagte Wassili ihm immer wieder, und langsam, ganz langsam gewann er seinen alten Freund zurück. Der heutige Tag war unbeschwert gewesen wie keiner zuvor. Zum Abschied hatten sie sich noch einmal geliebt, und schon morgen würden sie sich wiedersehen. Ein Hotelwechsel noch, zwei Treffen, dann musste Richard zurück in den Osten.

Wassili versuchte, nicht daran zu denken. Er wollte den Moment genießen, und noch meinte er, Richards Berührungen auf seiner Haut zu spüren, fühlten sich seine Lippen heiß an von den Küssen mit kurzen Bartstoppeln.

Es war spät, gegen zehn Uhr abends, doch noch immer stand etwas Licht am Himmel. In den Straßen und Gassen brannten bereits die Laternen. Falter tanzten in der lauen Sommerluft um die Lichter wie die Gäste eines ausgelassenen Festes. Es schien sie nicht zu kümmern, wenn Fledermäuse und die letzten Schwalben des Abends ihre Reihen lichteten.

Wassili lief das kurze Stück zum Haus der Falkenbergs, das nur einige Straßen entfernt lag. Er sah auf seine Taschenuhr; ja, er war pünktlich, sogar einige Minuten zu früh.

Das Tempo verlangsamend, schlenderte er weiter. Mit jedem Schritt schwand seine gehobene Stimmung. In den letzten Wochen waren die Begegnungen mit seinem Freund und Vorgesetzten ausnahmslos bedrückend verlaufen. Seit Svantjes Verschwinden und ihrem wahrscheinlichen Tod erinnerte Friedrich an ein Gespenst. Er behauptete steif und fest, dass sie noch lebte, aß kaum, schlief wenig und hatte nun sein gesamtes Bestreben darauf ausgerichtet, Clemens außer Landes zu schaffen. Es war Svantjes letzter Wunsch gewesen.

Wassili würde helfen, ihn zu erfüllen, und dann würde er sich seinem eigenen Versprechen widmen, das er selbst der Verstorbenen im Stillen gegeben hatte. Er würde Friedrich nach Kräften helfen, mit dem Schicksalsschlag zurechtzukommen. Svantje hatte ihm zwei wundervolle Kinder hinterlassen, und die brauchten ihren Vater nun ganz besonders.

Wassili klingelte. Ihm öffnete Karoline, die ihrer Mutter verblüffend ähnelte. Mit einem schmalen Lächeln auf den Lippen bat sie ihn hinein und trat zur Seite. Ihr Bauch hatte sich merklich gerundet.

»Wie lange dauert es noch?«

»Sechs Wochen, nicht viel länger, denke ich.«

»Ich wünsche euch beiden alles Gute und Gottes Segen.« Wassili nahm ihre Hand in seine, drückte einen Kuss darauf. Hätte er eine eigene Tochter gehabt, er hätte sie sich wie Karoline gewünscht, die er beinahe von ihrem ersten Lebenstag an kannte.

»Vielen Dank, Onkel Wassili. Die beiden sind noch im Salon.«

Er wusste nicht, inwiefern Karoline in den Plan eingeweiht war, und so begnügte er sich mit einem Nicken.

Vater und Sohn standen einander im Salon gegenüber, flankierten den Kamin, der zu dieser Jahreszeit ohne Feuer und mit einem hübschen, goldglänzenden Paravent ausgestattet war. Friedrich hielt sich schwer auf seinen Gehstock gestützt, die andere Hand ruhte auf dem Kaminsims, wie zufällig neben einem kleinen, gerahmten Porträt seiner Frau. Es war eine Wassili gut bekannte Fotografie. Auf ihr hatte er Svantje zum ersten Mal gesehen. Jung und ein wenig schüchtern blickte sie in die Kamera.

Das Bild hatte sie Friedrich bis nach Moskau gesandt und er es seitdem in Ehren gehalten. Nun warf eine Lampe einen schmalen Schatten darauf, als sei es mit Trauerflor geschmückt.

»Ich lasse euch jetzt nicht allein, Vater«, sagte Clemens energisch. Die noch etwas zu schmalen Schultern hielt er angespannt und blickte seinem Vater stur ins Gesicht. Friedrich wand sich sichtlich, um die richtige Antwort zu finden. »Gerade jetzt, Clemens. Es war der Wunsch deiner Mutter, dass du diese Reise machst, und ich werde den Wunsch respektieren ... und das solltest du auch.«

»Du redest immer von diesem Brief. Warum zeigst du ihn mir nicht? Dann kann ich es glauben.«

Wassili räusperte sich. »Junger Mann, nicht alles, was sich deine Eltern schreiben, ist für deine Augen bestimmt. Sie wollen nur das Beste für dich.«

»Onkel Wassili?« Clemens fuhr erschrocken herum. In seinen Augen schimmerten Tränen, aber noch gelang es ihm, sie zurückzuhalten.

Es tat Wassili leid, ihn so zu sehen. Wenn der Junge doch nur verstanden hätte, dass sie ihm nur das Beste wünschten, am Ende sogar versuchten, ihm das Leben zu retten! Aber das würde ihnen nur gelingen, wenn er Monate vor der Einberufung außer Landes war. Er musste aufbrechen, und es sollte sich nicht wie eine Strafe oder Verbannung anfühlen.

Das Gespräch von Vater und Sohn schien festgefahren. Vielleicht konnte er als Außenstehender in dieser Situation vermitteln.

Wassili legte Clemens eine Hand auf die Schulter. »Sträube dich nicht so, junger Mann. Was ist denn so schlimm daran, einige Wochen zur See zu fahren? Dein Vater war in deinem Alter, als er zum ersten Mal auf ein Fernhandelsschiff stieg. Da ist es nur richtig, diese Tradition fortzusetzen. Es ist gut für den Kopf und fürs Herz.«

Clemens erwiderte seinen Blick mürrisch. »Ich will nicht! Vater braucht mich.«

»Dein Vater braucht einen selbstständigen, weltgewandten Mann als Nachfolger. In deinem Alter hätte ich mir den Arm ausgerissen für eine solche Chance. Außerdem ist es nur Schweden, in zwei Wochen bist du zurück.«

Friedrich sagte über die Schulter seines Sohnes hinweg lautlos Danke. Clemens sah es nicht, denn er hatte seinem Vater den Rücken zugewandt. Er merkte nicht, dass Wassili ihn angelogen hatte und dabei keine Miene verzog. Für das Heil des Jungen war auch eine Lüge akzeptabel.

»Du wirst nicht verpassen, wie deine Schwester ihr Kind

zur Welt bringt, und dein Vater wird vielleicht auch ein wenig zur Ruhe kommen.«

Clemens ließ den Kopf hängen. »Ja«, murrte er. »Ich habe ohnehin keine Wahl, solange ihr mich nicht hierhaben wollt.«

Friedrich seufzte und zog ihn in den Arm, klopfte ihm auf den Rücken. Lange standen sie so da. »Ich will nur das Beste für dich, irgendwann wirst du das verstehen.«

Karoline trat hinzu, und sie umarmten sich zu dritt.

Wassili trat ans Fenster, um der kleinen Familie Privatsphäre zu geben. Schließlich hörte er Friedrich seinen Namen rufen.

»Es ist Zeit, Wassili, ihr müsst los. Das Gepäck habe ich schon vorausgeschickt.«

Nun ging der Aufbruch zügig vonstatten. Das Schiff würde unter keinen Umständen ohne Clemens aufbrechen, aber der Kapitän wollte spätestens um Mitternacht die Anker lichten, um den Tidestrom auszunutzen.

Karoline tupfte sich verstohlen einige Tränen von der Wange. O ja, sie war in den kleinen Komplott eingeweiht, das war Wassili nun klar. Auch sie nahm heimlich für Monate, vielleicht sogar Jahre von ihrem Bruder Abschied.

Clemens würde sich schrecklich betrogen fühlen, wenn er in Stockholm die Wahrheit erfuhr. Er konnte einem schon etwas leidtun, doch er würde verstehen.

Ja, irgendwann würde er es verstehen.

Kurz darauf eilten sie zu Fuß in den Hafen zum Anlegeplatz, der nicht weit vom Lagerhaus der Falkenbergs entfernt war. Clemens stapfte missmutig neben Wassili her.

»Ist eine Seereise nicht besser als dein Arbeitsdienst?

Du kannst doch froh sein! Ich erinnere mich noch, wie sehr du zur See wolltest.«

»Ich möchte zur Marine, Onkel Wassili, nicht auf ein blödes Bötchen, auf dem alles nach Fisch stinkt.«

»Glaube mir, auf einem kleinen Schiff lernst du mehr als auf einem großen, und bei der Marine nehmen sie sicherlich lieber junge Männer, die sich bereits auskennen. Dann hast du einen Vorteil gegenüber den anderen. Sonst stecken sie dich am Ende zur Infanterie, und du bist schneller Kanonenfutter, als du *Für Volk und Vaterland* brüllen kannst.«

»Nicht so laut«, zischte Clemens und sah sich nervös um.

»Schau, da ist es schon.«

Eine Laterne hing halb verdeckt am Bug. Die *Elisabet* war ein leicht betagter Kutter. Wassili schätzte ihn auf knappe zwanzig Meter. Die gut sichtbare Baumkurre, die zum Fang von Plattfischen benötigt wurde, würde auf dieser Fahrt zwar nicht mit dem Wasser in Berührung kommen, war aber die beste denkbare Tarnung. Die Gerätschaft diente dazu, in seichten Gewässern Fische vom Boden aufzuscheuchen. Küstennahe Fischerei war fast die einzige, die noch möglich war, und die Wachposten würden das Schiff ungefragt passieren lassen, weil jeder erwartete, dass ein derart ausgerüstetes Fischerboot nicht weit hinausfuhr. Im Schutz der Nacht würden sie dann die Passage in Angriff nehmen. Der schnittige, steile Bug würde die Fahrt über offenes Gewässer schnell bewältigen, zugleich war das Schiff so klein, dass es keine Bedrohung darstellte. Die Schratbesegelung war für die fünfköpfige Besatzung schnell und mühelos zu bedienen.

»*Moin,* Kapitän«, rief Wassili. »Ich bringe euren Schiffsjungen.«

Clemens, der zuvor noch schlecht gelaunt, aber aufrecht neben ihm hergegangen war, schien nun beim Anblick des bärbeißigen Kapitäns zu schrumpfen. Auf dem untersetzten, wettergegerbten Mann spross überall wolliges weißes Haar, nur nicht auf dem Kopf. Kapitän Manning war beinahe sechzig Jahre alt und davon weit über vierzig zur See gefahren. Sein Gesicht wirkte stets mürrisch, die Augen zugekniffen, was womöglich am Wind und der kalten Gischt lag, denen er meist ausgesetzt war. Er machte ein Zeichen, an Bord zu kommen, und streckte Clemens seine schwielige Pranke hin. Der ergriff sie und zuckte unter dem kräftigen Druck zusammen. Wassili war besser darauf vorbereitet und hielt gegen.

»Alles wie mit Falkenberg besprochen?«, brummte Manning.

»Genau nach Plan«, erwiderte Wassili, während sich Clemens kleinlaut mit den anderen Seeleuten bekannt machte. Es waren allesamt ältere Männer, die jungen waren eingezogen worden.

Wassili reichte Manning einen Brief und einen kleinen Beutel. Darin befanden sich ungeschnittene Edelsteine. Mit Geld ließ sich nur noch schwerlich etwas kaufen. Der Kapitän ließ das Beutelchen mit einer geschickten Bewegung in der Tasche verschwinden, den Brief behielt er in der Hand.

»Auf bald, Clemens Falkenberg, mach deiner Familie keine Schande«, rief Wassili. Der junge Mann hatte seinen ersten Schrecken überwunden und ließ sich bereits das Schiff mit seinen Segeln zeigen. Nun kehrte er zu

Wassili zurück, und sie umarmten sich. »Auf bald, Onkel.«

Als Wassili von Bord ging, wurden schon die Leinen gelöst, und Clemens machte seinen ersten Achterknoten. Nur einmal richtete er sich auf, um knapp zu winken, dann scheuchte ihn die Mannschaft weiter. Sie schienen sich darauf zu freuen, dem Jungen alles beizubringen. Das Vorsegel entfaltete sich und schob den Kutter voran.

Wassili setzte sich auf einen Poller und stützte das Kinn auf. »Alles Gute, kleiner Falkenberg, alles Gute«, murmelte er vor sich hin.

Erst jetzt ließ er die Gedanken an die beiden Söhne seiner Schwestern zu. Einer war vor zwei Monaten als Infanterist gefallen, der andere war bei der Kavallerie und wie Richard in Nordpolen stationiert.

Er hatte es vor seinem Geliebten nie erwähnt, doch manchmal träumte er davon, wie die beiden sich gegenüberstanden. Dabei hatte sein Neffe Anton kein Gesicht. Den jungen Mann hatte er zuletzt als Kind gesehen, er kannte ihn kaum richtig, und doch, er war Familie.

Traurigkeit hatte sich an ihn herangeschlichen wie Frühnebel, lautlos, kriechend. Man bemerkte ihn erst, wenn sein frostiger Hauch die Füße und Knöchel umschlang.

Ob Richard noch wach war?

Er könnte zu ihm gehen. Das letzte Hotel war eine etwas bessere Spelunke, in der so viele Menschen ein und aus gingen, dass er das Zimmer mühelos erreichen konnte, ohne Verdacht zu erregen. Schließlich hatten sie nur noch wenige Tage miteinander.

Wassilis Entschluss war gefallen. Sofort schlich sich leise Aufregung in sein Herz und rang mit der Melancholie.

Doch das eine konnte neben dem anderen existieren, zumindest in einem Mann wie ihm.

Er war im Nu auf den Beinen und schritt entschlossen aus. Wenn er sich richtig erinnerte, dann konnte er die Strecke abkürzen, indem er einem Fleet folgte, der in einen kleinen Binnenhafen mündete. Dort gab es noch alte Lagerhausbebauung, die eigentlich schon längst hätte weichen sollen. Dann war der Krieg gekommen, der Fernhandel sank wie vergiftet in einen Dornröschenschlaf, und die Bauprojekte wurden auf Eis gelegt. Wer wollte schon neue, teure Lagerhallen mieten oder kaufen, wenn es nichts zu lagern gab?

Das Fleet roch wie immer im Sommer, doch Wassili nahm es kaum mehr wahr. Der Gestank gehörte ebenso zur Stadt wie der rostrote Klinker der alten Speicher und die schlafenden Möwen auf den Laternen und Dachrinnen. Er ging an einer lärmigen Kneipe vorbei, aus der der Geruch von Schweiß und altem Bratfett drang.

Fässer türmten sich an einer Mauer entlang zu einem Bollwerk von Holz und Eisenbeschlägen. Ein dürrer einbeiniger Mann in Lumpen schlief daneben auf dem Boden. In den Armen hielt er einen Knüppel. Diese Fässer würden so schnell nicht geklaut werden.

Wassili schlich an ihm vorbei. Die Straßenbeleuchtung wurde immer spärlicher. Er schreckte einen räudigen Köter auf. Das schwarz-weiße, narbenübersäte Tier fletschte die Zähne und knurrte so tief, dass Wassili meinte, es in seinem Magen widerhallen zu spüren. Er ging trotzdem weiter, und der Hund nahm mit aufgestelltem Nackenfell Reißaus. Zum Glück war das Vieh allein gewesen, einem Rudel dieser Biester wollte er nicht begegnen.

Vielleicht war diese Abkürzung doch keine so gute Idee. Pechschwarz war die Nacht hier. Laternen gab es nur selten, und die Hälfte davon war aus.

Die alte Volksweise aus seiner Heimat kam ihm wie von allein in den Sinn. Er summte, während in seinem Kopf die erste Strophe Gestalt annahm.

Unter einem grünen Weidenbaum
lag ein verwundeter Kosack,
darüber ein pechschwarzer Rabe flog,
krächzte im Gebüsch.

Wassili sah sich um, er war allein. Leise begann er zu singen. Vor seinem inneren Auge zeigte sich ausgerechnet Richard als verwundeter Reiter aus dem Lied. Natürlich er, um wen sollte er sonst zu dunkler Stunde fürchten?

Und der Rabe kreiste,
sah unten leichtes Mahl,

sang er auf Russisch.

Oh, krächze nicht, du schwarzer Gesell,
im Gezweig über meinem Kopf,
oh, du schwarzer Rabe,
ich, der Kosack, bin noch nicht tot.

Eine schmale Gasse tat sich auf, ein Pfad nur zwischen Lagerhäusern. Ratten quiekten, die kleinen Füße trippelten über den Boden.

Fliege lieber,
oh, schwarzer Rabe du,
heim zu meiner Mutter und dem Vater.
Gib meinen roten Schal, den blutigen,
meiner geliebten Frau.

Frau. Das brachte ihn etwas durcheinander. Es passte nicht zu Richard auf seinem großen, braunen Dragonerpferd. Wassili schmunzelte. Richard würde sagen, er sei bis in die letzte Wurzel verdorben. Und vielleicht war das so, doch es war ihm egal. Ermuntert dichtete Wassili die Strophe um und sang nun von einem geliebten Mann.

Sag ihr, oh, schwarzer Rabe,
ich heiratete einen anderen.
Den neuen Bräutigam fand ich
im Feld an einem Bach.
Sehr still war unsere Hochzeit
unterm grünen Weidenstrauch.
Der Vermittler war ein Säbel,
der Trauzeuge ein Bajonett.
Eine Kugel der Bräutigam
verheiratet bei Mutter Erde …

Warum waren die meisten russischen Volksweisen nur so traurig? *Damit ihr mehr Gründe zum Trinken habt,* hörte er Richard sagen, der ihn stets damit aufzog.

»Na, was singst du da, Vögelchen?«, knurrte plötzlich jemand. Wassili spürte im nächsten Augenblick kalten Stahl an der Kehle.

Sie hatten ihn abgepasst, als er aus der schmalen Gasse

trat. Es waren drei abgerissene Gestalten, die rochen, als hätten sie in der Gosse geschlafen. Derjenige, der ihm das Messer an die Kehle hielt, war am besten zu erkennen, und doch fiel es Wassili zuerst schwer zu verstehen, was er da vor sich hatte. Die linke Gesichtshälfte war wie verschwommen, Ohr und Auge fehlten.

»Was starrst du so? Die Russenschweine, die meine Visage so zugerichtet haben, klangen genau wie du. Sag, bist du ein Russenschwein?«

Was sollte er antworten? Sein Akzent war kaum merklich, aber wenn er Angst hatte, so wie jetzt …

Ein Tritt gegen das Schienbein brachte ihn dem Boden schlagartig näher. Das Messer ritzte seinen Hals. Er hob abwehrend die Hände, wurde an den Schultern aufwärtsgerissen und stand wieder.

Dann öffnete sich tief in ihm ein Tor, ein klaffender Abgrund. Er war wieder im Gefängnis, wieder Opfer, wieder verloren. Es gab nichts, was er tun, nichts, was er sagen konnte. Verloren.

»Sag etwas!«, brüllte der Kerl mit der Brandnarbe. Speichel spritzte Wassili ins Gesicht. Er kniff die Augen zusammen. Aus seiner Kehle drang ein Wimmern wie von einem Tier, nicht wie von einem Menschen.

Hände in seinen Taschen, an seinem Körper. Sie entrissen ihm seine Börse, den Trauring. Als sie ihm die Taschenuhr aus dem Knopfloch schnitten, schrie er. Richard hatte sie ihm geschenkt. Er begann, um Gnade zu flehen, und merkte zu spät, dass es die falsche Sprache war.

Sie beschimpften ihn, spuckten ihm ins Gesicht. Ein Tritt zwischen die Beine. Er klappte zusammen, der Schmerz riss ihm den Atem fort, und dann zuckte das Messer vor und zurück. Glänzte im Mondlicht erst silbern, dann rot.

Unter einem grünen Weidenbaum
lag ein verwundeter Kosak,
darüber flog
ein pechschwarzer Rabe …

18

Ein leises Klopfen weckte ihn aus dem Schlaf. Richards Herz jagte. Etwas stimmte nicht. Im Traum war er in einen Abgrund gefallen, der Sturz dauerte und dauerte.

Wieder das Klopfen und dann ein dumpfer Schlag, als sei etwas gegen die Tür geprallt. Er war im Nu aus dem Bett, stieß sich im Dunkel an einem Stuhl den Zeh und gab einen derben Fluch von sich. Er sah durch den Spion, aber der Hotelflur war leer.

Hatte er sich das alles nur eingebildet? Gehörten die Geräusche zu seinem Traum, zum Sturz in die dunkle Klamm?

Nein, nun ertönte ein deutliches Kratzen.

Richard riss die Tür auf. Davor lag eine zusammengekrümmte Gestalt. Uringeruch stieg ihm in die Nase und noch etwas anderes, schwer und metallisch. Ihm stellten sich die Nackenhaare auf. Seine Hand zuckte zur Hüfte, doch er trug sein Seitengewehr nicht. Degen und Pistole lagen beim Koffer.

Er wollte dem Obdachlosen einen Fußtritt verpassen. »Scher dich weg, Kerl. Schlaf deinen Rausch woanders aus.«

»Richard …«

Er schaltete das Licht an und sank in die Knie. »Wassili? Wassili, was ist mit dir?« Wie in Trance packte er seinen Geliebten, zog ihn an den Schultern ins Zimmer, verschmierte dabei eine Blutlache, die auf dem dunklen Holzfußboden glänzte.

Wassili rollte sich mit einem gequälten Stöhnen auf den Rücken und hielt sich mit beiden Händen den Bauch.

Leben kam in Richard, er sprang auf, rannte den Flur entlang bis zur Treppe. »Einen Arzt, wir brauchen einen Arzt«, brüllte er das Treppenhaus hinab zum Portier, der, die Arme gekreuzt, über den Tresen gesunken war. Richards Ruf riss ihn aus dem Schlaf.

»Was ist geschehen?« Der Portier richtete sich kerzengerade auf und gähnte.

»Es pressiert, Mann. Holen Sie einen Arzt, es geht um Leben und Tod.« Wie ein Wirbelsturm hetzte er zu seinem Zimmer zurück, lehnte die Tür an und fiel neben seinem Geliebten auf die Knie.

Wassilis Gesicht war im grellen Licht der elektrischen Deckenbeleuchtung erschreckend blass. »Ich habe es noch zu dir geschafft«, sagte er leise.

Richard schüttelte den Kopf. »Warum du, warum schon wieder du? Was ist nur passiert?«

»Räuber …«, er rang mit offenen Mund nach Atem. »Die Uhr ist weg.«

»Was interessiert mich die idiotische Uhr?« Er streichelte Wassilis Wange, sein langsam ergrauendes Haar, und ahnte, dass es nie die Chance erhalten würde, vollständig grau zu werden.

»Ich sterbe, Freund.« Wassilis zitternde Hand reckte sich

nach seinem Gesicht. Richard half ihm, legte sie an seine eigene Wange. Tränen. Er hatte sie nicht bemerkt.

Wassili lächelte gequält. »Ich bereue nichts.«

Richard beugte sich vor und küsste ihn. Sollten Arzt und Portier sie nur sehen, es war ihm in diesem Augenblick gleich. »Ich kann nicht leben ohne dich, Wassili. Bleib bei mir, hörst du? Du musst kämpfen.«

»Ich habe ausgekämpft, mein Freund.«

Wassilis weißes Hemd war dunkelrot vor Blut. Erst jetzt fiel es Richard ein, die Hand auf die Wunde zu drücken. Doch es war nicht eine. Aus gleich fünf Messerstichen wallte Blut, zwei davon schienen besonders tief zu sein.

Kein Arzt würde seinen Geliebten mehr retten können.

»Du bist bei mir«, sagte Wassili leise. Seine Augen waren in dem blassen Gesicht so leuchtend grün wie frisches Frühlingsgras. So wunderschön.

Sein Lächeln tat Richard weh, als würden ihm selbst Dolche in den Magen gerammt. Er krümmte sich, hielt Wassilis Hände ganz fest, legte Wange an Wange. »Ich habe dir noch so viel zu sagen«, flüsterte er ihm ins Ohr und ließ eine Liebeserklärung folgen.

»Danke.« Er lächelte. Wie konnte er nur lächeln?

Richard bedrängte ihn. »Wer hat dir das angetan, und wo?«

Das Sprechen fiel Wassili zunehmend schwer. Abgehackt berichtete er von der Gasse, den drei Räubern, einer davon mit verbranntem Gesicht. Danach schwieg er.

»Ich werde sie finden, das verspreche ich dir.«

»Ach, Richard, was … was hätte das denn für einen Sinn?«

Der Schmerz in seiner Brust wurde unerträglich. Er war

so hilflos, musste etwas tun! Richard stöhnte gequält auf, doch Wassilis Blick ließ ihn innehalten.

»Verzweifle nicht, lebe … weiter.« Das letzte Wort war nur ein Hauch. Ihm versagte die Stimme. Wassilis Finger lösten sich, die Hände erschlafften.

»Nein.« Richard fasste ihn an den Schultern. Schüttelte. Nichts. Wassilis kostbares Herz hatte aufgehört zu schlagen. Die Augen verloren ihr Frühlingsgrün, und während die Seele des geliebten Mannes floh, sah Richard nur noch sich selbst im Spiegel seiner Augen.

Er bäumte sich auf, der Schrei aber blieb stumm. Etwas in ihm war mit Wassili gestorben. Der Teil, der mehr fühlte als Hass und unbändigen Zorn. Er beherrschte sich, nahm Abschied, schmiegte sich ein letztes Mal Wange an Wange, legte den Kopf an die vertraute Brust, in der es nun still war wie in einer Totenhalle.

Als der Arzt schließlich eintrat, fand er Richard gefasst vor. Er hatte sich Gesicht und Hände gewaschen, die blutige Kleidung gegen saubere getauscht. Wassilis Leichnam war unter einem weißen Laken verborgen, seelenlos, nur noch ein Körper.

Es fiel Richard nicht schwer, diese Distanz aufzubauen. Tatsächlich hatte ihn schon, kurz nachdem der letzte Atemzug verflogen war, eine gewisse Abscheu vor dem Leichnam befallen. Es war ihm, als spüre er die Seele deutlich davonhuschen, und das, was blieb, die Hülle, wurde schnell fremd und kalt. Wassili war fort. Was dort lag, war etwas anderes.

Er hörte kaum zu, während der Portier zeterte und um den Ruf des Hauses fürchtete. Der Arzt konnte nur noch den Tod feststellen. Richards Bericht fiel kurz aus. Wassili

Alfjorow sei in der Nähe ausgeraubt und überfallen worden und habe sich so zu dem nächsten Ort mit einer vertrauten Person geschleppt. Diesem Hotel, in dem er Stunden zuvor mit ihm, einem langjährigen Geschäftspartner, diniert habe.

»Ich bin untröstlich«, sagte Richard kühl. »Ich werde mich bei meiner Schwester einquartieren und bin dort für die Polizei zu erreichen, falls es Fragen gibt. Herr Alfjorow war ein verheirateter Mann, aber ich werde nicht derjenige sein, der die Todesnachricht überbringt.«

Er kritzelte Hildes Adresse auf einen Zettel und reichte sie dem Portier. »Hier, unter dieser Anschrift bin ich zu finden. Morgen wird jemand kommen und mein Gepäck abholen.«

»Herr Harkenfeld …«, stotterte der Portier.

»Rittmeister Harkenfeld. Ich habe an der Ostfront schon genug Tote gesehen, ich dachte, wenigstens auf Heimaturlaub bleibe ich davon verschont.«

Mit diesen harschen Worten eilte er davon, so schnell ihn seine Füße trugen. Keinen Moment länger hätte er diese Farce durchgestanden.

Jetzt beherrschte ihn nur noch ein Gedanke. Rache. Er musste diese Schweine finden, musste sie für das bezahlen lassen, was sie Wassili angetan hatten. Ihn zu ermorden für etwas Geld und diese verdammte Uhr!

Richard lief leise. Als junger Mann hatte er viel gejagt, nun fiel er mühelos in alte Bewegungsmuster zurück. Er hielt seinen Degen fest, damit das Gehenk nicht klapperte. Setzte die Schritte weich. Jemand, der ihm um diese Uhrzeit begegnete, sah nur einen Offizier, der es eilig hatte, nach Hause zu kommen.

Er zwang sich, den Boden nicht nach Blut abzusuchen. Wassili musste diesen Weg genommen haben, es war die kürzeste Strecke. Es lohnte sich nicht, Spuren zu verfolgen, Richard kannte sein Ziel.

Berechnend schlug er einen kleinen Bogen, wollte dieselbe Gasse nehmen wie Wassili, dieselbe Richtung. Vielleicht waren die Kerle noch da und warteten auf ihr nächstes Opfer, auch wenn er es eigentlich selbst nicht recht glaubte. Nach dem Messerangriff mussten sie Entdeckung fürchten.

Sein Herz pochte bis zum Hals hinauf. Die Pistole war geladen und entsichert, steckte noch im Futteral, aber seine Hand lag darauf. Ihn würde niemand überraschen.

Lautlos näherte er sich der Gasse, auf die der schmale Gang führte. Lauschte. Es war still.

Er trat hinaus. Auf dem Boden waren einzelne dunkle Flecken zu erkennen. Wassilis Blut. Nach links, sagte ihm sein Gefühl. Dort wurde es dunkler. Dort waren auch Lagerhallen und Schuppen, gute Verstecke für Diebesgesindel. Und für Mörder.

Der Krieg hatte die Armut in den Städten noch verstärkt. Viele Menschen konnten sich die Mieten nicht mehr leisten und saßen auf der Straße. Der Wirtschaft ging es schlecht, Hamburg lebte vom Handel, dem die britische Seeblockade schwer zusetzte. Die Landwege waren mit Gräben und Stacheldraht versperrt.

Richard schlich an einer Mutter mit zwei Kindern vorbei, die dicht aneinandergedrängt schliefen. Ein alter Mann kauerte neben ihnen und hielt Wache. Er stierte Richard an, musterte ihn von oben bis unten. Ob er etwas gesehen oder gehört hatte?

»He, Alter, eine Auskunft?«, fragte er leise.

»Dat gellt di wat, Macker.«

Richard ging vor ihm in die Hocke, schob dabei in einer fließenden Bewegung Säbel und Jackenschöße zurück. Der Blick des Alten ging zum polierten, schnörkellosen Metall und wurde feindselig.

»Nur weil *du 'n beten sülvern Plünnkraam anne* Schultern hast, kannst du meine *Swegerdochter* trotzdem *nich* besteigen.«

»Das will ich auch gar nicht. Gib lieber gut auf sie acht.« Richard gab ihm etwas Geld. »Reicht das für eine Auskunft?«

Der Alte nickte und schob einen Pfriem Kautabak von einer Wange in die andere. *»Scheet los.«*

Richard musste sich sammeln, um seine Absichten nicht vollends zu verraten. »Ich suche einen Mann, einen Gauner. Sein Gesicht ist verbrannt, ihm fehlt ein Ohr.«

Der Alte spuckte aus. »*De Düvel* soll ihn holen!«

»Also kennst du ihn?«

»Jeder kennt Johann, *wat* willst du von dem?«

»Er hat mir etwas weggenommen.«

»*Dat is* so seine Art. *Vergeetet,* kauf dir *wat* Neues, es is die Sache nicht wert.«

»Es war einmalig.« Richard zählte dem Mann etwas mehr Geld in die Hand und erhielt dafür neben einer weiteren Warnung die Beschreibung zum Versteck der Mörderbande. Es war nicht weit.

Französisches Lazarett – Ypern
Mitte Juli

Sie weckten sie spät am Abend. Svantje schlief noch immer die meiste Zeit, ihr Körper brauchte nach der Verwundung und der darauffolgenden Infektion viel Ruhe. Fast elf Tage hatte sie ohne Nahrung verbracht, danach einige mit Suppe, mehr wollte nicht drinbleiben.

Ihre Hüftknochen und die Schultern stachen hervor, die alte Kleidung, die man ihr geflickt und gereinigt gebracht hatte, schlackerte um ihren Körper.

»Können Sie gehen?«, fragte ein Soldat, der ein wenig Deutsch beherrschte und sie geweckt hatte.

»Wenn es nicht weit ist?«

»Nein, der Transport wartet draußen. Packen Sie.«

Svantje hatte nicht viel zu packen. Alles, was sie besaß, trug sie am Leib. Sie wusste nicht, ob sie die graue Wechselkleidung, die man ihr zur Verfügung gestellt hatte, behalten durfte. Kurzerhand entschied sie sich dafür und stopfte alles in eine kleine Ledertasche. Sie musste an die Worte des Arztes denken, der sie am Vortag noch einmal besucht hatte. Sein Versuch, sie als Krankenschwester im Lazarett zu behalten, war fehlgeschlagen, weil sein Vorgesetzter einer Deutschen nicht traute. Svantje hatte dem freundlichen Arzt für seinen Versuch gedankt. Ihre Aussichten, bleiben zu dürfen, waren von Anfang an gering gewesen. Sie hatte letzte Briefe an Familie und Freunde geschrieben, in denen sie sich nicht bemüht hatte, ihre Enttäuschung und auch die Angst vor der Ungewissheit zu verbergen. Was würde sie in einem Lager erwarten?

Draußen standen mehrere Leiterwagen, die von abgestumpften Kleppern gezogen wurden. Die Pferde waren vernarbt wie alte Krieger.

Svantje wurde unsanft hinaufgehoben und kam zwischen deutschen Verwundeten zu sitzen. Einige Männer stierten sie an, als sei sie die erste Mahlzeit, die ihnen nach Wochen des Hungers aufgetischt wurde.

Unbewusst verschränkte Svantje die Arme vor den Brüsten und hielt ihre Tasche wie einen Schutzschild auf den Knien. Sie saßen auf zwei langen Bänken an den Längsseiten. Ihr schräg gegenüber kauerte ein Junge, der am ganzen Körper zitterte. Sie hörte seine Zähne klappern, während er Rotz und Wasser heulte.

»Was ist mit dem?«, fragte jemand.

Der Sitznachbar des Ängstlichen, der ihn offenbar kannte, rieb ihm kameradschaftlich den Rücken. »Er meint, sie karren uns in den Wald und knallen uns ab. Nur deshalb verlegen sie uns nachts.«

Ein anderer mischte sich ein. »Unsinn. Das machen die, weil wir sonst von unseren eigenen Leuten plattgemacht werden. Die Artillerie sieht ein paar Wagen, vermutet einen Nachschubtransport und *bumm!*« Er gestikulierte. »Hab ich selbst schon erlebt, selbst schon auf so einen Zug kalibriert.« Er lachte gackernd. »Mann, das hat geknallt, sag ich euch. Konnte ja nicht ahnen, dass da deutsche Kameraden drin sein könnten.«

»Krankentransporte sind immer mit Rotkreuz markiert«, sagte Svantje nun, während es in ihr zu brodeln begann. »Auf beiden Seiten.«

Der ehemalige Artilleriesoldat spuckte aus. »Na, die kann man überall draufmalen.«

Sie sah ihn fassungslos an. Hatte dieser Idiot also tatsächlich die Artillerie auf Rotkreuz-Transporte gerichtet? Die Männer links und rechts von ihm schien es nicht zu kümmern.

Wenigstens war dieser Taugenichts von einem Soldaten nun aus dem Verkehr gezogen, und das vermutlich bis zum Ende des Krieges, wann auch immer das sein würde.

Wie auch sie selbst. Svantje schluckte. Bis zu diesem Moment hatte sie gehofft, dass es sich die Franzosen noch einmal anders überlegen und ihr die Rückkehr auf die deutsche Seite gestatten würden. Schließlich hatte sie nie jemandem etwas zuleide getan. War Krankenschwester, keine Soldatin, und hatte in den vergangenen Monaten auch dem ein oder anderen französischen Soldaten das Leben gerettet.

Der Kutscher schnalzte, und der Leiterwagen setzte sich ruckelnd in Bewegung. Der Soldat zu ihrer Linken ließ sich wie zufällig gegen sie fallen und fing sich dann mit einer Hand an ihrem Oberschenkel ab. Sehr weit oben am Oberschenkel, doch das war in diesem Moment das geringere Problem. Svantje konnte den Schrei nicht mehr aufhalten. Es fühlte sich an, als sei durch den Stoß eine Wunde wieder aufgerissen. Sie presste die Hand darauf, und als sie die Innenfläche betrachtete, war dort Blut.

»Entschuldigung, entschuldigen Sie, Fräulein. Es war ein Versehen.«

»Ich weiß genau, was Sie versucht haben. Sehen Sie mir in die Augen, und sagen Sie noch einmal, dass es ein Versehen war. Vielleicht glaube ich Ihnen dann.«

Er stierte sie an, als sehe er eine Erscheinung. Diese Reaktion hatte er offenbar nicht erwartet.

Sein Kamerad lachte und schlug ihm auf die Schulter. »Erwischt hat sie dich, Jens.«

Andere begannen zu lachen. Schlagartig änderte sich die Stimmung, und Svantje fühlte sich nicht mehr wie ein Lamm unter Wölfen. Sie presste die Hand auf die Wunde, spürte den reißenden Schmerz und sah von einem Mann zum anderen. Auch wenn sie ihre Gesichter in der Dunkelheit kaum erkennen konnte, sie war sich sicher, dass diese ihre Entschlossenheit spürten wie eine Berührung.

»Ich habe mich freiwillig gemeldet. Ich hätte nicht nach Ypern kommen müssen, hätte mit meinem Mann und meinen Kindern sicher in Hamburg bleiben können. Aber ich bin hier, weil ich mit Leib und Seele Krankenschwester bin. Ich habe Hunderte eurer Kameraden zusammengeflickt und dafür beinahe mit dem Tode bezahlt. Ich bin verwundet, und es mag sein, dass ich schwächer bin als ihr, aber ich bin nicht hilflos! Ganz gleich, wo sie uns hinbringen, wo wir die Gefangenschaft verbringen müssen … wenn auch nur einer von euch Hand an mich legt, dann werde ich dem Nächsten, dem etwas zustößt, nicht helfen! Habt ihr verstanden?«

Sie starrten sie an, Svantje spürte es.

Das Herz schlug ihr bis zur Kehle, pochte in den gebrochenen Rippen und den Stichen. Ja, sie hatten verstanden, und sie glaubten ihre Lüge. Denn Svantje war sich keineswegs sicher, ob sie jemals einem Menschen die Hilfe versagen könnte.

Auf dem Leiterwagen herrschte nun Schweigen. Es gab nur das Wetterleuchten der ferner und ferner rückenden Frontlinie.

Wo sie uns nur hinbringen?, dachte sie. *Und ob meine Briefe jemals zu Friedrich finden werden, und seine zu mir?*

Hamburg

Die Gerberei stand leer. In den Boden eingelassene Fässer und große Wannen machten die Halle zu einem Mienenfeld. Das und der beißende Geruch, der ihnen auch Jahre nach der Stilllegung noch immer entströmte, waren Grund dafür, dass die Hallen nicht längst einem anderen Zweck dienten. Vermutlich waren hier lange die Häute der alten Zugpferde aufbereitet worden, denn Abdecker und Rossschlächter hatten ihre Arbeitsstätten nicht weit. Auch sie hatten nun wenig zu tun, denn fast alle Pferde, die noch irgendwie taugten, waren an der Front.

Richard war froh um die Dämmerung, die schon jetzt, eine Stunde vor Sonnenaufgang, diffuses Licht durch die Oberlichter sickern ließ. Es reichte gerade so aus, um sich zu orientieren.

Wo mochten diese Kerle bloß sein? Schliefen sie trotz des Gestanks irgendwo hier in der Halle?

Ein leichtes Flackern weiter links von ihm. Dort war Licht. Nur ein Hauch. Richard schlug das Herz bis zum Hals, dröhnte der Puls in den Ohren und überdeckte für einen Moment den dumpfen, leeren Schmerz, den der Verlust in ihm hinterlassen hatte. Fünfundzwanzig Jahre hatte er Wassili geliebt, waren sie einander Trost, Glück und Heimat gewesen. Alles hätte Richard für ihn gegeben.

Doch nun hatten diese Dreckskerle ihn für ein paar Münzen ermordet. Hätte Richard gekonnt, hätte er auf der Stelle sein Schicksal gegen Wassilis getauscht. Wassili hatte dieses Ende nicht verdient, er war eine friedliche Seele, hatte niemandem je etwas zuleide getan. *Mich, mich hätten sie umbringen sollen,* dachte er. *Ich habe so vielen Männern das Leben genommen, mir wäre es recht geschehen. Aber Wassili …* Glühender Zorn wusch den Schmerz aus seiner Seele. Wenn er seinen Geliebten nicht zurückholen könnte, dann würde er ihn zumindest rächen! Diese Gauner in ihren letzten Lebensmomenten bitter bereuen lassen, was sie getan hatten. Er war Soldat, auf den Tod verstand er sich.

Richard stoppte sich, zwang sich innezuhalten und kämpfte seine Gefühle herunter. Er musste einen klaren Kopf behalten, durfte nicht vorschnell agieren, musste ganz und gar sicher sein, dass sie hier waren und er die richtigen Männer stellte.

Auf Zehenspitzen schlich er näher an einen Einbau, der wohl das ehemalige Büro des Werksleiters darstellte. Bleigefasste Fenster gingen in die Halle hinaus, sodass er von seinem Posten alles im Blick gehabt hatte. Das Büro lag erhöht. Eine Metalltreppe führte hinauf.

Richard sah sich genau um. Gab es einen anderen, einen leiseren Weg hinauf?

Nein. Er musste es wagen. Im Schneckentempo belastete er die Stufen, sie quietschten wie erwartet, aber so leise, dass es kaum zu hören war. Als er die sechs Stufen überwunden hatte, brach ihm der Schweiß aus. Seine Handflächen fühlten sich glitschig an. Er wischte sich die Finger an der Hose ab und spähte durch die Fenster.

Dort waren sie. Eine einzelne, rußende Öllampe flackerte auf einem alten, metallenen Aktenschrank. Auf dem Boden lagen mehrere Gestalten, zwei schliefen ohne eine Decke in der warmen Augustnacht, hatten nur ihre Schuhe ausgezogen.

Auf einem Schreibtisch lag ein halbes Brot mit einem Messer daneben, außerdem ein Stück fetter Speck und mehrere Glasflaschen. Sie hatten kein Etikett und stammten vermutlich von einer Schwarzbrennerei.

Richards Atem stockte, als er aus dem Augenwinkel etwas golden glänzen sah. Wassilis Uhr.

Er sah ihn wieder in seinen Armen sterben, seine grünen Augen das Licht verlieren, und spürte unbändige Wut in sich aufflammen. Er musste sich zusammenreißen, um nicht kopflos hineinzustürmen und sich mit bloßen Händen auf die Männer zu stürzen.

Sie hatten ihm den liebsten Menschen genommen! Einen Mann, der stets gut gewesen war, immer das Glück anderer seinen eigenen Zielen untergeordnet hatte. Wassili hatte weder Hass noch Missgunst gekannt. Es war nicht richtig, dass ausgerechnet einer wie er auf so niederträchtige Weise aus dem Leben scheiden musste. Nicht richtig, verdammt!

Seine Sicht verschwamm, doch die Tränen herauszulassen versagte er sich.

Er musste ruhig werden, kalt. Wer sich von seinen Gefühlen überwältigen ließ, machte Fehler, und die konnte er sich nicht erlauben. Um sein eigenes Leben war es ihm gleich, sollten sie ihn abstechen, heute scherte ihn der Gedanke nicht. Aber sie würden nicht davonkommen, kein Einziger.

Mit gezogenem Säbel trat er ein. Vorsichtig nahm er die Taschenuhr vom Tisch und steckte sie in seine Jacke. Der Ehering daneben interessierte ihn nicht. Er konnte ihn Irina nicht bringen, dann hätte er sich verraten.

Richard betrachtete die ahnungslos schlafenden Männer und versuchte, die Stimmung heraufzubeschwören, die ihn bei einem Kavallerieangriff befiel. Eine Stimmung, in der er schießen, stechen und morden konnte. Es war leicht. Nach den Jahren im Krieg war es, als müsse er nur eine Tür in sich öffnen, ein Portal, aus dem tödliches Feuer durch seine Adern strömte.

Er packte den Tisch mit der Linken und riss ihn seitwärts vor die Tür. Flaschen fielen herunter und gingen klirrend zu Bruch.

In die Männer kam sofort Bewegung. Ein dürrer Kerl links von ihm riss eine Pistole unter der Decke hervor. Er schoss und verfehlte um einen ganzen Meter. Betrunken und aus dem Schlaf geschreckt, war er kein ernst zu nehmender Gegner. Richard führte den Säbel von schräg oben, und die Klinge fuhr tief zwischen Hals und Schulter. Sofort riss er sie wieder heraus, Blut spritzte ihm ins Gesicht. Mit dem Fuß stieß er die Pistole fort.

»*En* verdammter Irrer!«

Richard fuhr herum, packte eine leere Flasche und warf sie aus der Drehung nach dem Mann. Der duckte sich unter dem Glas hinweg und zog ein Messer. Im flackernden Licht war sein Gesicht nicht klar zu erkennen. Richard sah die Brandnarbe nicht, nur den Stummel, wo sich einst das Ohr befunden haben musste.

Sein Kumpel wich vor Richard zurück. Viel Weiß blitzte in seinen Augen, wie bei einem panischen Pferd. Immer wieder huschte sein Blick zu dem zuckenden Körper mit der klaffenden Wunde.

Richard erwog kurz, seine Pistole zu ziehen, aber nein, das wäre zu einfach, zu schnell vorbei. »Ihr habt vor wenigen Stunden einen Mann abgestochen.«

Der Brandnarbige warf sein Messer, ohne hinzusehen, von einer Hand in die andere. Wohl um zu demonstrieren, wie sicher er im Umgang war. »Wer *seggt dat?*«

»Er war mein Freund«, brüllte Richard.

»*Dat Russenswien?*« Der Kerl spuckte aus.

Sein Kumpan, mittlerweile im hintersten Winkel mit dem Rücken an die Wand gepresst, blinzelte hektisch. »*Ick* hab dir doch *geseggt,* dass du zu weit gegangen bist.« Zitternd wandte er sich an Richard. »Hey, *Maat,* es tut mir leid um *dien Fründ,* ich hab nichts damit zu tun.« Er hob abwehrend die Hände. Leises Plätschern und eine rasch wachsende Pfütze zu seinen Füßen zeigte, wie sehr es ihm leidtat.

Richard war einen Augenblick unaufmerksam gewesen. Das hätte nicht passieren dürfen. Wassilis Mörder griff nach einem Stuhl und wehrte damit den Säbel ab. Mit der anderen Hand stach er geschickt durch die Holzbeine und ritzte Richard am Arm. Der Schmerz war beißend und brachte ihn wieder zur Vernunft. Er hatte die längere Klinge, er war überlegen. Und ein Stuhl? Was war schon ein Stuhl?

Er täuschte vor zurückzuweichen, sein Gegner setzte nach. Genau das hatte er erwartet. Noch in der nächsten Rückwärtsbewegung bekam er den Stuhl zu fassen. Die hölzerne Lehne krachte dem Kerl auf den Mund. Er spuckte Blut und Zähne, ließ aber den Stuhl nicht los. Also noch einmal. Richard hieb eine Finte von oben, der andere duckte sich. Er rammte die Schulter gegen den Stuhl und legte all seinen Hass hinein. Dieses Mal traf die Lehne auf den Nasenrücken. Das Krachen wurde von einem Schrei begleitet.

Richard trat zu, genau vor das Schienbein. Sein Gegner wankte, hielt sich aber und fuchtelte mit dem aus dem Leim gehenden Möbel.

Der Griff am Säbel wurde glitschig, aber nicht unsicher. Richard wusste nicht, ob es sein eigenes Blut war oder das eines anderen. Es war ihm auch gleich. Mit einem Aufschrei warf er sich dem Mann entgegen, drückte ihn mit dem Stuhl an die Wand und wich der Messerklinge aus. Langsam zwängte er die Säbelspitze durch das Korbgeflecht und drückte sie Stück für Stück dem anderen in den Brustkorb, mitten ins Herz. Ja, genau so fühlte er sich selbst. Als habe man ihm eine Klinge tief in die Brust gestoßen. Mit Genugtuung sah er den Mörder zucken und sterben, versuchte, sich den Anblick einzuprägen.

Der dritte Kerl floh.

Richard ließ ihn laufen, in diesem einen Moment war es ihm egal. Er hatte Wassili gerächt.

Aus der Fabrikhalle tönte gleich darauf erst ein Schrei und dann ein Platschen. Flüssigkeit spritzte auf Beton. Die Schreie wollten nicht aufhören, und auch das Platschen nicht.

Richard ignorierte beides, ließ sich auf den Boden sinken und schloss die Augen. Prompt sah er wieder Wassili vor sich, wie er lachte, wie er Klavier spielte und ihm mutig auch in der Öffentlichkeit diesen besonderen Blick zuwarf, den, mit dem er nur Richard ansah … angesehen hatte.

Er rieb sich das Gesicht, die Schläfen und merkte erst zu spät, dass er das Blut der anderen auf seiner Haut verschmierte. Er zuckte weg. Es war kalt, dieses Blut, widerlich. Richard schien wie aus einem Traum erwacht. Er musste fort von diesem Ort, nichts durfte ihn mit den Toten in Verbindung bringen. Aber zuvor musste er die Leichen fortschaffen. Sicherlich war bekannt, wo sich die Diebesbande aufhielt, oder andere würden die leeren Hallen als Versteck nutzen. Und falls die Leichen gefunden würden, könnte sich vielleicht auch jemand an den Offizier erinnern, der mitten in der Nacht nach dem Brandnarbigen gesucht hatte.

Schwerfällig erhob er sich und wäre am liebsten auf der Stelle vom Ort des Blutvergießens geflohen. Es kostete ihn Überwindung, es nicht zu tun. Ausgerüstet mit der kleinen Lampe ging er in die Halle und sah sich um. Neben einem Becken fand er die völlig durchnässte Leiche des dritten Mannes.

Der hatte sich zwar noch aus der gräulichen Brühe retten können, in die er in seiner Hast gestürzt war, hatte aber wohl schon so viel von der ätzenden Chemiebrühe geschluckt, dass er seinen Fehltritt nicht überlebt hatte. Mit dem Fuß stieß Richard ihn zurück ins Becken.

Mit diesem Tod hatte er nichts zu tun. Ein Gewicht weniger auf seiner Seele.

Es gab einige tiefe Fässer im Boden, die mit Holzdeckeln verschlossen waren. Richard öffnete einen nach dem anderen, bis er zwei gefunden hatte, in denen sich noch viel Flüssigkeit befand. Die weißliche Kalkmilch, mit der früher Haare und Fleischreste von den Häuten gelöst worden waren, würde die Leiche schnell zerfressen. Bis jemand das nächste Mal den Deckel öffnete, wären die Toten längst nicht mehr zu erkennen.

Richard schleppte einen nach dem anderen herunter, und erst als keine Spur mehr von ihnen zu sehen war, gönnte er sich einen Moment, um sich zu sammeln.

»Ein Mörder bin ich«, sagte er leise, und es war ihm seltsam gleichgültig.

***

»Frau Degen?«

Hilde schreckte auf. Sie lag noch im Bett. Walter war seit zwei Tagen auf Geschäftsreise. Die Stimme der Haushälterin klang schrill, an der Grenze zur Panik, dabei war sie eigentlich eine sehr ruhige und besonnene Frau.

»Was ist denn passiert, Frau Peters?«, rief Hilde, während sie in Seidenpantoffeln stieg und sich einen Morgenmantel überzog.

»Ihr Bruder, er ist … er sieht aus, als wäre er überfallen worden, aber er sagt kein Wort.«

»Florian?« Hilde war bei der Tür. Draußen wartete Frau Peters, eine untersetzte Frau von Anfang fünfzig mit rundlichen Wangen und tiefen Schatten unter den Augen, wie sie manche Menschen schon in der frühen Jugend hatten. Die ergrauenden Haare hatte sie unter einer Haube versteckt. Ihr entströmte der Geruch von Seife und einem Hauch Schweiß. Der Waschtag begann im Hause Degen schon zu sehr früher Stunde. Es war anstrengende Arbeit.

»Nein, der Herr Rittmeister. Er wartet auf Sie. Seien Sie nicht böse, bitte, ich wusste mir nicht anders zu helfen, als Sie zu wecken.«

»Schon gut, Frau Peters, gehen Sie an Ihre Arbeit zurück, ich kümmere mich um meinen Bruder.«

»Ich habe ihn in den kleinen Salon gebracht. Das Frühstück steht bereit.«

»Gut, dann bitte ich, nicht gestört zu werden.«

Als sie eintrat, stand Richard mit dem Rücken zu ihr. Seine Schultern waren hochgezogen, bebten. Sie wusste sofort, dass etwas ganz und gar nicht in Ordnung war. Hilde schloss die Tür hinter sich und ging langsam auf ihn zu. »Bruder?«

Er reagierte erst, als sie ihn am Arm fasste. Er drehte sich ganz langsam zu ihr, als sei er in einer anderen Zeit gefangen. Sein Gesicht war das eines Fremden, Hilde erkannte ihn kaum wieder. Das blonde Haar klebte ihm verschwitzt an Stirn und Kopf, die blauen Augen waren gerötet, der Mund zu einem schmalen Strich zusammengepresst.

Was sie zuerst für Dreckspritzer gehalten hatte, entpuppte sich auf den zweiten Blick als braunes, vertrocknetes Blut.

In Hilde krampfte sich alles zusammen. »Was ist passiert?«

Richard öffnete den Mund, doch es kam nur ein gequälter Ton heraus, er rang nach Atem.

Stand er unter Schock?

Hilde fasste ihn an den Armen, schüttelte, dabei rutschte seine Jacke auseinander. Auch dort war Blut. »Richard!« Sie schrie.

»Wassili ist tot, Hilde«, sagte er und schluckte laut, dabei sah er sie nicht an, sondern aus dem Fenster in den Garten hinaus, wo sich wieder ein heißer Sommertag ankündigte.

»Tot?«

»Ermordet. Sie haben ihn einfach ermordet.«

»Oh, Richard, es tut mir so leid.« Sie wollte ihn in den Arm nehmen, zögerte. Das viele Blut schreckte sie ab. »Ist das sein Blut? Bist du verletzt?«

Richard schüttelte den Kopf. Hilde nahm ihn an der Hand und zog ihn mit sich ins Bad. Sie schloss sich mit ihm ein, dann begann sie ihn auszuziehen wie ein Kind. Knöpfte seine Offiziersjacke zur Gänze auf, streifte sie ab. Das weiße Oberhemd darunter war voller Blut, der linke Ärmel klebte an der Haut. Richard sah auf die Stelle, als sehe er sie zum ersten Mal.

»Du bist doch verletzt! Richard, du bist in Sicherheit, was auch immer passiert ist, du bist jetzt sicher. Zieh das aus und wasch dich, ich hole frische Sachen und Verbandszeug. Dann fahren wir zur Polizei, wir müssen Anzeige erstatten.«

»Nein!« Er stieß sie in Richtung Tür, und für einen Augenblick fürchtete sie sich vor Richard. Er war so voller Schmerz, dass er beinahe die Beherrschung verlor.

In Walters Kleiderschrank fand sie ein weinrotes Hemd und eine schwarze Weste, die ihrem Bruder passen würden. Beides war schon einige Jahre alt, aus einer Zeit, in der ihr Mann noch schlanker gewesen war. Im Schlafzimmer war auch eine kleine Tasche mit Verbandszeug. Die hatte sie sich zugelegt, als ihre Söhne in das Alter kamen, da sie sich stets Ellenbogen und Knie aufschürften und andere Blessuren von ihren wilden Spielen davontrugen.

»Alles in Ordnung, Frau Degen?« Die Peters wieder, hatte es wohl nicht ausgehalten, einfach zur Wäsche zurückzukehren.

»Nicht der Rede wert«, sagte sie und versuchte, es harmlos klingen zu lassen. »Wie sie so sind, die Männer auf Heimaturlaub. Erleben so viel Schlimmes an der Front, und wenn sie dann hier über den Durst trinken …«

Die Angestellte nickte mitfühlend. »Mein Sohn … Als er auf Heimaturlaub war, ist er auch in eine Prügelei …«

»Frau Peters, haben Sie nicht zu tun?«

Die Frau knickste mit versteinerter Miene. »Jawohl, Frau Degen.« Hastig eilte sie davon.

Hilde klopfte an die Tür des großen Badezimmers und trat ein. Richard stand mit bloßer Brust am Waschtisch. Das eingelassene Wasser war hellrot. Er rieb sich mit einem Lappen über Hals und Nacken. Seine Haut war weiß und bis auf einen Schnitt am linken Unterarm unverletzt. Sie reichte ihm ein Handtuch. Er rieb sich trocken, während das Wasser gluckernd abfloss.

Richard wirkte teilnahmslos. Wie eine Puppe ließ er sich von ihr zu einem Stuhl führen und verbinden. Es war ein oberflächlicher Schnitt, der vermutlich dennoch genäht werden musste. Hilde wünschte sich, ihre beste Freundin wäre hier, doch Svantje war genauso tot, wie es nun Wassili war.

Ein fester Verband würde vorerst reichen müssen. »Du solltest später zu einem richtigen Arzt.«

Keine Antwort. Richard rieb über den Verband. »Danke.« Langsam zog er sich an, als falle ihm jede Bewegung schwer.

»Richard …« Ihn so zu sehen tat ihr in der Seele weh. So wenig, wie sie es verstand, so hatte er Wassili doch aufrichtig geliebt.

Sie legte ihm eine Hand an die Wange, bis er zu ihr aufsah. Tränen schimmerten, doch er blinzelte sie weg. »Es tut mir so leid, Richard. Sie werden seine Mörder finden.«

»Nein, die werden niemals gefunden«, erwiderte er rau, und in das Bergseeblau seiner Augen mischte sich etwas Dunkles. Als steige etwas aus der Tiefe auf.

»Nein? Aber sie müssen doch zur Rechenschaft gezogen werden!«

»Das habe ich bereits erledigt.« Er stand auf, sah auf sie herab und schien mit einem Mal größer und massiger als sonst.

»Sie sind alle tot, Hilde.« Er fasste sie energisch an den Schultern und hielt sie fest.

»Lass mich los, Richard, du tust mir weh.«

»Entschuldige«, sagte er schnell, aber er lockerte seinen Griff nicht. »Es war Gesindel, Straßenräuber, die sicher schon viele Unschuldige auf dem Gewissen haben. Niemand wird sie vermissen, niemand wird sie finden. Versprich mir, dass du darüber schweigst. Kein Wort darüber, nicht zu deinem Mann, zu niemandem!«

»Richard, wie redest du denn? Ich erkenne dich nicht mehr wieder.«

»Ich mich auch nicht.«

Sie musterte ihn lange und versuchte zu verstehen, wirklich in aller Konsequenz zu verstehen, was sein Geständnis bedeutete. Er hatte Gauner ermordet, weil sie seinen … seinen *Geliebten* umgebracht hatten.

Doch ganz gleich, wie furchtbar der Mord an Wassili sein mochte, er hätte das nicht tun dürfen.

»Kannst du Schweigen bewahren, Hilde?«

»Ich … ich weiß es nicht«, erwiderte sie ehrlich, denn ihr Bruder hätte ihr eine Lüge sofort angemerkt.

Richard ließ sie los, trat ruhig zurück. »Ich gehe nicht ins Gefängnis, Schwester.« Sein Blick umwölkte sich. Er zog seine Pistole und setzte sie sich an die Schläfe.

»Nein!«, schrie Hilde.

Die Waffe fiel ihm aus der Hand, und Hilde umklammerte ihn mit aller Kraft, legte ihre Wange an seine Brust.

Richards Herz raste. Raste, als wolle es davonrennen.

»Ich werde niemals etwas sagen, Richard, niemals. Du darfst dich nicht umbringen!«

»Aber ich weiß nicht, wie ich noch leben soll«, sagte er gequält. Dann drückte er sie fest an sich und weinte.

Eine Woche später

Karoline saß an ihrem Schminktisch im elterlichen Haus. Gedankenverloren kämmte sie ihr Haar und schaute dabei in den Spiegel, ohne ihr Abbild wirklich wahrzunehmen.

Ihre Welt schrumpfte. Stück für Stück wurden ihr die Menschen geraubt, die sie lieb hatte. Onkel Piet war der Erste gewesen, dann hatte ihr der Krieg Mama geraubt und damit auch ein großes Stück vom Vater. Denn ohne sie war er ein anderer geworden. Die Trauer hatte ihn zu einem Fremden gemacht.

Karoline versuchte, für ihn da zu sein, sie versuchte es mit Gesprächen, indem sie ihn liebevoll umsorgte oder abends einfach bei ihm saß, wenn er vor sich hin stierte und darum kämpfte, sich nicht von Verzweiflung übermannen zu lassen. Er bestand noch immer darauf, dass sie lebte, doch seine Überzeugung bröckelte.

Vielleicht hätte Clemens zu ihm durchdringen können,

doch auf gewisse Weise hatte der Krieg auch ihn gestohlen. Er war nun in Stockholm und hatte das ihm zugedachte Schicksal grimmig akzeptiert.

Gestern hatten sie nun Wassili Alfjorow zu Grabe getragen, der auf offener Straße ermordet worden war. Karoline hatte ihn ihr ganzes Leben lang gekannt. Als sie noch klein gewesen war, hatte er sogar oft Weihnachten mit ihnen gefeiert. Für Vater war der Tod des guten Freundes ein weiterer herber Verlust.

Karoline legte die Bürste zur Seite und betrachtete im Spiegel ihren runden Bauch. Genau in diesem Moment regte sich das Kind. Es sah so ulkig aus, dass sie lächeln musste. »Ich freue mich so sehr auf dich«, sagte sie leise und strich über die Stelle, wo sie das Köpfchen vermutete. »Wir brauchen dich, kleiner Mensch. Du musst deinem Großvater wieder beibringen, wie man lacht, und wenn du ein Mädchen bist, heißt du Svantje, da hat dein Papa gar nicht mitzureden.«

Beim Gedanken an Jonathan wurde ihr das Herz schwer. Sie vermisste ihn so sehr, aber sie verstand auch, dass er sich seinen gesamten Heimaturlaub für die Zeit aufbewahren wollte, wenn das Kind da war.

Draußen klapperte der Briefkastenschlitz. Ein Brief von Jonathan? Karoline sprang auf, dann wurde ihr wieder bewusst, dass sie noch ihr Nachthemd und den Morgenmantel trug. Sie hörte den Vater zur Tür gehen.

Er rief nicht, also war es kein Brief von ihrem Liebsten.

Plötzlich polterte etwas. Friedrich schrie auf.

War er gestürzt? Karoline war sofort auf den Beinen und hastete, so schnell sie konnte, die Treppe hinunter.

Sie fand den Vater im Flur vor. Er saß auf einer Truhe,

der Gehstock lag ihm zu Füßen. In den Händen hielt er einen geöffneten Brief. Mit kalkweißem Gesicht sah er zu ihr auf, in seinen Augen schimmerten Tränen.

Karolines erste Vermutung war eine Bescheinigung über Mutters Tod.

Doch dann lächelte ihr Vater. »Von ihr. Ein Brief von ihr. Sie lebt!«

19

Ein Jahr später – September 1917

Seit über einem Jahr war Raik nun schon zurück in Hamburg. Und was es für ein Jahr gewesen war. Im Winter war eine Hungersnot ausgebrochen, die nicht nur in den Städten, sondern auch auf dem Land Tausende Tote gefordert hatte. In den anderen Ländern sah es nicht besser aus.

In Russland waren die Arbeiter und Studenten gegen den Zaren aufgestanden. Die Nachricht von der Revolution im Februar hatte auch in Raik die Hoffnung geschürt. Doch wo er hinsah, kaum ein Mann war bereit, sich gegen Kaiser Wilhelm zu stellen. Zwar waren die Menschen kriegsmüde, aber lebensmüde, das waren sie nicht.

Dennoch konnte Raik es nicht lassen, es war wie ein stetes Jucken, das nur durch Kratzen besser wurde. Und so traf er sich nach der Arbeit mit einer Gruppe von Sozialisten und Kommunisten, die nach dem Beispiel Russlands die Macht für das Volk forderten. Sie streckten ihre Fühler in die Nachbarländer aus, zur Arbeiterschaft nach Frankreich, England und Italien. Allein das könnte sie alle den Kopf kosten. Nächte vergingen damit, Flugblätter zu drucken und zu verteilen. Sie legten geheime Waffendepots an und Verstecke für Kameraden, die untertauchen mussten, aus politischen Gründen oder weil sie desertierten.

Raik fühlte sich wie in einem Fieber, er war infiziert und konnte nicht aufhören. Wie damals, als sie die ersten Rechte für die Arbeiter erkämpften. Seine Frau ahnte, was ihn antrieb, doch Johanna fragte nicht, und er redete nicht darüber. Es war besser, wenn er seine Familie nicht in diese Sache mit hineinzog.

Die beiden Jungen waren noch immer vom Krieg verschont geblieben. Jonte war zwar nun achtzehn, doch Raik war es gelungen, ihn in der Waffenproduktion bei Harkenfeld unterzubringen, und so war er sicher. So sicher wie Klaas, Walter Degen sei Dank.

Raik vermutete noch immer Hilde als seine Retterin, doch er hatte seit seiner Rückkehr nicht mit ihr gesprochen. Auch seine geheimen Botschaften blieben unbeantwortet. Sie wollte keinen Kontakt, und er verstand nicht, warum.

Weshalb brachte sie erst ihren Mann dazu, ihn zurückzuholen, und hatte dann nicht einmal ein einziges Wort für ihn übrig?

Am Vortag hatte er sie gesehen. Sie war mit Degen durch die Fertigungshallen flaniert, als handle es sich um einen Sonntagsspaziergang.

Raik hatte die Kriegsgefangenen beaufsichtigt, wie er es seit seiner Rückkehr an jedem verdammten Tag tat. Hilde hatte ihn bemerkt und trotzdem nicht ein einziges Mal angesehen. War das die Bedingung für seine Rettung? Hatte sie sich die Gunst ihres Mannes gegen das Versprechen erkauft, ihre Affäre zu beenden?

Degens dämliches Grinsen ließ eigentlich keinen Zweifel daran. Selbst für einen wie ihn musste sich dieser Sieg doch schal anfühlen. Schließlich tat seine eigene Frau ihm nur deshalb schön, weil sie einen anderen damit rettete.

Raik hielt die Ungewissheit nicht mehr aus. Wenn er Hilde auch nicht liebte, so schätzte er sie doch sehr. Sie war eine gute Freundin. Er fühlte sich ihr verpflichtet, und es ließ ihm keine Ruhe, dass sie sich womöglich seinetwegen in eine Zwangslage gebracht hatte.

Er musste sie fragen, und deshalb war er nun hier, stand wie ein Landstreicher an einer Häuserecke und wartete.

Seit Jahren schon traf sich Hilde jeden Sonntagmorgen mit einer Gruppe progressiver Damen in einem Kaffeehaus gleich neben dem Rathaus zum Frühstück, während ihr Mann oft in die Kirche ging.

Sie hatte Raik schon vor Jahren von diesen Treffen erzählt und ihm auch eine der Zeitschriften gezeigt, die sie untereinander tauschten. Darin ging es viel um Kultur und Frauendinge, aber auch um das Wahlrecht für alle und die bessere Bezahlung von Arbeiterinnen.

Raik ging fest davon aus, dass sie sich noch immer trafen. Hildes Freundinnen stammten allesamt aus gehobenen Familien und mussten sich wenig um Lebensmittelknappheit oder gar Hunger sorgen.

Er entdeckte sie sofort. Hilde saß im Schatten einer gestutzten Linde, um die Schultern trug sie ein veilchenfarbenes Tuch, auf dem Kopf einen schlichten Hut mit passendem Band.

Die Runde bestand aus fünf gestandenen Frauen in der Mitte ihrer Jahre. Sie schnackten, lachten, und Hilde gestikulierte wild mit beiden Händen, während sie in einer Diskussion energisch ihre Position verteidigte.

In diesem Moment fand Raik sie wunderschön, auch wenn Hilde stets protestiert hatte, wenn er es sagte. Doch auf ihre Art und in seinen Augen war sie das nun einmal: eine schöne Frau.

Ob Degen sie je so wild und lebhaft sah? An seiner Seite wirkte sie auf Raik wie ein braves Frauchen ohne eigene Meinung. Aber das mochte täuschen. Vielleicht war es auch nur ein Akt, den sie in der Öffentlichkeit spielte: Hilde Degen, die perfekte Ehefrau.

Ah, sie sah zu ihm herüber. Er tippte sich an die Mütze, und sie wirkte beinahe erschrocken, als sie ihn erkannte. Sie würde zu ihm kommen, wenn sie wollte. Er musste sich gedulden. Raik setzte sich auf eine Treppe in der Nähe und sah auf ein Fleet hinaus. Der Wind kräuselte die Oberfläche, in der sich die Sommersonne wie in tausend Spiegelscherben brach.

Die Zeit zog sich. Raik bezweifelte mittlerweile, ob es eine gute Idee gewesen war herzukommen. Es war schließlich Sonntag, der einzig freie Tag in der Woche, und er hockte hier, verschwendete Zeit für ein Treffen mit seiner ehemaligen Geliebten, die ihn vermutlich nicht einmal sehen wollte.

Er nahm die Mütze ab und stülpte sie sich über ein Knie. Der Wind strich ihm angenehm durch die Haare. Er wurde grau, besonders die Monate an der Front hatten den Prozess beschleunigt, doch das kümmerte ihn nicht. Immerhin war sein Haar nach wie vor voll, und welcher Mann seines Alters konnte das schon behaupten?

»Guten Tag, Fremder«, sagte eine vertraute Stimme. Hilde musste sich angeschlichen haben. Er wandte sich nicht um. Der Wind trug einen Hauch ihres Parfums mit sich, und Raik meinte nicht nur ihn, sondern auch den Duft ihrer Haut wahrzunehmen.

»Ich dachte schon, du kommst *nich* mehr.«

»Wie die Schwäne?«, sagte sie. Obwohl er sie nicht sehen konnte, nahm er an, dass sie wie er auf das verwaiste Gewässer blickte.

»Aufgefressen? Ich hoffe, dich fressen *de arme Lüüd* nicht so bald auf.« Er lachte, sie schlug das Kleid unter, und er setzte sich mit anständigem Abstand neben sie. Sie würden nicht in die Verlegenheit geraten, sich versehentlich zu berühren.

Endlich konnte er sie ansehen. Und auch sie musterte ihn neugierig, erst das Gesicht, dann die Schultern, das Haar und schließlich seinen Mund. Das tat sie immer, genau in dieser Reihenfolge. Er musste schmunzeln. »Erkennst mich also noch.«

»Selbstverständlich, Raik.«

»*Nu,* mir sind im vergangenen Jahr da so *mien Twiefel* gekommen. Hast du *mien Breven* nicht erhalten?«

Sie sagte nichts, lächelte traurig und strich ihre Ärmel glatt.

»*Nu kiek nich* so, als sei ich ein Ochs und schwer von Kapee. Und *dat Mitlieden* heb dir für *een* andern auf. *Ick* hab mir *Sörgen* gemacht, doch wie ich seh, war *dat* umsonst.« Er stand auf, schlug die Kappe gegen den Oberschenkel und setzte sie auf. Hilde war auf den Beinen und hielt ihn am Arm fest, bevor er gehen konnte. Sie sollte seine Enttäuschung nicht sehen. Nach all den Jahren war er ihr also nicht einmal eine Erklärung oder einen Abschied wert. »Bemüh dich *nich,* Hilde, *ick verstah* schon.«

»Raik, bitte, nun mach keine Szene wie ein junges Mädchen.«

Er entwand ihr seinen Arm, rannte aber nicht davon, das hatte sie mit ihren letzten Worten verhindert.

»Gehen wir ein Stück?«, fragte sie in versöhnlichem Ton und legte ihm die Hand auf den Arm, sodass er nicht anders konnte, als sie wie ein Kavalier zu führen.

Er wählte den Weg an der kleinen Alster entlang in Richtung Jungfernstieg. Selbst in Kriegszeiten wurde hier noch prächtig flaniert, spielte ein Alter auf einer Handorgel und ließ ein Äffchen tanzen. Nicht weit von ihm verkaufte ein Zuckerbäcker überteuerte Kleinigkeiten, standen verstohlen Straßenjungen herum, die ihr Geld mit Gaunereien und dem Verkauf von Tabak machten.

Erst als sie beinahe die Lombardsbrücke erreicht hatten, räusperte sich Hilde und blieb unter einem Weidenbaum stehen. »Ich wusste nicht, wie ich es dir sagen sollte, Raik. Mit meiner Feigheit habe ich dir unrecht getan, es tut mir leid.«

»Was wolltest du mir *seggen?*« Er strich ihr mit der Fingerspitze über den Handrücken und sah mit leiser Genugtuung, dass sie noch immer auf ihn reagierte, wie sie es all die Jahre lang getan hatte. Scheinbar unbewusst befeuchtete sie die Lippen, doch zugleich begannen Tränen in ihren Augen zu schimmern. Das hatte er nicht gewollt.

»Ich habe meinem Mann versprochen, dich nicht mehr wiederzusehen. Jedenfalls nicht auf diese Weise.«

»Hat er das von dir *gewullt?*«

»Nein, so war es nicht. Nachdem er angeboten hat, dich von der Front zu holen, habe ich es ganz von selbst versprochen. Ich war so erleichtert, dass ich das Gefühl hatte, mich revanchieren zu müssen. Du und ich, wir hatten uns damals schon ein Jahr nicht gesehen. Ich dachte, es würde mir leichterfallen, aber das tut es nicht.«

»Wenn du es mir nicht ins Gesicht *seggen* konntest, hättest du mir *schrieven* können, Hilde.« Er fühlte sich verraten, aber er wollte ihr keinen Vorwurf machen.

»Wir sind beide verheiratet, Raik, wir können doch nicht für immer so weitermachen. Dieses Versteckspiel …«

»War *upregend*«, sagte er nüchtern und grinste, um zu überspielen, wie es wirklich in ihm aussah.

Sie deutete einen Schlag mit der Faust an, wie sie es immer tat, wenn sie allein miteinander waren und er sie neckte.

Er wich mit einer raschen Bewegung aus. Dann wandte er sich ab. »Also sehen wir uns nie wieder?«

»Das habe ich nicht gesagt. Walter weiß, dass dir an den Kindern liegt. Ich habe ihm versprochen, dass wir ihn nicht mehr betrügen, aber wir können uns treffen, wie Freunde. Hin und wieder spazieren gehen und reden …«

»Über *de Lütten?*«, spottete er bissig.

»Und über andere Dinge. Raik, mach es mir nicht so schwer.«

Sie traten gemeinsam ans Wasser, stützten sich auf ein schmales Geländer. »*Frünnen* also.«

Nach anfänglichen Schwierigkeiten redeten sie wirklich. Raik berichtete ihr von seinen Erlebnissen an der Front, und sie erzählte von den Kindern und wie sich ihr eigenes Leben verändert hatte. »Ich vermisse meine Freundin so sehr, Raik. Ich versuche, Svantjes Tochter beizustehen, sie hat jetzt ein kleines Kind, einen Jungen. Aber die Wahrheit ist, ich will meine Freundin wiederhaben und Karoline ihre Mutter. Sie fehlt uns allen so sehr.«

Raik nickte. »Kriegsgefangenschaft. Ich hab es von ihren Eltern gehört. Sie *komen* fast um vor Sorge. Hin und wieder *kregen se een Breev* von ihr, da stehen natürlich nur Beteuerungen drin, wie *good* es ihr geht. Ihr seid eng *befrünnt,* weißt du mehr?«

»Ja. Ich bekomme andere Briefe. Sie hat Angst, große Angst. Die Versorgung ist miserabel, es grassieren ständig Krankheiten, und sie ist die einzige Frau in einem Gefangenenlager voller Männer.«

»Gut, dass ich ihr einige *Knepen bibroch* hab, mit denen sie sich die Kerls vom Leib halten kann«, knurrte er, doch Raik wusste, dass ein paar Schläge und Kniffe keinen wild entschlossenen Mann davon abhalten konnten, eine Frau zu schänden, wenn er es wirklich wollte. Wenn sie ihm vorher die Klöten umdrehte, wurde er davon nur noch böser und würde sie womöglich zusätzlich halb totschlagen.

»Ich fürchte um ihr Leben«, sagte Hilde und klammerte die Hände um die Brüstung, so sehr, dass die Knöchel weiß hervortraten.

»Zu Recht«, sagte Raik und legte aus alter Gewohnheit seine Hand auf ihre. Hilde zog sie nicht weg.

»Ich wünschte, ich könnte *wat doon*«, fuhr er fort. »Svantjes *Vader* hab ich so viel zu verdanken. Er hat mich als *Lütten* aus der *Göte* geholt, mir eine Lehrstelle besorgt. Ohne Svantje und ihn wäre ich vermutlich kriminell geworden und wahrscheinlich längst *dood* oder würde im *Kittje* verfaulen.«

»Ach, Raik.«

»Ist doch wahr, eine *verflöökte Schiete* ist das. Die Welt *geiht* den Bach runter. Wo man hinschaut, nichts als *Schiete.*«

»Man muss doch irgendwas tun können. Ich hasse es, einfach hier weiterzuleben, als sei nichts, während meine beste Freundin jeden Tag mehr um ihr Leben fürchten muss. Sie hat kaum genug zu Essen. Nichts von dem, was ich schicke, kommt jemals bei ihr an. Sie ackert sich halb tot, und dann sind da noch diese Kerle, die immer zudringlicher werden. Ich wünschte, ich könnte einfach hinfahren und sie dort rausholen.«

»*Dat* wünschte *ick ook*«, sagte Raik, und auf einmal sah er sich und die Freundin als Kinder vor sich. Wie er sie vor einer Bande von Straßenjungen beschützt hatte, nachdem sie einigen bereits eine blutige Nase verpasst hatte. In Gefahr geraten war sie damals durch ihn, und er hatte dafür gesühnt, indem er Schläge austeilte und viele, sehr viele, einsteckte. Danach hatte er ihr versprochen, sie nie wieder im Stich zu lassen.

»Ob man jemanden bestechen kann, damit er sie freilässt?«, überlegte Hilde weiter.

»*Dat is Frankriek,* da kann man nicht einfach hingehen und jemandem *Monnee* in die Hand drücken«, brummte Raik, nahm die Kappe ab und raufte sich das Haar. Hildes so dahergesagter Wunsch setzte sich in seinem Kopf fest. Vielleicht könnten sie einen Weg finden. Wenn sie nur alle zusammen an einem Strang zogen.

Kriegsgefangenenlager
Bas-Dauphiné, Frankreich

Es war eine Ansammlung von Baracken und Hütten, Kloaken und Kochplätzen, umgeben von zwei Reihen von Stacheldrahtzäunen. Wachtürme an den vier Ecken, auf denen stets zwei Mann mit Gewehren Wache hielten. Nur zu gern jagten sie ihren verhassten Gegnern, die Kameraden und Familienmitglieder auf dem Gewissen hatten, eine Kugel in den Leib.

Es war ein kleines Lager, nicht mehr als fünfhundert Mann.

Und eine Frau.

Svantje hatte sich an die Monotonie und die ständige Gefahr gewöhnt, die vor allem von ihren Mitgefangenen ausging.

Als Frau war sie fast nicht mehr zu erkennen, und das war womöglich ihre Rettung. Die magere Kost und die harte Feldarbeit, zu der sie in Kolonnen herangezogen wurden, hatten sie hager und sehnig werden lassen. Brüste und Hintern zeichneten sich durch die Lageruniform, die aus schlichten Hosen, Jacke und einer Kappe bestanden, nicht ab. Ihr langes Haar hatte sie im Winter aufgegeben. Die unhygienischen Zustände waren eine Brutstätte für Wanzen und Läuse. Svantje hatte versucht, sich so oft wie möglich mit eiskaltem Wasser und Seife zu waschen. Doch es war eine Sisyphusarbeit, deren Erfolg nur von wenigen Stunden Dauer war. Denn ihr Bett blieb verseucht, und wenn es durch Lüften und Durchfrierenlassen auch besser wurde, so krochen in der Nacht vom Nachbarn neue Plagegeister heran. Also hatte sie es gemacht wie die Männer und sich den Kopf geschoren. Nun war ihr Haar wieder einige Zentimeter gewachsen, doch fraulich machte es sie nicht.

An diesem Morgen gehörte sie zu einer Kolonne von einhundert Mann, die entlang einer Straße neue Entwässerungsgräben ziehen oder die alten reinigen und erneuern sollte. Nach einem mageren Frühstück aus beinahe geschmackloser Grütze, die sie bis auf den letzten Tropfen aus der Schüssel gekratzt hatte, brachen sie auf.

In Viererreihen, ein jeder mit einer Hacke oder einem Spaten auf der Schulter, zogen sie los. Fünf Berittene und zehn Gewehrträger zu Fuß waren als Wachmannschaft abkommandiert. Svantje marschierte neben einem Mann namens Gerhart Egger, einem Schuster aus Bottrop, den sie im Lager kennengelernt hatte. Der dreifache Familienvater war bei seiner Ankunft im Winter schwer lungenkrank gewesen und war nun der Überzeugung, dass sie ihm das Leben gerettet hatte. Er hatte es sich seitdem zur Aufgabe gemacht, sie zu beschützen, und nahm seine neue Bestimmung sehr ernst. Allerdings war er bei Weitem kein Kraftprotz und neigte auch nicht zu Gewalt. Die anderen Gefangenen wussten das ebenso gut wie Svantje. Es war also nur eine Frage der Zeit, bis Eggers Beschützerwille auf die Probe gestellt werden würde.

»Die Post lässt ganz schön auf sich warten«, sagte ihr Begleiter. Wie er, so sehnte auch Svantje die nächsten Briefe aus der Heimat herbei, als ginge es um ihr Überleben. Die Zeilen der Lieben war ihr Rettungsanker.

Von den Päckchen, die Friedrich ihr angeblich regelmäßig sandte, hatte sie nur ein einziges je erreicht, und das wohl nur, weil es schlichte Frauenkleidung enthielt. Das beigefügte Essen fehlte, so wie stets. Irgendwo auf dem langen Postweg ging es verloren. Auch in Frankreich herrschte Mangel, wenn auch vielleicht nicht so sehr wie in Deutschland. Friedrich hatte ihr von den Hungersnöten geschrieben.

»Ich hoffe, meine Tochter schreibt mir einige Zeilen. Sie hat doch ihr erstes Kind bekommen, und das in solch einer schweren Zeit.«

»Es wird ihnen schon gut gehen, aber ich fürchte, du wirst das Enkelkind erst sehen, wenn es dir entgegenrennen kann.«

Svantje richtete den Blick auf ihre durchgelaufenen Schuhe, wie sie im Staub der Vorgänger ausschritt, über Schotter und ausgetrocknete Pferdeäpfel.

Die Tränen kämpfte sie herunter. Sie hatte sich vorgenommen, nicht zu weinen, nicht die Nerven zu verlieren. Sie musste das hier durchstehen, wenn sie eines Tages nach Hause zurückkehren wollte. Irgendwann würde es vorüber sein, und dann konnte sie ihren Panzer wieder abschütteln. Bis dahin würde sie so wenig wie möglich an das Wiedersehen mit Mann und Kindern denken und sich mit Arbeit betäuben. Das fiel nicht schwer, denn die Wachleute sorgten dafür, dass sie nicht säumten und stets bis zur völligen Erschöpfung ackerten.

Svantje verlagerte ihre Hacke von einer Schulter auf die andere. Anfangs war ihr das klobige Werkzeug schwer vorgekommen, mittlerweile spürte sie das Gewicht kaum noch. Ihre Verletzung war so gut verheilt, dass sie keine Benachteiligung hatte. Der französische Feldarzt hatte seine Arbeit gut gemacht.

»Es ist doch erstaunlich, woran sich der Körper alles gewöhnt«, murmelte sie im selben Moment, als der Kolonnenführer ihnen zubrüllte, sie sollten anhalten. Hier also würden sie den Tag lang schuften. Svantje band sich das Kopftuch fester um, stopfte einige kurze Strähnen zurück unter den Rand, dann nahm sie neben Eggers ihre Position ein.

Der Befehl war kurz und barsch. Einen Straßengraben sollten sie anlegen. Svantje rammte ihre Hacke in den Boden und traf direkt auf Stein. Die Erschütterung setzte sich durch ihre Handgelenke bis in die Schultern fort.

Der Tag würde noch anstrengender werden als sonst. Um sie herum begannen die Männer zu fluchen, zerrten mit Werkzeug und bloßen Händen die Feldsteine aus dem Grund.

Svantje fand ihren Rhythmus, hacken, hebeln, hacken.

Die Aufseher schritten gemütlich die Straße auf und ab. Zwei neue waren dabei. Svantje hatte sie bislang kaum wahrgenommen. Sie hörte ihr Flüstern, spürte die Blicke, wenn sie weit vorgebeugt einen Stein aufhob. Vor den Aufsehern konnte Egger sie nicht beschützen. Svantje sah zu ihrem Kameraden herüber, der sich mit einer armdicken Wurzel mühte. Er hatte nicht bemerkt, wie die Aufseher stehen geblieben waren.

Eine Hand an ihrem Hintern. Svantje wich aus, klammerte sich an ihre Hacke und suchte sich, ohne den Lüstling auch nur anzusehen, eine neue Stelle zum Graben. Mit aller Kraft rammte sie die Metallspitze in den Boden. Niemand sollte mitbekommen, dass sie Angst hatte. So große Angst.

***

Friedrich saß auf seiner Terrasse und sah auf den Garten hinaus. Amseln hüpften über die Rasenfläche, pickten zwischen den Halmen nach Insekten und hielten gelegentlich in ihrem geschäftigen Treiben inne, um eine kurze Melodie zu trällern. Ganz nahe antwortete ein winziger Zaunkönig, der sich im Brennholzstapel verborgen hielt.

Das Bein schmerzte. Friedrich wusste kaum, wie er sich hinsetzen sollte, um sich Erleichterung zu verschaffen, denn wenn er es hochlegte, fing es nach kurzer Zeit an, in der Hüfte zu pochen.

Er hatte es wieder einmal übertrieben, das wusste er. Doch was sollte er tun? Seinem alten Vater konnte er die Arbeit nicht überlassen. Seitdem der alte Lagerarbeiter nicht mehr konnte und der junge Helfer an die Front gegangen war, blieb es an ihm und Svantjes Vater, dem einzigen Arbeiter, das Lager in Schuss zu halten. Die wenigen Warenein- und -ausgänge erledigten sie allein.

Seit Wassilis Tod war alles anders geworden. Er hatte zwar gut geführte Bücher hinterlassen, außerdem Namen und Adressen, aber die persönlichen Kontakte fehlten Friedrich nun. Ganz zu schweigen davon, dass er einen guten Freund verloren hatte. Wassili war Herz und Gedächtnis seines Unternehmens gewesen.

Wenigstens kamen die geschmuggelten Getreidelieferungen aus Schweden regelmäßig und zuverlässig. Genauso regelmäßig trafen Briefe von Clemens ein. Anfang im zornigen Ton eines betrogenen Jungen, mittlerweile gefasster. Er hatte sich bei Friedrichs Geschäftspartner in Stockholm gut eingelebt, wozu wohl auch dessen hübsche Tochter Stina Linnéa beitrug. Wenigstens den Sohn hatte er gerettet. Wenigstens das war ihnen geglückt.

Kaiser Wilhelm hatte den totalen U-Boot-Krieg ausgerufen, um die britische Seeblockade zu durchbrechen. Er ließ ohne Vorwarnung nicht nur auf Kriegsschiffe schießen, sondern machte auch auf Fracht- und Passagierschiffe Jagd.

Aber ohne Clemens. Sein Sohn, sosehr er die Marine auch liebte, würde keine unschuldigen Menschen umbringen und auch nicht auf hoher See in feindlichem Feuer umkommen. Stattdessen arbeitete er im Kontor des Schweden, machte dessen Tochter den Hof und segelte in seiner Freizeit auf kleinen Jollen im Schärengarten umher.

Friedrich legte den Kopf in den Nacken. Der Whisky begann zu wirken und betäubte den Schmerz. Seine Gedanken kreisten nicht mehr nur um Bein und Hüfte.

Am Himmel zogen graue Wolkenberge über verblassendes Blau. Die Ränder begannen gelblich zu leuchten. Wie oft hatte er abends im Sommer hier mit Svantje gesessen. Gemeinsam hatten sie hinaufgesehen und einander von ihrer Arbeit erzählt, den Tag Revue passieren lassen, während dort oben, wie auf großer Bühne, die Sonne ihre letzte Vorstellung gab.

Ob sie wohl dort, wo sie nun war, in einem französischen Lager, abends hinaufsah und an ihn dachte? Er vermisste sie so sehr. Aber wenigstens lebte sie.

Er hatte stets daran geglaubt, dass es so war, denn er war überzeugt, er hätte es gespürt, wenn sie starb. Es war gar nicht anders möglich, das hatte er auch Karoline und den anderen gesagt, die ihn für verrückt erklärten, für nicht ganz bei sich in seiner Trauer. Dann war Wochen später ihr erster Brief gekommen.

Seitdem erhielt er selten, aber regelmäßig neue. Auch

jetzt hielt er seine kleine Sammlung auf dem Schoß, würde sie vor dem Schlafengehen alle noch einmal lesen, dabei im Kopf Svantjes Stimme hören, ihr Lächeln sehen.

Den ersten Brief würde er niemals vergessen. Es hatte sich angefühlt, als würde er schlagartig von einer langen Krankheit genesen. Das Leben war in ihn zurückgekehrt. Er bekam wieder Hoffnung und die Kraft weiterzumachen. Fest glaubte er an eine Zukunft gemeinsam mit Svantje. Irgendwann würde sie freikommen und die Familie wieder zusammenfinden. Friedrich musste nur durchhalten und dafür sorgen, dass sie ein sicheres Heim erwartete und seine Firma bis nach dem Kriegsende überdauerte und gute Geschäfte machte.

Nachdem Svantje für verschollen und wahrscheinlich tot erklärt worden war, hatte Friedrich anfangs überlegt, mit der schwangeren Karoline ebenfalls nach Stockholm zu gehen. Vater und Tochter hatten lange miteinander gesprochen und dann beschlossen zu bleiben.

Solange der Krieg nicht in die Städte zu kommen drohte, würden sie Hamburg nicht verlassen. Vater und Tochter waren eng zusammengerückt, und der kleine Roland war wie ein Hoffnungsfunke in einer dunkler werdenden Welt.

Seit einem Monat ging Karoline wieder als Helferin ins Krankenhaus und nahm den kleinen Sohn mit. Anfangs hatte Friedrich es ihr verbieten wollen. Hamburg war nicht mehr sicher. Auf den Straßen herrschte ein wahrer Kleinkrieg zwischen Banden verwahrloster Jungen. Sie stammten aus einfachsten Familien, in denen die Väter an der Front waren und die Mütter oft in Fabriken schufteten. Niemand kümmerte sich um die Kinder, und so trieben sie sich herum, raubten und mordeten.

Seit zwei Jahren gab es viele Lebensmittel nur noch auf Marken. Vor Geschäften bildeten sich lange Schlangen, und wenn die Vorräte ausgingen, bevor alle etwas bekommen hatten, brachen Tumulte aus.

Immer wieder kam es zu Aufständen und Demonstrationen. Der Mangel an den einfachsten Dingen wie Brot und Fett trieb nacheinander die Menschen in den Orten Altona, Bahrenfeld und Ottensen auf die Barrikaden. Im Sommer des Vorjahrs war es bereits in den ärmsten Hamburger Stadtteilen Barmbek und Hammerbrook zu schweren Hungerunruhen gekommen.

Karoline ließ sich davon nicht abhalten. Sie war genauso ein Sturkopf wie ihre Mutter und bot Friedrich die Stirn. Schließlich, so sagte sie, sei sie eine verheiratete Frau, und ihr Ehemann hätte nichts dagegen. Sie blickte ihn dabei herausfordernd an, und Friedrich las aus ihren Augen, dass ihr Ehemann in dieser Sache auch dann nichts zu sagen gehabt hätte, wenn seine Meinung anders lautete.

Seit dem Fronturlaub, den sein Schwiegersohn zwei Wochen nach Rolands Geburt erhielt, hatte sich das junge Paar nicht mehr gesehen. Karoline litt still und schickte wöchentlich mehrere Briefe und Päckchen auf die Reise, doch sie beklagte sich nicht. Darauf angesprochen, meinte sie nur, solange ihr Jonathan lebe und gesund sei, könne sie ihren Teil beitragen und es aushalten. Irgendwann würden die Zeiten sich zum Besseren wenden.

Ihre Kraft und Zuversicht färbten auch ein wenig auf Friedrich ab.

Schritte?

Nein, das konnte nicht sein. Die Haushälterin war längst gegangen, und Karoline würde erst in einigen Stunden nach Hause kommen, da sie nach der Arbeit noch zu ihren Schwiegereltern gefahren war.

Und doch, da waren eindeutig Schritte! Friedrich griff nach seinem Stock, die metallbeschlagene Spitze würde im Notfall einen ordentlichen Prügel abgeben. Es kam immer häufiger zu Diebstählen, auch in dieser Gegend. Friedrich hatte schon über die Anschaffung eines Wachhundes nachgedacht, dann aber gehört, dass die Tiere häufiger verschwanden und aufgegessen wurden, als dass sie nutzten.

»He da!«, rief Friedrich, versuchte, energisch zu klingen, und richtete sich auf.

Ein Mann trat hinter der Hecke hervor und tippte sich grüßend an eine Filzkappe. »*Moin,* hab mich selbst reingelassen.«

Friedrich erkannte ihn nicht sofort. Dunkles, etwas längeres Haar, listige Augen und das Gesicht mindestens eine Woche nicht rasiert. »Hast dich verändert, Alberts«, sagte er schließlich.

»Du dich *ok.*« Raik Alberts streckte ihm die schwielige Hand hin, die sich der Bezeichnung *Pranke* nicht hätte schämen müssen.

Friedrich zögerte einen Herzschlag lang. Er hatte seit jeher ein gespanntes Verhältnis zu dem Schiffszimmerer, da dieser in seiner Jugend Svantje nachgestellt hatte. Zwar war das lang her und Alberts ein verheirateter Mann, doch Friedrich hatte nie vergessen, wie Alberts ihn in früheren Jahren behandelt hatte.

Der Händedruck war energisch, aber keine Kraftmeierei, wie er sie von seinem geschlagenen Konkurrenten erwartet hätte. Aber wo es keine Svantje gab, da gab es wohl auch keinen Wettstreit.

»Entschuldige, aber du bist der Letzte, den ich erwartet habe.«

»*Klaar.*« Raik setzte sich, ohne gefragt worden zu sein, und rieb sich das Kinn. Die Stoppeln kratzten hörbar. »Aber ich hab *een Vörslag* zu machen.«

»Ich höre.« Friedrich war noch immer verblüfft.

»Mir ist zu Ohren gekommen, dass Falkenberg *smuggelt,* und zwar im großen Stil.«

Die Worte waren wie ein Schlag in den Nacken. »Nein, wer so etwas verbreitet …«

Raik hob abwehrend die Hände. »Lass mich ausreden, *Maat.* Wir haben dasselbe Ziel. Wenn deine *Smugglerfrünnen* mich irgendwie über die Grenze nach Frankreich schleusen können, ohne dass mir der *Deets* weggeschossen wird, hol ich Svantje aus der Gefangenschaft.«

Friedrich vergaß einen Moment lang zu atmen. »Aber wie?«

»Das lass *mien Sörg* sein. Ich hatte schon vor dem Krieg Verbindungen nach drüben. Sozialistische Verbände, Arbeiterschaft, Partisanen. Wir tauschen *Narichten,* aber Menschen … *dat is een* Nummer zu groß. Du aber …«

»Verdammt, Raik. Ich wünschte, Wassili wäre noch am Leben! Das wünsche ich zwar jeden Tag, aber jetzt ganz besonders. Er kennt die richtigen Leute …«

»Kannte.«

»Was ist noch nötig?«

»Ich muss von Harkenfeld freigestellt werden, aber da kümmert sich Hilde drum. Und dann *bruuk ick* irgendwas, *dat* verhindert, dass ich für *en* Deserteur gehalten werde. Das ist vermutlich Richard Harkenfelds *Upgaav* in diesem Komplott.«

»Und du würdest dieses Risiko auf dich nehmen? In Feindesland vordringen, Tage, vermutlich Wochen? Warum?«

»Weil *ick mutt.*«

Friedrich schüttelte ungläubig den Kopf. Diese Antwort reichte ihm nicht. »Du hast eine Frau, Kinder. Deine Familie ist noch heil, Alberts.«

»Meine Familie lass *mien Ding* sein. Meine Frau ist versorgt, *de Fenten* in Sicherheit. Johanna weiß von alldem nichts. Ich hatte meinen Frieden schon gemacht, als ich an die Front ging, aber ich wurde wieder *torüggholt.* Hab *een tweede* Chance bekommen, das Richtige mit mir anzufangen.«

Friedrich schüttelte den Kopf. Es musste mehr dahinterstecken. »Warum wirklich, Alberts? Ich muss es wissen! Warum willst du tun, was ich nicht kann?« Er langte nach seinem Stock und erhob sich. Ging zwei Schritt näher, um dem Wagemutigen in die Augen zu sehen.

Dem anderen war es sichtlich unangenehm, zu ihm aufzusehen. Er erhob sich ebenfalls. »Weil *ick mutt!* Ich schulde den Claasens so viel, vielleicht alles. Svantjes *Vader* hat mir womöglich das Leben gerettet, indem er sich um mich kümmerte. Und Svantje selbst hat mir *de Weg* aufgezeigt, den ich zu gehen habe. Ohne Svantje und ihren *Vader* wäre ich nichts. Ich hab mit Hilde geredet, Friedrich. Sie hat mir erzählt, wie *bescheten* es Svantje geht. Ich hatte ja keine Ahnung, den Claasens schreibt sie nur Nettigkeiten, als sei ihre Gefangenschaft *een Spazeergang.* Hilde bekommt andere *Breven,* du vermutlich *ok.* Svantje ist *en goder* Mensch, vielleicht besser als wir alle, sie hat das nicht verdient.«

Friedrich beuge sich vor und senkte die Stimme. »Und kann es nicht auch sein, dass du noch immer Gefühle für meine Frau hegst und sie auf diese Weise von dir überzeugen willst? Sie retten wie der strahlende Ritter, während ihr Krüppel von einem Ehemann zu Hause hockt und sich die Augen ausheult?« Er tippte Raik wütend auf die Brust.

»Das hast du *seggt*«, fauchte der und begann, auf und ab zu gehen. »Und wenn schon«, sagte er schließlich, ohne ihn eines Blickes zu würdigen. »*Wat* macht das schon? Du hast es selbst *seggt,* ich bin verheiratet, Svantje liebt dich, mich hat sie nie gewollt. Es ist also egal, was ich mir denke. Hauptsache, sie kommt heil zurück.«

Friedrich schlug mit dem Stock auf den Boden. Er hätte diesem Kerl gern noch einiges ins Gesicht gesagt. Die ganze Wut und die ohnmächtige Verzweiflung der vergangenen Monate herausgebrüllt. Doch Alberts war nicht schuld daran, das wussten sie beide. Und gerade hatte er Friedrich angeboten, sein Leben aufs Spiel zu setzen, um ihm seine Svantje zurückzubringen.

»Also gut.« Friedrich streckte ihm die Hand entgegen. »Frieden.«

Raik sah ihn lange an, dann schlug er ein.

20

Oktober 1917

Er hatte niemals wieder nach Hamburg zurückkehren wollen, doch nun saß Richard doch im Haus seiner Schwester, die ihm so lange Briefe geschrieben hatte, bis er ihr Bitten erhörte. Sie hatte recht, schließlich besaß er Familie in der Stadt, und die war nicht gemeinsam mit Wassili gestorben.

Er war vor einer Stunde eingetroffen, hatte sich frisch gemacht und wartete nun darauf, dass Hilde den Haushalt organisiert und alle Angestellten verscheucht hätte, damit sie in Ruhe miteinander reden konnten.

Richard blinzelte, blickte auf seine Hände und meinte, sie wieder blutüberströmt zu sehen. Er rieb die Finger gegeneinander. Die Illusion war so echt, dass er glaubte, es fühlen zu können. Es war Wassilis Blut, und er konnte es nicht aufhalten.

Es kam ihm vor, als habe er Steine gegessen. Einige rumorten in seinem Magen, und der letzte steckte in seiner Kehle fest und drückte die Luft ab.

Er war nicht bei Wassilis Beerdigung gewesen, sondern gleich am nächsten Tag abgereist, nachdem er eine Aussage bei der Polizei gemacht hatte. Die Beamten hatten ihn bei Hilde aufgesucht, nachdem er einige Stunden ausgeruht hatte. Dann war er vorzeitig an die Ostfront zurückgekehrt.

Wie früher hatte er sich ganz und gar dem Militär übergeben, dessen gleichförmigen Routinen und Ritualen. Es war die einzige Medizin, die ihm half, wieder zu sich zurückzufinden und nicht vor Trauer zu zerbrechen.

Dann war der Krieg mit aller Macht zurückgekehrt und hatte ihn mitgerissen.

Leise Schritte.

Hilde trug Pantoffeln und ein hübsches, schlichtes Hauskleid. Im Gegensatz zu ihr musste er ein jämmerliches Bild abgeben. Er hatte abgenommen, das blonde Haar war grauer geworden, und seit einer Weile ließ er sich einen Bart stehen, weil das im Feld leichter war, als sich beständig rasieren zu müssen.

In ihrem Blick sah er, dass sie die Veränderung besorgte, auch wenn sie es sich nicht anmerken lassen wollte. Doch da war auch Freude über das Wiedersehen mit dem lange vermissten Bruder.

Er rang sich zu einem Lächeln durch, denn er freute sich ja auch, sie zu sehen. Doch es geriet dünn. In seinem Inneren gähnte seit Wassilis Tod eine Wüste, in deren kahler Weite er sich manchmal tagelang verlor. Über diesen Verlust würde er niemals hinwegkommen. Richard war überzeugt, sich in seinem Leben kein zweites Mal derart verlieben zu können, und er wollte es auch gar nicht. Die blutige Rache an Wassilis Peinigern hatte die Situation nicht erträglicher gemacht. Da war und blieb der Schmerz. Er war wie ein Rauschen, das scheinbar willkürlich an- und abschwoll und manchmal so laut wurde, dass es alles andere übertönte.

»Heiße Schokolade, wie früher?« Hilde trug eine Porzellankanne, aus der es verlockend duftete. »Mein Geheimvorrat. Ich habe ihn aufbewahrt für deinen nächsten Besuch. Eine Erinnerung an bessere Zeiten. Ich dachte, die haben wir uns beide verdient.« Sie goss zwei Porzellantassen voll und gab einen Löffel aufgeschlagene Sahne dazu, dann setzte sie sich neben Richard und drückte einen Moment lang seine Hand. »Ich habe dich sehr vermisst, Bruder.«

»Ich dich auch, liebe Schwester.«

Der Kakaoduft wirkte wie ein besonderer Zauber, der ihm auch einen Teil der Last von der Seele nahm. Er nippte daran und seufzte. »Herrlich. Danke.«

Hilde beobachtete ihn zufrieden. »Mein Plan ist also aufgegangen?«

Er nickte. Trank noch einen Schluck, stellte die Tasse ab und lehnte sich auf dem Sofa zurück. Der warme, starke Kakao vertrieb die Steine aus seinem Magen, löste die Anspannung, die zu seinem steten Begleiter geworden war.

»Du hast nicht mehr geschrieben, ich wusste nichts mehr von dir, gar nichts. Nicht einmal, ob du noch in Polen warst. Tu das nie wieder.«

»Versprochen. Wo also soll ich anfangen?«, sagte er schuldbewusst. Er hatte es einfach nicht fertiggebracht, ihr zu antworten, hatte manchmal nicht einmal ihre Briefe gelesen. Sie beantwortete seine Frage nicht, saß einfach nur da und wartete darauf, dass er sein Schweigen brach.

»Die ersten Monate habe ich mich nur um den Dienst gekümmert, es hat mir geholfen.« Unbewusst griff er nach der Taschenuhr – Wassilis alter Taschenuhr – und drehte sie in seiner Hand. Das Metall erwärmte sich. Es war ihm zur Gewohnheit geworden.

»Wir hatten einige Probleme. Erst bekamen die Pferde Räude und waren kaum noch einsatzfähig, dann sollten wir an die Westfront verlegt werden. Ich habe um Versetzung gebeten, wollte nicht mehr in den Westen. Während das 13. also verlegt wurde, nahm ich meinen Abschied und blieb an der Ostfront, wechselte in den Stab der Infanterie. Mit den Nummern muss ich dich nicht behelligen.« Er trank mehr von der Schokolade. Es war unmöglich, mit dem Duft von Kakao in der Nase vor dem inneren Auge das Grauen der Front zu sehen.

Richard hielt die Tasse so in der Hand, dass der Dampf um sein Gesicht zog. »Mit der Revolution in Russland hat sich dann einiges geändert. Die Führung wollte die instabile Lage nutzen, um Russland zu einem Kriegsausstieg zu drängen. Wir haben erstmals starke Gefechte gesehen. Unsere Offensive verlief im Sand, dann kam im Juni die Gegenoffensive vom neuen Kriegsminister Kerenski. Ich dachte, die schießen uns in Grund und Boden.« Er zuckte mit den Schultern, trank kalt gewordenen Kakao.

»Dir ist aber nichts passiert?«

»Nein, ich bin auf der neuen Position nicht mehr so frontnah involviert. Die Russen haben uns auf jeden Fall aufgeweckt, zurückgedrängt, dann lief sich ihr Angriff tot. Der Nachschub ging ihnen aus, angeblich haben sie auch nichts mehr zu fressen. Zuletzt kam dann eine neue Offensive, von Ludendorff hat sie geplant, du hast sicher davon in der Zeitung gelesen. Bei der Schlacht um Riga war ich dabei. Wir haben Pontonbrücken über die Düna errichtet, dann auf das andere Ufer.« Er rieb sich die Schläfen, vertrieb die Bilder, diese furchtbaren Bilder, drehte das warme Gold der Taschenuhr um und um.

Als Hilde ihre Hand auf seine legte, zuckte er kurz, besann sich aber. »Du musst nicht weiterreden, wenn du nicht willst.«

»Dann dürfte ich gar nicht mehr reden. Es ist schnell erzählt. Riga wurde am 5. September gänzlich eingenommen, wir haben einen Teilsieg errungen. Danach … ach, das ist uninteressant. Jetzt bin ich hier.«

»Und ich bin so froh, dass du es bist, und das auch noch unverletzt.«

Er schob den Ärmel hoch und zeigte eine rosige, fingerlange Narbe am Handgelenk vor. »Nur ein Kratzer, und auch der ist fast vergessen.«

»Was war das?« Hilde strich mit dem Finger über die dünne Narbenhaut und blickte zu dem Offiziersdegen, den Richard mitsamt Koppel und Pistolenholster über die Sessellehne gehängt hatte.

»Schrapnell vermutlich, so genau weiß ich es nicht. Im Gefecht bemerkt man den Schmerz manchmal nicht.«

»Das kann ich mir gar nicht vorstellen«, sagte sie mitfühlend und hielt seine Hand.

»Genug davon, genug vom Krieg und mir.«

Hilde musterte ihn forschend. »Nein. Nein, so leicht lenkst du mich nicht mit deinen Fronterzählungen ab. Ich will wissen, wie es dir geht. *Dir!* Das letzte Mal, als du hier warst …«

»Hilde, nicht …« Er schüttelte den Kopf. Dachte daran, dass er als frischgebackener Mörder noch mit dem Blut seiner Opfer an den Händen ausgerechnet in das Haus seiner Schwester gekommen war. Völlig kopflos war er gewesen damals.

Seine grausame Rache bereute er nicht. Die Erinnerung brachte aber auch Bilder von Wassili mit sich. Davon, wie der Geliebte in Richards Armen gestorben war. Es fiel ihm plötzlich schwer zu atmen. »Ich halte mich, so gut ich kann, Schwester. Es gibt schwierige Tage und nicht so schwierige, und hin und wieder solche, an denen ich wünschte, einfach von der Erde getilgt zu werden. Aber ich habe ihm etwas versprochen …«

Hilde schwieg still, während er vor seinem inneren Auge wieder Wassili sah, Momente, bevor er starb. »Lebe, hat er gesagt, und das tue ich, aber mehr kann keiner von mir verlangen.«

»Ich bin froh, dass du dich dafür entschieden hast«, sagte sie leise, und er sah ihr an, dass sie es bereute, ihn so bedrängt zu haben.

»Erzähl mir von dir, liebe Schwester, und von der Familie«, forderte er sie auf, um den bedrückenden Moment zu beenden.

Hilde räusperte sich, goss ihnen beiden aus der Kanne nach, die auf einem Stövchen warm gehalten worden war, und begann einen umfangreichen Bericht. Bei den eigenen Kindern fing sie an. Heinrich war noch immer in Berlin und in der Forschung für das Militär. Hilde vermutete, dass er etwas mit der Entwicklung neuartiger chemischer Kampfstoffe zu tun hatte, wie Gelbkreuz und Ähnlichem, doch er machte ein Geheimnis daraus. Beatrix verbrachte einen Urlaub bei Freunden an der See, und die Kleinen wuchsen zu prächtigen Kindern heran, er würde sie später noch sehen.

»Um unseren Bruder sorge ich mich. Du weißt, wie Florian ist, vertraut weder mir noch Walter, und dir erst recht nicht. Ich glaube, er trinkt zu viel. Und, Richard, er spielt.«

»Was?«

»Unter den jungen Männern herrscht eine Art Weltuntergangsstimmung. Sie können jederzeit eingezogen werden, also spielen, saufen und huren sie, als gäbe es kein Morgen.«

Richard nickte nachdenklich. »Für manche wird das stimmen.«

»Aber nicht für Florian, er wird ungefähr der letzte Mann sein, den sie ziehen«, warf Hilde ein.

»Was ihn aber nicht von seinen Vergnügungen fernhält.«

»Walter sagt, er komme oft spät und verkatert ins Werk, und statt sich dann zurückzuhalten, brüllt er die Mitarbeiter an und gibt krude Anweisungen.«

Richard prustete los. »Es tut mir leid, ich kann nicht anders.« Er lachte aus vollem Herzen, flüchtete sich in dieses Lachen.

Hilde sah ihn an, als habe er den Verstand verloren. »Was?«

»Er kommt wohl ganz nach Vater«, erklärte er und strich sich etwas Kakao aus dem Bart. »Es tut mir leid, Schwester, aber in dieser Sache stehst du allein da. Florian spricht nicht mit mir.«

Nun musste sie zumindest schmunzeln. »Vermutlich mache ich mir zu viele Sorgen.«

»Vermutlich. Florian ist ein erwachsener Mann, er wird wissen, was er tut. In einigen Monaten wird er die Lust daran verlieren.« Damit war das Thema für Richard erledigt.

Doch da war noch etwas. »Du hast in deinen letzten Briefen Andeutungen gemacht. Du sagtest, Svantje bräuchte meine Hilfe, aber soweit ich weiß, befindet sie sich in Kriegsgefangenschaft.«

»Ich konnte dir nicht alles schreiben, ich war mir nicht sicher, wer die Feldpost liest.«

»Kluge Schwester. Die Post des Stabs wird selten angetastet, aber auch ich habe schon geöffnete Umschläge erhalten. Nun können wir offen reden.«

»Die Sache ist auch ohne deine Hilfe erledigt. Ich möchte dich nicht weiter hineinziehen.«

Richard stützte die Ellenbogen auf die Knie und musterte seine Schwester. »Das klingt … interessant. Du kannst mir doch nicht solch einen Köder vorwerfen und dann schweigen.«

»Raik will Svantje aus der Gefangenschaft befreien, er ist wild entschlossen.«

»Der Teufelskerl.« Richard lachte. »Habt ihr denn alle den Verstand verloren? In Feindesland vordringen, eine Gefangene befreien und dann den ganzen Weg wieder zurück? Das ist Irrsinn.«

Hilde machte ein Gesicht, als sei sie stolz auf seine Anschuldigung. »Wenn es jemand schafft, dann er!« Sie sah sich um, als müsse sie sichergehen, dass sie nicht belauscht wurden. »Wir haben alles genau geplant«, flüsterte sie. »Es hat Wochen gedauert, bis wir alle Puzzlestückchen zusammengesetzt hatten. Wir haben uns bei deinem Freund Friedrich getroffen. Eine seltsame Gruppe haben wir abgegeben, sogar Walter war einmal dabei. Er hat Raik schließlich freigestellt und dafür gesorgt, dass er sich frei bewegen kann. Und Friedrich … nun, ich glaube, er schmuggelt. So kommt Raik über die Grenze. Von da an liegt dann alles in Gottes Hand.«

Richard hob fragend eine Braue. Was für eine Räuberpistole. »Das klingt so verrückt, es könnte sogar klappen. Und wie will Raik sie aus dem Lager holen?«

»Das ist die schwierigste Frage. Wir haben alle für Bestechungsgeld zusammengelegt, aber am Schluss muss er selbst entscheiden, wie er vorgehen will.«

»Ich möchte nicht in seiner Haut stecken. Wie es scheint, ist er noch immer derselbe Tausendsassa wie damals«, sagte Richard und dachte daran, wie er mit dem Schiffbauer zu Zeiten der Choleraepidemie ausgezogen war, um Hilde zu befreien, und wie gering sein eigener Anteil beim Erfolg der Mission gewesen war. »Du hast recht, Schwester. Wenn es einer schafft, dann Raik Alberts.«

Einen Tag später

Raik hatte Abschied von Frau und Söhnen genommen. Sie wussten nicht viel über seine Reise, nur dass er auf unbestimmte Zeit fort sein würde, und das mit Genehmigung der Harkenfeld-Werft. Hilde hatte es eingefädelt und Walter irgendwie von ihren Plänen überzeugen können.

Das beglaubigte Papier war Raiks größter Schatz. Es bescheinigte nicht nur, dass er für Harkenfeld ein kriegswichtiger Arbeiter war und damit geschützt davor, eingezogen zu werden, sondern auch, dass er sich im Auftrag der Firma frei in ganz Deutschland und den besetzten Gebieten bewegen konnte. In welcher Mission er unterwegs war, stand nicht darin und war seiner Fantasie überlassen. So hatten sie auch Richard Harkenfeld nicht mit hineinziehen müssen. Zuerst waren sie davon ausgegangen, eine Bescheinigung des Militärs zu benötigen, damit er sich der Grenze nähern dürfte, aber die Urkunde von der Werft reichte vollauf.

Er war ausgerüstet mit einem Rucksack, darin gewachstes Leintuch, Schnüre und ein neuer Armeeschlafsack mit Winterfütterung, Kleidung zum Wechseln, reichlich Proviant sowie Dinge, die sich zu Geld machen ließen, eingenäht in Jackensäume und Gürtel. Er war so gut vorbereitet wie möglich für jemanden, der derlei noch nie getan hatte.

Friedrich hatte sich in den vergangenen Tagen als verlässlicher und wohlorganisierter Verbündeter erwiesen. Er sorgte nicht nur für die nötigen finanziellen Mittel, sondern hatte alles darangesetzt, Raiks Passage so sicher wie möglich zu machen. Schließlich ging es um die Frau, die er liebte.

Vermutlich fühlte er sich schuldig, weil er nicht selbst an Raiks Stelle nach Frankreich gehen konnte. Aber wie wollte er die Strapazen aushalten? Er brauchte doch schon für das normale Gehen einen Stock. Mit dem schweren Rucksack wäre er nicht weit gekommen.

Raik erreichte den Treffpunkt nahe der Grenze zwei Tage nach seinem Aufbruch in Hamburg. Es war ein kleines Kaff, nur ein paar Häuser entlang einer unbefestigten Straße. Drei Bauernhöfe gab es hier, Rinder und Pferde waren nicht zu sehen, dafür pflügten fette Schweine mit den Schnauzen durch einen abgeernteten Acker, und auf den Wiesen um einen Löschteich tummelten sich schnatternd Gänse und Enten.

Er erreichte den Ort zu Fuß, war von der letzten Abzweigung von einer Landstraße an gelaufen. Sie hatten ihn ohne viele Worte abgesetzt, das Automobil ratterte davon, hinterließ eine Staub- und Abgaswolke, die ihn einhüllte.

Der Marsch hatte ihm gutgetan und seine Gedanken geklärt. Er war nun wirklich auf dem Weg zu Svantje. Doch noch konnte er umkehren. Konnte den Kontaktmann nicht aufsuchen und stattdessen nur eine Nacht im Heu schlafen, bevor er am nächsten Tag zurücklief.

Er hatte sich vorgenommen, genau das zu tun, sobald ihm irgendetwas faul vorkäme. Schließlich könnten die Schmuggler, die sonst nur Nachrichten und Lebensmittel transportierten, mit einem gefassten Spion wohl einiges an Belohnung kassieren.

Friedrich hatte beteuert, dass vor ihm Wassili bereits jahrelang mit diesen Leuten gearbeitet hatte. Er musste ihnen also trauen, eine bessere Möglichkeit gab es nicht.

Raik gab vor, ein einfacher Wanderarbeiter zu sein, hustete hin und wieder zur Übung, denn das würde bald seine Tarnung sein. Ein ehemaliger Soldat, ein Kriegsversehrter, der nach einem Gasangriff nun untauglich war.

Mit zusammengekniffenen Augen hielt er nach einem kleinen Schuppen Ausschau. Am Waldrand sollte er stehen, zwischen Vogelbeeren. Raik hatte ihn schnell gefunden, war durch den Zank einiger Drosseln aufmerksam geworden. Wie kleine Juwelen leuchteten die roten Fruchtstände der Eberesche im Abendlicht. Vögel schaukelten in den Zweigen und labten sich an den üppigen Herbstfrüchten.

Nur schemenhaft war im Schatten dahinter der Schuppen zu sehen. Die Bretter waren von Wind und Wetter ausgeblichen und hatten einen gräulichen Farbton angenommen. Auf dem Dach aus gespaltenen Schindeln wuchs ein dunkelgrüner Moosteppich. Einem Trampelpfad durch eine Wiese folgend, geriet er schnell in verbuschtes Terrain. Hastig sah er sich um, auch wenn es wohl keine bessere Möglichkeit gab, sich verdächtig zu machen.

Auf einem Bauernhof spielte ein kleines Mädchen mit dem Kettenhund, sonst war nirgends ein Mensch zu sehen. Raik atmete tief durch. Alles ruhig, dennoch waren seine Nerven zum Zerreißen gespannt.

Die Schuppentür war angelehnt. Er lauschte, hörte nur die Drosseln schimpfen. In einer fließenden Bewegung zog er die Brettertür auf und schlüpfte hindurch.

Ein Schlag zwischen die Beine ließ ihn mit einem dumpfen Keuchen zusammenbrechen. Es war stockfinster, und überall war Schmerz. Er kauerte sich zusammen, jämmerliche Laute entwichen seiner Kehle, ohne dass er es verhindern konnte. Nur langsam ebbte die Pein ab, und er spürte kalten Stahl an seiner Kehle.

Sie waren zu zweit. Einer kniete auf seiner Schulter, der andere auf seinen Beinen. Jede falsche Bewegung konnte seine letzte sein, also hielt er inne, stellte sich tot, während seine Gedanken rasten. Waren dies die falschen Männer? Hatten sie die Schmuggler hochgenommen und warteten nun auf ihn? Was hatte er falsch gemacht? Ihm war gesagt worden, er solle hier in diesem Schuppen auf seinen Kontaktmann warten, bis der auftauchte und nach einem Losungswort fragte. Dass sie ihn nun angriffen, konnte nur bedeuten, dass er hereingelegt worden war. Wie ein Idiot war er in die Falle getappt. Raik war unbeschreiblich wütend, auf diese Mistkerle, am meisten aber auf sich selbst.

»Hast dich verlaufen?«, knurrte der mit dem Messer

und drückte die Klinge noch etwas fester gegen Raiks Haut. Durch die Bretter sickerten Lichtstreifen herein. Nun, da sich Raiks Augen langsam an die Dunkelheit gewöhnten, konnte er Umrisse ausmachen. In dem Schuppen befanden sich ein altes Butterfass und zwei Kisten. Er sah Gepäck, vermutlich von den beiden Männern. Der Boden bestand aus festgestampftem Lehm und atmete einen feuchtkühlen, erdigen Geruch aus, beißend mischte sich der Gestank von Marderkot hinein. Der kleine Räuber musste den Schuppen ebenfalls als Unterschlupf beanspruchen.

Der Mann, der auf seinen Beinen hockte, war schmal und drahtig wie ein Windhund, mit einem ebensolchen Gesicht. Er besaß eine hervorspringende Nase und dunkle Augen. Der Mann mit dem Messer war von schwerer Statur, dunkelhaarig mit einem breiten, ungepflegten Schnauzer und hoher Stirn.

»Nein, *nich verlopen*«, keuchte Raik.

»Dann wolltest du hierher?«

Was war die richtige Antwort?, überlegte er fiebrig. Woher sollte er wissen, dass dies die Männer waren, die ihn über die Grenze bringen sollten? Er hatte keinen Namen, keine Beschreibung. Wenn er es nicht mit der Losung versuchte, wäre seine Reise hier zu Ende und sein Leben gleich mit. Solche Leute machten keine Gefangenen.

Er stotterte eine auswendig gelernte Kombination aus Worten und Zahlen. Wartete.

Die Kerle wechselten Blicke. Die Klinge lag unvermindert fest an seiner Kehle und wurde langsam von der Haut erwärmt. Plötzlich war der Spuk vorbei. »Du hättest anklopfen sollen, Idiot«, sagte der mit dem Windhundgesicht. »Klopfen, Losung, Eier behalten, so einfach.«

Raik richtete sich auf, nahm seinen verrutschten Rucksack ab und wischte sich den Dreck von der Kleidung. Hoffentlich würde er jetzt nicht für die nächsten Tage nach Marderpisse stinken. Zwischen seinen Beinen tobte noch immer ein höllischer Schmerz. »Mir hat *keener seggt,* dass ich klopfen soll.«

»Dann hat sich *keener* mit dir einen bösen Scherz erlaubt.« Sie waren von ihm abgerückt. Der Schmale saß auf einer Kiste, der andere auf einem zusammengefalteten Lumpen am Boden. Raik setzte sich mit zusammengebissenen Zähnen auf die zweite Kiste. Die Hütte war klein und eng, er musste nicht einmal aufstehen, um den Männern die Hand reichen zu können. »Auf dass die Unternehmung glatt läuft. Ich bin Raik.«

»Keine Namen«, sagte der mit dem Schnurrbart schnell und schlug ein. »Was du nicht weißt, kannst du nicht verraten.«

»Aber wie soll ich euch *anspreken?*«

»Gar nicht, Stille ist unsere Waffe. Heimlichkeit. Ein Husten, und wir sind tot, merk dir das.«

»Jewoll.« Raik verging der Sinn nach weiterer Unterhaltung, stattdessen untersuchte er sein Gepäck. War da etwas, das klappern könnte? Akribisch wickelte er seine Proviantdosen in Kleidung oder Wachstuch ein, bis er sicher war, an alles gedacht zu haben. Probeweise schüttelte er den Rucksack und erntete von seinen Begleitern anerkennendes Nicken.

Draußen wurde es Abend, dann Nacht. Sie entzündeten kein Licht. Es war dunkel wie in jenem Kohlenkeller, in dem Raik ein Jahr seiner Kindheit verbracht hatte.

Einer der Männer kramte in einer Tasche. Ein Schnappverschluss wurde geöffnet. Kurz darauf bekam Raik einen freundlichen Stoß gegen die Schulter. Es roch nach Pflaumen und Alkohol. Der Mann drückte ihm einen Flachmann in die Hand.

Raik nahm einen Schluck und musste im nächsten Augenblick einen heftigen Hustenreiz unterdrücken. Es war nicht das Brennen des Schnapses, Schnaps konnte er trinken, sondern der widerliche Geschmack, als habe jemand Brennspiritus mit faulen Zwetschgen gemischt. Er gab den Flachmann zurück, klopfte dem anderen dankend auf die Schulter. In der Dunkelheit sah niemand, wie er angewidert das Gesicht verzog.

Schließlich war die Zeit zum Aufbruch gekommen, und sie schulterten ihr Gepäck. Raik bekam noch zusätzliche Last aufgebürdet. Fast fünfzehn Kilo von irgendeiner Schmuggelware, er wollte lieber nicht genau wissen, worum es sich handelte.

»Ab jetzt kein Wort mehr«, flüsterte der Schnauzbart. »Es geht zuerst durch den Wald. Es sind überall Stellungen, aber weit verstreut, und die Patrouillen kennen wir, ihre Routinen, ihre Wege. Du machst genau, was wir machen, gehst dort, wo wir gehen, duckst dich, wenn wir es tun. Verstanden?«

Raik brummte eine Zustimmung.

»Im Tunnel bekommst du etwas zum Festhalten. Ein kurzes Seil. Lass es niemals los. Wenn du verloren gehst, suchen wir dich nicht. Du folgst mir, bis ich dir sage, es nicht mehr zu tun.«

»Verstanden.«

»Gut, dann brechen wir auf«, flüsterte der andere.

Es war eine Neumondnacht, zusätzlich zogen schwere

Wolken über den Himmel. Wind heulte durch die dichten Kronen der Buchen und Eichen, riss Herbstlaub davon und zerbrach morsche Äste. Die Luft roch nach Waldboden und Regen.

Raik lief dicht hinter den Schmugglern, die sich so mühelos bewegten, als könnten sie nicht nur in der Dunkelheit sehen, sondern als existierte ihr gewaltiges Gepäck, das sie auf den Rückentragen festgeschnürt hatten, nicht. Angeblich bedienten sie diese Schmuggelroute schon seit Jahren, gingen die Strecke ein-, manchmal zweimal in der Nacht.

Sie huschten durch Gestrüpp, das zu Hohlwegen verflochten war, schlichen über Freiflächen und übersprangen zwei kleine Bäche, in denen es gurgelte und gluckerte.

Schwere Regentropfen fielen wie kleine Bleigewichte vom Himmel. Gerade als Raik sich damit abgefunden hatte, sein Ziel völlig durchnässt zu erreichen, endete der Schauer.

Die Schmuggler blieben stehen, auch Raik erstarrte.

Da waren Lichter im Wald, Stimmen, Gelächter.

Sie legten sich hinter einem mit dicken Moospolstern bewachsenen Baumstamm flach auf den Boden.

Also doch durchnässt, dachte Raik grimmig, aber das war sein geringstes Problem, denn die Patrouille näherte sich. Es waren vier deutsche Soldaten, offenbar nicht auf Heimlichkeit bedacht. Dies war ein ruhiger Frontabschnitt, auf beiden Seiten gab es keine großen Truppenbewegungen, und die Straßen waren allesamt abgeriegelt und schärfer bewacht.

Raiks Herz jagte. Die Männer waren nur noch zehn Meter entfernt. Schnauzbart legte ihm die Hand in den

Nacken und drückte sein Gesicht herunter, bis er nasses Laub auf den Wangen spürte. Die helle Haut konnte sie verraten. Raik hielt still, versuchte eins zu werden mit dem Stamm und dem Boden, unsichtbar.

Ein Tippen auf die Schulter signalisierte, dass es weiterging. Er rappelte sich mit steifen Gliedern auf, wischte sich Matsch und Laub von der Wange und trottete den anderen hinterher.

Der Eingang in den Tunnel lag hinter dickem Brombeergestrüpp verborgen, davor verfaulte ein Fuchskadaver, der sicherlich mit Absicht hier deponiert worden war. Das Aas war gut sichtbar und verpestete den Umkreis mit seinem Gestank. Hier würde sich keiner freiwillig länger aufhalten, so blieb der Eingang gut getarnt.

Der drahtige Schmuggler schob mit einem Stecken dichte Dornenranken zur Seite, dahinter gähnte ein Loch. Sie huschten in den schmalen Gang, zerrten die Brombeerranken zurecht, und ab dann war es kohlschwarz. Eigentlich war schon der Wald verdammt dunkel gewesen, doch was nun kam, war ein gähnender Schlund aus reiner Finsternis. Raik blinzelte, doch es wurde nicht besser. Stattdessen drückte man ihm einen Strick in die Hand. Er klammerte die Finger ganz fest darum. Er durfte ihn auf keinen Fall verlieren.

Ein Ruck am Seil, Schuhsohlen flüsterten über Grus und Steinchen, und los ging es.

Vier Tage später
Kriegsgefangenenlager

Der Streit zwischen den Kriegsgefangenen hatte sich lange angedeutet. Es gab mindestens drei Fraktionen, die im Lager um die wenigen Dinge kämpften, um die es sich zu kämpfen lohnte: Nahrungsmittel, Tabak und die Unterbringung in der richtigen Kolonne.

Svantje hatte versucht, sich neutral zu verhalten, und konnte von Glück sagen, dass sie bislang nicht selbst zur Ware geworden war. Sie hatte einige entzündete Wunden versorgt, Koliken gelindert. Alles mit den Kräutern, die sie auf Arbeitseinsätzen aufklauben konnte.

Was sie in ihrer Ausbildung gelernt hatte, kam ihr nun zugute. Mit ihren Fähigkeiten erkaufte sie sich ihren Schutz.

Die Wächter ließen sie gewähren, dachten wohl, dass sie Svantje als einziger Frau diese kleinen Freiheiten erlauben konnten. Also stellte sie Kräutersuds als Zahlungsmittel her. Zusätzlich fertigte sie Salben an, die aus ranzig gewordenen Ölen oder Margarine bestanden, die sie mit pflanzlichen Auszügen mischte. Damit schmierten die Gefangenen ihre zahlreichen Wunden ein. Viele trugen ihre Schuhe, bis sie zerfielen, und mussten sich nun mit Fußlappen begnügen. Aufgescheuerte Zehen und Fersen waren an der Tagesordnung. Im nasskalten Herbstwetter konnte das schnell zur Tortur werden oder gar lebensbedrohliche Infektionen hervorrufen.

Doch gegen das, was sich die Männer nun angetan hatten, half kein Sud und kein Tee.

Svantje hatte bereits auf ihrer Pritsche gelegen und war nach einem Tag auf dem Feld in Halbschlaf abgedriftet, als es auf dem Innenhof plötzlich laut wurde. Männer schrien, dann krachte es, Holz ging zu Bruch, mehr Geschrei, dann ertönen Trillerpfeifen.

Einige Männer aus Svantjes Baracke griffen nach kleinen Messern und angespitzten Holzlatten und rannten hinaus. Es war, als hätten sie auf diesen Moment gewartet.

Svantje blieb wie erstarrt zurück. Lag auf ihrer Pritsche und hielt still. Hatten sie denn alle den Verstand verloren? Ein Aufstand im Lager konnte doch nur Unheil bringen!

In jenem Moment hatte sie noch geglaubt, dass die Männer einen Ausbruch geplant hatten und gemeinsam die Wachen angriffen.

Das erklärte auch, warum zwei ihrer Mitgefangenen, die sie etwas besser kannte, nicht mit hinausrannten. Sie hatte ihre Gespräche belauscht. Beide waren der Meinung, dass es besser sei, in Kriegsgefangenschaft zu ackern, als an der Front zu verrecken.

Schüsse fielen, nicht einer, sondern Dutzende, und jeder einzelne ließ Svantje zusammenzucken. Es folgte ein Augenblick der Stille, dann wieder Schreie, doch diesmal klangen sie anders. So schrien Männer, denen man in den Bauch geschossen hatte oder die verbluteten. Statt Zorn war einzig Schmerz in ihren Stimmen.

Svantje überkam schreckliche Angst. Erst kehrten die Erinnerungen an den Schützengraben zurück. Sie sah wieder, wie der Arzt neben ihr mit einem Kopfschuss niedergestreckt wurde, dann lag sie selbst schwer verletzt im Schlamm, während feindliche Soldaten über sie hinwegtrampelten. Sie versuchte, aus diesem Albtraum aufzutauchen, indem sie an Friedrich dachte. Svantje versuchte, sich an den Duft seiner Haut zu erinnern und das Gefühl, von ihm im Arm gehalten zu werden. »Drück mich ganz fest«, hatte sie manchmal gesagt. Weil es guttat, seine Kraft zu spüren, und sie sich dann ganz und gar geborgen fühlte.

Nun, zwei Stunden später, in denen Svantje zusammengekauert ausgeharrt hatte, betraten zwei Wachmänner die Baracke. Mit den Waffen griffbereit kamen sie direkt auf Svantje zu. »Du, komm.«

Sie war sofort auf den Beinen und lief hinter ihnen her. Energisch versuchte sie, ihrer Angst Herr zu werden, auch wenn ihr Herz schmerzhaft in der Brust hämmerte und ihre Beine sich anfühlten, als würden sie ihr im nächsten Moment den Dienst versagen.

Der Innenhof war grell beleuchtet. Auf dem festgestampften Lehmboden zeichneten sich dunkle Flecken ab, wo Blutlachen hineingesickert waren. Fünf Leichen lagen nebeneinander, in einer stak ein Holzstück, die anderen waren im Kugelhagel gefallen. Die Verwundeten, die es zweifellos geben musste, hatte man bereits fortgebracht. Svantje begann zu ahnen, warum man sie holte. Ihre Angst wich zurück. Sie musste ihre Gedanken fokussieren.

Man brachte sie in ein Nebengebäude außerhalb der Lagerumzäunung. Ein Wachmann sah sie drohend an.

Nein, sie dachte nicht einmal an Flucht, solange es Menschen gab, die ihre Hilfe brauchten. Nur alle zwei Wochen sah ein Arzt im Lager vorbei. Der letzte hektische Besuch lag drei Tage zurück.

Das Gebäude war ein Bau aus Fachwerk und Feldsteinen, der wohl schon lange vor der Errichtung des Lagers an diesem Platz gestanden hatte. Sie hörte die Verwundeten schon von draußen. Als sie nun durch die Brettertür trat, wallte ihr metallischer Blutgeruch entgegen, vermischt mit dem beißenden Gestank zerrissener Eingeweide.

Sechs Männer lagen über den Raum verteilt auf Metallbetten. »Du *'ilf*«, sagte ein Wachmann und gab ihr einen Stoß gegen die Schulter. Diese Aufmunterung hätte sie nicht gebraucht.

Svantje sah einen Mann nach dem anderen an, schätzte die Verletzungen ein und entschied dann, wer sie am nötigsten brauchte und bei wem jede Hilfe zu spät kam. Es war der Mann mit dem Bauchschuss, Mitte zwanzig, blond und blass wie Schnee. Er presste beide Hände auf den Unterbauch. Svantje schob vorsichtig die Kleidung zur Seite. Aus den beiden Einschusslöchern drang neben Blut auch bräunliche Flüssigkeit.

»Helfen Sie mir«, keuchte er.

»Ich bin gleich bei Ihnen«, sagte sie, schenkte ihm ein aufmunterndes Lächeln, dann drehte sie sich um und schüttelte den Kopf.

»Schmerzmittel? Narkosemittel?«

Der Wärter schüttelte den Kopf und schüttelte ihn weiter, als sie konkrete Medikamentennamen aufzählte. Was für ein Unglück, die armen Männer. Sie würden in den kommenden Stunden sehr leiden müssen. Hoffentlich verloren zumindest einige das Bewusstsein.

Svantje sah sich um. »Ich werde Hilfe brauchen, kräftige Leute zum Festhalten.«

»Sie können helfen?«, fragte der Lageraufseher, der in diesem Moment hinzugekommen war. Sein Deutsch war von einem starken Akzent gefärbt, aber gut zu verstehen.

»Ja, ich kann helfen, aber ich brauche alles, was Sie an

Verbänden und Medizin haben, außerdem Seife und heißes Wasser, hochprozentigen Alkohol, Pinzetten, Nadel und Faden, abgekocht …«

Befehle wurden gerufen, die Wachmänner trugen einzeln zusammen, was sie fanden. Es gab fast kein medizinisches Gerät, also würde sie sich mit Notlösungen behelfen müssen. *Ich bin eine Frau aus dem Armenviertel, ich finde immer einen Weg,* dachte Svantje energisch, dann krempelte sie die Ärmel hoch und wusch sich gründlich mit Seife. Die Wärter belächelten sie, während sie sich penibel die Fingernägel reinigte, unter denen sich der Dreck der Feldarbeit gesammelt hatte. Sie hoffte, es würde reichen.

Der Kessel mit kochendem Wasser wurde gebracht, und sie warf Nähzeug und Nadeln hinein, die eigentlich zur Lederreparatur gedacht waren, außerdem Messerchen und eine Pinzette.

Ihr erster Patient wies einen Durchschuss in der Schulter auf. Sie gab ihm ein Lederstück zum Daraufbeißen, dann begann sie, in der Wunde herumzustochern und Knochensplitter zu entfernen.

Er wurde nicht ohnmächtig, die ganze Zeit nicht. Svantje fand seine Schreie und das Leid schon jetzt schwer zu ertragen, doch er war nur ihr erster Patient. Sie war fest entschlossen, jeden Verletzten zu versorgen, ganz gleich, wie lange es dauerte.

Die ganze Zeit über blieb ein Wärter dicht in ihrer Nähe. Er stand oft so nahe, dass sie versehentlich gegen ihn stieß.

»Monsieur, bitte halten Sie Abstand«, bat Svantje.

»*Pardon. Je ne l'ai pas compris.*« Er hob entschuldigend die Hände und nahm seinen anzüglichen Blick dabei nicht von ihr. Seine Nähe ließ sie schaudern. Anfangs hatte sie geglaubt, er sei nur neugierig, doch da war mehr. Er benahm sich wie ein Raubtier, das nach der Schwäche seiner Beute witterte. Und die Beute, daran bestand kein Zweifel, das war sie.

Es fiel Svantje schwer, sich auf das Wesentliche zu konzentrieren, weil sie ständig darum bemüht war, seinen Berührungen auszuweichen. Sie geschahen wie zufällig. Mal wich er nicht rechtzeitig aus, mal hielt er einen zuckenden Patienten fest und streifte sie dabei.

Svantje schätzte ihren Plagegeist auf Mitte dreißig. Er hatte an der Stirn dünner werdendes Haar, ein rundliches Gesicht und seltsam fleischige Lippen, die sie bei Männern immer recht abstoßend fand. Seiner Kleidung entströmte intensiver Seifengeruch, und das Rasierwasser war geradezu beißend.

Svantje widmete sich dem nächsten Verwundeten, der von einem Kameraden verletzt worden war. Sein rechter Arm war gebrochen. Dicke Holzsplitter waren in die Kopfhaut gedrungen und verursachten gefährlich aussehende Blutungen.

»Ich brauche eine Schiene«, forderte Svantje und gestikulierte zugleich mit den Händen, was sie benötigte.

Der aufdringliche Wachmann fühlte sich nicht angesprochen, stattdessen streifte er mit dem Schritt ihr Gesäß, als sie an ihm vorbeigriff, um sich die Schiene selbst zu nehmen.

Svantje wusste, dass es am besten wäre, ihn zu ignorieren, bis er das Interesse verlor. Falls er es verlor. Aber sie konnte nicht an sich halten. Aus einer zügigen Drehung heraus stieß sie ihm die Holzschiene wie zufällig in den Solarplexus.

Keuchend taumelte er zurück. In seinen Augen blitzte blanker Hass.

»Ich brauche Platz!«, sagte Svantje noch einmal.

Sie wusste, dass sie sich soeben einen gefährlichen Mann zum Feind gemacht hatte.

21

Die Durchquerung des Fluchttunnels war Raik schier unendlich vorgekommen, dabei konnte sie nicht länger als zehn oder fünfzehn Minuten gedauert haben. Er hatte das Gefühl gehabt, die Wände würden auf ihn eindringen, näher und näher rücken, um ihn schlussendlich zu zerquetschen.

Wenn er die Hände ausstreckte, fühlte er mal trockenes Gestein, mal Erde und dann glitschige Stellen, wo Wasser austrat und sich im lichtlosen Dunkel eine dicke Schicht von Bakterien und Pilzen angesiedelt hatte. Über allem lag satter Modergeruch.

Mit der Linken hielt Raik ein kurzes Seil gefasst, an dem der Schmuggler mit dem Windhundgesicht ihn führte. Er hörte die Männer atmen. Ruhig, als wäre all dies nicht von Bedeutung.

Er zweifelte nicht daran, dass es sich für die beiden auch genauso verhielt. Denn wenn sie der Tunnelkonstruktion vertrauten, dann lag die wahre Gefahr auf den Wegstücken davor und danach.

Raik stieß beinahe gegen den Mann vor sich, so plötzlich war dieser stehen geblieben. Die Schmuggler hantierten mit etwas. Er hörte Zweige rascheln und dann, ganz plötzlich, den kurzen Warnruf eines Käuzchens. War es ein echter Vogel? Befanden sie sich fast schon im Freien? Oder handelte es sich um einen Erkennungsruf unter Schmugglern?

Die Frage klärte sich, als einer seiner Begleiter den Ruf erwiderte.

Der Wald auf der anderen Seite kam ihm hell vor, dabei war die Dämmerung noch weit. Die Baumstämme wirkten wie von bläulichem Licht angestrahlt, doch das war nur der kraftlose Neumond, der für einen kurzen Moment zwischen den Wolken hindurchlugte.

Sie hetzten einen Pfad entlang, immer darauf bedacht, kein Geräusch zu machen. Raiks Beine fühlten sich an, als wären sie mit Blei angefüllt. Er war es nicht gewohnt, derart lange mit schwerem Gepäck zu laufen, hinzu kam noch, dass er beständig angespannt war. Im letzten Moment musste er kleinen Hindernissen ausweichen oder einen Schritt zur Seite machen, um nicht auf knackende Äste zu treten.

Konzentriert folgte er den anderen. Windhundgesicht machte dem Spitznamen, den Raik ihm gegeben hatte, alle Ehre und rannte beinahe schwerelos. Sein Kumpan trottete zwar eher wie ein Bär, doch auch Bären verfügten über Ausdauer.

Es ging bergan, natürlich, wie hätte es am Ende ihres beschwerlichen Marsches auch anders sein sollen! Raik stieß innerlich einen Fluch nach dem anderen aus. In seinen Seiten stach es, in den Oberschenkeln tobte ein teuflischer Brand, doch vor diesen beiden jungen Kerls würde er sich keine Blöße geben. Also rannte er, als seien ihm die Verfolger dicht auf den Fersen.

Sie stürzten durch ein Dorngebüsch. Seine Begleiter

wichen den Nadeln geschickt aus, Raik, der nicht wusste, dass er ausgerechnet Schlehen vor sich hatte, stach sich die Dornen tief in die Hände. Er biss die Zähne zusammen und wischte sich das Blut an der Hose ab.

Die Mauer kam wie aus dem Nichts. Alte, mit Moos und Flechten bewachsene Feldsteine waren aufeinandergeschichtet und verfugt. Reste von Tünche gab es, so weich, dass sie unter den Fingern schmierte. Sie stiegen durch ein ausgebrochenes Fenster und waren schlagartig nicht mehr allein. Vier Männer warteten hier.

Die Schmuggler waren nicht überrascht, es schien also alles so wie geplant. Auch Raik atmete auf, denn im flackernden Licht einer kleinen Kerze erkannte er ein vertrautes Gesicht. Bernard, den er einige Wochen vor Kriegsbeginn bei einem Treffen von Gewerkschaftlern kennengelernt hatte, war tatsächlich persönlich gekommen. Er kannte den jungen Mann zwar kaum, doch er war froh, sich keinem völlig Fremden anvertrauen zu müssen.

Noch immer bestanden die Schmuggler auf absolutes Schweigen. Mit Handzeichen gaben sie Raik zu verstehen, dass er die Taschen, die er sich zusätzlich aufgeladen hatte, an die wartenden Männer weiterreichen konnte. Dann erwarteten sie ihre Bezahlung. Raik gab ihnen eine kleine Brosche mit Rubinen und Diamanten in altem Schliff, die im Kerzenlicht funkelten.

Die beiden Männer gaben ihm die Hand, und Raik machte sich gemeinsam mit Bernard auf den Weg. Beim nächsten Treffen mit den beiden würde ihn hoffentlich Svantje begleiten.

Auf Schleichwegen ging es weiter durch den Wald, dann tauchten sie in ein Sonnenblumenfeld, in dem Zeisige,

Stare und Distelfinken die Nacht verbrachten und erschrocken davonflatterten, sobald sie sich näherten.

Am Feldrand wies Bernard auf einen kleinen Jägerunterstand. Sie betraten die winzige Kabine, die mit alten Lappen zugehängt war, und setzten sich.

»Hier werden wir auf den Morgen warten, Freund«, flüsterte der Franzose in makellosem Deutsch.

Raik schlug ihm kameradschaftlich auf die Schulter. »Danke, dass du dieses *Aventüür* mit mir eingehst. Es ist viel *passeert* seit unserer letzten Begegnung.«

Der junge Mann nickte. »So ist es.« Er zog etwas aus seiner Hemdtasche und reichte es Raik. Es war ein belgischer Pass, darin ein Foto von Raik.

»Danke, *wat* muss ich wissen?«

»Du bist Belgier, sprichst kein Französisch. Du sprichst überhaupt wenig, nach einem Gasangriff sind deine Lunge und Kehle verletzt. Alle Unterhaltungen überlässt du mir.« Er gab ihm einen weiteren Pass für Svantje sowie ein offiziell aussehendes Papier auf Französisch. Raik verstand kein Wort. Vermutlich handelte es sich um eine Bescheinigung darüber, dass er kriegsversehrt war.

»Und du? Du wirst doch mit mir reisen?«

»Ja, den ganzen Weg. Unsere Kameraden haben die Sache nicht nur deshalb mir überlassen, weil wir uns ein wenig kennen, sondern auch, weil ich kampfuntauglich bin. Herzfehler seit der Geburt.« Er legte die Hand auf die Brust, lächelte scheu. »Früher habe ich mein Herz verflucht, es macht mich schwach. Nun kann ich beweisen, dass ich zu mehr tauge als zu einem Leben als Kaufmann. Ich bin seit meiner Jugend gern gewandert, kann also Schritt halten, keine Sorge.«

»Gut, gut, *mien Fründ,* gemeinsam wird es uns gelingen. Du weißt, wo Svantje Falkenberg untergebracht ist?«

»Ja. Wir können den Großteil der Strecke mit dem Zug zurücklegen, dann sehen wir weiter, was die Kameraden organisiert haben.«

»*Good,* sehr *good.*« Raik rieb sich die Schläfen. Ganz langsam fiel die Spannung von ihm ab. Die Überquerung der Grenze hatte ihn mehr Nerven gekostet, als er sich eingestehen wollte. Nun setzte Erschöpfung ein, da er der unmittelbaren Gefahr entkommen war.

»Diese Svantje Falkenberg, ist sie … liebst du sie?«

Raik sah überrascht auf. »Wir sind *tosamen* aufgewachsen, sie ist wie *een Süster* für mich.«

Doch noch eher er zu Ende gesprochen hatte, wurde ihm klar, dass er sich selbst belog. Ein Teil von ihm liebte Svantje. Würde es für immer tun.

Und das war auch der Grund, warum er sie nicht ihrem Schicksal überlassen konnte.

***

Drei Tage lag der Kampf der Inhaftierten zurück, drei Tage, in denen Svantje morgens und abends in die ehemalige Scheune gebracht wurde, um die Verwundeten zu versorgen.

Der mit dem Bauchschuss hatte noch zwei Tage erbärmlich gelitten und sich die Seele aus dem Leib geschrien, bis es endlich vorüber war. Svantje hatte ihm so gewünscht, dass es schneller ginge. Nun lag er in einem unmarkierten, flachen Grab. Was für ein jämmerliches Ende für einen jungen Menschen.

Auch an diesem Tag war ein Leben verloschen. Sie hatte hart gekämpft und schlussendlich doch verloren. Nichts hatte den Wundbrand noch aufhalten können. Bei einer Infektion in Arm oder Bein war die Amputation noch ein letztes Mittel. Im schlimmsten Fall hätte sich Svantje sogar darangewagt, obwohl sie den Eingriff noch nie selbst durchgeführt hatte, doch die Möglichkeit bestand nicht. Denn bei der brandigen Wunde handelte es sich um eine Kopfverletzung. Svantje hatte abgestorbenes Gewebe entfernt, so gut sie konnte, doch es half nicht. Fieber setzte ein, kletterte höher und höher. Svantje kühlte, legte Wickel um Wickel, doch es war ein Kampf gegen Windmühlen. Der Mann begann zu fantasieren. Sie hielt seine Hand, trocknete seinen Schweiß, flößte ihm Wasser ein, das sofort wieder aus dem Mund rann.

Er starb, als sie eingenickt war, als habe er darauf gewartet. Als wolle er sie nicht mit seinem Tod behelligen.

Svantje träumte von Friedrich, Karoline und einem Kinderwagen. Das Kind darin war verschwommen wie ein Geist. Sie träumte, wie sie hineinsah und erschrak. Im Traum war ihr völlig klar, dass sie ihren Enkelsohn Roland nur deshalb nicht sah, weil er sterben würde, bevor sie nach Hamburg zurückkam. Karoline schob nichts ahnend den Kinderwagen weiter und summte ein Liedchen, dessen Melodie sich oft wiederholte. Friedrich blieb bei Svantje zurück, nahm sie in den Arm und strich ihr liebevoll über den Kopf. Seine Kleidung roch intensiv nach Seife … einer Seife, die er doch sonst niemals benutzte …

Svantje zuckte zusammen, blinzelte Tränen fort. Es blieb das Gefühl, tröstend gehalten zu werden. Eine Hand lag auf ihrer Schulter, nicht feingliedrig wie Friedrichs. Keine

Hand, die Klavier spielte, feine Tuche und Pelze prüfte, sondern eine grobe, fremde. Die Finger gruben sich unangenehm fest in ihre Schulter.

Svantje sah auf, und neben ihr stand der Wärter, der sie schon seit Tagen verfolgte. Er verzog den fleischigen Mund zu einem Grinsen und blickte triumphierend zu ihr herab, als habe er einen Sieg errungen.

Svantje schob seine Hand fort. Er ließ es geschehen und wies auf den toten Soldaten auf der Pritsche vor ihr. Mit dem spitzen Finger machte er eine Geste, als würde er sich die Kehle durchschneiden.

Svantje fuhr ein frostiger Schauer über den Rücken.

»Er ist tot, ich weiß«, sagte sie leise. Auch wenn es nicht ihre Schuld war, fühlte es sich noch immer an, als habe sie versagt, nicht genug getan. In einem richtigen Krankenhaus hätte sie ihn vielleicht noch retten können. Nicht aber hier.

Der Wärter wies zur Tür, dann auf seine Uhr. Ja, es war Zeit zu gehen. Sie musste in die Baracke zurück. Svantje stand auf, packte ihre Sachen. Sonst hatte sie immer ein anderer Wärter zurückgebracht, doch dieses Mal hatte sich offenbar der Widerling dazu entschlossen.

Noch immer meinte Svantje, seinen Geruch an sich zu haben, er haftete in ihrer Kleidung und auf ihrer Haut. Er hatte ihre Haare angefasst, ohne dass sie es im Halbschlaf bemerkte. Wie hatte ihr das entgehen können!

Mit einem unheimlichen Lächeln hielt er ihr die Tür auf. Svantje trat an ihm vorbei auf den dunklen Hof. Es war eine sternenlose Nacht. Nebel stieg nach einem ungewöhnlich warmen Herbsttag aus dem Grund. Es duftete nach welkem Laub und Pilzen.

Der Wärter fasste sie grob am Arm, als habe sie versucht wegzulaufen und er sie im letzten Moment festgehalten. So hatten die anderen sie nicht behandelt.

»Lass mich los, ich komme auch so mit«, fuhr sie ihn an, kurz ihr eigenes Mantra vergessend, stets ruhig zu bleiben und keine Angriffspunkte zu bieten.

Sein Griff wurde sofort fester. Er schob sie weiter, verdrehte ihr dabei den Arm. Svantje biss die Zähne zusammen. Sie würde die Drangsal aushalten, denn schon in einigen Metern wäre es vorbei.

Der Abend war wirklich ungewöhnlich dunkel. Laut ging der Atem des Mannes hinter ihr und wurde immer schneller, dabei strengte er sich nicht an. Etwas anderes steckte dahinter.

Svantje stellten sich die Nackenhärchen auf. Sie musste an Raik denken, wie er ihr vor all den Jahren, als sie beide noch jung waren, beigebracht hatte, wie sie sich aufdringliche Kerle vom Leib halten konnte. Damals war es um Landstreicher, Betrunkene und aufdringliche Verehrer gegangen. Eine Situation wie diese hier hatten sie beide nicht vorhergesehen.

Eigentlich durfte Svantje den Wärter nicht verletzen, denn sie war eine Gefangene. Er hatte die Macht und sie keine. Diese Situation war ihnen beiden sehr wohl bewusst, und ihn schien sie zu erregen.

Svantje bekam eine furchtbare Ahnung. Als sie den Eingang zum Lager fast erreicht hatten, verdrehte er ihr dem Arm. Reißender Schmerz schoss bis in ihre Schulter hinauf. Sie schrie, doch seine Hand war auf ihrem Mund, ehe der erste Ton herauskam.

»Schh!«, zischte er ihr ins Ohr und verdrehte den Arm

noch weiter. Der Schmerz ließ ihr die Knie weich werden. Hatte sie eben noch an Gegenwehr gedacht, fiel es ihr nun schwer, überhaupt auf den Beinen zu bleiben.

Sie wand sich, doch er stieß sie unbarmherzig vorwärts, weg vom rettenden Lagereingang, wo die anderen Wächter sicher eingeschritten wären. Seifengeruch in ihrer Nase. Kalter Angstschweiß überall. Wenn sie doch nur einen Schrei … der Schmerz war unerträglich, fraß jeden klaren Gedanken. Svantje stürzte auf die Knie, wurde hochgerissen, weitergezerrt. Mehr Schmerz, sie versuchte, den Kopf zu drehen. Sah niemanden, nur Bretterzaun und Stacheldraht des Lagers, dann Gebüsch.

Er zerrte sie soeben über einen Fahrtweg, in dessen ausgefahrenen Spuren Wasser stand, als es ihr endlich gelang, dem Wärter auf den Spann zu treten. Doch seine festen Stiefel verhinderten, dass er viel davon spürte.

»Schh, schh«, blies er ihr wieder ins Ohr, als versuche er, ein kleines Kind in den Schlaf zu wiegen.

Wenn er sich mit ihr vergnügen wollte, würde er sie irgendwann loslassen müssen, und dann käme ihre Chance. Die einzige, die sie haben würde. Svantje zweifelte nicht, dass sie diese Nacht nicht überleben sollte. Er würde sie nicht vergewaltigt und mit zerschlagenem Gesicht ins Lager zurückbringen. Die anderen Wächter waren nicht wie er, sie würden es ihm nicht durchgehen lassen. Also musste er sie irgendwo im Wald verscharrt zurücklassen und behaupten, sie sei davongerannt.

Sie ahnte, wo er sie hinbrachte. Nicht weit vom Lager befand sich die Ruine eines aufgegebenen Bauernhofs. Die Gebäude waren halb abgetragen, Balken und Steine woanders wiederverwendet worden.

Im Frühjahr wuchsen dort gelb blühende Kornelkirschen, Pfaffenhütchen, Himbeeren und verwilderte Kräuterbüsche, alles miteinander verrankt und verschlungen. Gemeinsam bildeten sie eine dichte Mauer aus Ästen, durch die es nur wenige Pfade gab.

Auf dem Weg zur Arbeit war sie hin und wieder dort vorbeigekommen. Aus der Kolonne heraus hatte sie sehnsüchtig an diesen verwunschenen Ort geblickt und sich gewünscht, ihn nur ein einziges Mal erkunden zu dürfen. Denn seit ihrer Gefangennahme hatte sie keinen Moment allein verbracht, war stets von Menschen umgeben gewesen.

Und nun brachte der widerliche Kerl sie ausgerechnet dorthin. Er schob sie wie einen Schild vor sich her, durch das Gesträuch. Dornen verfingen sich in Svantjes Kleidung, rissen ihr die Wange auf. Sie spürte Blut wie eine dickflüssige Träne über ihre Haut perlen.

Weiter, immer weiter drängte er sie. Sein Atem ging schnaufend, erregt wie ein Stier war er und genauso gefährlich.

Svantje hatte aufhört, sich zu wehren. Ihr verdrehter Arm wurde langsam taub und tat dabei weiterhin fürchterlich weh, vermutlich war irgendetwas darin gerissen. Sollte ihr Peiniger doch denken, sie habe aufgegeben.

Er drückte sie überraschend zu Boden. Einen Augenblick lang war seine Hand nicht mehr auf ihrem Mund. Svantje schrie, dann füllte plötzlich etwas Weiches, Nasses, Feuchtes ihren Mund. Krümel rutschten in ihre Kehle, der Würgereflex setzte ein, sie krampfte.

Der Wärter schlug ihr ins Gesicht, und einen Moment lang wurde alles schwarz, eine andere Schwärze als die Dunkelheit der Herbstnacht.

Als sie wieder zu sich kam, hatte er ihr Kleid hochgeschoben und die dicke Wollstrumpfhose im Schritt zerrissen, die Unterhose ebenfalls. Speichel klebte auf ihrer Haut. Er küsste ihre Halsbeuge, stöhnte, kämpfte dabei einhändig mit seinem Gürtel, während er mit der anderen ihre Brust bearbeitete, als würde er Teig walken.

Svantje war wie erstarrt.

Sie musste einen Augenblick ohnmächtig gewesen sein, und ihr Peiniger glaubte offenbar, sie sei es noch immer. In ihrem Mund war ein Moosballen. Svantje widerstand dem Drang, ihn mit der Zunge hinauszudrücken, da sie sich damit verraten hätte. Also hielt sie ihren Körper still, ganz still, während sie mit der linken Hand vorsichtig über den Waldboden tastete, altes Laub und Moos berührte, Moos, wie sie es im Mund hatte. Ästchen, Zweige. Ein dicker Ast, Hoffnung glomm und wurde gleich darauf zerstört. Der Ast war morsch, weich wie ein Schwamm.

Mit einem metallischen Schnappen ging der Gürtel ihres Peinigers auf, der Knopf folgte, dann ein Reißverschluss. Ihr lief die Zeit davon.

Der Kerl richtete sich auf, um seine Hose herunterzuschieben. *Still, ganz still. Still, ganz still*!, wiederholte Svantje in Gedanken, sie durfte sich nicht verraten.

Er beugte sich wieder über sie, die Hose schlackerte um seine Knie. Er würde ihr nicht sofort folgen können, wenn sie floh.

Er flüsterte etwas. Es klang, als bedauere er, dass sie in ihrer Ohnmacht nicht erleben würde, was für ein guter Liebhaber er war. Mit dem Handrücken prüfte er, ob sie noch atmete, offenbar widerstrebte ihm die Vorstellung, es mit einer Leiche zu treiben.

Er beugte sich wieder über sie, vergrub sein Gesicht an ihrer Halsbeuge, schnüffelte an ihr, als wolle er sich ihren Geruch einprägen. Mit beiden Händen war er unter ihrem bis zum Bauch hochgeschobenen Kleid zugange und befingerte sie grob. Der Ekel war schier überwältigend.

Svantje streckte die andere Hand aus. Begann zu tasten. Wieder nur Waldboden, Buchennüsschen, raues Gras. Sie stieß auf etwas Hartes. Ja, da war sie, eine der fast abgetragenen Gebäudemauern. Sie prüfte, wackelte und fand endlich einen Stein, nicht größer als ihre Faust, an dem ein großes Stück Mörtel klebte.

Der Wärter packte ihre Schenkel, schob sie zur Seite und griff zwischen ihre Beine. Svantje schlug zu und spie zugleich das Moos aus. Die Mörtelspitze traf ihn am Kopf und zerplatzte sofort zu Krümeln.

Es reichte nicht. Er war nicht ohnmächtig, nur wütend. Svantje schrie aus Leibeskräften, auch ihr Widersacher brüllte. Er holte aus. Sie sah die Bewegung in der Dunkelheit kaum, drehte den Kopf zur Seite. Die Faust traf statt ihrer Nase die Wange.

Er fluchte. Svantje zog die Knie an und trat mit beiden Füßen zu. Sie traf zwischen seine Beine, verhedderte sich aber in seiner heruntergezogenen Hose. Er brüllte auf und schlug mit beiden Händen nach ihr. Fäuste prasselten auf ihre Beine nieder, den Bauch, die Brust.

Aber das waren Schmerzen, die sie in diesem Augenblick nicht spürte. Feuer schien durch Svantjes Adern zu brennen und gab ihr die Kraft, die sie im Kampf gegen den ungleich stärkeren Kerl brauchte. Sie hatte noch immer den Stein, jetzt befreit von Mörtel, und sie nutzte ihn. Schlug ihn dem Wärter gegen die Schultern, den Hals.

Er ließ nicht von ihr ab.

Endlich bekam sie den Fuß frei und riss das Knie hoch, traf diesmal den Magen.

Er keuchte, würgte, bekam ihre linke Hand zu fassen und verdrehte sie. Es war ein scheußlicher Schmerz.

Svantje schlug ihm mit dem Stein ins Gesicht, aufs Auge, auf Nase und Schläfe. Sie trat wieder zu, und endlich wurde der Griff um ihre Finger weicher. Ein letzter Schlag, und der Körper des Mannes sackte plötzlich zusammen, als sei sämtliches Leben aus ihm gewichen.

Mit dem Oberkörper landete er auf ihrer Brust. Svantje bekam keine Luft mehr. Mit letzter Kraft stieß sie ihn von sich und blieb dann einfach liegen.

Atmete, atmete, lebte und wartete darauf, dass der Schmerz langsam nachließ. Blut rann aus ihrer aufgeplatzten Wange und Braue.

Langsam wurde es besser.

Svantje starrte zum Himmel hinauf. Der Mond lugte nur hin und wieder hinter den Wolken hervor. Es war eine dünne Sichel, eingehüllt in einen milchigen Hof, davor ein Gitternetz von Zweigen.

Langsam und sorgfältig schob Svantje den Rock herunter, zurück über die Beine. Erst dann setzte sie sich mit angezogenen Beinen auf.

Neben ihr lag ihr Widersacher, leblos. Mit zitternden Händen fühlte sie seinen Puls. Ganz schwach, aber regelmäßig pochte es unter der Haut.

»Verdammtes Schwein«, stöhnte sie gequält, griff nach dem Stein, nahm ihn mit beiden Händen, die Spitze nach unten. Ein Schlag auf die Schläfe, und er wäre tot. Etwas anderes hätte er mit ihr auch nicht gemacht, nachdem er seinen Willen mit ihr gehabt hätte. Sie holte aus …

Tränen rollten über ihre Wangen. Nein, sie konnte es nicht tun. Ganz gleich, was geschah, sie war mit Herz und Seele Krankenschwester. Jetzt einen Wehrlosen zu ermorden bedeutete, beides zu verlieren.

Svantje wandte sich um und hieb mit aller Kraft auf seinen Fuß. Es knackte fürchterlich. Nun würde er sie nicht mehr verfolgen können. Doch was sollte sie nun machen?

Zuerst hatte sie zum Lager zurückkehren wollen, doch wieso? Niemand hatte Alarm geschlagen, und sie war außer Sichtweite.

Mühsam kam Svantje auf die Beine. Es war kalt, würde noch kälter werden. Nach kurzem Zögern nahm sie die Jacke des Wärters, riss alles ab, was ihren Ursprung verriet, und zog sie über. Wilde Entschlossenheit breitete sich in ihr aus und vertrieb einen Moment lang die Kälte.

Sie wusste, wo die Straße lag, die nach Westen führte. Eine ganze Zeit lang könnte sie parallel dazu durch den Wald gehen.

Es kostete sie große Überwindung, die Taschen des Kerls zu durchsuchen, aber schließlich war sie im Besitz eines kleinen Messers, außerdem hatte sie etwas Geld und Zigaretten gefunden.

Als sie aufbrach, frischte der Wind auf und trug Nieselregen heran. Anfangs merkte sie kaum etwas von der Feuchtigkeit, dann begann sie sich in den Zweigen zu sammeln und fiel in dicken Tropfen herab.

Aus der Jacke drang Seifengeruch. Svantje stolperte weiter. Jeder tiefe Atemzug verstärkte ihre Schmerzen und die

Übelkeit. Sie übergab sich, und danach wurde es besser. An einem kleinen Graben wusch sie sich das Gesicht und trank etwas.

Das Wasser schmeckte nach Herbstlaub und Erde. Es war köstlicher als alles, was sie je probiert hatte.

Denn sie lebte.

Raik konnte es nicht fassen. Bis zu diesem Punkt war alles glattgelaufen. Sie waren einen Großteil der Strecke mit dem Zug gefahren, niemand hatte sie behelligt, und abends fanden sie Unterschlupf bei Kameraden der Arbeiterbewegung oder deren Verwandten, die keine Fragen stellten. Den Rest des Weges waren sie per Anhalter gefahren, schließlich das letzte Stückchen gelaufen.

Am Morgen hatten sie das Kriegsgefangenenlager schließlich vor Augen, und es sah weit weniger schlimm aus, als Raik es sich vorgestellt hatte. Die Männer, die unter den strengen Augen der Wachleute zum morgendlichen Dienst als Kolonne aus der Anstalt zogen, waren nicht schlechter gekleidet als die arme Bevölkerung Hamburgs. Die Männer waren schmal, aber nicht stark unterernährt.

Raik war in Sichtweite des Lagers bei einem Heuschober zurückgeblieben und hatte sich dort in den duftenden Wintervorrat gesetzt, während Bernard allein zum Haupteingang lief. Er sollte erst einmal herausfinden, ob Svantje wirklich hier untergebracht oder zwischenzeitlich verlegt worden war.

Es hatte gedauert.

Mit verstreichender Zeit war seine Hoffnung gewachsen. Vielleicht sprach Bernard in ebenjenem Moment mit

Svantje. Bei der ausrückenden Arbeitskolonne war sie jedenfalls nicht gewesen.

Wie sie Svantje schließlich aus dem Lager schaffen würden, hatten sie nicht gewusst. Bernard wollte das von der Situation abhängig machen. Notfalls würden sie den Zaun durchschneiden, damit sich Svantje in der Nacht hinausschleichen konnte.

Doch nun musste er einsehen, dass es dazu nicht mehr kommen würde. Alle Hoffnung war dahin. »Fort? *Wat* heißt hier fort?«

Bernards Miene schwankte zwischen Enttäuschung und Ratlosigkeit. Er hob die Hände zu einer hilflosen Geste. »Sie haben es nicht genau gesagt, aber sie ist in der Nacht verschwunden, mit einem Wärter. Der Wärter lag später schwer verletzt im Wald. Er behauptete, sie habe ihm Versprechungen gemacht und ihn dann niedergeschlagen.«

»Dieser Dreckskerl! Wo ist er? Den *nehm ick mir vör …*«

Bernard hielt ihn an der Schulter fest. »Vergiss ihn, mein Freund, er ist nicht mehr wichtig. Willst du hören, was sie gesagt haben?«

»Ja, verdammt!« Raik spuckte auf den Boden und trat den Fleck mit der Schuhsohle in den Sandboden, als würde er einen Feind zermahlen.

»Ihnen war anzusehen, dass sie dem Mann nicht glauben. Er scheint ein Schwein zu sein. Deine Freundin hat es ihm ordentlich heimgezahlt, er ist in ein Krankenhaus gebracht worden. Gestern wurde der Wald durchsucht, aber es hat in der Nacht stark geregnet. Es gibt keine Spuren, sie haben die Suche eingestellt. Vielleicht liegt sie irgendwo tot, und der Kerl gibt es nur nicht zu.« Bernard legte ihm kameradschaftlich die Hand auf die Schulter und zog sie gleich wieder fort, als Raiks Blick ihn traf.

»Nein!« Raik musste sich zwingen, nicht zu schreien. »Nein! Nicht sie. Wären wir nur *dree Dag* eher gekommen, hätten wir das alles verhindern können! Verflucht sei dieser Dreckskerl, *de Bastert!* Ich wünschte, er wär hier, dann würd ich …« Er schlug mit der Faust gegen die Wand des kleinen Heuschobers. Eine Latte brach und wurde herausgesprengt, Splitter stachen in seine Haut.

Erst der Schmerz riss Raik aus dem wilden Gemisch aus unbändigem Zorn und Enttäuschung, das in ihm toste. Da hatten sie so lange geplant, und nun waren es zwei jämmerliche Tage, die alles zunichtemachten.

»Ich denke, sie hätten deine Freundin sogar gehen lassen«, sagte Bernard und kratzte sich am Kopf.

»*Dat* macht es *nich beter*«, knurrte Raik, während er sich an seiner Hose das Blut von der schmerzenden Hand wischte. Sein Begleiter musterte ihn, als habe er es mit einer unberechenbaren Furie zu tun. »Nein, besser macht es die Angelegenheit nicht. Aber zumindest muss deine Freundin keine Verfolgung fürchten, wenn sie noch lebt.«

»*Wenn*«, knurrte Raik. Doch eigentlich war er überzeugt davon, dass Svantje nicht tot war.

Vielleicht war das aber auch nur Wunschdenken. Er war zu feige, sich sein Versagen einzugestehen, zu feige, um vor ihre Familie zu treten und ihnen die schreckliche Nachricht zu überbringen.

***

Svantje kauerte in einem kleinen Schafstall. Sie war nicht weit gekommen. Die Schmerzen hatten sie eingeholt und zur Ruhe gezwungen. Sie musste noch zwei, drei Tage ausharren, bis sie weitergehen konnte, und bis dahin musste sie sich dringend einen Plan zurechtlegen.

Ihr kurz geschorenes Haar war verräterisch. Nur geflohene weibliche Sträflinge und Kriegsgefangene sahen so aus. Selbst wenn man sie tot glaubte und die Wärter nicht nach ihr suchten, in Sicherheit war sie dadurch noch lange nicht. Weder sprach sie Französisch noch besaß sie einen Ausweis, mit dem sie ausreisen könnte. Ihr stand ein Spießroutenlauf von Hunderten Kilometern Länge bevor.

Von Weitem hatte sie die Kolonne ausrücken sehen, diesmal ohne sie. Sollte sie zurückkehren? Wahrscheinlich waren ihre Überlebenschancen im Lager besser als auf dem langen Fußweg nach Westen. Hätte es ihren Peiniger nicht gegeben, wäre sie längst ins Lager zurückgekehrt.

Nun, sie würde die nächsten Tage ausharren, Kraft schöpfen und überlegen.

Ihr jetziges Versteck versorgte sie mit dem Nötigsten. Es gab Wasser in einem kleinen Graben. Svantje hatte eine Hecke mit späten Brombeeren gefunden, außerdem schrumpelige Äpfel und einige angebrütete Enteneier. All das war bereits aufgegessen. Nun knabberte sie an einem Wiesenchampignon, von denen sie gleich einen ganzen Hexenring auf einer verlassenen, waldnahen Viehweide gefunden hatte. Rohe Pilze schmeckten ihr nicht, doch ein Feuerchen zu machen war viel zu riskant. Die Streichhölzer, die sie bei den Zigaretten ihres Peinigers gefunden hatte, hütete sie für bessere Tage.

Svantje behielt die Straße nach Westen fest im Blick. Sie wartete noch immer darauf, dass die Lagerleitung einen

Suchtrupp losschicken würde, doch es geschah nicht. Stattdessen marschierten zwei Männer in den Fahrrinnen. Sie hatte sie schon am Morgen gesehen, als sie in anderer Richtung unterwegs gewesen waren. Dieses Mal unterhielten sie sich. Einer gestikulierte aufgeregt. Es erinnere sie an jemanden.

In ihrem Herz zog es.

Sie kamen näher. Eine Windbö strich über das Feld und scheuchte einen Schwarm Sperlinge auf. Die kleinen Vögel lärmten, und darunter konnte Svantje einzelne Worte ausmachen.

Deutsch.

Svantje merkte kaum, wie sie sich erhob. Einer der Männer trug eine Filzkappe etwas schief auf dem Kopf, darunter quollen dichte, dunkle Locken mit erstem Grau hervor. Nein, das konnte nicht sein!

Sie ging mehrere Schritte, die Champignons fielen aus ihrer Schürze und kullerten bergab der Straße zu.

Dort ging ein Gespenst, der beste Freund aus Kindertagen. Der Schlag auf den Kopf musste doch schwerer gewesen sein als geahnt. Svantje wusste, dass es nicht sein konnte, dass sie sich womöglich verriet und sich mit ihrem Leichtsinn zurück ins Lager brachte. Aber sie musste seinen Namen sagen, ihn rufen, als würde der Traum wahr, wenn sie ihn nur laut aussprach.

»Raik? Raik Alberts!«

Er verharrte wie vom Blitz getroffen. Ja, er war es, sie erkannte ihn ganz deutlich. Svantje lief los, rannte die wenigen Schritte und warf sich ihm in die Arme. Aller Schmerz war vergessen, wenn er sie nur festhielt.

»Svantje, Schwänchen, *wat* haben sie dir nur *andaan?*«

Er berührte ihre verkrustete Wange, das kurz geschnittene Haar.

»Nichts, alles ist gut.« Sie schluchzte auf. »Raik, was machst du denn nur hier?«

In seinen Augen schimmerten Tränen. »*Ick* hol dich *na Huus,* Svantje.«

Sie konnte es nicht glauben. »Du bist den ganzen Weg hergekommen, um mich zu holen?«

Er nickte, rang sich zu einem Lächeln durch. »Als wir *Kinners* waren, habe ich dir *versproken,* dass du dich immer auf mich verlassen kannst.«

EPILOG

Hamburg
Acht Tage später

Es war ein früher Sonntagmorgen, der erste im November, als sie die Stadtgrenze erreichten. Hamburg, das Svantje beinahe wie eine eigenständige Person vermisst hatte, hüllte sich in Schweigen und einen dichten Mantel aus Herbstnebel. Als sei ihr Heimatort beleidigt, weil sie ihm den Rücken gekehrt hatten.

Svantje hockte auf eng gestapelten Kisten und vernähten Säcken. Raik hatte es sich ihr gegenüber bequem gemacht und schlief. Endlich schlief er. Während sie durch Frankreich gereist waren, hatte er kein Auge zugetan. Nun endlich waren sie in Sicherheit.

Sie fuhren schon seit dem Vorabend auf einem Lastkraftwagen mit, der Nahrungsmittel nach Hamburg transportierte. Nun trennte sie nur noch eine halbe Stunde von ihrem Ziel. Svantje hatte es kaum erwarten können, doch jetzt, da sich die ersten vertrauten Straßenzüge aus dem Nebel schälten, befiel sie eine unerklärliche Angst. Sie begann in ihrem dünnen Mantel zu frieren, dabei war ihr die ganze Zeit nicht kalt gewesen. Der vergangene Winter im Lager hatte sie abstumpfen lassen.

Sie blickte auf ihre schmalen, schwieligen Hände, die

dürren Beine, die sich wie Messerrücken unter ihrem Rock abzeichneten. Raik hatte kein Wort darüber verloren, doch sie hatte in seinem Blick lesen können, wie jämmerlich sie aussah. Sie war eine andere geworden. Die Entbehrungen hatten ihren Körper gezeichnet, sie würden irgendwann wieder verschwinden. Ihre Erfahrung im Schützengraben und der Angriff durch den Wärter hatten tiefere Narben hinterlassen, die sie bis ans Ende ihres Lebens tragen würde.

»*Een Froo,* die gleich Mann *un Dochter* in die Arme schließen kann, sollte anders *kieken*«, brummte Raik schlaftrunken und rieb sich über das stoppelige Kinn.

»Ach, Raik, es fühlt sich einfach alles so seltsam an.«

Er reckte sich, sodass es laut in seinem Rücken krachte, dann setzte er sich gerade hin und musterte sie mit intensivem Blick. »*Wat liggt* dir auf der Seele?«

»Ein Felsbrocken, fürchte ich, den selbst deine Bärenkräfte dort nicht wegbekommen.«

»Ich kanns aber *versöken*«, erwiderte er und wirkte dabei beinahe verlegen.

»Schau mich an, Raik. Ich bin ein Gespenst. Und in mir drin sieht es noch schlimmer aus. Friedrichs Frau ist eine Fremde geworden«

»Du fragst dich, ob er dich noch *leevhebben* kann? Du kleiner *Döspaddel.* Jeder muss dich *leevhebben.*« Raik wandte sich ab, als wären ihm die falschen Worte herausgerutscht, und sprang von der Ladefläche des langsam fahrenden Wagens. Er war kein junger Mann mehr und fing den waghalsigen Satz mit einem Straucheln ab.

Doch bevor Svantje über seine seltsame Reaktion nachdenken konnte, bedeutete er dem Fahrer mit einem Schlag gegen die Tür, dass er anhalten sollte.

Sie hatten ihr Ziel fast erreicht. Svantje stieg von der Ladefläche, winkte dem Fahrer zum Dank, dann folgte sie Raik, der mit großen Schritten vorausmarschierte.

»Warte«, rief Svantje.

»*Nee,* sonst kommst du noch auf krumme Gedanken, Svantje Falkenberg. Ab *na Huus* mit dir!«

***

Im Halbschlaf drückte Karoline ihren Rücken noch etwas fester gegen seine Brust. Jonathan gab einen wohligen Seufzer von sich. Seine Hand tastete über ihre bloßen Brüste, über ihren Bauch, dann zog er sie fester an sich. Karoline lächelte. Sie war im Paradies. In einer weichen, warmen Höhle knisternder Federbettdecken, unter denen es nach vertrauten Körpern, Nähe und Schlaf duftete. Nach Jonathans Rasierwasser und Resten ihres Parfums. Sie öffnete die Augen zu Schlitzen und spähte zu dem Kinderbettchen herüber, wo der kleine Roland sich zu regen begann. Gleich würde er anfangen zu quengeln, und mit der Ruhe wäre es vorbei. Sie wand sich aus Jonathans Armen, küsste ihn auf Nasenspitze und Mund. »Bleib noch liegen, ich füttere den Kleinen und mache Frühstück.«

Er murmelte eine schlaftrunkene Liebeserklärung. Karoline sah sich um und versuchte, sich dieses Bild wie ein Gemälde einzuprägen. Die Hälfte seines Heimaturlaubs war schon herum. Bis gestern hatten sie im Hotel der Bäumers gewohnt, die zweite Hälfte verbrachten sie in Karolines Elternhaus bei Vater, der sich jeden Tag mehr sorgte, weil aus Frankreich keine Nachricht mehr kam.

Karoline war hin- und hergerissen, ihre Gefühle waren ein wildes Durcheinander. Entweder war sie mit Jonathan zusammen, den sie doch nur für wenige kostbare Tage hatte, und sorgte sich in den unpassendsten Momenten um ihre Mutter. Oder sie war bei Vater, versuchte, ihm Trost zu spenden, und dachte dann an Jonathan und wie glücklich sie sich schätzen konnte, dass er nicht verschollen war.

Vorsichtig hob sie Roland aus seinem Bettchen, der sich im Halbschlaf sofort an sie kuschelte, und sah zu Jonathan zurück. Sie hatten sich am Abend noch geliebt und waren dann nackt eingeschlafen. Die Decke war ihm bis zum Ellenbogen heruntergerutscht. Jonathan war es ständig zu warm, weil sich sein Körper auf die Strapazen eingestellt hatte, im Feld im Freien zu schlafen.

Seit ihrer letzten Begegnung hatte er sich verändert, war breiter in den Schultern und zugleich sehniger geworden. Sie hatten wenig kämpfen müssen, dafür von morgens bis abends geschanzt. Die knochenharte Arbeit mit Hacke und Schaufel formte ihn. Wie ein Hoteliersohn sah er nun wahrlich nicht mehr aus. Karoline beschloss, ihm in Zukunft noch üppigere Pakete an die Front zu schicken.

Jonathan lächelte im Schlaf. Seine Mundwinkel zuckten, und Karoline wurde es ganz weich ums Herz. Mit leiser Wehmut schlich sie sich aus dem Zimmer, zog sich hastig an, besorgte die Morgentoilette und stillte den kleinen Roland. Später würde er seinen Brei bekommen.

Als sie die Stufen hinunterging, empfing sie der Duft von Kaffee und frisch gebackenen Franzbrötchen. Die Haushälterin hatte die Teiglinge, die Karoline am Abend vorbereitet hatte, also bereits in den Ofen geschoben.

»Guten Morgen, Papa«, sagte sie. Friedrich saß bereits am Frühstückstisch und sah wieder einmal so aus, als habe er die ganze Nacht lang kein Auge zugemacht. Mit gerunzelter Stirn hatte er bis zu ihrem Eintreten die Zeitung gelesen.

»Moin«, brummte er. »Die Amerikaner sind auf dem Vormarsch.«

»Leg die Zeitung weg, und lass uns an etwas anderes denken.« Sie setzte Roland auf seinen Schoß. Der kleine Junge war die beste Medizin. Er haschte glucksend nach Vaters Brille, und schon war der Krieg für einen Moment vergessen.

***

Seite an Seite liefen sie die Einfahrt hinauf, bis sie vor der Haustür standen. Svantje klopfte das Herz bis zum Hals. Es kam ihr noch immer vor wie ein Traum, aus dem sie im nächsten Moment erwachen würde.

Sie fühlte Raiks Blick auf sich ruhen wie eine Berührung. Wann war er von ihrem Beschützer zu ihrem Wächter geworden? »Es ist so weit, du bist *to Huus.*«

»Danke, für alles, was du für mich getan hast. Du hättest sterben können.«

Er schob sich die Kappe weiter hinten auf den Kopf und wirkte beinahe verlegen. »Da gab es noch eine alte Schuld *to beglieken.*«

»Du meinst doch nicht etwa aus Kindertagen?«

Raik antwortete nicht, stattdessen drückte er ihr einen Kuss auf die Wange. »Ich gebe Hilde Bescheid. *Un nu man to.*« Er klingelte und hämmerte mit der Faust gegen die Tür. Als sie etwas erwidern wollte, trabte er bereits leichtfüßig zur Straße hinunter. Vor ihrem inneren Auge vermischte sich das Bild mit der Erinnerung an den schlaksigen Jungen, der sich bereits in sie verliebt hatte, als sie selbst noch gar nicht an die Liebe dachte.

Ein Gehstock schlug hastig auf Parkett. Friedrich.

Svantje hielt den Atem an. Die Tür wurde aufgerissen, und sie erstarrten beide. Sahen sich einfach nur an.

»Du?«, sagte Friedrich schließlich und strich ihr zögernd über die Wange. Vorsichtig schob er ihr Kopftuch ein wenig zurück. Sie sah es in seinen Wangen arbeiten, als er mitfühlend die Zähne aufeinanderbiss.

»Erkennst du mich noch wieder, Friedrich?«

Er ließ den Gehstock fallen und zog sie vorsichtig an sich, als habe er Angst, sie könne zerbrechen. Svantje bewies ihm das Gegenteil. Endlich erwachte sie aus ihrer Starre und umarmte ihn mit aller Kraft. Friedrich keuchte auf. Sie legte die Wange an seine Brust, fühle sein Herz rasen, ganz fest und schnell, als wolle es ihr entgegenspringen.

»Ich bin zu Hause«, flüsterte sie unter Tränen.

»Du hast mir so gefehlt.« Friedrich strich ihr über den Rücken. Als sie schließlich den Kopf von der Geborgenheit seiner Schulter hob, sah sie Karoline und Jonathan im Flur stehen. Ihr Schwiegersohn hielt einen aufgeweckten kleinen Jungen auf dem Arm, der sie neugierig musterte. Karoline tupfte sich Freudentränen von der Wange. »Hallo, Mama«, sagte sie leise.

Es duftete nach Kaffee und der warmen Zimtnote frisch gebackener Franzbrötchen. Sonnenlicht fiel durch die Fenster des Esszimmers bis in den Flur.

Svantje schmiegte sich an Friedrich und spürte die Last

von sich abfallen. Sie war zu Hause, hatte zum ersten Mal seit über einem Jahr keine Angst mehr.

»Lasst uns frühstücken«, sagte sie. »Lasst uns frühstücken und für eine Weile so tun, als sei nie etwas geschehen.«